MIC

STRAHLENDES EIS

MICHAEL LÜDERS

STRAHLENDES EIS

Thriller

C.H.Beck

© Verlag C.H.Beck oHG, München 2024
Alle urheberrechtlichen Nutzungsrechte bleiben vorbehalten.
Der Verlag behält sich auch das Recht vor, Vervielfältigungen dieses Werks zum Zwecke des Text and Data Mining vorzunehmen.
www.chbeck.de
Umschlaggestaltung: geviert.com, Michaela Kneißl,
Umschlagabbildung: © iwciagr/shutterstock
Satz: C.H.Beck.Media.Solutions, Nördlingen
Druck und Bindung: Druckerei C.H.Beck, Nördlingen
Printed in Germany
ISBN 978 3 406 81385 6

myclimate

klimaneutral produziert
www.chbeck.de/nachhaltig

Für meinen Sohn Marlon
Auch aus Steinen, die man dir in den Weg legt,
kannst du etwas Schönes bauen

Die folgende Geschichte ist frei erfunden. Die historischen Bezüge allerdings sind es nicht.

Gibt es keinen Gott, ist alles erlaubt.

Dostojewski

I.

Gelbweiße Lichtbündel führten Koboldtänze entlang eines Seitenflügels der Hallgrimskirche auf, in kurzen Intervallen beiseitegeschoben von schneegleichen Cirruswolken, im Wettstreit mit der untergehenden Sonne. Unaufhörlich färbte sich der Horizont golden, tauchte die Stadt in die Farbe flammenden Honigs, während vor allem junge Menschen in die Basilika strömten. Sophie roch den Herbst, der in der Luft lag wie ein Versprechen. Dieser unaufhörliche Wechsel aus Licht und Schatten erschien ihr als ein Spiegelbild ihrer selbst. Der 73 Meter hohe Kirchturm, der über alle anderen Gebäude in Reykjavik hinausragte: ein steingewordener Gletscher. Die zahlreichen Betonpfeiler, die ihn wie auch das Kirchenschiff einfassten, waren Basaltsäulen nachempfunden, einem Wahrzeichen isländischer Natur. Weißgrau war die vorherrschende Farbe, Symbol für Schnee und Eis. Weitläufig und zerklüftet wirkte die Kathedrale, ähnlich der hiesigen Landschaft mit ihren Bergen und Gletschern, den großen, kargen Weiten.

Durch das Haupttor betrat Sophie das Gotteshaus, beide Flügelhälften des Tors waren verziert mit rot schimmernden Bleiverglasungen, an denen sich jetzt eine Vielzahl von Mänteln oder Funktionsjacken vorbeischoben. Doch gab es keinen Grund zur Eile, mehr als 1000 Besucher fasste die Kirche, deren Bankreihen hinlänglich Sitzplätze boten. Ein Sprachengewirr umgab sie, im Eingangsbereich sowie entlang der Seitengänge hatten zahlreiche Umweltgruppen ihre Stände aufgebaut. Ein Organist im Chorraum entlockte der meterhohen Orgel Stimmen und Geräusche, die an die Rufe von Walen oder Delfinen erinnerten. Parallel zu den Kirchenfenstern, die überwiegend aus unbemaltem Glas bestanden, wodurch das Tageslicht besser einfallen konnte, hingen teilweise meterlange Spruchbänder. Sie zeigten Motive aus der Arktis, darunter Eisbären und kalbende Gletscher, versehen mit politischen Statements. «Der Klimawandel tötet», las Sophie. «Die Weltmächte haben im Hohen Norden nichts verloren» oder «Keine Ölbohrungen im ewigen Eis».

Sie schritt den Kirchenraum entlang, entdeckte die zahlreichen gotischen Merkmale, darunter Kreuzrippengewölbe und Spitzbogenfenster, die beitrugen zu dem als expressionistisch gerühmten Ensemble. Ein wahrhaft außergewöhnlicher Ort, dachte Sophie. Klug gewählt vom Hauptredner des heutigen Abends, dem im Festland-Europa noch weitgehend unbekannten, in Alaska und Kanada aber unter Umweltschützern und Indigenen längst hochverehrten Shooting-Star auf der politischen Bühne Grönlands: Natan Hammond, die Stimme der Inuit, der Ureinwohner, geschätzt als glänzender Redner und sachkundiger Mahner inmitten der ungezügelt wachsenden Begehrlichkeiten, denen sich die Arktis mit jedem Jahr mehr ausgesetzt sah.

Sophie setzte sich auf eine nahezu leere Kirchenbank. Kurz darauf betraten der Pastor, unschwer zu erkennen am schwarzen Talar, der gezackten, weißen Halskrause, und sein Begleiter den Altarbereich durch einen Seiteneingang, begaben sich zügigen Schrittes zum Mikrofonständer in dessen Mitte. Einige Pfiffe und Jubelrufe erklangen, das Stimmengewirr verebbte, vereinzelt war Beifall zu vernehmen. Der Pastor klopfte auf das Mikrofon, das bereits eingeschaltet war, begrüßte die mehreren hundert Besucher auf Englisch und betonte, dieses Gotteshaus sei heute ein Forum der Natur, von Mensch und Umwelt, beide allergrößten Gefahren ausgesetzt, der Unvernunft und der Gier. Vor allem und verstärkt in der Arktis, der Erdregion rund um den Nordpol. Aber wer wüsste das besser als «mein lieber Freund aus Grönland», den er herzlich willkommen hieß und dem er nun das Mikrofon übergab.

Eine Lichtgestalt, dachte Sophie. Sie kannte Natan Hammond bislang nur von Fotos und wunderte sich einmal mehr über seine Ähnlichkeit mit Barack Obama. Auch das Charisma schien der Mittvierziger mit dem früheren US-Präsidenten zu teilen – seine Ausstrahlung beherrschte mühelos den gewaltigen Innenraum. Er sprach in ruhigen und klaren Worten, ebenfalls auf Englisch, und warnte, es sei nicht fünf vor, sondern bereits fünf nach zwölf. Das Eis Grönlands schmelze mittlerweile, «an einem einzigen Tag!», in einem Umfang, dass diese Wassermassen, flössen sie sämtlich nach Großbritannien, das gesamte Königreich im Verlauf eines Jahres knietief unter Wasser setzen würden.

Sophie zuckte zusammen. Als Agentin war sie gewohnt, ihre Umgebung sehr genau wahrzunehmen, meist aus den Augenwinkeln, ohne aufzufallen. Und doch hatte sie das Kommen dieses Mannes nicht bemerkt, der unversehens neben ihr saß, wie ein Geist. Wie konnte das sein, wie war ihm das gelungen? Leicht nach vorne geneigt stützte er beide Hände auf die Rückenlehne der Kirchenbank vor sich. Ein Mann unbestimmten Alters – er mochte 60 oder 70 Jahre alt sein. Sie spürte seine Blicke auf sich ruhen, obwohl er den Kopf nur leicht in ihre Richtung neigte. Ein Haarkranz säumte seine Glatze, das braunlederne Gesicht ließ auf ein Leben im Freien schließen, in der Natur. Er trug einen grauen Fellmantel – von welchem Tier, wusste Sophie nicht zu sagen – und zerschlissene Jeans. Unter dem geöffneten Mantel eine braun-weiß gescheckte Weste, ebenfalls aus Fell, auf der was genau befestigt oder eingenäht war? Muscheln? Kieselsteine? Amulette? Und wonach roch er? Fett? Öl? Lebertran? Ein überaus präsenter, prägnanter Geruch, doch ihr fremd, sehr fremd.

Dann wandte er sich ihr zu, mit einem Ruck. Die Blicke aus seinen meeresblauen Augen trafen sie wie Pfeile, hinter denen die übrige Umgebung erlosch. Er murmelte einige Worte, die sie nicht verstand, bewegte seinen Kopf erst nach rechts, dann nach links. Mit einem Griff, den Sophie nicht kommen sah, packte er sie am Handgelenk. Beugte sich vor, sprach, nur für sie bestimmt, in ihr rechtes Ohr. Wieder verstand sie seine Worte nicht. Diese Reihung kehliger Q-Laute kannte sie aus dem Arabischen, dies aber war kein Arabisch. Was dann? Grönländisch? Wieso ließ sie ihn gewähren, wenn sie sich doch normalerweise eine solche Annäherung verbitten würde? Von diesem Mann jedoch fühlte sie sich weder bedroht noch belästigt. Vielmehr erschien er beseelt von einer Mission. Die Q-Laute prasselten auf sie ein, als enthielten sie eine Botschaft.

Er hielt inne. Löste seinen Griff. Zog sein linkes Bein auf die Bank hoch, schob seinen Fuß unter das Gesäß. Er sah allein sie, sie allein ihn, so kam es Sophie vor. Der Kirchenraum um sie herum hatte sich vollends aufgelöst in gleißendem Licht. «Das Eis ist groß», sagte er auf Dänisch.

«Wie ... Wie meinst du das?», erwiderte sie auf Norwegisch. Duzen war der Normalfall, beide Sprachen waren eng verwandt.

«Deine Augen sind die einer Jägerin.»

Sie wusste nicht, was sie antworten sollte.

«75 Grad Nord», fuhr er fort.

Unvermittelt brauste stürmischer Applaus auf, aus sehr weiter Ferne hörte sie Natan Hammond etwas sagen, noch ist es nicht zu spät, wir müssen handeln, wie in Trance sprang sie auf, klatschte ihrerseits, schloss die Augen und öffnete sie erneut, als verscheuche sie ein Hirngespinst, und als sie wieder neben sich sah, saß da niemand mehr.

Sophies Kollege Harald kam ihr entgegen, er nahm sie am Hoteleingang in Empfang. «Gott, was für ein Irrenhaus», fluchte er. «Da drinnen brennt die Luft, das kann ich dir sagen. Keine Ahnung, ob Siv ihre Rede noch so halten kann wie geplant.» Siv Sandberg, die Premierministerin Norwegens. Es war die Zeit der Arctic-Circle-Konferenz, die jedes Jahr im Oktober stattfand, in Reykjavik. Hunderte Politiker, Geschäftsleute, Wissenschaftler, Umweltaktivisten, Indigene, Interessensvertreter aller Art nahmen daran teil, nicht allein aus den Ländern, die an die Arktis grenzten. Vereint waren sie im Kampf gegen die beschönigend so genannte Klimaerwärmung und das rapide schmelzende Eis in der Arktis.

«Der Innen- und der Finanzminister machen Siv die

Hölle heiß», bemerkte Harald. Die Premierministerin sollte als Festrednerin den Eröffnungsvortrag halten. «Die beiden verlangen, dass sie ihre Rede ändert. Ihre Forderungen seien vollkommen unrealistisch und politisch naiv.» Sandberg plante, in ihrer morgigen Grundsatzrede für das Ende jeglicher Erdöl-Exploration in der Arktis einzutreten und dafür zu werben, die Suche nach Bodenschätzen dort einzustellen. Allerdings hatte sie allein im vorigen Monat sechs Lizenzen für Bohrungen im Nordmeer rund um Spitzbergen erteilt, und alle Versuche von Umweltverbänden, Norwegens Ausstieg aus der Erdöl-Exploration in der Arktis juristisch zu erzwingen, waren am Obersten Gerichtshof in Oslo gescheitert. Insoweit bewegte sich Sandberg in der Tat auf dünnem Eis. Doch wäre es Sophie nicht in den Sinn gekommen, ihr deswegen Vorhaltungen zu machen – ganz unabhängig davon, dass sie damit ihre Kompetenzen überschreiten würde. Auch und gerade eine Premierministerin war nicht frei von Sachzwängen, konnte etwa rechtsgültige Verträge nicht einfach aushebeln.

Harald rieb sich fröstelnd die Hände. Eine größere Gruppe von Rauchern hatte sich um den Hoteleingang versammelt, darunter Polizisten und Sicherheitsleute. Sophie dirigierte ihn weg von der Menge. Mittlerweile waren sie beide ein eingespieltes Team, Kollegen in der kleinen Geheimdiensteinheit E 39. Sie, die Deutsche, die sich vor der Spionagebehörde NSA von Berlin nach Oslo gerettet hatte, mit Hilfe ihrer Vertrauten und Vorgesetzten Berit Berglund. Und Harald Nansen, gebürtiger Pakistani, ein früherer Polizist. Er sei eben gut integriert, hatte er ihr einst mit schiefem Grinsen erklärt, als sie ihn fragte, wieso er seinen pakistanischen zugunsten eines norwegischen Namens abgelegt habe. Dieses fein geschnittene Gesicht, oval und ebenmäßig – kaum Falten, sofern sie nicht von seinem Dreitagebart verdeckt wurden. Schlank war er, groß gewachsen. Allein aufgrund seines Aussehens hielt er Sophies Erinnerungen lebendig. An ihre Erlebnisse in Marokko, die sie für immer mit dem Orient verbanden. Fast war er das kollegiale Bindeglied in ihre Vergangenheit, in ihr altes, verlorenes Leben.[*]

«Beide, der Innen- und erst recht der Finanzminister, sind recht einfach gestrickt», sagte Sophie. «Denen geht es nur um ihren eigenen Vorteil.»

«Na klar, die wollen Siv weghaben. Eine Regierungskrise herbeiführen, sie stürzen und dann selber an die Spitze. Weil sie ja die Wirtschaft und die Welt gegen Norwegen aufbringe, mit ihrem naiven Idealismus.»

«Das allein reicht aber nicht für einen Showdown.»

«Nein, aber die beiden haben maßgebliche Teile der Medien und der Regierung hinter sich. Die werden sich auf Siv einschießen.»

«Darauf haben wir keinen Einfluss, Harald.»

«Aber sie vertraut uns. Soweit das möglich ist, in ihrem Job. All diese Regierungsleute um sie herum, diese Ansammlung aus Lobbyisten und Karrieristen, das ist ja furchtbar. Ich würde wahnsinnig werden, wenn ich die jeden Tag ertragen müsste.»

Eine verschlüsselte Mitteilung erreichte beide auf ihren abhörsicheren Handys – jedenfalls galten sie als abhörsicher.

---

[*] Erzählt in: NSA Never Say Anything

Die Premierministerin empfing sie in ihrer Hotelsuite. Die schneeweißen Vorhänge waren zugezogen, sie lief an der Fensterfront auf und ab, die Hände hinter dem Rücken verschränkt. Sophie war sich nicht sicher, ob diese bevorzugte Behandlung, die Sandberg ihnen angedeihen ließ, eine gute Idee war. Offiziell waren Harald und sie Buchautoren, die eine Biografie über die Regierungschefin verfassten. In Wirklichkeit hatte Sandberg ihre Vertraute Berit Berglund gebeten, ihr die beiden Agenten «auszuleihen». Harald und Sophie hatten sich zuvor als «Geheimwaffe» bewährt, um die geplante feindliche Übernahme des norwegischen Pensionsfonds Nordic Invest durch die US-Schattenbank BlackHawk abzuwehren.[*] Die Premierministerin wusste um die politischen Risiken ihrer Reise. Nicht zuletzt hatte sie Sorge, von Natan Hammond auf offener Bühne vorgeführt zu werden. Und vielleicht sehnte sie sich nach Gesprächspartnern wie Harald und Sophie, mit denen sie sich gelegentlich austauschen konnte, jenseits aller Zwänge.

«Nun, Sophie – was ist Ihr Eindruck von diesem Grönländer?», fragte Sandberg.

«Natan Hammond hat Charisma, keine Frage. Die Besucher in der Kirche wusste er auf seiner Seite, so viel ist sicher», erwiderte Sophie. Ihre merkwürdige Begegnung mit dem alten Mann neben ihr auf der Kirchenbank mochte sie nicht erwähnen.

«Natürlich hat er Charisma!», konterte die Premierministerin. «Sonst würde er nicht gerade die grönländische Politik aufmischen und Kopenhagen wie auch Washing-

---

[*] Erzählt in: Die Spur der Schakale

ton nervös machen. Vor allem möchte ich vermeiden, dass er mir nach meiner Rede in den Rücken fällt. Danach sitzen wir beide auf demselben Podium.»

«Ich glaube nicht, dass er das tut», sagte Harald. «Er ist Profi, genau wie Sie. Und Sie beide ziehen am selben Strang: keine wirtschaftliche Ausbeutung der Arktis.»

«Allerdings sind ihm nicht die Hände gebunden wie mir», stellte Sandberg fest.

«Er ist auch in der Opposition», kommentierte Sophie. «Er trägt keine Verantwortung, im Gegensatz zu Ihnen.»

«Der Mann ist gut. Ich wünschte, wir hätten solche Politiker.»

«Seine Rahmenbedingungen sind ganz andere als unsere in Norwegen», versuchte Harald sie zu beruhigen. «Er tritt ein für Grönlands Unabhängigkeit von Dänemark, sucht aber nicht den Schulterschluss mit Washington wie die meisten Politiker in Nuuk. Er will die Balance wahren.»

«Das dürfte ihm schwerfallen», befand Sandberg. «Wie auch immer – es gibt Warnungen, dass es während der Konferenz zu einem Attentat oder Anschlag kommen könnte.»

«Sagt wer?», fragte Harald.

«Die isländische Polizei, unter Berufung auf amerikanische Geheimdienste.»

Sophie seufzte.

«Meine Widersacher nehmen das zum Anlass, mir vom morgigen Auftritt abzuraten. Meiner Grundsatzrede. Aus Sicherheitsgründen, versteht sich.»

«Versteht sich», echote Harald. «Aber Sie werden Ihre Rede trotzdem halten?»

Sandberg warf ihm einen Blick zu, der Belustigung erkennen ließ. Die mittelgroße, vollschlanke Endvierzigerin hatte den Übergang von einer die erotische Phantasie anregenden zur mütterlichen Frau weitgehend vollzogen, registrierte Sophie nachdenklich. Nicht zuletzt der blonde Kurzhaarschnitt, der ihr kantiges Gesicht überbetonte, trug zu diesem Eindruck bei. Als Landesmutter war das kein Nachteil. Für eine Frau gleichwohl eine schmerzliche Erkenntnis, die der Mittdreißigerin Sophie früher oder später ebenfalls bevorstand, wie sie sehr wohl wusste.

«Was für Hinweise sind das genau?», fragte Sophie.

«Eher eine allgemeine Warnung. Militante Umweltgruppen, heißt es. Nichts Konkretes.» Sandberg fasste sich ans Kinn. «Aber da ist noch was», fuhr sie fort. «Ein Hubschrauber ist vor einer halben Stunde abgestürzt, unweit des Vulkans Hekla, rund 100 Kilometer östlich. An Bord waren eine Besuchergruppe aus Dänemark, ihre lokale Reiseführerin sowie die beiden isländischen Piloten. Sieben Leute insgesamt. Alle sind umgekommen, heißt es. Eine Person wird allerdings noch vermisst. Das hat es hier noch nie gegeben. Entsprechend aufgeregt sind die isländischen Behörden.»

«Die armen Schweine», murmelte Harald.

«Jedenfalls sollten wir wachsam sein», resümierte die Premierministerin. «Diese Konferenz – ich hoffe, es gibt da keine ernsthaften Probleme.»

★★★

Sie rannte über die heidebewachsene Hochebene, die durchzogen war von Hügeln und Bergen aus Geröll, hinter ihr der Vulkan, vor ihr ein Gebirgszug in der Gestalt eines überdimensionalen, gestrandeten Wals. Gelegentlich stieg blauweißer Dampf aus heißen Wasserquellen empor. Das rechte Bein machte ihr Probleme, jedes Auftreten schmerzte, darauf aber konnte sie jetzt keine Rücksicht nehmen. Sie lief, humpelte, stolperte, fand zurück in ihren Laufschritt. Aufmerksam lauschte sie in die Einsamkeit hinein, über ihr Keuchen hinweg. Die Orientierung fiel ihr schwer, sie hielt sich Richtung Süden, doch versperrten eiskalte Wasserläufe oder unwegsames Gelände wiederholt den Weg. Dann geschah, was sie befürchtet hatte – die Geräusche fließenden Wassers, langsam übertönt vom Klang der Rotoren, kreisenden Metallblättern, leise dröhnend zunächst, am Ende röhrend, aufbrausend. Selbst für den Fall, dass die Piloten des Hubschraubers die Gesuchte übersehen sollten, würde sie doch unweigerlich von der im Cockpit installierten Wärmebildkamera erfasst.

Sofern sie nicht rechtzeitig unter etwas Kaltem abtauchte. Sie entdeckte einen Bergspalt, hielt darauf zu, der Lärm kam stetig näher, sie hechtete unter einen unscheinbaren Hügel, eine Grasmatte bedeckt von Toteis, die sie vollständig verschluckte. Ohne es zu wagen, den Kopf aus der Deckung zu heben, erkannte sie gerade noch, dass der Helikopter im Tiefflug über das Vulkangestein donnerte, sich kurzzeitig entfernte, dann aber, bevor sie erleichtert aufatmen konnte, zurückkehrte, wohl direkt über ihr kreiste, fast glaubte sie, seine Kufen setzten auf. Vielleicht war sie noch immer als kleiner roter Punkt auf dem Wärmebild zu sehen, trotz des Eises über ihr. Bange Momente, dann aber drehte der Hubschrauber ab.

Was nicht bedeutete, dass sie außer Gefahr war. Es konnte eine Finte sein, um sie aus der Reserve zu locken. Andererseits konnte sie hier nicht bleiben. Bald würde es dunkel werden und kalt, sehr kalt. Sie befreite sich aus ihrem Unterstand und rannte in Richtung des ausladenden Felsvorsprungs, der den Bergspalt einfasste. Beinahe wurde dieser Spalt verdeckt von den darüberliegenden gewaltigen Eismassen, die unablässig tauten und einen meterbreiten Wasserstrom gebaren. Sie zwängte sich hindurch, keinen Augenblick zu früh, wieder ertönte das Motorengeräusch. Sie blickte sich um, entdeckte eine höhlenartige Kammer weiter hinten im Berg. Und dort lag ein verendeter Widder. Sie zögerte. Doch hatte sie eine Wahl? Sie packte und schulterte den Kadaver, wobei sie sich fast übergeben hätte – der Gestank war unerträglich. Noch immer kreisten die Rotoren in der Nähe. Sie zog ihre Tarnung durch den Spalt hindurch ins Freie, lief ein paar Meter, ließ sich ins Gras fallen unter dem mächtigen Tier, das sie nicht hätte tragen können, bestünde es aus mehr als nahezu ausschließlich Haut. Wieder erfassten die Piloten wohl das Wärmebild, kreisten zwei, drei Runden über dem Boden, so tief, dass sie wahrscheinlich die Kufen hätte packen können, schließlich entfernten sich die Geräusche, nachdem die Besatzung vermutlich zu dem Schluss gelangt war, das verendete Tier habe die Wärmebildkamera ausgelöst.

Allerdings war das Spiel noch nicht vorbei. Sie kannte die Tricks von Suchmannschaften und Heli-Führern. Also packte sie die Überreste des Widders an den Hörnern und zog sie hinter sich her, zur Küstenstraße hin. Die würde sie kaum erreichen, die Entfernung war zu groß, doch wusste sie, dass auf dem Weg dorthin einige einsame Weiler lagen, meist von Schafzüchtern. Mehr als eine halbe Stunde schleppte sie den Kadaver schon keuchend hinter sich her, es dämmerte bereits. Hinter einer weiteren der zahlreichen Anhöhen entdeckte sie einen Hubschrauber, der in größerer Entfernung landete. Der Wind stand günstig, die kläffenden Hunde der Suchmannschaft konnten sie nicht wittern. Die Mannschaft bestand aus vier, fünf Männern oder Frauen in orangefarbenen Signalanzügen. Wonach suchten sie? Nach ihr? In dem Fall hatte sie richtig entschieden, mit Hilfe des Kadavers ihre Spuren zu verwischen. Dessen Gestank lag über der Landschaft wie ein Leichentuch, unter dem sie für die Suchhunde verschwand, sich in Luft auflöste. Sie erreichte einen reißenden, gut zehn Meter breiten Fluss. Im Frühjahr, zur Zeit der Gletscherschmelze, wäre es lebensgefährlich, ihn zu überqueren. Auch jetzt noch war ihr Vorhaben riskant. Überall lauerten Untiefen, und geriete sie in die Gewalt der Stromschnellen, schlüge gar mit dem Kopf gegen einen Stein und würde ohnmächtig, wäre das ihr sicherer Tod.

Das verendete Tier ließ sie am Ufer liegen, tauchte ihren Kopf in eine kleine Blumeninsel lange verblühter Veilchen, atmete mehrfach tief und fest, um Lunge und Nase zu befreien. Dann wagte sie sich ins eiskalte Wasser, das ihr an der tiefsten Stelle bis zur Hüfte reichte. Irgendein Treibgut, das sie nicht kommen sah, traf sie seitlich, in der Mitte des Stroms, ein quertreibender Ast. Sie verlor den Halt, musste schwimmen, kurz geriet sie in Panik, dann hatte sie wieder Boden unter den Füßen, robbte an die gegenüberliegende Seite. Die Hunde und deren Begleitmannschaft war sie erst einmal los, doch der lähmenden Kälte wegen musste sie rennen und laufen, sie schlug sich gleichzeitig mit beiden Armen auf die Brust, den Bauch, Bewegung!, Tempo!, Stillstand bedeutete zu erfrieren. Sie war nass bis auf die Haut, bei Temperaturen um die fünf oder sechs Grad. Ihr normalerweise wärmender Pullover fühlte sich an wie brennendes Eis.

Ein kleiner Bauernhof. Sie hatte keine Wahl, hielt auf ihn zu. Weißes Haus, rotes Dach aus Blech, daneben eine Scheune oder ein Stall. Umgeben von zahlreichen Schafen entdeckte sie einen älteren Mann, vermutlich den Schäfer, der mit einer Forke Grassoden sortierte. Er bemerkte sie erst, als sie fast schon vor ihm stand, versunken in seine Arbeit und vielleicht vom Blöken der Schafe abgelenkt, das in seiner melodiösen Beharrlichkeit, inmitten wechselnder Tonhöhen, etwas Meditatives hatte.

«Es wäre toll, wenn du mir helfen könntest», sagte sie mit rauer Stimme.

«Und wer bist du?» Er sah sie an, rammte die Gabel in den Boden. Ein großgewachsener, stämmiger alter Mann mit Bauchansatz und Vollbart in verblichener, ursprünglich blau gewesener Latzhose. Seine braunen Koboldaugen funkelten.

«Ich bin Birgitta Arnósdóttir, und ich friere mir gerade den Arsch ab.»

«Die Umweltaktivistin? Die wiederholt dieser verdammten Dreckschleuder den Strom abgestellt haben soll? Die Leitungen zur größten Aluminium-Fabrik gesprengt hat?»

«Haben sie mir nie nachweisen können.»

«Aber das warst du?»

«Ja.»

In dem Moment sahen sie die Lichtkegel eines Geländewagens, der auf den Bauernhof zuhielt.

«Komm», sagte der Bauer und dirigierte sie in den Schafstall. «Leg dich da vorne in die Ecke, zu den Tieren. Da findet dich keiner.»

Lögreglan, las sie gerade noch auf der Motorhaube, Polizei, bevor sie untertauchte, im wahrsten Sinn, umgeben von Schafshufen. Sie konnte hören, was sie redeten, inmitten von Hundegebell. Ob er eine Frau gesehen habe, möglicherweise geistig verwirrt?

«Die letzte, auf die diese Beschreibung zutrifft, ist meine eigene, und die geht mir seit Jahren aus dem Weg. Ich ihr auch.»

«Es war niemand hier?», beharrte die Polizistin.

«Niemand. Was für eine Frau soll das denn sein?»

«Sie hat einen Absturz mit dem Hubschrauber überlebt. Es könnte sein, dass sie traumatisiert ist. Sie braucht Hilfe.»

«Verstehe. Ich rufe an, wenn sie hier vorbeikommt.»

«Danke. Dann auf Wiedersehen.»

«Gute Fahrt.»

Birgitta Arnósdóttir vernahm, wie der Wagen sich entfernte. Mittlerweile zitterte sie so sehr, dass sie es nicht mehr schaffte, aus eigener Kraft aufzustehen. Der Mann – «Snorri, ich bin Snorri Júlíusson, das kriegen wir hin» – hob sie mit beiden Armen hoch und trug sie nach draußen, eine kurze Strecke hin zu einer heißen Quelle, einem Geysir geschuldet, die mehrere große, steinerne Wasserbecken speiste. In eines warf er sie hinein.

Kurz nach Mitternacht waren alle Planungen hinfällig. Ein paar Telefonate, eine neue Agenda, die norwegische Delegation aufgescheucht wie ein Hühnerhaufen. Der Ablauf der Konferenz: «den veränderten Umständen angepasst», gemäß einer Regieanweisung von ganz oben. Nicht seitens der isländischen Regierung, dieser erstaunlichen Symbiose aus Bankrotteuren, Steuerhinterziehern und Idealisten, die einander kaum aus dem Weg gehen konnten, weil auf dieser Insel mehr oder weniger jeder mit jedem verwandt war. Vielmehr auf Veranlassung Washingtons, wo Außenministerin Jennifer Brookings in Kürze eine Regierungsmaschine besteigen würde, um rechtzeitig in Reykjavik einzutreffen. Sie hatte um das Privileg des ersten Aufschlags gebeten, des Eröffnungsvortrags, was ihr keiner verwehren mochte. Nichts weniger als eine Grundsatzrede hatte das State Department angekündigt. Das reichte, um Siv Sandberg auf die Plätze zu verweisen. Hektisch suchten Isländer und Norweger nach einer gesichtswahrenden Lösung, ohne bislang fündig geworden zu sein, soweit sich das aus dem Türenschlagen und den Rufen auf den Hotelkorridoren schließen ließ. Immerhin, überlegte Sophie, mussten sie nicht das Hotel räumen, die erste Adresse vor Ort. Andererseits hatte Brookings auch nicht die Absicht, länger als nötig zu bleiben. Das in dem Fall obligate Lunch mit der isländischen Premierministerin hatte sie unter Verweis auf Termingründe bereits abgesagt.

Noch nie hatte eine dermaßen hochkarätige US-Delegation die Arctic-Circle-Konferenz beehrt, ihrem Wesen nach ein Forum für Ideen. Was also führte Washington im Schilde? Sophie konnte nicht schlafen, zappte sich durch die Fernsehprogramme. Der isländische Sender RÚV English zeigte einen Bericht über den Absturz des Hubschraubers, von dem Sandberg berichtet hatte. Eine Frau, die Reiseführerin, habe möglicherweise überlebt, werde aber vermisst. Das sei Anlass zur Sorge, denn die Vermisste, die als militante Umweltaktivistin bekannte Lehrerin Birgitta Arnósdóttir, stehe seit längerem unter Beobachtung der Polizei. Der Beitrag erweckte verschüttete Erinnerungen zum Leben. Sophies Gedanken schweiften ab in Richtung Gourrama, nach Marokko, zum Angriff der Hubschrauber auf das Dorf, den sie als Einzige überlebt hatte.[*] Und sie dachte nach über den merkwürdigen Heiligen in der Kirche: «75 Grad Nord.» Darüber musste sie zu später Stunde eingeschlafen sein, bis Harald sie auf dem Hoteltelefon anrief und fragte, ob sie schon aufgestanden sei. Die Zeit dränge.

Wie ein Juwel leuchtete das Konzert- und Konferenzzentrum Harpa, direkt am alten Hafen gelegen, im Morgenlicht. Zwei leicht gegeneinander versetzte, quaderförmige Gebäudeteile mit jeweils gegenläufig angewinkelten Fassaden, umhüllt von Farbeffektglas in kleinteiliger Wabenform. Je nach Wetter und Tageszeit filterte dieses Glas das einfallende Tageslicht in einem Farbspektrum, das etwa die steil aufragende Empfangshalle, 43 Meter hoch, wechselnden Lichtspielen aussetzte, teilweise im Minutentakt. Nordlichter in Regenbogenfarben, so kam es Sophie vor. In Erwartung des hohen Staatsgastes durften sich nur noch wenige Besucher im Eingangsbereich und

---

[*] Erzählt in: NSA Never Say Anything

in den Gängen aufhalten. Alle anderen waren ebenso höflich wie bestimmt ins vollbesetzte Auditorium dirigiert worden, wo sich inzwischen wohl die Mehrzahl der registrierten Konferenzteilnehmer eingefunden hatte.

Schließlich traf sie ein, die US-Außenministerin, begleitet von einem Tross Sicherheitsbeamter mit den obligaten Knöpfen im Ohr. Die isländische Ministerpräsidentin Katrin Jakobsdóttir nahm sie in Empfang.

«Findest du nicht, dass sie der Sängerin Björk sehr ähnlich sieht?», fragte Harald.

«Was hast du denn erwartet? Bei gerade mal 260 000 Einwohnern? Irgendwann ist der Genpool durch», antwortete Sophie.

«Dann verstehe ich nicht, warum mich keine der hiesigen Blondinen anhimmelt. Ich meine, gerade ich, mit meiner wertvollen Himalaya-DNA …»

Gemeinsam betraten die beiden Politikerinnen das Auditorium, Harald und Sophie gehörten mit zu den Letzten, die den bemerkenswert steil abfallenden Saal betraten. In den vorderen Reihen saß die in- und ausländische Polit-Prominenz, auch Premierministerin Sandberg, die keine andere Wahl hatte, als sich dem Lauf der Dinge zu fügen. Nach kurzer Vorstellung durch die Gastgeberin trat Jennifer Brookings ans Mikrofon, die erste dunkelhäutige US-Außenministerin. Charmant im Tonfall bedankte sie sich für die freundliche Einladung und den nicht minder herzlichen Empfang durch die isländische Regierung. Den Teilnehmern dieser «so wertvollen und wichtigen Konferenz» bescheinigte sie, früher als andere die strategische, wirtschaftliche und politische Bedeutung der Arktis-Region erkannt zu haben. Sie fühle sich daher geehrt, mit diesem herausragenden Publikum das Gespräch suchen zu können: «Möge der heutige Tag eine Wegmarke sein – mit dem Ziel, Kompetenz und Entschlossenheit zu bündeln. Um der Welt zu zeigen, dass wir den Klimawandel ebenso ernst nehmen wie die Herausforderungen, die damit einhergehen.»

Sie machte eine rhetorische Pause, lächelte in den Saal, während der erste Beifall erklang. Eine Großbild-Leinwand sorgte dafür, dass die Außenministerin auch in den hinteren Reihen noch gut zu sehen war.

«Ist 'ne gute Schauspielerin», bescheinigte ihr Harald. Er stand neben Sophie an der Eingangstür, umgeben von Security. Allesamt Amerikaner, kein einziger Isländer.

«Vor allem ist sie eine taffe Karrierefrau. Hast du dir mal ihre Biografie angesehen?»

«Politologie und Wirtschaftswissenschaften in Harvard, anschließend Jura-Studium in Berkeley. Parallel Aufstieg bei den Demokraten. Zunächst als Bezirksstaatsanwältin in San Francisco, später dann als Generalstaatsanwältin in Kalifornien. Gilt als Verfechterin von Law und Order. Seit 2016 saß sie für Kalifornien im Senat, der alte Herr machte sie zur Außenministerin.»

«Sie engagiert sich für Menschenrechte und befürwortet Amerikas ordnende Hand in der Welt.»

«Ich sag dir: Alles wird gut. Sie ist Frau, sie ist schwarz – was sollte da noch schiefgehen?»

Der Beifall ebbte ab, Brookings setzte ihre Ausführungen fort: «Meine Damen und Herren, das Eis in der Arktis schmilzt, und zwar dramatisch. In Anchorage, Alaska, hatten wir im Juli tagelang Temperaturen knapp unter 30 Grad. Die Masse des Wintereises, das im Arktischen

Ozean driftet und vor mehr als 100 Jahren die Titanic versenkte, hat sich in den letzten 40 Jahren um sage und schreibe die Hälfte verringert, ebenso die Ausbreitung driftenden Eises im Sommer. Nicht wenige Experten befürchten, dass selbst der Nordpol schon Mitte des Jahrhunderts weitgehend eisfrei sein könnte. Mit anderen Worten: Es entsteht nichts Geringeres als ein neuer Ozean.»

Einige zustimmende Zwischenrufe waren zu vernehmen, die Brookings mit freundlicher Geste auffing. «Ich weiß natürlich, dass ich bei Ihnen offene Türen einrenne. Umso dankbarer bin ich für Ihr Verständnis, denn die Lage ist ernst, und sie verlangt nach entschlossenem Handeln.»

«Na, da bin ich ja gespannt», sagte Harald leise.

«Diese Entwicklungen, so dramatisch sie sind, bieten gleichermaßen Chancen und Risiken», betonte die Außenministerin, deren perfekt frisiertes Haar Harald an einen Helm erinnerte. Zwei Reihen geweißter Zähne standen makellos nebeneinander, eine Phalanx wie aus gemeißeltem Eis. Ihre gewinnende Ausstrahlung kontrastierte mit leer anmutenden Augen, die in eine unbestimmte Ferne schweiften. «Gebiete und Regionen, die bislang kaum zu erreichen sind, werden sehr bald schon wirtschaftlicher Nutzung zugänglich sein – dem Handel ebenso wie der Förderung von Bodenschätzen», fuhr sie fort. «Mit großer Sorge sehen wir, dass vor allem Russland und China eine aggressive Expansionspolitik rund um den Nordpol betreiben, zum Nachteil der freien Welt. Die NATO ist entschlossen, dieser Herausforderung konsequent zu begegnen und die Freiheit der Weltmeere weiterhin zu gewährleisten, auch im Hohen Norden.» Aus diesem Grund hätten die USA den Bau mehrerer Eisbrecher in Auftrag gegeben und planten, gemeinsam mit ihren Verbündeten eine eigene Arktisflotte aufzustellen, zum Einsatz entlang «der neuen Autobahn im Schiffsverkehr zwischen Nordamerika, dem Fernen Osten und Europa. Der neue Ozean wird kommen, daran ist nichts mehr zu ändern. Meine Damen und Herren: Die Zeit drängt. Packen wir's an, bevor andere Fakten schaffen, die unsere Freiheit bedrohen. Ich danke für Ihre Aufmerksamkeit.»

Erneut lächelte sie ins Publikum, winkte einzelnen Anwesenden zu und verließ die Bühne, während sich das Auditorium offenbar in zwei Hälften teilte: verhaltener Beifall hier, ungläubiges Geraune dort.

***

Birgitta Arnósdóttir mochte diese verschlafen wirkende Polizeiwache im Viertel Laugardalur, einer bevorzugten Wohngegend Reykjaviks, bekannt für ihre zahlreichen heißen Quellen. Aus Gründen, die sie nicht kannte, liefen hier die Fäden der polizeilichen Ermittlungen gegen sie zusammen, seit geraumer Zeit schon, ohne dass man ihr strafbare Handlungen nachweisen konnte. Die heimelige Atmosphäre in der früheren Jugendstil-Villa eines durch Walfang reich gewordenen Großhändlers, verstorben in den 1950er Jahren, ohne Kinder oder Erben – oft schon hatte sie sich gefragt, wie er das geschafft haben mochte. Vermutlich hatte er außerehelich Wurzeln geschlagen, wollte aber niemanden in Verlegenheit bringen. Eine andere Erklärung konnte es kaum geben, jedenfalls war ihr kein weiterer Isländer ohne Verwandtschaft bekannt. Fast war die Villa verfallen, als die Polizei sie vor einigen Jahren für ihre Zwecke entdeckt hatte und neu herrichten ließ. Wiederholt schon war sie in diesen Verhörraum geführt worden, von wo aus der Blick in die gepflegten Gärten der Nachbarschaft führte. Das Fenster war nicht vergittert. Die Sitzordnung rund um den schlichten Holztisch änderte sich nie. Die vernehmenden Beamten saßen mit dem Rücken zur Tür, die zu Verhörenden ihnen gegenüber. Ungeachtet der Umstände erschien die Atmosphäre keineswegs bedrohlich, nicht einmal unangenehm. Wer hier vernommen wurde, galt vordergründig zunächst eher als Gesprächspartner denn als Verdächtiger. Sogar eine Kaffeekanne stand auf dem Tisch, umgeben von Plastikbechern. Doch war der von Polizeiseite angebotene Kaffee von derart schlechter Qualität, dass Birgitta frisch gebrühten in ihrer Thermoskanne mitführte und auch den beiden Ordnungshütern davon einschenkte.

«Oh, danke, dein Kaffee ist wirklich gut», versicherte Sylvia Björnsdóttir und beugte sich umständlich nach vorne, entfernte die Alufolie von ihrem selbstgebackenen Butterkuchen. «Ich hoffe, dass der genauso gut schmeckt», sagte sie.

Birgitta langte zu und fragte: «Wann ist es denn so weit?»

«Oh, ich denke … Keine vier Wochen mehr.» Sie fuhr mit der Hand über ihren Kugelbauch. Sylvia konnte auf entwaffnende Weise freundlich und zugewandt sein. Hinter ihrem bodenständigen, beinahe naiv anmutenden Auftreten verbarg sich eine nicht zu unterschätzende Mischung aus Klugheit, Kombinationsgabe und Menschenkenntnis, die schon so manchem zum Verhängnis geworden war. Wer nicht aufpasste, zeigte sich redseliger, als es einem möglichen Delinquenten recht sein durfte.

«Was machst du dann noch hier? Gehörst du nicht in den Mutterschutz?» Dabei warf Birgitta dem zweiten Polizisten einen vorwurfsvollen Blick zu. Der grimmig auf die Welt blickende Mittsechziger, den, wie es hieß, noch nie jemand hatte lächeln sehen, erinnerte an eine der tragischen Bauernfiguren aus den Romanen von Halldór Laxness. Ein Leben lang kämpften sie gegen das Wetter und das Schicksal, bis sie am Ende erkannten, im Grassodenhaus dem Selbstgebrannten zusprechend, dass es einen Sinn ihres Daseins nicht gab.

«Oh», kam ihm Sylvia zu Hilfe, «ist doch egal, ob ich nun hier sitze oder zu Hause. Und ich bin nun mal gerne unter Menschen.»

Der an einen Schrat erinnernde Kommissar Olafur Erlingsson mit dem pockennarbigen Gesicht, dessen Nase größer und breiter war, als es beide Hände des Neugeborenen von Kommissarin Björnsdóttir zusammengenommen sein würden, nickte zufrieden. Erlingssons äußere Erscheinung konnte Kinder bewegen, in die Arme ihrer Mütter zu flüchten. Allerdings hatte er mehr Verbrechen aufgeklärt als je ein Polizist vor ihm in diesem Land – seit Erik dem Roten, wie wohlmeinende Kollegen glaubten.

«Was ist mit dir, David? Magst du keinen Kuchen?», fragte Sylvia mit ausladender Handbewegung in Richtung von Birgittas Anwalt, David Baldvinsson. Der hatte Birgitta einmal erzählt, dass allein Glück und Zufall ihn zu dem gemacht hätten, was er heute war, einer der erfolgreichsten und teuersten Anwälte Islands. Genauso gut aber hätte er auch in einer Zelle enden können, hatte er eingeräumt, was sie keinen Moment ernsthaft bezweifelte. Der smarte Endvierziger, der stets maßgeschneiderte Anzüge und Krawatte trug und sich einmal im Jahr in Mailand neu einkleiden ließ, hatte das Management der 2008 im Zuge der weltweiten Finanzkrise in den Ruin getriebenen Kaupthing Bank derart erfolgreich verteidigt, dass die Verantwortlichen entweder mit symbolischen Bewährungsstrafen davongekommen oder aber freigesprochen worden waren. Birgitta hatte ihrem einstigen Studienkollegen daraufhin vorgehalten, er sei als Trotzkist gestartet und als Bettvorleger der Wall Street gelandet. Als Baldvinsson einige Zeit danach erstmals für sie tätig wurde, zunächst kostenlos und heute zu Vorzugsbedingungen, die selbst mit ihren bescheidenen Einkünften noch zu erfüllen waren, hatte er sich revanchiert: «Sei froh, dass da noch ein Rest von Trotzki in mir ist. Warum sonst sollte ich für jemanden eintreten, der Stromleitungen kappt? Wer macht denn noch so was, im 21. Jahrhundert?»

Als habe der Anwalt auf die Ermunterung der Kommissarin gewartet, nahm er sich gleich zwei Stücke: «Dein Kuchen ist einfach großartig. Allein deswegen bin ich immer wieder gerne hier.»

«Oh, das freut mich aber», erwiderte die werdende Mutter mit einem Lächeln, das ihr Sommersprossengesicht erstrahlen ließ. Vorsichtig drehte sie das Tablett in Richtung des Anwalts, eine Hand auf dem Bauch, damit der Kleine sich nicht am Tisch stieß. «Na, hör mal! Du kannst ja ganz schön treten mit deinen Beinchen!» Sie blickte in die Runde, während sie verschmitzt eine

Locke hinter ihr linkes Ohr schob: «So ein kleiner Zappelphilipp …»

«Tja, also, wenn ihr dann so weit fertig seid mit diesem Teil, sollten wir vielleicht mal sehen, dass wir vorankommen», ließ Erlingsson seinen Bass erklingen.

«Sehr gerne, mein Guter», erwiderte Baldvinsson jovial. «Dann will ich mal erzählen, vom Absturz mit dem Hubschrauber.»

«Oh, wir hatten eigentlich gehofft, das von deiner Begleiterin zu erfahren. Sie war ja dabei, sie hat es erlebt, im Gegensatz zu dir. Nicht wahr, Birgitta?»

Die Angesprochene nickte. «Wir waren gerade westlich am Vulkan vorbeigeflogen, als es eine Art dumpfen Knall gab. Fast hätte man ihn wegen der Motorengeräusche überhören können, aber auf einmal verdunkelte schwarzer Rauch die Kabine. Der Hubschrauber sackte ab, wir sind glücklicherweise nicht sehr hoch geflogen, keine 100 Meter. Die Dänen wollten ja fotografieren. Ich vermute, dass dieser Knall, diese Explosion, vom Motor herrührte, jedenfalls kam von dort der Rauch. Die Apparaturen spielten verrückt, aus dem Cockpit hörten wir ein metallisches Kreischen. Die Piloten konnten kaum noch was sehen, wir hinten auch nicht. Alles war eingenebelt. Der Hubschrauber reagierte wohl auch nicht mehr auf das, was die beiden da vorne taten. Er kam ins Trudeln, und es ging steil abwärts. Der Aufprall war ziemlich hart. Ich saß direkt neben der Tür, die dabei aufsprang. Der Hubschrauber landete mit einer scharfen Neigung nach rechts, auf einer Kufe, was mir wohl das Leben gerettet hat. Ich wurde hinausgeschleudert. Er kam aber nicht zum Stehen, prallte vom felsigen Grund ab, machte einen

Satz, Gott sei Dank in die andere Richtung, dann berührten die Rotorblätter den Fels. Metallteile flogen durch die Luft, der Hubschrauber krachte zu Boden, schlug seitwärts auf. Ich hörte Schreie und Hilferufe, war anfangs wie betäubt. Als ich mich aufraffen konnte, wieder auf den Beinen stand, gab es eine Explosion, und er ging in Flammen auf. Zwei Dänen aber hatten es gerade noch ins Freie geschafft. Für alle anderen kam jede Hilfe zu spät.»

Betroffen starrten die beiden Polizisten auf den Tisch vor ihnen.

«Und was hast du dann gemacht?», fragte Erlingsson.

«Ich habe versucht, ihnen zu helfen. Die Kleidung eines der beiden brannte, die habe ich als Erstes gelöscht.»

«Womit?», erkundigte sich der Kommissar.

«Mit Moos. Ich habe ihn zu Boden geworfen und darin ein paarmal hin- und hergewälzt. Der andere Mann stand unter Schock, er wollte weglaufen. Ich rannte ihm nach, damit er nicht versehentlich in eine Bergspalte stürzt. Holte ihn zurück, setzte ihn neben seinen Landsmann. Beide sahen nicht gut aus. Schwere Verbrennungen, einer hatte sichtbare Knochenbrüche an den Armen, der andere spuckte Blut. Mir war klar, dass sie dringend ärztliche Hilfe brauchten. Aber es gibt da draußen keinen Handyempfang.»

«Und dann bist du – geflüchtet?» Es war eher eine Feststellung Erlingssons als eine Frage.

«Ich wollte Hilfe holen. War schon ein gutes Stück entfernt, da tauchte auf einmal ein Hubschrauber auf. Landete an der Unglücksstelle. Vier Männer sprangen heraus. Bewaffnete Männer. Sie trugen längliche Waffen,

Schnellfeuergewehre, wenn ich mich nicht irre. Ich war – schockiert. Ging instinktiv erst einmal in Deckung. Hab die beobachtet. Und was machten die Kerle? Inspizierten das Gelände, vor allem aber den brennenden Helikopter. Sahen sich um. Taten aber nichts, um den beiden Überlebenden zu helfen. Dann muss mich einer der Männer wohl entdeckt haben, jedenfalls zeigte er in meine Richtung. Daraufhin sprangen die vier wieder in den Hubschrauber und der hob ab. Ich konnte gerade noch erkennen, dass sie die beiden Verletzten nicht mitgenommen haben. Danach bin ich nur noch gerannt, gerannt, gerannt.»

Erlingsson sah sie mit durchdringendem Blick an und massierte seine gewaltige Nase. «Kannst du ungefähr die Uhrzeit sagen, wann das geschehen ist?»

«13:37 Uhr. Hier.» Birgitta zeigte ihm ihre Armbanduhr, die durch die Wucht des Aufpralls stehengeblieben war.

«Der Rettungshubschrauber ist erst eine Stunde später an der Absturzstelle eingetroffen. Da waren die beiden Dänen tot.»

«Wundert dich das?», fragte Birgitta. «Mit solchen Verletzungen? In der Kälte?»

«Die Frage ist doch: Wer waren diese bewaffneten Männer? Und warum haben sie nicht Erste Hilfe geleistet, die Verletzten ins Krankenhaus geflogen?», meldete sich ihr Anwalt zu Wort.

Der Kommissar pochte mit dem Zeigefinger auf den Tisch. Sachte, als suche er eine Schadstelle.

«Die Polizei hat eine Suchmannschaft losgeschickt», hakte Baldvinsson nach. «Um Birgitta aufzuspüren. Warum?»

«Wir konnten nichts ausschließen», sagte Erlingsson, und Birgitta meinte, den leisen Anflug einer Entschuldigung herauszuhören.

«Seid ihr ernsthaft auf die Idee gekommen, ihr eine terroristische Tat anzuhängen?»

«Eine reine Vorsichtsmaßnahme, mehr nicht. Sie hätte ja auch verletzt irgendwo auf Hilfe warten können.» Der Kommissar schenkte sich von Birgittas Kaffee ein.

«Was wisst ihr über den Hubschrauber und die bewaffneten Männer da oben?», hakte der Anwalt nach.

«Du weißt, dass wir dir keine Auskünfte über unsere Arbeit geben können.»

«Das ist richtig, Olafur. Aber ich glaube, dass wir in diesem Fall durchaus offen miteinander umgehen sollten», meldete sich Sylvia zu Wort. «Wir haben keinerlei Informationen über diesen – Vorgang.»

«Wenn das so ist», entgegnete Baldvinsson, «dann ist hier offenbar eine Ebene berührt, die über die Polizei hinausweist. Und da gibt es eigentlich nur eine Option: das Militär. Bankräuber auf der Flucht waren das mit Sicherheit nicht.»

«Birgitta, was hattest du mit diesen Dänen zu tun? Du bist doch keine Reiseführerin?», fragte die Kommissarin.

«Nein, aber Umweltaktivistin. Das waren keine Touristen. Sie wollten an der Konferenz teilnehmen. Und gleichzeitig Abschied nehmen.»

«Wovon?»

«Von ihrem Leben. Vier ältere Männer, alle unheilbar an Krebs erkrankt. Eine Reise nach Island, das war ihr letzter Wunsch.»

Die beiden Kommissare blickten einander an.

«Das ... das verstehe ich nicht», bekannte Erlingsson. «Was hat dieser Wunsch mit der Konferenz zu tun?»

«Sie wollten erzählen. Was mit ihnen geschehen ist. 1968 in Grönland. Als sie dort verstrahlt worden sind.»

***

Obwohl es keinen Haftgrund gab, hatte Anwalt Baldvinsson seiner letzten guten Bekannten aus früheren Zeiten, Birgitta Arnósdóttir, dringend geraten, das Angebot der beiden Kommissare anzunehmen. Sollte der Absturz des Hubschraubers tatsächlich auf einen Anschlag oder Sabotage zurückzuführen sein, dann wussten dessen Urheber auch, dass seine Mandantin überlebt hatte. Ihre Idee, den Vorfall öffentlich zu machen, über die inhaltsleeren Mitteilungen der Medien hinaus, das Anliegen der Dänen gar an ihrer statt in die Konferenz zu tragen – das zeugte seiner Meinung nach von einer gewissen Todessehnsucht. Wer dieses mögliche Verbrechen zu verantworten hatte, legte mit Sicherheit keinen Wert auf Publicity. Sie riskierte ihr Leben, wenn sie jetzt die Heldin spielte. Nein, Schutzhaft bis zum Ende der Konferenz und nötigenfalls darüber hinaus: Das war die beste Lösung, solange sich die Hintergründe nicht klarer abzeichneten. Die Kommissare handelten in Birgittas Interesse – absurd genug. Sie hätten sie auch als Lockvogel einsetzen können, wären sie skrupellos gewesen. Zu dritt hatten sie Islands militanteste Energie-Rebellin davon überzeugen müssen, das für sie Richtige zu tun.

Daran musste David Baldvinsson denken, auf seinem

Fußweg zum Konferenzzentrum Harpa. Unwillkürlich weiteten sich seine Gesichtszüge zu einem Lächeln, als er das Gebäude betrat: Diese Arctic-Circle-Konferenz passte bestens nach Island, wo Geysire und Gletscher aufeinandertrafen – hier die Hitze, dort die Kälte. Seite an Seite lebten die Wichtelmännchen mit den Scheinriesen. Und er mittendrin, in der weitläufigen Empfangshalle, erfüllt von einem melodiösen Stimmengewirr, aus dem in unregelmäßigen Abständen einzelne Sätze oder auch Gelächter hervorbrachen. Soweit er die Gesprächsinhalte im Vorbeigehen mitbekam, war der gestrige Besuch der amerikanischen Außenministerin das beherrschende Thema. Er hatte ihre Rede in den Abendnachrichten verfolgt. Anmaßend und gefährlich, ein Schritt in die falsche Richtung, wie er fand. Sollte sich das Eis am Nordpol tatsächlich in weiten Teilen verflüssigen, wäre das eine globale Katastrophe unvorstellbaren Ausmaßes.

Darin lediglich ein neues Geschäftsmodell zu sehen, zeugte von Realitätsverlust und Größenwahn. Davon abgesehen gehörte die Arktis nicht den USA. Sie gehörte eigentlich niemandem und jedem, im besten Fall der gesamten Menschheit. Sollte der bis zu 3500 Meter dicke Eisschild Grönlands vollständig abschmelzen, stiege der Meeresspiegel weltweit um knapp siebeneinhalb Meter. Kämen die Eismassen rund um den Nordpol hinzu, läge der Anstieg bei über zehn Metern. Doch was zählten Tatsachen im Wettstreit mit wirtschaftlichen Interessen? In einer Welt aus Gewinnstreben und Gewalt saßen deren Nutznießer immer am längeren Hebel, so war das nun mal. Und lieber verdiente er mit denen sein Geld, sehr viel Geld, als seine Zeit auf Konferenzen zu vergeuden, wo geredet und geredet wurde, während die maßgeblichen Akteure Fakten schufen. Wie von der Außenministerin verkündet.

Er hatte sich verspätet, und die Podiumsveranstaltung war bereits in vollem Gange. Die Veranstaltung selbst interessierte ihn nur mit halbem Ohr. Er hatte einen Termin mit Natan Hammond, das allein zählte. Doch war es ein Gebot der Höflichkeit, dem Palaver hier zu folgen. Es zeugte von – er suchte nach dem richtigen Wort: von sozialer Kompetenz. Wer hieran teilnahm, gehörte dazu. Und erreichte schneller sein Ziel. Hammond saß links auf dem Podium. Die Frau rechts neben dem Moderator – war das nicht die Schwedin? Wie hieß sie gleich … Er warf einen Blick auf die Leuchtschrift an der Wand. Siv Sandberg, okay. Norwegen. Warum auch nicht.

Kaum hatte Natan Hammond zu reden begonnen, als er die Zuhörer im voll besetzten Vortragssaal erneut in seinen Bann zog. Es mochte an seiner ruhigen, eingängigen Art liegen, die Dinge vorzutragen, überlegte Sophie. Er trat auf wie ein Erzähler, der sein Publikum an die Hand nahm. Sprach von Grönland als einem Land zwischen den Zeiten, hier tausendjährige Traditionen, dort die schnelllebige Moderne. Von den Schwierigkeiten kolonialisierter Völker, ihre Identität zu wahren, neu zu finden. Was geschah mit einem Volk aus Jägern und Nomaden, das weder Geld noch Privateigentum kannte, in der Gemeinschaft lebte, sich aber seit einigen Generationen in einer Welt zurechtfinden musste, die auf Umsatz und Gewinn beruhe?

«Sie verliert ihre Seele, ihre Mitte, ihren Halt», sagte er. «Die Inuit, die Ureinwohner, haben sich in ihrem Herzen, in ihrem Unterbewusstsein, wie auch immer man das formulieren mag, ihre alten, ihre schamanischen Erinnerungen bewahrt. Die aber können sie nicht mehr ausleben, ebenso wenig wie die Jagd – abgesehen von Minderheiten. Was also hält die Zukunft für sie bereit? Viele stürzen ab, landen im Alkoholismus, der Geißel Grönlands. Unser noch immer sehr stark dänisch geprägtes Schulwesen spricht die Jugend emotional kaum an. Viele Kinder lernen Dänisch erst in der Schule. Knapp 60 000 Einwohner hat Grönland, 90 Prozent sind Inuit, Eskimos, 8 Prozent Dänen. Wir, die Inuit, sind dänische Staatsbürger. Aber wir sind es nicht wirklich, nicht aus Überzeugung, auch wenn Grönland keine Kolonie mehr ist. Seit 2009 sind wir weitgehend autonom, allein die grönländische Außen- und Sicherheitspolitik unterstehen nach wie vor der Regierung in Kopenhagen. Gleichzeitig wissen wir als Grönländer, dass die Welt sich neu sortiert. Unser Land ist strategisch wichtig, und das schmelzende Eis legt Bodenschätze frei, darunter Erdöl, Erdgas, Mineralien und Seltene Erden, in einem Wert von geschätzt Billionen Euro. Das weckt Begehrlichkeiten, auch unter den Grönländern.»

Er trank einen Schluck Wasser. Sophie registrierte, dass die Premierministerin den Ausführungen interessiert folgte. Wahrscheinlich sorgte sie sich nicht länger, Hammond könnte sie kompromittieren, und sei es ungewollt. Und vermutlich war sie nicht einmal unglücklich, dass sie ihre Rede nicht wie geplant halten konnte, nach dem Auftritt der Amerikanerin. Das nahm ihren Widersachern in den eigenen Reihen erst einmal den Wind aus den Segeln.

«Ich will nicht in der Vergangenheit verharren», fuhr

Hammond fort. «Doch kann die Zukunft nur gestalten, wer auch seine Geschichte kennt. Unsere ursprünglich animistische Kultur ist noch immer Teil unserer Identität, wenngleich unbewusst. 200 Jahre dänischer Kolonialismus haben uns vor allem Materialismus und Gehorsam gelehrt. Im Gewand einer Christianisierung, die mehr auf Eroberung als Nächstenliebe setzte. Stellen Sie sich vor, man hätte Sie genötigt, nur noch Fast Food zu essen. Doch insgeheim sehnen Sie sich nach dem zurück, was Sie aus den Erzählungen Ihrer Großeltern kennen. Nach einem guten, gesunden Essen, reichhaltig und nahrhaft. Eigentlich wollen Sie dieses Fast Food nicht einmal mehr anrühren. Aber Sie haben vergessen, verlernt, wie es anders gehen könnte. Und gleichzeitig schmilzt das Eis, in rasendem Tempo, und plötzlich sind alle sehr freundlich zu Ihnen. Die Dänen, die Amerikaner, die Russen, die Chinesen. Wie gehen Sie damit um? Was ist der richtige Weg?»

«Der Mann ist gut», flüsterte Harald Sophie ins Ohr. «Ich kann das hundertprozentig nachvollziehen. Ich bin zwar kein Inuit, aber glaub mir, auch jeder Einwanderer kennt dieses Problem. Wer bin ich, und wo gehöre ich hin?»

Siv Sandberg meldete sich zu Wort. «Ich möchte Sie nicht unterbrechen», sagte sie entschuldigend. «Aber könnten Sie freundlicherweise noch näher eingehen auf die Umstände der Christianisierung in Grönland? Das Thema interessiert mich sehr.»

Vor allem wohl, dachte Sophie, weil es ablenkt von deinem ursprünglichen Ansatz: keine Exploration mehr in der Arktis.

«Natürlich, sehr gerne», erwiderte Hammond mit

einem freundlichen Lächeln. «Um die Ereignisse richtig einzuordnen: Der Schamanismus ist nicht lediglich eine Naturreligion. Die Begleitmusik für die Jagd und das soziale Miteinander. Er ist weitaus mehr als das, gleichermaßen Philosophie und Weltanschauung, ein Sinnstifter. Er hat die Inuit gelehrt, im Einklang mit der Natur zu leben. Die Seelen erlegter Wale, Narwale vor allem, Eisbären, Walrosse, Robben oder Karibus zu ehren, ihnen Respekt zu erweisen, etwa durch Opfergaben. Der Schamanismus, wie wir ihn verstehen, oder besser gesagt: unsere Vorfahren, weist dem Menschen seinen Platz im Kosmos zu. Als Teil der Schöpfung, als ein kleiner Teil, inmitten sehr viel größerer, anderer Teile. Der Schamanismus lehrt Demut, er huldigt keinem zerstörerischen Mammon. Darin ist er modern und doch aus der Zeit gefallen. Auch deswegen, weil er sich nicht weiterentwickeln konnte. Die dänischen Kolonialherren hatten richtig verstanden, dass sie dieses Weltbild zerstören müssen, wenn sie das Land beherrschen wollen. Die Christianisierung verfolgte ein klares Ziel: den Schamanismus zu diskreditieren, auszurotten, den Inuit somit spirituell das Genick zu brechen, ihnen die Identität zu rauben.»

Der Moderator, der zwischen den beiden Politikern saß, fühlte sich offenbar aufgefordert, etwas einzuwerfen, wandte seinen Kopf in Richtung der Premierministerin, dann dem Redner zu, rückte seine Lesebrille zurecht und schürzte die Lippen, doch Hammond ignorierte ihn. Nicht zu Unrecht, befand Sophie, denn bislang hatte dieser Moderator, dessen knallroter Schal auf grünem Pullover eine weltanschauliche Referenz sein mochte, in erster Linie Banalitäten von sich gegeben.

«Die Missionierung begann mit der Ankunft des norwegischen Pfarrers dänischer Herkunft, Hans Egede, 1721 im Gebiet der heutigen Hauptstadt Nuuk. Andere Missionare folgten ihm, am einflussreichsten wurden die Herrnhuter, benannt nach der sächsischen Stadt Herrnhut bei Görlitz. Dort hatten zuvor Glaubensflüchtlinge aus Mähren Zuflucht gefunden. Das waren Pietisten, die später, gemeinsam mit den Herrnhutern, größtenteils weiterzogen nach Grönland. In der Absicht, die dortigen Heiden zu zivilisieren, im Dienst und im Auftrag des dänischen Königs. Ihr Lebensstil war in gewisser Weise sehr germanisch: diszipliniert, gottgefällig, arbeitsam, ein wenig freudlos. Jedenfalls sorgten sie als Erstes dafür, dass die Vielehe verboten wurde.»

In das Lachen der Zuhörer hinein ergänzte der Redner: «Um 1900 endete die dänische Missionierung, aber die Fakten, die damals geschaffen worden sind, wirken bis heute fort. Wie in den meisten Fällen ist auch hier nicht alles weiß oder schwarz. Die Neuankömmlinge heirateten Dänen oder Inuit, aus deren Reihen erwuchsen später die ersten grönländischen Gelehrten, die meist dreisprachig waren: Dänisch, Deutsch und Grönländisch. Das erste grönländische Wörterbuch verfasste der herausragende Herrnhuter Linguist Samuel Kleinschmidt im 19. Jahrhundert. Damit schuf er die Grundlage für das Grönländische, Kalallisut, als Schriftsprache. Das alles ändert aber nichts daran, dass der dänische Lutheranismus, der klerikale Überbau auch der Herrnhuter, auf das traditionelle Denken und Leben in Grönland einen ebenso zerstörerischen Einfluss genommen hat wie etwa eine Springflut. Und diesen Fehler sollten wir nicht wiederholen, indem wir heute die Folgen des Klimawandels unterschätzen oder schönreden.»

★★★

Der Rentner Ole Jensen, der ungeachtet seiner 80 Jahre jeden Tag mit einer einstündigen Gymnastik einleitete, liebte den Blick aus seinem reetgedeckten Haus auf der dänischen Insel Fünen. Er konnte sich nicht sattsehen an den Hügeln und Feldern. Im Sommer erblühte diese pastellfarbene Bilderbuch-Landschaft zu einem schier endlosen, impressionistisch anmutenden Gemälde, was zunehmend auch Großstädter anzog, auf der Suche nach Idylle und Natur. Gerne stand er am Fenster, sah hinaus und hing seinen Gedanken nach, jetzt aber packte er eine Reisetasche. Die schneidende Stimme seiner Tochter Edith, die im Wohnzimmer auf seine Enkelin einredete, berührte ihn unangenehm.

«Papa, musst du wirklich jetzt wegfahren?», fragte sie unvermittelt. In seine eigene Welt versunken hatte er nicht bemerkt, dass Edith mittlerweile im Türrahmen des Schlafzimmers stand, die Arme verschränkt. «Ich hab noch einen Termin und möchte Anna-Maria nicht alleine lassen.»

«Sie ist zwölf, sie kommt zurecht. Wahrscheinlich ist sie froh, wenn sie mal für sich ist.»

«Ich bin die nächsten Tage in Kopenhagen. Marius auch. Deine Enkelin will aber hierbleiben, bei dir.»

Marius, ihr Mann. Ein Coach, wie er sich nannte. Unterwegs in der Unternehmensberatung. Finde deine

Mitte. Erkenne deine Möglichkeiten. Lebe deine Synergien. Das in etwa war die Flughöhe seiner Weisheiten. Mit denen er ein beachtliches Einkommen erzielte. Marius hasste die Provinz, und er mochte seinen Schwiegervater nicht, weil der nicht alles für Gold hielt, was glänzte.

«Ich könnte die Kleine mitnehmen.»

«Das geht nicht. Sie muss morgen wieder in die Schule.»

«Und was verpasst sie da?» Er sah die Tochter an. Seine Augen ruhten auf ihrem schmalen, sehr weißen Gesicht, dessen unruhige Züge von ihrem Tick verstärkt wurden, alle paar Sekunden entweder ihr linkes Auge oder aber beide Augen gleichzeitig zusammenzukneifen. Gerade erst war sie vierzig geworden. Auf ihrer Geburtstagsfeier hatte sie eine kurze Ansprache gehalten, die um dünner werdende Haare kreiste. Schon als Kind hatte sie gerne gemalt, wurde nach jahrelanger Selbstsuche vornehmlich in Ostasien tatsächlich auch Malerin, doch ihre Kunden und Käufer beschränkten sich weitgehend auf die Eltern von Marius und deren Umfeld. Ihrem Vater verkaufte sie keine Gemälde, überwiegend Landschaftsporträts, sie schenkte sie ihm. Im Laufe der Zeit hatte sich Ole Jensens Haus in eine Galerie großflächiger Naturaneignung verwandelt, eingefasst von dicht an dicht gereihten Bilderrahmen. Gelb war die vorherrschende Farbe, die auch auf ihn abzufärben drohte. Nicht zuletzt deswegen hatte er seiner Tochter angeboten, in diese ehemalige Bauernkate einzuziehen, sie zu übernehmen, zumal er sich seit längerem schon mit dem Gedanken trug, nach Odense in ein Mehrgenerationenhaus zu ziehen.

«Ach, Papa. Du bist immer so unsachlich.»

«Ich bin vor allem realistisch.»

«Wohin fährst du? Wieder nach Århus?»

Er nickte.

«Ich habe davon in den Nachrichten gehört. Von dem Absturz in Island. Du kanntest die Toten?»

Wieder nickte er.

«Das tut mir leid. Was für ein schrecklicher Unfall.»

«Von der alten Garde glaubt niemand, dass es ein Unfall war.»

«Ja, schon klar.»

Die Tasche war gepackt. Für ein paar Tage würde es reichen. Frische Hemden, Unterwäsche, zwei Hosen vom Wäscheständer. Und ein dezentes Männerparfüm. Vor einiger Zeit hatte ihm seine Hausärztin im Vertrauen mitgeteilt, dass er bisweilen streng rieche. Das sei normal, in seinem Alter, eine Frage der … Sie hatte nach einem höflichen Wort gesucht, und als er daraufhin «des nahenden Endes?» vorschlug, mussten sie beide lachen. Doch nahm er den Hinweis ernst. Seither duschte er jeden Tag und wechselte täglich seine Wäsche.

«Du besuchst Mette?», fragte sie.

«Wir haben einiges zu besprechen.»

Edith machte einen Schritt auf ihren Vater zu. «Und was wird das ändern?»

«Ich kann nicht anders.»

«In deinem Alter solltest du kürzertreten.»

«In meinem Alter bleibt nicht mehr viel Zeit.»

«Was sagen deine früheren Mitstreiter?»

«Zu der Sache in Island? Was sollen sie sagen. Es wundert sie nicht. Mich im Übrigen auch nicht. Aber Todkranke umzubringen – offenbar wollen bestimmte Leute nicht, dass unser Fall wieder an die Öffentlichkeit gelangt.»

«Das ist er doch.»

«Als Nachricht, ja. Aber nicht als Anklage.»

Seine Tochter seufzte. «Hast du noch immer nicht begriffen, dass du gegen solche Machenschaften nichts ausrichten kannst?»

«Ich mache mir keine Illusionen, meine Liebe. Aber ich bin nun mal altmodisch. Ich glaube an die Wahrheit.»

Die Arctic-Circle-Konferenz, oft verglichen mit dem Weltwirtschaftsforum in Davos, war ebenso exklusiv wie in ihren Abläufen leger. So war es keineswegs ungewöhnlich, dass sich an den zahlreich aufgestellten Stehtischen etwa Studenten zu Wirtschaftsführern oder Ministern gesellten und mit ihnen ins Gespräch kamen. In einem Separee, wo die norwegische Delegation zu Häppchen und Sekt geladen hatte, trat David Baldvinsson an Natan Hammond heran, begleitet von dessen Pressesprecher. Der Anwalt nannte seinen Namen, seinen Beruf und machte bei der Gelegenheit auch die Bekanntschaft von Sophie Schelling und Harald Nansen, die sich mit dem Grönländer unterhalten hatten. Zwei Tische weiter entdeckte er die Premierministerin Norwegens.

«Bitte entschuldigen Sie, dass ich Sie hier – nun, in gewisser Weise überfalle», sagte Baldvinsson. «Ich komme nicht ohne Grund. Sie haben von dem Absturz des Hubschraubers gehört?»

«Ja, ich denke, das haben wir alle», entgegnete Hammond, während seine Augen sich zu schmalen Strichen verengten. «Eine furchtbare Tragödie.»

«In der Tat. Es hat eine Überlebende gegeben. Ich bin ihr Anwalt.»

«Das freut mich zu hören. Warum aber benötigt eine Überlebende einen Anwalt?»

«Gute Frage. Ich versuche, die Hintergründe des Absturzes aufzuklären.»

«Dann sind Sie nicht allein Anwalt, sondern auch Polizist?» Hammond warf ihm einen durchdringenden Blick zu.

«Meine Mandantin ist eine bekannte Umweltaktivistin. Die vier getöteten Dänen gehörten zum Thule-Forum. Sie wollten hier auf die Vorgänge von damals hinweisen.»

Natan Hammond nickte langsam. «Verstehe. Und das geht jetzt nicht mehr.»

«In der Kürze der Zeit wird sich kein Ersatz aus Dänemark finden, zumal die Herrschaften nicht mehr die Jüngsten sind.»

«Wer ist Ihre Mandantin, wenn ich fragen darf?»

«Birgitta Arnósdóttir. Von Beruf Lehrerin.»

«Der Name sagt mir was ... Ja, ich habe von ihr gehört. Sie hat Anfang des Jahres einen Vortrag in Nuuk gehalten, über Formen und Möglichkeiten des Widerstandes in der Umweltbewegung. Mein Pressesprecher hat mir davon berichtet. Er war sehr angetan, wie die meisten Zuhörer.»

Der Angesprochene lächelte und zog es vor zu schweigen. Seine mongolisch anmutenden Gesichtszüge mochten ein Hinweis darauf sein, dass die Vorfahren der Inuit angeblich vor rund 4000 Jahren aus der sibirischen Steppe in Richtung Osten aufgebrochen waren. Soeben hatte der Pressesprecher sein Studium der Politologie in Kopenhagen abgeschlossen, wie er Baldvinsson nicht ohne Stolz mitgeteilt hatte.

«Natürlich wäre Frau Arnósdóttir heute gerne persönlich erschienen», betonte der Anwalt. «Sie hielt es allerdings für angeraten, sich vorerst …» Er zögerte, suchte nach der rechten Formulierung.

«Immer offen heraus», ermunterte ihn Hammond.

«Sie hat sich freiwillig in Schutzhaft begeben.»

«Dann wird sie ihre Gründe haben. Vielleicht sollten wir das Gespräch in meinem Hotel fortsetzen. Sagen wir in zwei Stunden?»

Ole Jensen nahm den Zug nach Århus. Mit dem Auto fuhr er ungern längere Strecken, zu sehr überfielen ihn an manchen Tagen die Bilder aus der Vergangenheit. Dann suchten ihn die Erinnerungen heim – an jene 1500 Dänen, junge Männer, teilweise keine 20 Jahre alt, als das Unglück geschah. Als der B-52-Atombomber über Grönland abstürzte, im Jahr 1968. Anschließend hatten sie das verstrahlte Eis, den verseuchten Schnee eingesammelt und auf Container verladen. Teilweise mit bloßen Händen, es fehlte an allem. Natürlich wussten sie nicht, dass ihr Job lebensgefährlich war. Zur Jahrhundertwende lebte die Hälfte von ihnen nicht mehr, heute waren es weniger als 200. Die Todesursache in den meisten Fällen: Krebs. Angesichts der hohen Dosen an Radium und Plutonium, denen sie unter anderem ausgesetzt gewesen waren, erschien es fast wie ein Wunder, dass der größere Teil dieser Männer noch einige Jahrzehnte lebte – oft genug mit chronischen Schmerzen, arbeitsunfähig, häufig getrennt von ihren Familien, infolge teils langer oder dauerhafter Aufenthalte im Krankenhaus.

Nach dem erneuten Unglück, dieses Mal in Island, mit

einem Hubschrauber, hatte er die alten Mitstreiter angerufen, einen nach dem anderen, soweit er sie erreichen konnte. Sie zeigten sich betroffen, die meisten hatten Angst. Damals, vor mehr als einem halben Jahrhundert, waren sie Zeitsoldaten oder Zivilangestellte gewesen. Nützliche Idioten! Nichts hatte man ihnen gesagt, nichts für sie getan. Von der eigenen Regierung waren sie verraten und verkauft worden. Nichts als Lügen, Vertuschung, Verharmlosung. Um jeden Preis wollten die maßgeblichen Stellen verhindern, dass die Wahrheit über den B-52-Bomber je ans Licht käme. Denn offiziell hatte Kopenhagen die Lagerung von Atombomben auf dänischem Territorium grundsätzlich und für alle Zeiten untersagt, zu tief saß der Schock über Hiroshima und Nagasaki. Die Wirklichkeit aber sah ganz anders aus, in Grönland jedenfalls.

Also hatten sich die Verantwortlichen der üblichen Tricks bedient. Beriefen nach 1968 mehrere Untersuchungskommissionen ein, spielten auf Zeit. Eine dieser Kommissionen befasste sich mit der Strahlenbelastung unter den Überlebenden jenes «Project Crested Ice», wie die Entsorgung des tödlich verstrahlten Eises und Schnees genannt wurde: «Angehäuftes Eis». Als ginge es um einen Eisbecher mit Sahnehaube obenauf. Das Ergebnis der Untersuchung: Die Sterberate der Betroffenen lag 40 Prozent höher als zuvor oder danach in der Region Thule. Eine weitere Studie des Instituts für Krebsforschung stellte eine um 50 Prozent höhere Krebsinzidenz, gemessen an der Bevölkerung in Dänemark, fest. Das Institut mochte aber keinen Zusammenhang zwischen «Crested Ice» und den Erkrankungen der Strahlenopfer erkennen, ebenso wenig wie die vorherige Kommission. Sehr zur Freude nachfolgender Regierungen, denen somit schwerlich Vorhaltungen zu machen waren, zumal es offiziell ja nie Atombomben auf dänischem Boden gegeben hatte. Folglich sah auch niemand Veranlassung, Entschädigungen zu zahlen. Erst 1995 räumte Kopenhagen ein, dass die USA in den 1950er und 1960er Jahren Atombomben in der Region Thule gelagert hatten. Doch bis heute verneinen Regierungsvertreter, dass «Crested Ice» irgendetwas mit den erhöhten Sterberaten zu tun hätte. Nach jahrelangen juristischen Auseinandersetzungen erhielt jeder noch lebende Geschädigte außergerichtlich eine Einmalzahlung von 8500 Dollar. Das Geld stammte aus den USA, nicht aus Dänemark. Hatten die Amerikaner ein schlechtes Gewissen bekommen, weil sie die Dänen die Drecksarbeit machen ließen, ohne sie über die Gefahren aufzuklären, während ihre eigenen Verantwortlichen vor Ort Schutzanzüge trugen? Wahrscheinlich hätte sich in dieser Frage gar nichts bewegt, wäre nicht der Lokaljournalist Magnus Brink aus Århus mutig genug gewesen, den Vorgang in die Öffentlichkeit zu tragen …

Ole Jensen hatte nicht einmal mitbekommen, dass sich die Abteiltür geöffnet hatte und eine Mutter mit zwei kleinen Kindern eingetreten war. Er erwiderte ihren Gruß und machte den Sitzplatz neben sich frei. Eines der beiden Kinder, ein Mädchen von vielleicht acht Jahren, fragte ihn: «Mit wem hast du denn geredet?»

Ole räusperte sich. Er neigte dazu, Selbstgespräche zu führen, wenn er sich allein glaubte.

«Oh! Ich habe nur laut nachgedacht», sagte er und half der Mutter, den Koffer in der Ablage zu verstauen. Sie tauschten einige kurze, freundliche Bemerkungen aus, anschließend waren die Frau, ihre Tochter und der etwas ältere Sohn miteinander beschäftigt. Er beobachtete sie aus den Augenwinkeln. Fragte sich, ob sie alleinerziehend sein mochte. Wäre Ediths Mutter nicht kurz nach der Geburt gestorben, hätte er sich nicht um das Baby kümmern müssen, wäre er wahrscheinlich beim FE geblieben, überlegte er, dem Auslands- und militärischen Nachrichtendienst Dänemarks. Im Nachhinein war er froh, dass er den Absprung geschafft hatte. Irgendwie konnte er sich all die Jahre durchschlagen. Hier ein Auftrag, da eine Anstellung, nichts Aufregendes und nichts von Dauer, doch hatte er auch von Fünen aus die Welt im Blick behalten. Seine Empörung war im Laufe der Zeit gewachsen. Er war der erste Däne, der die Atombomben in Grönland gesehen hatte, gelagert in Silos im ewigen Eis, seit den frühen 1960er Jahren. Viel zu lange hatte er geschwiegen.

Bis Magnus Brink vor ihm stand, an seiner Haustür. Und ihn mit seiner fragenden, tastenden, vorsichtigen Art, der staunende Neugierde ebenso vertraut war wie ungläubige Naivität, dazu bewegte, sein Schweigen zu brechen. Ob Magnus wusste oder ahnte, welch großen Einfluss er auf ihn genommen hatte, in den vielen Wochen und Monaten, in denen sie sich immer wieder begegnet und schließlich gute Freunde geworden waren? Magnus hatte sich von einer Raupe in einen Schmetterling verwandelt, ging unbeirrt seinen Weg, allen Warnungen und Einwänden zum Trotz. Spät, fast zu spät, war Ole ihm darin gefolgt. Vor Magnus hatte er sich viel zu lange mit seiner Verantwortung für Edith herausgeredet. Die gab es natürlich, doch diente sie ihm oft genug auch als Ausrede. Wer einmal beim FE beschäftigt war, tat sich schwer, staatliche Behörden anzuprangern.

Der Junge begann zu toben, breitete seine Arme aus, spielte Flugzeug im Abteil, überhörte die Ermahnungen der Mutter. Bis er stolperte und bäuchlings auf beiden Beinen Ole Jensens landete. Erschrocken sprang der Kleine wieder auf, sah den fremden Mann mit geweiteten Augen an.

«Entschuldige bitte, Opa», sagte er schuldbewusst, während seine Mutter zu schimpfen begann.

«Aber du musst dich doch nicht entschuldigen», erwiderte Ole Jensen und sah abwechselnd ihn und die verärgerte Mutter an, leise lächelnd. «Du machst das genau richtig, mein Junge. Lebe immer wild und gefährlich! Sonst endest du noch als langweiliger Rentner.»

***

Sophie und Harald wunderten sich über den Ort, den der Anwalt David Baldvinsson für ihr Treffen vorgeschlagen hatte: einen Friedhof unweit des Parlaments von Reykjavik. Dieses «Althing-Haus» aus dem späten 19. Jahrhundert, ein gleichseitiges Rechteck aus Granitstein, wirkte ebenso nüchtern wie unaufdringlich. Vor allem signalisierte es Bodenständigkeit und war jedem frei zugänglich. Hinter dem Parlament erstreckte sich eine weitläufige Parkanlage, die zur Rechten auf eine Anhöhe zulief, wo sich, getrennt durch eine Straße, der ebenfalls großflächige Friedhof befand. Dort flanierten sie eine Weile, und Harald zeigte sich angesichts der Inschriften auf den

Grabsteinen erstaunt, dass die Nachnamen der meisten Männer mit «Sohn» endeten, die der Frauen auf «Tochter».

«Mir kommt das alles so vertraut vor», sagte Harald. «Die Zugehörigkeit zu einer Familie über die Endsilbe Sohn oder Tochter – das verweist auf starke Clan- und Stammesstrukturen, jedenfalls in früheren Zeiten. Bei uns zu Hause ist das noch immer so. Du wirst hineingeboren in eine Gruppe, und aus der kommst du nie mehr raus.»

«Wenn du nicht gerade in Norwegen landest.»

«Selbst da lautet die erste Frage unter Einwanderern: Wo kommt deine Familie her? Aus welchem Landesteil? Und sie wollen wissen, ob du den Namen einer bedeutenden Sippe trägst. Die irgendwann mal über Geld und Einfluss verfügt hat.»

Auf zahlreichen Gräbern waren emaillierte Porträts der Verstorbenen befestigt, die den Betrachter ebenso stolz wie hilfesuchend anzusehen schienen. Manche Blicke verhießen Hoffnung, andere Resignation. Irgendwann landen wir alle in derselben Erde, dachte Sophie.

«Auch die Eskimos sind mir irgendwie sympathisch. Ich kenne zwar keine, aber was der Hammond da erzählt hat von den Dänen – bei uns waren das die Briten und die Amerikaner. Derselbe Mist. Erst das Alte und Bewährte zerstören, am Ende ist alles kaputt. Und was bleibt, ist der Kampf gegen den Terror.»

«Und die Korruption.»

«Ja, auch darin ähneln sich die Mentalitäten. Das hätten die Machthaber in Pakistan nicht besser hinbekommen als die in Island, wie sie 2008 hier die Banken zerlegt haben.»

«Friedhöfe haben etwas Beruhigendes, finden Sie nicht? Man verliert seine Illusionen», sprach der Mann, der um die Ecke bog. David Baldvinsson, ihre Verabredung. Ein Dandy vom Schlage Karl Lagerfelds. Dieser erste Eindruck Sophies verflog auch beim Wiedersehen nicht.

«Ist das der Grund, warum wir uns hier treffen?», fragte Harald.

Der Anwalt lächelte. «Island bietet herrlichste Natur. Dort ist man ungestört. Nicht so leicht abzuhören.»

«Jedenfalls sind wir die einzigen Besucher hier», kommentierte Sophie.

«Das wird auch so bleiben. Ich kenne den Friedhofsgärtner, er hat das Eingangstor uns zuliebe geschlossen.» Nach kurzem Smalltalk kam er zur Sache.

«Waren Sie am Absturzort?», erkundigte sich Baldvinsson.

«Waren wir», antwortete Harald. «Sie hatten Recht. Nichts mehr da, alle Überreste des Hubschraubers sind beseitigt worden. Bis auf ein paar Brandspuren.»

«Das Wrack liegt jetzt in einem Hangar des Militärflughafens und wird dort untersucht. Ich gehe davon aus, dass es zerlegt und verschrottet wird.»

«Haben Sie Erkenntnisse zur Absturzursache?», fragte Sophie.

«Ein technischer Defekt, heißt es offiziell.»

«Und inoffiziell?»

«Meine Mandantin hat ihre Erlebnisse zu Protokoll gegeben. Keine Hilfeleistung für die Überlebenden durch die Besatzung eines zweiten Helikopters, der kurz nach dem Absturz an der Unfallstelle aufgetaucht war.»

«Das deutet auf einen Anschlag hin», bemerkte Harald. «Andernfalls wären wir jetzt nicht hier, auf diesem Friedhof.»

Sophie war sich nicht sicher, was sie von Baldvinsson halten sollte. War er ein Intrigant? Spannte er sie für seine Interessen ein, spielte er geschickt über Bande? Über den Grönländer Hammond, der seinerseits die norwegische Premierministerin alarmiert hatte? Die wiederum ihre bescheidene Kavallerie ins Feld führte, Harald und sie?

«Ist Ihre … ist Birgitta Arnósdóttir noch immer im Gefängnis?», erkundigte sich Sophie.

«Sie kommt heute frei, auf ihren Wunsch. Die Konferenz ist vorbei, der Sturm hat sich gelegt. Die Diagnose eines technischen Defekts als Absturzursache lässt nicht erwarten, dass man ihr irgendwas anhängen wird.»

«Dennoch haben Sie einen Ausflug in die große Politik unternommen. Und Natan Hammond aufgesucht», warf Harald ein.

«Sonst hätten wir uns ja nicht kennengelernt!» Der Anwalt lachte. «Nein, keine Sorge, ich mische mich nicht in Dinge ein, die mich nichts angehen. Aber ich musste vorbeugen für den Fall, dass Birgitta unter irgendeinem Vorwand juristisch belangt wird. Wäre ja nicht das erste Mal.»

«Ihr Engagement ehrt sie», kommentierte Harald ungerührt. «Handelt es sich dabei um ein diskretes Strippenziehen im Hintergrund?»

«Was Sie mit den Informationen anstellen, die Sie mir verdanken, ist Ihre Entscheidung. Sie schulden mir und meiner Mandantin nichts. Ebenso wenig wie ich Ihnen. Wir sind einfach nur Spaziergänger an einem strahlend schönen Herbsttag, nicht wahr?»

Baldvinsson fasste in die Innentasche seines Armani-Mantels und holte einen Briefumschlag hervor. Überreichte ihn Sophie. Er enthielt mehrere Fotos. Sie zeigten einen Mann mit Sonnenbrille, Endfünfziger, Gewinnertyp. Die markanten Gesichtszüge eines Machers, der keinen Widerspruch duldete. Das Gesicht kam ihr bekannt vor, doch woher? Harald wusste es einzuordnen: «Das ist Per Knudsen. Einer der größten Reeder Norwegens.»

«Besitzer der Arctic Shipping Company», ergänzte der Anwalt. «Sehen Sie die Kirche da, im Hintergrund? Das ist die Hallgrimskirche. Aufgenommen vor ein paar Tagen. Während der Konferenz.»

«Wundert mich, dass er sich nicht bei den Norwegern gezeigt hat. Einer wie der schüttelt doch gerne die Hand einer Premierministerin.» Harald blieb am Ball.

«Vielleicht hat er es vorgezogen, im Hintergrund zu wirken?», gab Baldvinsson zu bedenken. «Und der hier könnte der Grund sein.» Er deutete auf einen Mann an der Seite des Reeders. «Sergej Stallowskij. Ein Russe. Vielleicht sein Geschäftspartner. Der hat ein Vermögen mit dem Abwracken von Schiffen verdient, deren Altlasten er angeblich gerne im Meer entsorgt.»

«Woher haben Sie diese Fotos?», fragte Sophie.

«Ach, wissen Sie, Island ist ein kleines Land. Man kennt sich, man hilft sich.»

«Ihre Selbstlosigkeit ehrt Sie. Frau Arnósdóttir steht tief in Ihrer Schuld.» Sogleich bereute Sophie ihren ironischen Tonfall.

«Einen Leckerbissen hätte ich noch», entgegnete der Anwalt. «Sind Sie interessiert oder wäre das für Sie zu viel des Guten?»

«Wir sind leidenschaftliche Zuhörer», versicherte Harald.

Baldvinsson händigte ihnen die Kopie eines Nutzungsvertrages aus. Für einen gemieteten Helikopter, am Tag des Absturzes. Ausgestellt von einer Flugschule in Reykjavik, die viel Geld damit verdiene, auch Hubschrauber im Dienst der US-Streitkräfte zu warten, erklärte er. Die Unterschrift erwies sich als beinahe unleserlich. Doch am Ende hatten sie kaum noch Zweifel: Stallowskij.

Ole Jensen ging zu Fuß vom Bahnhof in das neue Szeneviertel Århus Ost am früheren Stadthafen. Ein bisschen Bewegung konnte nicht schaden, und er freute sich am Anblick der vielen jungen Paare, denen er unterwegs begegnete. Noch einmal jung sein, aber bereichert um die Erfahrungen, die sich im Laufe eines Lebens ansammelten – was für ein Traum. Wie viele Fehler und Dummheiten ließen sich vermeiden, wüsste man früher, was einem guttat und was nicht. Der Stadtteil Ost gefiel ihm, diese Symbiose ansprechender Läden, darunter viele Cafés und Restaurants, aus Geschäftigkeit und Kultur. Die Architekten, die sich hier ausprobieren durften, hatten ganze Arbeit geleistet. Das Highlight waren die sogenannten «Eisberg»-Gebäude, direkt am Wasser gelegen. Überwiegend in Beige, die Balkone eingefasst von meerblauem Plexiglas, die Häuser selbst so vielgestaltig wie Eisberge – kein Haus glich exakt dem anderen, jedes einzelne hatte seine eigene, pyramidenhaft anmutende Struktur. In dieser begehrten Anlage eine Wohnung zu beziehen, kam einem Sechser im Lotto gleich. Er hatte sich sehr für Mette gefreut, als sie ihn euphorisch anrief, nach all der Trauer.

Er klingelte an der Haustür und blickte in eine elektronische Kugel, die es dem Bewohner erlaubte, über die Gegensprechanlage den Besucher erst einmal in Augenschein zu nehmen. Er streckte die Zunge raus und hörte ihr Lachen am andern Ende. Der Türöffner summte, mit dem Fahrstuhl fuhr er in die oberste Etage. Einen Moment hatte er überlegt, die Treppe zu nehmen, entschied sich dann aber dagegen. Keuchend wollte er «meinem Mädchen» nicht entgegentreten, wie er sie gerne nannte.

Nachdem Mette ihn umarmt hatte, führte sie ihn ins Wohnzimmer. Der Blick auf die Århuser Bucht war ... ihm fiel kein Wort ein, das seine Gefühle angemessen wiedergab. Phantastisch? Traumhaft? Das grenzte an Kitsch. Zu schön, um wahr zu sein. Und doch war die Aussicht – sie weitete sein Herz.

«Wie war deine Fahrt?», fragte Mette und richtete ihre rotbraunen Haare, die sie zu einem losen Knoten am Hinterkopf gebunden hatte.

«Nichts Besonderes. Hab einen kleinen Flieger kennengelernt.» Während er erzählte, schweiften seine Blicke zu den beiden Porträtfotos ihres Mannes an der Wand, Magnus Brink. Seine zerzausten Haare waren sein Markenzeichen, auch auf diesen Bildern.

«Ich hab einen Apfelkuchen gebacken. Magst du?», fragte sie.

«Na, glaubst du, ich sag nein?» Sie entschwand in die Küche, während er den Wohnzimmertisch deckte. Mette war die Tochter, die er sich auch gewünscht hätte. Er schämte sich jedes Mal, wenn er so dachte. Aber was half es, das zu leugnen? Sie war klug, weltoffen, zupackend. Edith dagegen – er seufzte. Eine Studie in Gelb, kam ihm in den Sinn, und auch diesen Gedanken verdrängte er sofort.

«Dieser Absturz in Island», sagte Mette und reichte Ole ein Stück Kuchen, «war für die Medien wenig mehr als eine Meldung. Kaum ein Wort darüber, was die vier auf der Konferenz wollten.»

«Was erwartest du denn? Journalisten vom Schlag wie Magnus, die gibt es doch kaum noch. Fragen stellen, neugierig sein, Hintergründe aufzeigen, welche Zeitung leistet sich solchen Luxus?»

«Bald sind die Strahlenopfer alle tot, und niemanden kümmert es.»

«So ist das. Wer die Macht hat, der kontrolliert auch die Erinnerung.»

Mette schlürfte ihren Kaffee. Sie war genauso alt wie Edith, sah aber jünger aus. Dünne Ringe lagen unter ihren grünblauen Augen, einzelne graue Haare zeigten sich inmitten des Rotbrauns. Ihre Haut war straff und ohne Falten. Hätte er sie nicht innerlich adoptiert, würde er sie wahrscheinlich begehren. Selbst in seinem Alter noch.

Gerade in seinem Alter.

«Was vermutest du? Wie ist das passiert, dieser Absturz?», fragte sie.

«Keine Ahnung. Niemand glaubt an einen Unfall. Keiner von uns.»

«Und wenn doch?»

«Tja. Für einen Unfall spricht, dass es eigentlich keinen vernünftigen Grund gibt, alte Herrschaften umzubringen, die ohnehin bald tot gewesen wären.»

«Aber sie wollten erzählen. Auf dieser Konferenz. Was damals vorgefallen ist.»

«Hätten sie das getan – was wäre passiert? Rein gar nichts. Wen kümmert solches Greisengemurmel?»

Mette überlegte. Hielt ihre Kaffeetasse in beiden Händen, starrte auf die Flüssigkeit, als wäre sie ein Orakel. «Es sei denn, es ginge gar nicht um die Vergangenheit. Sondern um die Zukunft.»

Ole war verblüfft. Darüber hatte er noch nicht nachgedacht.

«Ich meine», fuhr sie fort, «wenn die vier das Thema Thule an die große Glocke gehängt hätten, und durch irgendeinen dummen Zufall wäre das alles wieder hochgespült worden, was damals vorgefallen ist … Und wenn ich jetzt gleichzeitig große Pläne hätte mit Thule … Dann will ich doch nicht, dass solche Leute am Ende womöglich die Pferde scheu machen, oder?»

Das hörte sich durchaus vernünftig an, überlegte er. Es müssten dann allerdings sehr weitreichende Pläne sein, andernfalls lohnten Aufwand und Risiko nicht. Gedankenblitze durchfuhren ihn, während er abwechselnd auf das Meer blickte, Mette ansah, die beiden Fotos von Magnus und wieder retour.

«Ole? Erde an Mars? Alles okay mit dir?»

«Ja, ja. Es ist nur … ich habe gerade überlegt, was das für große Pläne sein könnten.»

«Die Antwort liegt in Thule, wenn du mich fragst.»

Ole nickte und wechselte das Thema. «Wann ist es denn so weit?»

«Ich bin nicht schwanger.»

«Ich meine deine Ausstellung.»

«Im Frühjahr. Erst die Galerie in Kopenhagen, dann folgen Berlin und London.»

«Und was machst du, wenn deine Fotos schon in Kopenhagen alle verkauft werden?»

Mette lachte. Ein schöner Anblick. «Dann mache ich schnell neue», erwiderte sie und erhob sich. «Warte, ich hab einen guten Cognac besorgt.» Sie legte die wenigen Schritte zum Wandschrank zurück, holte die Flasche hervor und zwei Gläser.

«Der Lieblingsdrink von Magnus», kommentierte Ole.

«Ja. Trinken wir auf ihn, wo immer er jetzt sein mag. Ist heute drei Jahre her.»

Er fasste sich an den Kopf. «Gott, ich werde alt! Den Jahrestag hatte ich vollkommen vergessen. Entschuldige bitte.»

«Alles gut.» Sie schenkte ein, sie stießen an, hielten ihre Gläser anschließend in Richtung der Fotos.

«49 Jahre», sagte sie nachdenklich. «Das ist kein Alter, um zu sterben.»

«Nein, wirklich nicht.» Magnus war beim Joggen zusammengebrochen. Ohne jede Vorwarnung. Herzinfarkt, der Notarzt konnte nichts mehr für ihn tun.

«Meistens denke ich nicht darüber nach. Aber manchmal überkommt es mich. Dann bin ich mir fast sicher, dass er umgebracht wurde. Er wusste einfach zu viel.»

«Ein Herzinfarkt ist eine tückische Angelegenheit, Mette. Auch sehr junge Sportler sind daran schon gestorben. Und die Obduktion hat keinerlei Fremdeinwirkung ergeben.»

«Du bist doch viel besser informiert als ich, Ole. Seit den 1950er Jahren wissen die CIA und der KGB, wie man einen Herzinfarkt künstlich herbeiführt, ohne Spuren zu hinterlassen. Am einfachsten gelingt das mit Hilfe einer

Injektion, die Zyanid in die Blutbahn leitet. Dieses Gift bewirkt anschließend den Herzstillstand. Der Tod tritt innerhalb weniger Minuten ein.» Sie schenkte von dem Cognac nach. «Und für die Injektion reicht ein leichtes Ritzen in die Haut. Kann ja passieren, dass ein Jogger einen anderen beim Laufen versehentlich anrempelt, oder nicht?»

Er schwieg. Für Geheimdienste war nichts unmöglich, doch wozu sich den Kopf zermartern? Das machte niemanden glücklich und keinen Toten wieder lebendig.

«Auf dein Wohl, Magnus», sagte er schließlich und stieß ein weiteres Mal mit Mette an. Nach einem kurzen Moment des Innehaltens fragte die Witwe: «Was also sind deine Pläne, Ole?»

Es wurde ein langer Abend, denn er hatte viel zu erzählen. Das Leuchten in ihren Augen machte ihn geradezu euphorisch.

***

Aker Brygge. Ein angesagtes Geschäftsviertel in Oslo unweit des früheren Hafens. In der Nachbarschaft Jungunternehmer, eine Galerie, Cafés. Die kleine Geheimdienst-Spezialeinheit E 39 firmierte als Import-Export-Firma. Sophie und Harald gaben den Code für die Eingangstür ein, die sich klackend öffnete. Über die Freitreppe liefen sie in die oberste Etage, wo Berit Berglund, ihre Chefin, von ihrem Schreibtisch aus den Oslofjord überblickte. Sie begrüßte beide mit freundlichen Worten. Einen Augenblick schien sie zu überlegen, ihr Zwei-Personen-Team zu umarmen, doch für solcherlei Überschwang war sie zu nordisch unterkühlt. Stattdessen sagte sie: «Ihr habt mir gefehlt, ihr beiden. Ich hoffe, ihr hattet auch ein wenig Spaß in Reykjavik? Wart mal in einer Therme?»

Nach kurzer Plauderei und den ersten Schlucken Masala Chai, eine Reverenz an Haralds Heimat, Schwarztee mit viel Milch und Gewürzen, darunter Pfeffer, Nelken, Zimt und Kardamom, den zuzubereiten für ihren Kollegen zu den täglichen Ritualen gehörte, kamen sie zur Sache.

«Ich habe in der Zwischenzeit ein Dossier erstellt», berichtete Berit. «Per Knudsen ist kein unbeschriebenes Blatt. Vor fünf Jahren machte der Reeder mit seiner damaligen Firma Schlagzeilen, Samfiske. Die hatte in Namibia Regierungsbeamte bestochen, um Fischereirechte weit über die erlaubten Quoten hinaus zu erwerben. Anschließend hat Knudsen sie für ein Vielfaches vor allem an Japaner und Chinesen verkauft. Als die Sache publik wurde, musste das halbe Kabinett der damaligen Regierung in Namibia zurücktreten.»

«Ja, ich erinnere mich. Da unten sind damals Köpfe gerollt, bei uns nicht ein einziger», sagte Harald.

Berit warf ihre Arme in die Höhe. «Es braucht eben Beweise. Und einer wie Knudsen ist nicht so dumm, Spuren zu hinterlassen. Er hat andere vorgeschickt.»

«Juristisch belangt worden ist nur der Whistleblower von Samfiske, der die Sache öffentlich gemacht hatte, wenn ich mich recht erinnere», fuhr Harald fort. «Er wurde wegen Korruption angeklagt, weil auch er anfangs Bestechungsgelder angenommen hatte. Bis er ein schlechtes Gewissen bekam und das Risiko einging, die Wahrheit zu sagen. Damit musste er sich zwangsläufig selbst belasten. Er hat eine Bewährungsstrafe bekommen, glaube ich?»

«Und eine Geldstrafe, die ihn letztendlich ruiniert hat», ergänzte Berit. «Knudsen war gerissener. Er hat seine Anteile an Samfiske rechtzeitig seinen minderjährigen Kindern überschrieben und einen Vormund bestellt. Damit war er juristisch weitgehend aus dem Schneider.»

«Nach Samfiske hat er dann die Arctic Shipping Company gegründet?», fragte Sophie.

«Vor drei Jahren, so ist es. Wie der Name sagt, ist die Firma vor allem in der Arktis unterwegs. Beliefert etwa Grönland mit Waren und Gütern aus Nordamerika und Europa.»

Harald nahm ein Stück von dem Kuchen auf Berits Schreibtisch. «Ich darf doch?», setzte er schuldbewusst nach.

«Nur zu! Dafür ist er ja da.»

«Also, wenn ich das richtig sehe», warf Sophie ein, «ist er reich, offenkundig skrupellos und vermutlich bestens vernetzt. Kaum gegründet, schon erhält seine Reederei lukrative Aufträge, auch aus dem Ausland? Das ist in der Tat eine bemerkenswerte Erfolgsgeschichte. Nur – was haben wir damit zu tun?»

Berit warf ihr einen nachdenklichen Blick zu. «Natan Hammond, den ihr ja auch kennengelernt habt, hat unsere Premierministerin auf einige, sagen wir: Unstimmigkeiten hingewiesen. Und sie gewissermaßen um – Schützenhilfe gebeten. Daraufhin ist Siv an mich herangetreten.»

«Prima!», kommentierte Harald. «Heißt das: Wir machen auf undercover?» Er nahm einen großen Schluck Masala Chai zu sich.

«Jedenfalls geht es um Diskretion. Knudsen ist ein alter Bekannter unseres Finanzministers Andreas Bakke, die beiden kennen sich seit Kindertagen. Der Minister wiederum sägt an Sivs Stuhl, so gut er kann. Es ist durchaus möglich, dass Knudsen erneut an fragwürdigen Geschäften beteiligt ist. Da Bakke der Arctic Shipping Company vor kurzem einen größeren Auftrag zur Versorgung unserer Ölplattformen erteilt hat, und zwar ohne ernstzunehmende Ausschreibung, ist er politisch erledigt, sobald wir Knudsen etwas anhängen können.»

«Was also hat Hammond der Premierministerin erzählt?», fragte Sophie.

«Nun ...» Berit räusperte sich. «Es geht um verstärkte Aktivitäten in der Region Thule, im Nordwesten Grönlands. Und der Name Knudsen spielt in dem Zusammenhang offenbar eine größere Rolle.» Einmal mehr bemerkte Sophie, wie sehr Berit äußerlich der Premierministerin ähnelte. Fast könnte sie ihre Mutter sein. Dasselbe kantige Gesicht, eine ähnliche Kurzhaarfrisur, wenngleich graumeliert.

«Was für Aktivitäten?», hakte Harald nach.

«Ein intensiver Schiffsverkehr. Thule ist eine Region mit Sonderstatus. Dort haben die Amerikaner das Sagen. Dann die Dänen. Zu guter Letzt die Grönländer. Auf diese Reihenfolge hat ein aufstrebender Politiker in Nuuk, hat auch Natan Hammond keinen Einfluss. Doch hat er die richtigen Kontakte, wie es scheint. Jedenfalls hat er Siv die Kopien von Lieferverträgen gezeigt. Daraus geht hervor, dass die Arctic Shipping Company Unmengen von Zement aus den USA nach Thule transportiert.»

«Ja, und?», sagte Harald. «Das ist nicht verboten.»

«Nein, aber die Verträge sind vom Pentagon als streng geheim klassifiziert worden.»

«Okay, spannend. Ansonsten sehe ich das wie Harald: Wo liegt das Problem?»

Nun nahm Berit ihren ersten Schluck Tee. Langsam und bedächtig führte sie die Tasse zum Mund, trank, verzog leicht das Gesicht. Sie bevorzugte Kaffee, nur Harald zuliebe war sie voll des Lobes über Masala Chai. «Tja, Kinder, die Hintergründe herauszufinden, das ist unser Job. Hammond zufolge sollen Amerikaner und Dänen da oben an einem Strang ziehen. Es hat wohl zu tun mit Verteidigung und NATO. Genaueres wusste auch er nicht zu sagen. Ebenso wenig wie unsere Militärs.»

«Das würde mich, offen gestanden, sehr wundern», kommentierte Harald. «Immerhin ist deren Generalsekretär doch Norweger.»

«Der allerdings redet wie ein amerikanischer Republikaner.»

«Sophie! Ich muss doch sehr bitten», rief Berit. «Was ihr braucht, ist Fingerspitzengefühl und Diskretion. Knudsen ist euer Mann, um den geht es. Siv hat keine Einwände, wenn ihr auch in Grönland belastendes Material gegen ihn sammelt. Hammond ist informiert, er wird euch unterstützen. Offiziell seid ihr Journalisten, die über den Klimawandel schreiben. Ohne das Wissen höherer Stellen. Noch Fragen?»

★★★

In einer vergleichsweise ruhigen Ecke des Nordhafens von Kopenhagen, unweit der Anleger für Fähren in Richtung Schweden und Norwegen, traf Ole Jensen seine Vertrauten Dag Ibsen Floberg und Lars Steenstrup. Unbeweglich verharrten sie am Kai, die Hände in den Hosentaschen, und musterten ihn stumm, während er ihnen so aufrecht wie nur möglich entgegenschlenderte. Was kaum gelingen konnte, infolge eines Hexenschusses, der Ole am Morgen beinahe ans Bett gefesselt hätte. Er bewegte sich wie eine Marionette, so kam es ihm vor, und die stoischen Gesichter der beiden trugen nicht dazu bei, sein Unglück zu verringern.

«Na, Ole? Wirst auch nicht jünger, was?» Floberg verzog keine Miene, während er das sagte. Die Ironie wurde auch nicht dadurch gelindert, dass Floberg selbst an Krücken ging. Steenstrup hatte neben seinem aufgeklappten Leichtbau-Campingstuhl Stellung bezogen, den er stets mit sich führte. Gelegentlich überfielen ihn Schwächeanfälle, dann musste er sich sofort setzen, ganz gleich wo, und sei es auf einem Zebrastreifen. Die Nutzung eines Rollstuhls oder Rollators lehnte er ab. Er sei ja nicht behindert. Beiden hatte der Krebs die Knochen ruiniert, beide waren vier oder fünf Jahre jünger als Ole, sahen allerdings deutlich älter aus, wie der einmal mehr feststellte. Nicht ohne grimmige Genugtuung.

«Ich kann dir gerne meinen Stuhl anbieten», höhnte Steenstrup. «Pass aber auf, dass du nicht ins Wasser fällst.»

«Habt ihr wieder eure Tabletten nicht genommen, oder was?», fragte Ole, um aufrechte Haltung bemüht. «Macht doch 'n Handstand, wenn ihr nicht wisst, wohin mit euren Kräften.»

«Nun werden Se mal nicht gleich neidisch, junger Mann. Gib mir lieber mal dein Handy. Wir nehmen keins mit aufs Boot», befahl Floberg. Das hielten sie immer so – kein elektronisches Gerät bei ihren Zusammenkünften. Niemand sollte abhören können, was sie besprachen. Floberg, leidenschaftlicher Freizeit-Skipper, hatte ein Tourenboot gemietet und dringend angeraten, ihr heutiges Treffen aufs Wasser zu verlegen. Dort wären sie vor unliebsamen Zuhörern so gut wie sicher. Nachdem der Vermieter stirnrunzelnd die Mobiltelefone entgegengenommen hatte und außer Sichtweite war, wagten sie sich unbeholfen an Bord. Das Boot schwankte bedenklich, schlussendlich aber sortierten Ole und Steenstrup ihre beeinträchtigten Gliedmaßen in der Kajüte entlang der Heizstrahler zur Linken und Rechten, während Floberg auf dem Kapitänssitz Platz nahm. Ole fluchte, weil sie vergessen hatten, die Leinen zu lösen, und bot an, das zu übernehmen. In gebückter Haltung erledigte er die Aufgabe, in Zeitlupe, während seine Begleiter ihm dabei zusahen, als wäre er ein an Land zappelnder Fisch.

In Sichtweite des futuristischen Opernhauses fragte Ole: «Wie ist die Stimmung unter den Freunden?»

«Sehr schlecht, wie du dir denken kannst», erwiderte Steenstrup. Sein grauer Lodenmantel, den er auch an Bord nicht ablegte, schien nahtlos in die grauen Haarreste überzugehen, aufgeschüttet zu einem dünnen Kranz entlang des Kragens. Steenstrups Gesicht erinnerte an eine Landschaft nach der Schlacht, zerfurcht und aufgewühlt. Milchig wirkten seine grauen Augen, denen in allzu ruhigen Momenten das Lebenslicht abhandenzukommen schien. «Jeder macht sich seine Gedanken wegen des Absturzes, an einen technischen Defekt glaubt niemand. Die Isländerin, zu der wir Kontakt haben, die ja beim Absturz dabei war, wie hieß sie gleich …»

«Arnósdóttir», ergänzte Floberg und umschiffte elegant einen Ozeanriesen, irgendeinen Spaßdampfer, dessen Spur sie kreuzten. Floberg war der Aristokrat unter ihnen, er hatte jahrelang den Fuhrpark des Königshauses betreut, bis ihm die Krankheit einen Strich durch die Rechnung machte. Er wäre die Idealbesetzung eines Wikingers in einem Hollywood-Streifen: groß, schlank, einstmals kräftig, flachsblond und blauäugig.

«Jedenfalls ließ sie uns wissen», fuhr Steenstrup fort, «dass der Absturz offenbar vorsätzlich herbeigeführt wurde.»

«Ein Anschlag also», fasste Ole zusammen.

«Sieht so aus. Uns hätte es genauso gut erwischen können. Dag und ich hatten auch überlegt, nach Island zu fliegen. Ging aber nicht, weil … Du siehst ja», sagte er und zeigte auf seinen Campingstuhl.

«Ich wollte fliegen, aber irgendwas hat mich zurückgehalten. Hab einfach zu lange gewartet. War dann alles ausgebucht. Ich hätte durch halb Europa jetten müssen, um doch noch nach Island zu kommen. Nee, da sitze ich lieber hier auf dem Wasser.»

«Jedenfalls habt ihr dann Kriegsrat gehalten», hielt Ole fest. «Die Aktiven unter den Überlebenden. Was habt ihr beschlossen?»

«Du kennst ja unsere Lage», sagte Floberg und steuerte das Boot unter der Öresundbrücke hindurch, exakt in der Mitte, jedenfalls erschien Ole der Abstand zu den beiden gewaltigen Pfeilern links und rechts gleich groß. «Wir haben ja nichts mehr zu verlieren. Also haben wir uns gedacht: Wir haben nur noch einen Schuss frei. Und der muss sitzen.»

«Es braucht Geld und Logistik», ergänzte Steenstrup. «Wir reden von Thule. Wir vermuten, dass da was im Busche ist. Was genau – keine Ahnung. Aber wir werden den Schuss so setzen, dass wir es herausfinden. Anschließend machen wir alles öffentlich. Und hoffen, dass danach in der Regierung Köpfe rollen. Es kann doch nicht sein, dass sich diese Burschen alles erlauben können.»

«Gott, seid ihr Optimisten», kommentierte Ole. «In eurem Alter! Kaum jemand hat sich dafür interessiert, was damals in Thule geschehen ist – warum sollte das heute anders sein?»

«Weil wir es diesmal intelligenter anstellen. Wir verbünden uns mit der Jugend. Heften uns Fridays for Future an die Fersen. Das ist doch genau dein Ding, Ole. Du willst ja unbedingt ins Mehrgenerationenhaus», erinnerte ihn Floberg, und Ole meinte einen leicht maliziösen Unterton herauszuhören.

«Ja», bestätigte Steenstrup. «Für uns bist du das blühende Leben selbst.»

Beide, Steenstrup und Floberg, brachen in schallendes Gelächter aus. «Wenn man mal von heute absieht und den vielen anderen Tagen dieser Art im Laufe eines Jahres», ergänzte Steenstrup prustend vor Lachen.

«Nein, im Ernst», beruhigte sich Floberg wieder. «Du bist unser Mann. Unser James Bond. Fit wie 'n Turnschuh.»

«Wie schön, dass ihr so gute Laune habt. Wenn ihr so weitermacht, könnt ihr mich mal.»

«Ach, komm, mach nicht auf sensibel. Wir brauchen dich in unserer Olsen-Bande.» Flobergs Worte gingen beinahe unter im Lärm des Signalhorns, mit dem der Skipper einige Segelboote verscheuchte.

«Wir haben Geld eingesammelt. Einen Fonds eingerichtet. Wenn 150 Leute das meiste geben, was noch auf ihren Konten liegt, selbst wenn die einzelnen Beträge gar nicht mal hoch ausfallen, kommt unterm Strich ordentlich was zusammen. Wir haben einfach gesagt: Das letzte Hemd hat nun mal keine Taschen, Freunde. Die Spendenbereitschaft jedenfalls war ziemlich groß. Wir haben fast eine halbe Million in der Kriegskasse», vermeldete Steenstrup nicht ohne Stolz.

«Kronen?», erkundigte sich Ole.

«Kronen! Nein, Euro. Wir reden hier von Euro», setzte Steenstrup seine Erfolgsmeldungen fort.

«Und was soll mit dem Geld geschehen?», fragte Ole.

«Mann, bist du dämlich», ärgerte sich der Freizeit-Kapitän. «Das ist der Betrag, der uns zur Verfügung steht. Damit du nach Thule fährst, dich vor Ort umsiehst und klärst, was diese Verbrecher diesmal im Schilde führen. In Thule spielt die Musik. Der Absturz in Island – das war eine Warnung: Kommt uns nicht in die Quere. Wer oder was aber steckt dahinter? Das müssen wir herausfinden. Sonst kann die Bombe nicht hochgehen. Anschließend treten wir an Fridays for Future heran, empfehlen uns denen als Käpt'n Blaubär. Gleichzeitig aber machen wir professionelle Öffentlichkeitsarbeit. Mit Hilfe einer Lobby-Firma, wir haben da auch schon was im Blick. Eine Kanzlei, spezialisiert auf das Weißwaschen von Großunternehmen. Absolut skrupellose Burschen, die verkaufen dir noch den größten Umweltskandal als Dienst an Mensch und Natur. Das letzte Gesindel, wenn du mich fragst. Genau das, was wir schon viel früher gebraucht hätten, Ole.»

Manchmal muss man denken wie ein Krimineller. Manchmal auch wie einer handeln, ging es Sophie durch den Kopf, als sie die Verfolgung des knallroten Tesla-Fahrzeugs aufnahm, des teuersten Modells der Baureihe, wie Harald ihr erklärt hatte, «der reinste Boliden-Fetisch» in seinen Worten. Es war früher Morgen, kurz vor acht, seit einer halben Stunde lag sie auf der Lauer. Sie hatte so geparkt, dass sie dem Tesla mühelos folgen konnte. Ohne Risiko, von anderen ausgebremst zu werden. Der Tagesablauf des Mannes war offenbar klar geregelt. Jeden Morgen machte er sich um acht Uhr auf den Weg zur Arbeit, nachdem er zuvor seine 16-jährige Tochter zur Straßenbahn begleitet hatte. Ein rührendes Ritual, das herauszufinden eine leichte Übung gewesen war. Sophie verspürte kein Bedürfnis, sich in Oslo eine eigene Wohnung zuzulegen, so sehr ihr das schwarze Einfamilien-Holzhaus ihres Zielobjektes im gutbürgerlichen Stadtteil Stabekk zusagte. Stattdessen wohnte sie in der Geheimdienst-Zentrale, die auch eine kleine, schlicht eingerichtete Wohnung mit Bad und Küche umfasste – groß genug war das ehemalige Fabrikgebäude allemal. Oft saß sie mit Harald bis spät in der Nacht dort zusammen und sie heckten gemeinsam ihre nächsten Schachzüge aus, so auch diesen. Sophie war froh, dass sie einander, nach einigen romantischen Verirrungen, neu gefunden hatten, als Freunde und Kollegen. Zu bereuen gab es nichts, fand sie, als sich beide Fahrzeuge in den fließenden Verkehr der Stadtautobahn einfädelten, doch manchmal bedurfte es eben einer Zäsur.

Der rote Tesla setzte den Blinker, Sophie folgte ihm in Richtung Lysaker, einem Stadtteil wie aus der Retorte, mit zahlreichen funktionalen Bürogebäuden, die ganze Straßenzüge einnahmen. Dann setzte der Fahrer zu einem kurzen Sprint an, offenbar genervt vom stockenden Verkehr, was ihn zwar nicht schneller voranbrachte, ihm aber wohl das Gefühl gab, Herr des Geschehens zu sein. Sophie erkannte ihre Chance, drückte ihrerseits aufs Gaspedal, prüfte zugleich, ob ihr Sicherheitsgurt richtig saß, und rammte die Stoßstange ihres unscheinbaren Škodas mit einem Tempo von immerhin noch 30 Stundenkilometern in den Kofferraum, an einer gerade auf Rot schaltenden Ampel. Den Aufprall empfand sie als überaus heftig, doch überstand sie ihn ohne Blessuren. Fast gleichzeitig stiegen sie und der Tesla-Fahrer aus, sofort begann sie sich wortreich zu entschuldigen, während sie auf ihn zuging. Der Mann sah sie mit stechendem Blick an und fiel ihr ins Wort. «Sorry, I don't really speak Norwegian», sagte er.

Das weiß ich, dachte Sophie und wechselte ins Englische, bot an, die Polizei zu rufen. Der Unfall sei allein von ihr zu verantworten, selbstverständlich werde ihre Versicherung für alle Schäden aufkommen. Wo er denn herkomme?

«Hamburg», sagte der Mann knapp, und auch das war Sophie bekannt.

«Na, dann können wir ja Deutsch reden», entgegnete sie, während einige Autos zu hupen begannen und sich die ersten Gaffer zu ihnen gesellten. Nicht wenige Passanten dürften erstaunt zur Kenntnis genommen haben, dass sich da zwei Unfallbeteiligte mit Fahrzeugen, die norwegische Kennzeichen trugen, angeregt in einer Fremdsprache unterhielten. Der bohrende, misstrauische Blick des Fahrers war einer Redseligkeit gewichen, die Sophie als einen Test empfand. Er lotete aus, mit wem er es zu tun hatte, so erschien es ihr. Dabei redete er ruhig und zugewandt, Vorhaltungen machte er ihr nicht. Erkundigte sich vielmehr, ob sie sich auch nicht verletzt habe? Er heiße Josef Meurer und sei unterwegs zur Arbeit, ließ er sie wissen, während sie auf die Polizeistreife warteten. Sophie nickte interessiert, doch war das alles nichts Neues für sie. Sie hätte keinen Auffahrunfall herbeigeführt, wäre dieser Hamburger nicht der Bevollmächtigte von Per Knudsen, dessen Generalmanager und Geschäftsführer, der bestbezahlte Angestellte der Arctic Shipping Company.

Nachdem die Polizei das Unfallprotokoll aufgenommen hatte, konnten sie ihre Fahrt fortsetzen, Meurer wohl zum Sitz der Firma, Sophie in Richtung Werkstatt. Zuvor jedoch fragte er, ob er sie, gewissermaßen als «versöhnlichen Ausklang» für «diese dumme Geschichte, aber so was passiert nun mal», auf einen Kaffee einladen dürfe, das seien sie einander doch – nun ja, in gewisser Weise schuldig, «zwei Exilanten in Oslo», wenn man so wolle.

Sophie tat, als würde sie einen Moment überlegen, dann nahm sie dankend seine Visitenkarte mit der privaten Handynummer entgegen, die er handschriftlich hinzugesetzt hatte. Wäre sie naiv, hätte sie annehmen können, er interessiere sich für sie als Frau. Stattdessen beunruhigte sie der Gedanke, dass er über diesen Vorfall nicht wirklich überrascht zu sein schien.

★★★

Mit äußerster Umsicht steuerte Birgitta Arnósdóttir den Geländewagen mit Vierradantrieb durch die Hochebene Islands, wobei ihr der Nebel mit Sichtweiten von wenigen Metern ebenso zu schaffen machte wie schnell fließende Wasserströme, die sich durch das Gelände wanden, meist zentimetertief und ständig Richtung und Volumen ändernd. Sie war keineswegs sicher, ob sie für die Rückfahrt denselben Weg würden nehmen können. Im ungünstigsten Fall mussten sie den Wagen stehen lassen und zu Fuß über Bergpfade zurückkehren. Als gefährlich erwiesen sich vor allem die unberechenbaren Wassermassen, eine Folge der Gletscherschmelze, die oft genug die Fahrzeuge unbedarfter Ausflügler aus der Bahn warfen und gelegentlich ein Stück Weges mit sich rissen. Ihr dänischer Begleiter starrte fasziniert in die teils surreal anmutende Gebirgslandschaft. Nicht ohne Grund waren Teile von «Star Wars» hier gedreht worden, in diesem dunstverhangenen Grenzland, wo jeden Moment Trolle, Hobbits oder Außerirdische aus einer Felsspalte hervortreten konnten.

Sie hielt an. «Weiter geht es nicht. Es sind noch fast zwei Kilometer zu Fuß. Sind Sie sicher, dass Sie das schaffen?»

Ole Jensen sah sie irritiert an. «Falls erforderlich, besteige ich auch einen der Berge hier», sagte er, und es hörte sich trotzig an.

«Okay. Ich gehe vor Ihnen her. Ich erkunde dabei den Weg. Sie bleiben direkt hinter mir. Ich will Ihren Atem hören, Herr Jensen. Wenn ich den Eindruck bekomme, dass die Tour für Sie zu anspruchsvoll ist, kehren wir um. Ich trage die Verantwortung, und ich werde mit Ihnen nicht diskutieren. Alles klar?»

Doch die Sorge, ihr Begleiter könne überfordert sein, verflog alsbald. Er lief trittsicher, atmete ruhig und beständig, schien in guter Kondition zu sein. Als sie an der Absturzstelle des Hubschraubers ankamen, hatten sie Glück. Der Nebel lichtete sich, eine gelbfahle Sonne glomm matt aus weißblauem Himmel.

Wortlos begab sich der Däne zum schwarz eingefärbten Gestein, der letzten noch sichtbaren Erinnerung an das Unglück. Stehend hielt er inne, die Hände vor dem Schoß verschränkt. Vielleicht betete er.

Anschließend wandte er sich wieder an seine Begleiterin. «Gott sei Dank haben wenigstens Sie überlebt. Gibt es irgendwelche neuen Erkenntnisse über die Absturzursache?»

Birgitta schüttelte den Kopf. Selbst wenn sie die hätte, würde sie sich bedeckt halten. Aus Vorsicht. Sie war dieser Tragödie ohne Folgeschäden entkommen, was sie allein glücklichen Umständen zu verdanken hatte. Ihre früheren Sabotageakte verlangten geradezu nach Vergeltung. Glücklicherweise fehlte den Behörden jeder Beweis, um sie unter Anklage zu stellen, zu umsichtig war sie stets vorgegangen. Doch erschien es ihr unklug, knapp dem Tod entronnen, das Schicksal ein weiteres Mal herauszufordern – in dem Punkt war sie ausnahmsweise einer Meinung mit ihrem halbseidenen Anwalt. Deswegen auch hatte sie ihre Guerilla-Aktionen zur Stromunterbrechung bei umweltschädigenden Aluminium-Fabriken eingestellt. Erst einmal musste Gras über die Sache wachsen, sehr viel Gras. Vor allem wollte sie nicht riskieren, ihren Job zu verlieren oder im Gefängnis zu landen.

Da ihr der alte Mann sympathisch war, seine von Falten durchzogenen Gesichtszüge mit ihren markanten, buschigen Augenbrauen und darüber hinaus seine suchenden Blicke eine Melancholie erkennen ließen, die ihr selbst zu eigen war, wollte sie Ole Jensen auch nicht enttäuschen. Es erschien ihr am klügsten, sich nicht von ihm ausfragen zu lassen, sondern den Spieß umzudrehen und stattdessen ihn zu befragen. Über das, was damals vorgefallen war. Obwohl sie einiges bereits von den getöteten Dänen erfahren hatte, lauschte sie ihm doch mit wachsender Anteilnahme. Er vermittelte ihr das Gefühl, am Ort des damaligen Geschehens dabei zu sein. Ole Jensen erzählte, immer wieder eingehüllt von Nebelschwaden, die folgende Geschichte.

Während des Kalten Krieges, in den 1960er Jahren, war die NATO überzeugt, ein möglicher Atomangriff der Sowjetunion auf Nordamerika, auf die USA und Kanada, würde auf kürzestem Weg erfolgen, also über den Nordpol und die Arktis. Die damaligen Planer waren über mögliche Angriffe mit ballistischen Raketen ebenso besorgt wie über Bomberstaffeln, die über die Wüste des Ewigen Eises angreifen konnten, von keinem Radar erfasst und somit in der Lage, einen verheerenden Erstschlag auszuführen. Um dieses Risiko zu mindern, geschah zweierlei. Zum einen wurde die sogenannte «Distant Early Warning

Line» oder «DEW Line» eingerichtet. Im Grunde handelte es sich dabei um drei Verteidigungslinien, überwiegend in Kanada und Alaska, mit Verlängerungen über Grönland und Island bis zu den Färöer-Inseln. Diese drei «DEW Lines» bestanden aus Dutzenden von Radarstationen, ins Eis mehr gerammt als gebaut, mit verheerenden Folgen für Natur und Umwelt, was damals aber niemanden interessierte. Entscheidend war vielmehr, einen möglichen Erstschlag Moskaus rechtzeitig zu erkennen.

Und zum anderen gab es Pläne, quer durch Grönland, auf mehrere Dutzend unterirdische Silos verteilt, Abschussrampen für Atomraketen zu errichten, für den Gegenschlag. Die Planungen dafür hatten bereits in den 1950er Jahren begonnen. Die Regierung in Kopenhagen erteilte Washington grünes Licht für den Bau der ersten Atombasis, 240 Kilometer östlich des US-Luftwaffenstützpunktes in Thule – obwohl sie damit gegen ihre eigenen Grundsätze verstieß, nämlich Dänemark atomwaffenfrei zu halten. Doch die Baukosten für dieses «Camp Century» erwiesen sich als exorbitant hoch und die Schwierigkeiten, unterirdische Bunkeranlagen zu errichten, als kaum zu bewältigen. Deswegen konnte das «Project Iceworm» in seiner ursprünglich geplanten Form auch nicht umgesetzt werden – es hätte aus rund 60 Atombasen bestanden, mit Tausenden Kilometern Schienen, alles in meterhohen Röhren verborgen, ausreichend für mehrere Hundert Startrampen, sämtlich unter Eis angelegt, so die Planung, und für feindliche Aufklärungsflugzeuge nicht zu sichten. Insgesamt sollten 600 Raketen mit Atomsprengköpfen im grönländischen Eis versenkt werden. Tatsächlich aber blieb es beim «Camp Century» –

die übrigen Startrampen wurden gar nicht erst errichtet. Die Natur konnten größenwahnsinnige Planer nicht überlisten.

Denn dieses Vorhaben war nichts weniger als ein Turmbau zu Babel, auf den Kopf gestellt und in gefrorenes Wasser getaucht. Die Verantwortlichen für diesen «Eiswurm» waren, wenn Sie mich fragen, schlicht und ergreifend Psychopathen. Groß gewordene Kinder, die glaubten, sie könnten Gott spielen. Was meinen Sie wohl, was passiert, wenn Hunderte Menschen unter Eis leben, kochen, waschen, duschen, Wärme produzieren? Das konnte nicht gut gehen, und das ist es auch nicht. Jeder intelligente Zehntklässler hätte das erkennen können. Eis schmilzt bekanntlich ab null Grad, und das Ewige Eis ist nicht statisch, es bewegt sich, es verändert ständig seine Konsistenz und Lage. Und zermahlt alles, was sich ihm in den Weg stellt. Langsam, aber unerbittlich.

Die Bauzeit für das «Camp Century» betrug zwei Jahre, der erste Spatenstich erfolgte 1958. Der Aufwand war gigantisch, zehntausende Tonnen Material mussten mit Planierfahrzeugen aus Thule herbeigeschafft werden, auf einer eigens markierten Piste im Eis. Später wurde sogar eine Asphaltstraße gebaut. Pro Strecke betrug die Fahrtzeit 24 Stunden, bei Temperaturen von bis zu minus 40 Grad – das ist eine extreme Belastung für Mensch und Material. Gerieten die Fahrer unterwegs in einen Sturm, konnten sie erfrieren. Um feindlichen Aufklärungsflügen die Arbeit zu erschweren, bauten die Amerikaner vorzugsweise im monatelangen Dunkel der Polarnacht. Die fehlende Sicht erwies sich allerdings oft genug als lebensgefährlich. Nördlich des Polarkreises funktionieren die

Bordelektronik und damit auch die Funkverbindungen nur noch eingeschränkt. Der nahe Magnetpol lässt beides verrückt spielen. Wer vom Kurs abkam und die Orientierung verlor, hatte nur geringe Überlebenschancen. Das Wetter erwies sich als der größte Feind, weil es unberechenbar war. Manchmal stürmte es tagelang. Jeder Fahrer wusste, dass er zwischen Thule und dem Camp sein Leben riskierte.

Irgendwann müssen die US-Militärs erkannt haben, dass es so nicht weiterging. Also gaben sie ihre Geheimhaltung auf und signalisierten den Sowjets, dass da in Grönland etwas vor sich gehe: Die Antwort auf einen nuklearen Erstschlag werde von dort erfolgen. Nachdem das klargestellt war, konnten die Arbeiten auch im Sommer und bei Tageslicht erfolgen. Vielleicht hatten die Planer darauf spekuliert, eine Rüstungsspirale in Gang zu setzen. Um die marode sowjetische Wirtschaft weiter zu schwächen oder, besser noch, in den Ruin zu treiben.

Jedenfalls machten die Amerikaner, was sie wollten, ohne sich mit der dänischen Regierung abzusprechen. Die geriet durch die entsprechenden Veröffentlichungen in amerikanischen Zeitungen, adressiert vor allem an Moskau, gehörig unter Druck. Atombomben in Grönland? Das durfte nicht sein. Die Dänen hatten kaum eine andere Wahl, als alles abzustreiten und sich in Schweigen zu hüllen. Andernfalls hätte es einen Skandal gegeben, hätte die Regierung zurücktreten müssen. Um Kopenhagen entgegenzukommen, zeigte sich das Pentagon bereit, dänische Dienststellen über seine Aktivitäten in Grönland zu informieren. Die Amerikaner erlaubten den Dänen, ein kleines Verbindungsbüro in Thule einzurichten.

Dort war ich eingesetzt, damals 20 Jahre alt und Zeitsoldat, dem Geheimdienst unterstellt. Angesetzt auf das «Camp Century», das ich wiederholt besuchen konnte. Meine Vorgesetzten hielten es für keine gute Idee, einen ranghohen Soldaten dort hinzuschicken. Dem hätten die Amerikaner misstraut. Aber einen Grünschnabel wie mich – den würden sie im Zweifel als Maskottchen mitlaufen lassen. Die Überlegung war genau richtig. Ich war für die «Ole der Nordmann», der Laufbursche mit den rotblonden Haaren, zuständig für alles und nichts. Ernst genommen hat mich kaum jemand. Das hatte den Vorteil, dass ich mich im Camp nahezu frei bewegen konnte und so gut wie alles gesehen habe. Auch die dort gelagerten Atombomben und die nuklearen Brennstäbe, die der Energieversorgung dienten. Ich konnte mir ungestört Notizen machen, sogar Zeichnungen anfertigen und fotografieren, sehr zur Freude meiner Vorgesetzten.

Bis es dann geschah. Damals kreisten ständig mehrere B-52-Langstreckenbomber über Grönland, um im Fall eines sowjetischen Atomangriffs sofort zurückschlagen zu können. Am 21. Januar 1968 jedoch geschah das Unglück, stürzte eine dieser Todesmaschinen unweit von Thule ab. Der Bomber war über der Baffin Bay in Schwierigkeiten geraten. Das ist ein Randmeer des Atlantiks, zwischen Kanada und Grönland. Gestartet war die fliegende Festung mit der Kennung HOBO 28 im Bundesstaat New York, auf der Plattsburgh Air Force Base. Die Crew bestand aus fünf Mann, drei Piloten und zwei Navigatoren. Das Flugzeug kreiste ordnungsgemäß in 12 000 Metern Höhe, doch hatte die Besatzung Probleme mit der Heizung. Die Innenraum-Temperatur war beständig gesunken und fast auf den Gefrierpunkt gefallen. Einer der Piloten leitete daraufhin die heiße Umluft des Motors ins Cockpit. Das war der entscheidende: ein menschlicher Fehler. Jetzt nämlich schoss die Temperatur dort in die Höhe. Es wurde unerträglich heiß in der Kabine, doch ließ sich die Luftzufuhr aus dem Maschinenraum nicht mehr abstellen. Die Crew wurde fast gegrillt, und als Erstes entledigte sie sich ihrer heizbaren Sitzkissen, auf denen sie üblicherweise saß. Eines der Kissen wurde achtlos in einen Spalt der Bordwand geschoben, um es loszuwerden. Dort fing es Feuer, entweder durch einen Kurzschluss oder infolge der heißen Umluft. Der Schwelbrand wurde leider nicht sofort entdeckt, und als er der Besatzung auffiel, war es zu spät. Das Feuer hatte bereits die Innenverkleidung des Flugzeugs erfasst.

Um 15:22 Uhr meldete Flugkapitän John Haug «Mayday». Der Bomber befand sich zu diesem Zeitpunkt 140 Kilometer südlich der Luftwaffenbasis von Thule, der Kapitän kündigte eine Notlandung an. Dazu aber reichte die Zeit nicht mehr, das Feuer drohte die Crew zu verschlingen, die Kabine war eingehüllt in dichten Rauch. Haug schaffte es gerade noch, so lange Kurs zu halten, bis sie mit ihren Schleudersitzen auf Land niedergehen konnten. Im Eiswasser hätten sie nur wenige Minuten überlebt. Dem Kapitän und seinem Kopiloten gelang es sogar, mit ihren Fallschirmen auf der Basis selbst zu landen. Das Flugzeug aber krachte zwölf Kilometer westlich von Thule aufs Eis. Ich sehe heute noch die gewaltigen Blitze, die mit dem Aufprall einhergingen, und höre das ohrenbetäubende, metallische Kreischen, das dabei entstand. Das Flugzeug rutschte gut 100 Meter über die dichte Eisschicht, die großflächig eingeschwärzt wurde, wie spätere Luftaufnahmen zeigten. Es kam zu einer ganzen Serie an Explosionen, die Flugzeugtrümmer wurden über mehr als zwei Kilometer verteilt. Im Eis selbst war auf 50 Metern Länge ein breiter Riss entstanden, über den wahrscheinlich auch drei der vier an Bord befindlichen Atombomben im Meer versunken sind.

Die Brände an der Absturzstelle hielten über Stunden an und brachten das 10 bis 15 Meter dicke Eis zum Schmelzen – kein Wunder, allein 102 Tonnen Flugbenzin sind nach dem Absturz verbrannt oder explodiert. Jede einzelne Atombombe war mit jeweils 1,1 Megatonnen hochexplosivem Sprengstoff umhüllt. Wäre der nicht zeitversetzt, sondern gleichzeitig hochgegangen, hätte der dabei entstehende Druck die Bomben gezündet. Das ist glücklicherweise nicht geschehen – was allein dem Zufall oder der Vorsehung zu verdanken ist. Die genauen Einzelheiten sind nicht bekannt, aber vermutlich hat diese nicht-nukleare Explosion mindestens eine der vier Atombomben ebenfalls zerfetzt. Andernfalls wäre das Gebiet rund um den Absturzort nicht weiträumig verstrahlt worden.

Leider weiß bis heute niemand, was mit den übrigen drei Atombomben geschehen ist. Offiziell haben die Amerikaner stets behauptet, sie hätten sie aus dem Meer geborgen, und von der vierten, nicht aufgefundenen, gehe keine Gefahr aus. Offiziell aber gab es bis 1995 gar keine Atombomben in Grönland, so die Meinung der Verantwortlichen in Kopenhagen, wo man, ebenfalls offiziell, erst 1997 vom «Camp Century» erfahren haben wollte. In Wirklichkeit aber wussten die Verantwortlichen seit 1960 bestens Bescheid, und ich war der maßgebliche Informant. Ich weiß also, wovon ich rede. Vielleicht haben die Amerikaner tatsächlich die Bomben aus dem Wasser geholt. Genauso gut aber könnten eine oder mehrere Bomben noch immer da unten liegen. Ohne äußeren Explosionsdruck werden sie wahrscheinlich nicht explodieren – die von ihnen ausgehende Strahlung aber dürfte über die Nahrungskette nicht allein die Gesundheit der Menschen in Grönland gefährden.

Sie merken, ich umkreise das Thema, nähere mich jetzt aber dem Kern. Sie glauben nicht, wie schwer es mir fällt, darüber zu reden. Ich tue das selten, aber ich spüre, dass es mir guttut, an diesem Ort und mit Ihnen als Zuhörerin. Es gibt nicht viele Menschen, die Ihren Mut haben, Ihre Entschlossenheit.

Als Erstes also mussten wir die Überlebenden des Absturzes bergen. Zwei hatten sich selbst gerettet. Drei galt es noch aufzufinden. Im Dunkel der Polarnacht verlieren Nicht-Eskimos leicht die Orientierung. Und die Zeit drängte, wegen der großen Kälte. Es waren Inuit, die sich mit ihren Schlittenhunden auf die Suche begaben. Tatsächlich gelang es ihnen, die drei Besatzungsmitglieder ausfindig zu machen. Zwei litten an Unterkühlung, waren ansonsten aber wohlauf. Für den Dritten kam jede Hilfe zu spät, er hatte beim Absprung tödliche Kopfverletzungen erlitten.

Die Amerikaner wie auch die Dänen in Thule erkannten, dass sie etwas unternehmen mussten – wegen des radioaktiv verseuchten Eises und Schnees. So entstand das «Project Crested Ice», das Sie bereits kennen. Die Spätfolgen haben so viele Unschuldige getroffen … zuletzt die

Toten an dieser Stelle hier, in Island. Es brauchte Männer, die das Eis und den Schnee in Container verluden, die anschließend in den USA entsorgt wurden. Darauf hatte Kopenhagen bestanden. Teilweise ist das tatsächlich geschehen, teilweise wurde das Zeug einfach liegengelassen, bis es im nächsten Sommer dann geschmolzen ist. Am einfachsten wäre es gewesen, lokale Inuit für diese Drecksarbeit anzuheuern. Das aber wollten die Verantwortlichen nicht. Wäre den Einheimischen das Ausmaß der Katastrophe bewusst geworden, hätte das die grönländischen Unabhängigkeitsbestrebungen bestärken können. Also bekam ich den Auftrag, nach Nuuk zu fliegen und vor allem dänische Soldaten, nötigenfalls auch zwangsweise, für die Aufräumarbeiten zu rekrutieren. Der Trick dabei war, das Ganze als eine Art Abenteuerurlaub zu verkaufen, eine Safari unter Eskimos, mit Freibier, Grillen in der Natur und viel Spaß unter Männern, verbunden mit einer Zulage und zwei Wochen Sonderurlaub nach getaner Arbeit.

Tja, und ich war ein verdammt guter Anwerber. Auch deswegen stehe ich heute hier, ein halbes Jahrhundert später. Getrieben von Schuldgefühlen und Reue.

***

Sie trafen sich in einem Café unweit des Sitzes des norwegischen Nobelpreiskomitees, an dem entlang Straßenbahnen in regelmäßigen Abständen kreischend die Kurve nahmen. «Sind Zufälle tatsächlich Zufälle?», fragte Josef Meurer, der Sophie gegenüber saß und einen Latte schlürfte. Normalerweise träfen sich Unfallgegner nicht im Nachhinein auf einen Umtrunk, doch habe er nun mal ein Faible für das Ungewohnte, das Unerwartete. So sei er letztendlich auch an seinen Job in Oslo gekommen: Er habe einmal, zusammen mit der Besatzung eines Frachters, einen havarierten Segler aus dem Roten Meer gefischt, kurz bevor ihn Piraten entführen konnten, deren Schnellboot bereits auf Enterkurs gegangen sei. Der Havarierte erwies sich als der Eigentümer der Reederei, für die er jetzt arbeite.

«Leichtsinnig, in solchen Gewässern zu segeln», entgegnete Sophie.

«In einer bestimmten Liga gibt es Routen, die gehören für ambitionierte Segler einfach dazu. Die muss man befahren haben. Darunter auch die durch den Suezkanal.»

Meurers Blicke schienen sie die ganze Zeit zu filmen. Seine Augen signalisierten äußerste Wachsamkeit, verborgen hinter Charme und Selbstbewusstsein. Seine brünetten Haare waren akkurat gescheitelt, er trug Jeans, ein kariertes Sakko und Reitstiefel, die ihm bis unter die Knie reichten. Bequem waren die nicht zu tragen, wie Sophie aus eigener Erfahrung wusste. An beiden Daumen trug der Mittvierziger goldene Ringe, seine Armbanduhr war ein Schweizer Spitzenmodell. Sein Gesicht zeigte mal eine Pokermiene, dann wieder ein freundliches Grinsen, als wolle er signalisieren: Ich bin keineswegs so wie das Image, das ich hier zu vermitteln suche.

Sophie nippte an ihrem Cappuccino. «Wieso haben Sie riskiert, selbst entführt zu werden, als Sie den Reeder an Bord nahmen?»

Meurer lachte ein kurzes Stakkato-Lachen. «Unser

Frachter hatte bewaffnete Söldner an Bord. Das ist so üblich auf Handelsschiffen im Roten Meer. Somalia, Eritrea, Jemen – es wimmelt da von Freibeutern. Ungemütliche Gegend.»

«Waren Sie als Kapitän unterwegs?»

«Nein, ich bin – Kaufmann. Ich habe die Fracht lediglich begleitet.»

«Was hatte das Schiff denn geladen?»

Wieder lachte er, doch war der Tonfall deutlich sonorer. Musste er befürchten, zu viel von sich preiszugeben?

«Erzählen Sie von sich», forderte er sie auf. «Was hat Sie nach Norwegen geführt?»

«Der Job, wie auch bei Ihnen. Ich arbeite für eine Import-Export-Firma. Aber ich versuche, mich als Journalistin selbständig zu machen.»

«Aha. Enthüllungsjournalismus?» Er kratzte sich an der Wange.

Sophie erwiderte sein Lächeln. «Nein, nein. Das wäre mir viel zu aufregend. Ich dachte eher an Öffentlichkeitsarbeit.»

«Hört sich gut an. Wohnen Sie in Stabekk?», fragte er unvermittelt.

«Nein. Die Gegend kann ich mir nicht leisten.»

«Und was hat Sie dort hingeführt?»

Sophie zeigte sich irritiert, für den Bruchteil einer Sekunde. Meurers bohrendem Blick nach zu urteilen war ihm diese Irritation nicht entgangen.

«Ich wüsste gar nicht zu sagen, wann ich das letzte Mal in Stabekk gewesen bin.»

Ihr Gegenüber nickte. «Natürlich. Ich war lediglich der

Meinung, Sie unweit meiner Wohnung gesehen zu haben. Oder besser: Ihren Wagen. Am Tag unseres Unfalls. Im Rückspiegel.»

Sophie wurde heiß und kalt. «Sie müssen sich irren, Herr Meurer. Da verwechseln Sie mich.»

«Das denke ich auch», bestätigte er. «War ja auch früh am Morgen. Da ist noch nicht viel los, im Bereich Import-Export. Wie wäre es mit einem Stück Kuchen?»

Harald erwartete sie bereits in ihrem Büro in Aker Brygge, mit einem naturgewaltigen Blick auf den Oslofjord. «Na, wie war's?», fragte er.

«Ich bin mir nicht sicher. Mein Bauchgefühl sagt mir, dass er möglicherweise mehr über uns weiß als wir über ihn.»

«Hm ... Wie sollte das gehen? Da müsste er ja über beste Kontakte verfügen. In Richtung Andreas Bakke womöglich, des Finanzministers? Nichts ist unmöglich, aber das scheint mir doch zu hoch gegriffen.»

Die warmherzige Stimme ihres Kollegen, der strahlende Glanz seiner braunen Augen, in denen sie ihr Spiegelbild zu entdecken glaubte, verfehlten ihre Wirkung nicht. In Momenten wie diesen fühlte sie sich so sehr zu ihm hingezogen, dass sie an sich halten musste, um ihn nicht zu umarmen. Doch sie hatten beide den Entschluss gefasst, ihre Gefühle dem Job unterzuordnen. So war es besser, auch als Selbstschutz. So dachten sie beide.

«Sophie? Hörst du mir zu?»

«Ja ... ja, natürlich. Entschuldige, ich war mit meinen Gedanken gerade woanders.»

«Du erinnerst dich an Sergej Stallowskij?»

«Den Russen, der in Island den Hubschrauber gemietet hat? Wahrscheinlich den, der am Absturzort der Dänen aufgetaucht ist, ohne den Überlebenden zu helfen?»

Harald nickte. «Dessen Foto wir diesem Dandy-Anwalt in Reykjavik zu verdanken haben, ebenso die Kopie des Mietvertrages. Die entscheidende Frage, so wie ich es sehe: Was hat dieser Russe mit unserem Reeder Per Knudsen zu tun?»

Sophie schenkte sich eine Tasse Tee ein und setzte sich neben ihrem Kollegen an den Computer. «Lass mich raten: Du hast die Antwort gefunden?»

Harald zeigte auf eine geöffnete Datei. «Das hier ist der Firmensitz der Triple S Holding. Hübsche Lage, direkt am Meer in Dubai. Triple S steht für Sergej Stallowskij Shipping. Spezialisiert auf das Abwracken von Schiffen, was wir bereits vom Anwalt erfahren haben. Sergej hat einen Bruder, Boris, ein offenbar gut vernetzter Oligarch in St. Petersburg. Reich geworden durch Immobiliengeschäfte.» Er scrollte entlang der Bildlaufleiste. «Hier. Ein Empfang der Holding in Dubai. Große Party am Strand. Und wen siehst du da hinten rechts, ins Gespräch vertieft mit anderen Gentlemen? Zu denen übrigens auch Boris gehört?»

«Unseren Per? Per Knudsen?»

«Das ist er. Ganz eindeutig. Der Empfang hat vor vier Jahren stattgefunden, Knudsen und Stallowskij kennen sich also nicht erst seit Reykjavik.»

«Wie hast du das herausgefunden, Harald?»

«Ich bin mittlerweile ein großer Fan des Darknets. Da gibt es nichts, was es nicht gibt. Man braucht nur Geduld und Fingerspitzengefühl. Und dann stößt man auf allerlei Fundsachen. Man kann sogar, selbstverständlich anonym, Rechercheaufträge vergeben. Das lohnt sich, denn dadurch wissen wir jetzt, dass Stallowskij der entscheidende Mittelsmann Knudsens war, um den Japanern und Chinesen Quoten für den Fischfang vor der Küste Namibias zu verkaufen. Noch zu Zeiten von Samfiske.»

«Konntest du herausfinden, was die in Grönland vorhaben?»

«Nein. Das wäre zu riskant. Du kannst natürlich im Darknet herumschnüffeln und Aufträge erteilen. Aber möglicherweise werden dadurch auch Leute gewarnt, die wir gar nicht warnen wollen.» Harald klopfte Sophie sanft auf die Schulter.

«He! Fast hätte ich den Tee verschüttet!», rief sie.

«Sorry. Sollte eine Zäsur sein. Erzähle mir von diesem Josef Meurer. Was für ein Typ ist der – Koch oder Kellner?»

«Das kann ich dir noch nicht sagen. Auf jeden Fall ist er ein guter Beobachter. Seine Fragen kommen harmlos daher, aber er scheint sehr genau zu wissen, worauf er hinauswill. Vermutlich wäre er ein guter Erpresser.»

«Na ja, es wird nicht jeden Tag jemand seine Karre rammen. Da kann er schon neugierig werden.»

«Das könnte ihm egal sein. Das regelt die Versicherung.»

«Du siehst gut aus. Vielleicht will er was von dir?»

Sophie rollte die Augen. «Weißt du, was mich umtreibt? Er braucht doch nur meinen Namen zu googeln. Und schon kennt er meine Vorgeschichte.»

«Unsere Fachleute haben die entsprechenden Hinweise längst entfernen lassen, wie du weißt.»

«Was nützt das? Im Zweifel geht auch Meurer ins Darknet.»

Harald überlegte. «Jedenfalls brauchen wir mehr Informationen, bevor wir nach Grönland aufbrechen. Was führen Knudsen und Stallowskij im Schilde? Am liebsten würde ich eine Abhörgenehmigung für Knudsen beantragen.»

«Macht Berit da mit?»

«Wir müssen sie fragen. Begründen ließe sich das mit seiner kriminellen Vergangenheit.»

«Er steht juristisch sauber da.»

«Natürlich tut er das. Der ist Vollprofi. Wir sollten es trotzdem versuchen. Konntest du dich bei Meurer irgendwo andocken, Daten kopieren?»

«Vergiss es. Einmal war er auf der Toilette, aber sein Handy hat er wohlweislich mitgenommen.»

«Ich hoffe nicht, dass wir mit unseren Ermittlungen in einer Sackgasse landen.»

«Das kann ich mir nicht vorstellen. Die Premierministerin hat ein Interesse daran, Knudsen bloßzustellen und über diesen Umweg Andreas Bakke zu entmachten. An einer Abhörgenehmigung sollte das nicht scheitern. Wir sollten auch Meurer abhören, wenn du mich fragst.»

«Ja … Da hast du wohl Recht.»

«Ach so: Per Knudsen und die Arctic Shipping Company geben am kommenden Freitag einen Empfang. Meurer hat mich eingeladen.»

«Dann führt er mit Sicherheit was im Schilde. Wer anderen hinten reinfährt, schafft es selten bis zum Festgelage.»

«Vielleicht wittert da jemand Gefahr.»

«Wer weiß. Jedenfalls werde ich dich verkabeln, bevor du da aufläufst. Ich möchte nicht anschließend deine Leiche im Oslofjord suchen müssen.»

«Gott, bist du charmant!»

«Na, also, wir haben Stress genug. Und da draußen jetzt schwimmen gehen – nee, lass mal. Es gibt sicher bessere Gelegenheiten für eine Mund-zu-Mund-Beatmung, meinst du nicht?»

★★★

Es kostete Kommissar Erlingsson große Überwindung, Birgitta Arnósdóttir aufzusuchen. Sie erwarte ihn gerne, hatte sie ihm versichert, doch überschritt er mit diesem Treffen, wie er glaubte, eine rote Linie. Ein Polizist tat gut daran, Distanz zu wahren, erst recht gegenüber einer möglichen Delinquentin. Er wusste nur zu gut, dass sie für die Anschläge auf die Stromversorgung dieser unseligen Fabriken verantwortlich war, die Aluminium verarbeiteten und mit den dabei anfallenden Abwässern die Umwelt vergifteten. Im Vordergrund stand dabei die Produktion von Millionen und Abermillionen Blechdosen, meist in der Größe 0,2, 0,3 oder 0,5 Liter, für Coca-Cola oder andere Getränke, die niemand wirklich brauchte. Aber den Weltmarkt mit Müll zu fluten war, neben dem Tourismus und dem Fischfang, das Einzige, was in Island noch nennenswertes Einkommen generierte, nachdem die Versager an den Schaltstellen das Land 2008 fast in den Ruin getrieben hatten.

Und nicht einer dieser Verbrecher hatte dafür jemals

einen Preis bezahlt, jenseits einiger Kratzer am sorgsam gepflegten Selbstbild. Hier oder da musste jemand zurücktreten – ja, und? Ein ehemaliger Ministerpräsident wusste rechtzeitig Millionen nach Panama zu verschieben und bräuchte mehrere Wiedergeburten, um das, was er an Vermögen zuvor an sich gebracht hatte, auch tatsächlich ausgeben zu können.

Missmutig flanierte Olafur Erlingsson durch die Altstadt von Reykjavik, die sich östlich der Einkaufsmeile im Zentrum erstreckte, seine Hände auf dem Rücken verschränkt. Der Anblick der meist liebevoll gepflegten und restaurierten Holzhäuser in ihren leuchtenden Farben, von Gelb über Blau, Rot und Weiß bis hin zu Grau und Schwarz, hinter deren Gardinen er gutbürgerliches Leben vermutete, erfreute ihn, vertrieb aber seine trüben Gedanken nicht. Diese Gegend, das war die Welt, in der er sich heimisch fühlte, ohne ihr je angehört zu haben. Das wäre mit seinem Gehalt auch kaum möglich. Wer hier Eigentum besaß, hatte entweder geerbt oder einfach Glück gehabt. Er neidete niemandem sein Wohlergehen, doch hätte ihn die Kaupthing-Pleite fast ruiniert. Das meiste, was er angespart hatte, war in der Konkursmasse der Bank untergegangen. Seither neigte er zu Gedankenspielen, die ihm früher niemals in den Sinn gekommen wären. Warum haben die einen so viel und eine größer werdende Zahl immer weniger?

Alles, woran er sein bisheriges Leben lang geglaubt hatte, erschien ihm nichtig, unbedeutend und klein. Mit jeder Faser seines Körpers empfand er sich als Mann des Gesetzes, gestern wie heute. Doch hatte sich seine Wahrnehmung verschoben. Nunmehr erkannte er Zusammenhänge, denen er zuvor keine Aufmerksamkeit geschenkt hätte. Auf richterliche Entscheidungen etwa reagierte er zunehmend dünnhäutig. Vor allem, wenn sie allzu viel Verständnis zeigten für Hasardeure in Nadelstreifen. Erlingsson glaubte an die Verfassung, an Gewaltenteilung, doch waren sie mehr als gutgemeinte Empfehlungen? Er selbst hatte, gemeinsam mit empörten Kollegen, ganze Dossiers zusammengetragen, aus denen klar hervorging, dass unverantwortliche Manager und Minister hiesige Banken vorsätzlich in den Ruin getrieben hatten. Diese Gauner hatten sich schlichtweg an der Börse verzockt. Doch ihre privaten Vermögen wussten sie beizeiten in Sicherheit zu bringen, in irgendwelchen Steueroasen.

Allmählich änderte Erlingsson seine Arbeitsweise. In Einzelfällen begann er, Indizien und Beweise zu übersehen, ja, er ignorierte sie vorsätzlich oder ließ sie gar verschwinden, wie auch im Fall Arnósdóttir. Einmal musste sie sich verletzt haben, als sie die Stromkabel kappte. Die Ermittler jedenfalls hatten Blutspuren am Tatort gefunden und führten einen DNA-Abgleich durch. Das Ergebnis war eindeutig und der Beweis, dessen es bedurfte, um Birgitta als Urheberin der Anschläge, von Terroranschlägen sogar, rechtskräftig zu verurteilen. Da er selbst die Untersuchung leitete, tauschte er stattdessen ihre DNA-Probe im Labor mit der eines unlängst verstorbenen Drogensüchtigen aus. Daraufhin konnte er nächtelang nicht schlafen und war doch letzten Endes überzeugt, richtig gehandelt zu haben. Weder billigte er Birgittas Vorgehen noch glaubte er, dass Sabotageakte das rechte Mittel wären. Was aber unterschied sein Handeln von ihrem?

Gewiss, er hatte keine Stromkabel gekappt. Allerdings hatte er laufende Ermittlungen sabotiert. Ihrer beider Motive, ungesetzlich zu handeln, mochten sich voneinander unterscheiden. Im Grundsatz aber waren sie sich einig: Dieses System bedurfte dringend einer Korrektur.

Allein der Gedanke machte ihn schwindelig. Er stand kurz vor seiner Pensionierung und kämpfte gegen das Gefühl, in einem Abgrund zu versinken. Eine Zeitlang hatte er mehr getrunken, als ihm guttat. Bis ihn Panik befiel. Keinesfalls wollte er als Säufer enden wie sein Vater. Er spielte mit dem Gedanken, aufs Land zu ziehen und die Jahre, die hoffentlich noch vor ihm lagen, so intensiv wie möglich zu leben. Sein Glück im Kleinen zu suchen.

Es brauchte einige Zeit, bis er sich durchgerungen hatte, Birgitta Arnósdóttir aufzusuchen, ihr unter die Arme zu greifen. Es gab einiges zu bereden, und er hatte keinen Zweifel, dass seine Informationen für sie nützlich wären. Doch kostete es ihn Überwindung, die brusthohe Pforte zu öffnen, die den Weg in ihren kleinen Vorgarten und zur Haustür freigab, am Rande jener Altstadt, die Erlingsson so sehr am Herzen lag.

Sie lächelte, als sie ihn ins Haus bat. Mit einer wortlosen Geste bat sie um sein Mobiltelefon, legte es, ebenso wie ihres, in eine Plastiktüte, die sie anschließend im Tiefkühlfach des Kühlschranks verstaute. Stumm bat sie ihn in den Keller. Auf dem Weg dorthin fielen dem Kommissar die beiden großen Porträtaufnahmen an einer Wand ihres Wohnzimmers auf, von Mahatma Gandhi und Nelson Mandela. Das Untergeschoss hatte Birgitta in eine Hobby-Werkstatt umgebaut, vermutlich war es die Herzkammer ihrer ungesetzlichen Betätigungen. Jedenfalls entdeckte er zahlreiche nützliche Utensilien, darunter einen Schneidbrenner, Zündschnüre oder Pfeile an langen Seilen, geeignet für Bogenschüsse auf Drohnen, die es im Falle eines Treffers erlaubten, den Flugapparat an diesen Seilen zu Boden zu zerren, ihn dort zu zerstören. Drohnen gehörten zur Standardausrüstung von Polizei und Militär, um unwegsames Gelände besser überwachen zu können.

Nachdem Birgitta die Kellertür hinter ihnen geschlossen hatte, reichte sie ihrem Besucher die Hand und hieß ihn willkommen.

«Es ist unklug, dass Sie solche Gegenstände hier aufbewahren», erwiderte Erlingsson. «Man braucht nicht viel Phantasie, um sich vorzustellen, wofür Sie die einsetzen.»

Fast schüchtern nickte sie. «Danke für den Hinweis. Ich werde mich darum kümmern. Darf ich Ihnen etwas zum Trinken anbieten? Oder zu essen?»

Der Kommissar schüttelte den Kopf. Das hier war kaum der richtige Ort für ein gemütliches Beisammensein.

«Sehen Sie …», sagte er und suchte nach den richtigen Worten. «Ich wundere mich selbst, dass ich hier bin. Ich kann Ihre Taten nicht billigen, erkenne aber wohl Ihre Gründe und halte sie für redlicher als das, was sich hiesige Verantwortliche in den letzten Jahren alles erlaubt haben. Sonst wäre ich nicht gekommen.»

«Ich weiß Ihre Haltung sehr zu schätzen – danke!»

«Freuen Sie sich nicht zu früh, Frau Arnósdóttir. Wissen ist Macht und kann gefährlich werden. Und was ich Ihnen zu sagen habe, wird Ihnen nicht gefallen. Als Kommissar sind mir in dieser Angelegenheit die Hände gebunden, der Vorgang überschreitet meine Kompetenzen bei weitem. Ich habe also die Wahl. Ich kann mit den Achseln zucken und die Akte schließen. Oder aber ich werfe ein paar Steine ins Wasser und hoffe, dass die Wellen eine Bewegung auslösen. Weder Sie noch ich sollten unsere Möglichkeiten überschätzen. Doch sagt mir mein Bauchgefühl, dass Sie eine solche Person sein könnten: eine, die Wellenbewegungen auslöst. Sie haben einen starken Willen und verkehren in Kreisen, über Island hinaus, die in der Wahl ihrer Mittel weniger zurückhaltend sein müssen als ein Beamter auf verlorenem Posten. Wir wissen sehr gut über Sie Bescheid. Auch über Ihre Reise nach Grönland, wo Sie bei Ihren Vorträgen über zivilen Ungehorsam klug genug waren, nicht offen zur Anwendung von Gewalt aufzurufen.»

Birgitta ging auf und ab, dachte nach. «Es geht Ihnen um den Absturz des Hubschraubers?», fragte sie.

«Genau.» Er nahm seinen Rucksack ab. Erzählte von der Flugschule in Keflavik, in der Nachbarschaft des internationalen Flughafens von Reykjavik. Sie befand sich an dessen äußerstem Rand, noch hinter dem militärischen Teil, den die Amerikaner kontrollierten. Sehr viel Geld verdiene die Flugschule mit der Wartung von Hubschraubern, vor allem denjenigen der US-Streitkräfte. Doch vermiete sie auch Kleinflugzeuge und Helikopter. «Es lag auf der Hand, sich da mal umzuhören, denn es gibt nur diese eine Flugschule in Island. Und wer hierzulande einen Hubschrauber benötigt, kann nur dort einen mieten. Theoretisch gäbe es noch die Möglichkeit, ihn zu entwenden, zum Beispiel von dem Tourismusunternehmen auf dem Flughafen im Stadtzentrum, von wo aus ihr zu eurem fatalen Rundflug aufgebrochen seid. Das aber ist nicht geschehen. Anzunehmen, dass sich eine reguläre Militäreinheit an einer kriminellen Aktion wie dem Absturz eines Hubschraubers beteiligt, halte ich für abwegig. Dennoch haben wir auch das überprüft, selbst die Amerikaner waren kooperativ. Nichts. Keinerlei Hinweise in der Richtung.»

Der Kommissar öffnete seine Strickjacke, ihm wurde warm. «Der Besitzer der Flugschule ist ein gewisser Alex Thomas, ein Brite, der vor Jahren eine Isländerin geheiratet hat. Mittlerweile sind sie wieder geschieden, was mich nicht wundert. Der Bursche ist unerträglich arrogant. Anfangs wollte er mir dumm kommen, machte einen auf ahnungslos. Erst als ich ihm drohte, seine Ausweisung aus Island zu betreiben, falls er nicht kooperierte, wurde er gesprächiger. Der Hubschrauber, der da oben gelandet ist und euch nicht geholfen hat, wurde von einem gewissen Sergej Stallowskij angemietet, einem russischen Geschäftsmann. Der Engländer sagte, der sei mit einer kleinen Truppe an Bord gegangen, offenbar Landsleute, jedenfalls hätten sie Russisch gesprochen.»

Erlingsson ging einen Schritt auf Birgitta zu, richtete seinen Zeigefinger auf sie. «Und das Folgende werden Sie kaum glauben, aber es ist wahr. Thomas fragte mich, warum ich ihm dieselben Fragen stelle wie zuvor schon Johnson. Wer zum Teufel Johnson sei, wollte ich wissen. Und bevor er mir antworten konnte, öffnete ein Mann in Zivil die Tür zu seinem Büro und stellte sich vor als Rick Johnson, Liaison-Offizier der US-Streitkräfte. Ob es Zufall war, dass er ausgerechnet in dem Moment dort aufkreuzte? Jedenfalls hielt er mir einen Vortrag über seine vorzüglichen Kontakte und gab mir unmissverständlich zu verstehen, dass ich mich nicht in Dinge einmischen solle, die mich nichts angingen. Ich erklärte ihm, dass ich Kommissar der Kriminalpolizei sei und mich das, was in Island geschehe, sehr wohl etwas angehe, doch er unterbrach mich, nannte mein Geburtsdatum und den Tag meiner bevorstehenden Pensionierung. Der Engländer grinste von Ohr zu Ohr, als sein amerikanischer Freund mich aus dessen Büro hinauswarf. Ich sage Ihnen, Island ist so unabhängig von den USA wie Hongkong von China.»

Der Kommissar entschuldigte sich für den ausgestreckten Zeigefinger, doch Birgitta Arnósdóttir war mit ihren Gedanken sichtlich ganz woanders. Sie erkundigte sich, ob die Untersuchung des verunglückten Hubschraubers Hinweise auf die Absturzursache ergeben habe. Der Kommissar fluchte. «Ich fürchte, da müssen Sie diesen Johnson fragen», sagte er.

Die lichtdurchfluteten Geschäftsräume der Arctic Shipping Company erinnerten von Weitem an einen Ozeandampfer aus Glas. Im Empfangsbereich im Erdgeschoss herrschte dichtes Gedränge, durch das sich gestresste Kellnerinnen und Kellner ihren Weg bahnten, die Appetithappen servierten und Getränke. Nachdem Sophie ihre Garderobe abgelegt hatte, verschaffte sie sich einen ersten Überblick. Einige Gesichter kannte sie, vornehmlich aus dem Fernsehen. Politiker und Wirtschaftsführer, darunter der Finanzminister. Die Luft surrte im Stimmengewirr.

«Frau Schelling! Wie schön, dass Sie kommen konnten.» Josef Meurer steuerte auf sie zu, reichte ihr die Hand. «Sie sehen, wir sind gut vernetzt. Volles Haus. An uns kommt niemand vorbei. Allerdings lassen wir auch niemanden an uns vorbei …» Erneut lachte er sein Stakkato-Lachen. «Sehen Sie», fuhr er fort, jemanden in der Menge grüßend, «ich glaube an die Kraft überraschender Wendungen. Ich bin fest davon überzeugt, dass Offenheit, Flexibilität und Risikobereitschaft die Voraussetzung sind für jeden Erfolg. Bloß kein Stillstand!»

«Wer wollte Ihnen da widersprechen?», erwiderte Sophie. «Ohne Ihren Einsatz wäre Herr Knudsen womöglich heute noch bei den Piraten!» Was nicht allein für Namibia die bessere Wahl gewesen wäre, dachte sie.

«Sie sagen es!» Meurer griff sich einen Happen mit Thunfisch, forderte sie auf, es ihm gleichzutun. Sie tat ihm den Gefallen und fragte: «Was für – sagen wir: Synergien erhoffen Sie sich denn von unserer Begegnung?»

«Oh!» Mit einer lässigen Bewegung schnappte sich Meurer ein Glas Wein. «Sagen Sie es mir! Kontaktscheu sind Sie jedenfalls nicht.» Wieder dieses Lachen.

«Auf jeden Fall bin ich von diesem Firmensitz überaus beeindruckt. Erzählen Sie mir mehr von der Arctic Shipping Company.»

«Das würde ich liebend gerne, Frau Schelling. Aber das muss warten, fürchte ich. Kommen Sie, ich stelle Sie dem Eigner vor.» Sie bahnten sich ihren Weg durch die Menge, wobei ihr Begleiter abwechselnd Hände schüttelte, sich in kurzen Smalltalks erging und Visitenkarten austauschte. Eine Antwort auf seine hingeworfene Frage, wo sie denn so gut Norwegisch erlernt habe, erwartete er offenbar nicht. Stattdessen führte er sie auf die Empore, wo Per Knudsen im Kreis von Vertrauten stand. Eine Assistentin verkabelte ihn gerade, Meurer stellte beide einander vor.

«Ich bin sehr erfreut, Ihre Bekanntschaft zu machen», erklärte Knudsen mit einem süffisanten Lächeln. «Als mir Josef erzählte, wie Sie einander begegnet sind, fühlte ich mich gleich zu Ihnen hingezogen. Offenbar hat er ein Herz für Leute in misslichen Lagen.» Zu Sophies Überraschung sprach er fließend Deutsch. Er habe in Kiel und Hamburg studiert und dort auch seine ersten Berufserfahrungen gesammelt. «Sie arbeiten für eine Import-Export-Firma?», erkundigte sich Knudsen, während er das Knopfmikrofon an seiner Anzugsjacke justierte. «Womit handeln Sie?»

«Vor allem mit Wein und Feinkost aus Deutschland und Westeuropa.»

«Ach, Sie Arme! Dann müssen Sie sich mit dem lästigen norwegischen Weinmonopol herumschlagen?»

«Ich delegiere so viel wie möglich.» So freundlich zugewandt er auch erschien, verrieten seine Augen Härte und Entschlossenheit. Er war nicht die Sorte Mann, auf die sich eine Frau einlassen sollte. Nicht, sofern sie einen eigenen Willen besaß.

«Das ist die Voraussetzung für Erfolg!», rief Knudsen aus. «Sich bloß nicht von Nebensächlichem ablenken lassen. Den Blick immer nach vorne gerichtet. Aber wem sage ich das, nicht wahr?»

«Sie werden eine Rede halten?»

«Ich muss! Das erwartet man von mir, in meiner Position. Dabei mag ich es gar nicht, in der Öffentlichkeit aufzutreten. Doch manchmal heißt es Kompromisse eingehen. Ich denke, das haben wir gemein. Sie befassen sich mit kulinarischen Genüssen – einerseits. Gleichzeitig aber sind Sie eine aufstrebende Autorin. Ich bewundere vielseitig engagierte Menschen, müssen Sie wissen. Wann erscheint Ihre Biografie über die Premierministerin?»

«Das ist noch offen.» Der Mann war gut informiert.

«Natürlich», entgegnete er charmant. «Sie schreiben ja nicht allein. Und obwohl Sie zu delegieren verstehen, müssen Sie natürlich Rücksicht nehmen auf die Kapazitäten Ihres pakistanischen Kollegen mit dem nordischen Namen. Harald Nansen, wenn ich mich nicht irre? Arbeitet er noch immer für die Polizei oder macht er ganz auf Import-Export?»

«Ich glaube, er hat sich für eine berufliche Neuorientierung entschieden.»

«Das ist sehr vernünftig. Ab und zu empfiehlt es sich, klare Verhältnisse zu schaffen. Sagen Sie: Was zieht eine Autorin mit Kontakten bis hinauf zur Premierministerin in Richtung Öffentlichkeitsarbeit? Verkaufen Sie sich da nicht unter Wert?»

Sophie ließ sich nicht beirren, obwohl sie mit diesem Frontalangriff nicht gerechnet hatte. Sie verwies darauf, dass Bücherschreiben ein Luxus sei, den man sich erlauben können müsse. Für den Broterwerb bedürfe es daher vorsichtshalber eines Plan B.

«In jede Richtung denken, Frau Schelling – da bin ich ganz bei Ihnen. Die wichtigste Ware, in Ihrem wie auch in unserem Metier, das sind Informationen. Je mehr man davon hat, umso leichter fällt es, die richtigen Entscheidungen zu treffen. Aber jetzt wollen Sie mich bitte entschuldigen. Wie Sie sehen, muss ich noch eine ganze Herde versorgen. Na ja, sie wenigstens gut unterhalten.»

***

Das Wetter drohte Ole Jensen einen Strich durch die Rechnung zu machen. Der Flug von Kopenhagen nach Kangerlussuaq an der grönländischen Westküste war überaus ruppig verlaufen, eine Folge der Winterstürme. Die kleine Ortschaft Kangerlussuaq mit dem größten zivilen Flughafen der Insel war im Zweiten Weltkrieg entstanden, als die USA dort ihre erste Militärbasis errichteten, zehn Jahre vor jener in Thule. Die Stürme erwiesen sich meist als unberechenbar, folglich wusste niemand, wann der Weiterflug in Richtung Norden möglich sein würde. Schlussendlich verbrachte Ole zwei Tage im tristen Flughafenhotel, während es draußen toste und tobte. Niemand ging freiwillig vor die Tür, der aufgepeitschte Schnee prasselte wie feine Nadeln auf die Haut. Tagsüber war es fast ebenso dunkel wie in der Nacht. Für Ole fühlte es sich an, als sei die Endzeit angebrochen, und es tat ihm nicht gut, in dem kleinen, schmucklosen Hotelzimmer vor sich hin zu grübeln. Wie nur sollte er seinen Auftrag erfüllen? In seinem Alter, auf sich allein gestellt?

Seit einem halben Jahrhundert hatte Ole Jensen Grönland nicht mehr besucht. Zu viel war geschehen, viel zu lange hatte er vergessen wollen. Hier eingesperrt zu sein, sich kaum ablenken zu können – es zerrte an den Nerven. Als habe ihn jemand am Kragen gepackt und zwinge ihn, in die Abgründe der eigenen Vergangenheit zu starren.

Die Frage, die ihn so lange schon quälte, verlangte nach einer Antwort: War er schuldig geworden, damals? Oder hatte er lediglich seine Pflicht getan, Befehle ausgeführt?

Gewiss hätte er sich schlecht verweigern können, als ihn der Auftrag ereilte, ahnungslose junge Männer in Nuuk für die gefährlichen Aufräumarbeiten anzuheuern. Andererseits – was wäre denn geschehen, hätte er klar und deutlich gesagt: Nein danke, sucht euch bitte einen anderen Todesengel? Missmutig setzte er sich auf die Kloschüssel, um Wasser zu lassen. Er machte das öfter in letzter Zeit. Es dauerte einfach zu lange, die ganze Zeit dumm rumzustehen und jeden Tropfen einzeln zu begrüßen. Im Sitzen ging auch nichts daneben, was von einem bestimmten Alter an kein Nachteil war.

Natürlich wusste Ole damals nicht, was er später erst erfahren sollte: Welche Folgen der ungeschützte Umgang mit atomarer Strahlung hatte. Doch war ihm nicht entgangen, wie ernst die Amerikaner im «Camp Century» dieses Thema nahmen. Aus gutem Grund mochte Ole sich selbst daher an den Aufräumarbeiten auch nicht beteiligen. Doch hatte er niemanden vorsätzlich belogen, allenfalls manches verschwiegen, und seine Vorgesetzten waren ja nicht müde geworden zu versichern, es bestehe keinerlei Gefahr. Die US-Militärs jedoch schickten ihre Aufpasser nur in Schutzanzügen aufs Eis. Da einfache Soldaten gehorchten und keine Fragen stellten, nahmen die Dinge ungehindert ihren Lauf.

Wann hatte sich die kleine, aber feine Spionage-Einheit E 39 das letzte Mal im Badezimmer ihres Dienstsitzes eingefunden, bei rauschenden Wasserhähnen und regelmäßig betätigten Spülungen? Berit zeigte sich beinahe schockiert über die Detailkenntnisse des Reeders Per Knudsen, von denen Sophie berichtet hatte. Waren sie leichtsinnig geworden, hatten sie sich allzu arglos ausgetauscht, ohne auf herumliegende Mobiltelefone oder sonstige Elektronik zu achten, über die sie abgehört werden konnten? Jedenfalls nahmen sie ihre frühere Gewohnheit wieder auf und führten Hintergrundgespräche nur noch abhörsicher. Ihre Handys lagen, in Alufolie verpackt, im Herd von Sophies Einliegerwohnung. Berit rauchte gewöhnlich nicht, das tat sie nur unter Anspannung. Mittlerweile war sie bei ihrer dritten oder vierten Zigarette angelangt, was die Luftqualität im kleinen Raum nicht erhöhte – und das Fenster zu öffnen verbot sich von selbst, unter diesen Bedingungen.

«Ist nicht gesagt, dass Knudsen uns abgehört hat», betonte Sophie. «Ich glaube nicht, dass er das getan hat. Das wäre zu riskant, der Aufwand zu groß.»

«Er ist bestens vernetzt», ergänzte Harald. «Was er über uns weiß, das hat er aus anderen Quellen.»

«Da liegt ja auch das Problem», kommentierte Berit. «Ich vermute, ehrlich gesagt, auch nicht, dass wir gezielt abgehört werden. Aber wer weiß. Knudsen ist jedenfalls informiert. Wie kann er wissen, dass du, Sophie, mit Import-Export nichts zu tun hast? Er wird auch kaum annehmen, dass du an Öffentlichkeitsarbeit interessiert bist.»

«Wer also ist sein Informant?», fragte Sophie.

«Im Zweifel der Finanzminister», antwortete Harald.

«Das wäre kriminell, wenn der Minister Interna unserer Einheit an seinen Geschäftspartner weiterreicht.

Doch keineswegs ausgeschlossen. Wäre es klug, vor diesem Hintergrund eine Abhörgenehmigung zu beantragen? Was, wenn Knudsen davon Wind bekommt?», überlegte Berit.

«Das Risiko müssen wir eingehen. Ihn illegal abzuhören, das können wir nicht machen. Wenn das rauskommt, sind wir erledigt. Wir sollten den Herrn besser mit seinen eigenen Waffen schlagen», schlug Sophie vor.

«Heißt was genau?», erkundigte sich Harald.

«Wir besorgen die Genehmigung. Angenommen, Knudsen erfährt davon. Was macht er? Er begibt sich dorthin, wo er sich abhörsicher glaubt. So wie wir hier. Aber wahrscheinlich wird das kein Badezimmer sein.»

«Sondern?» Berit warf ihre Kippe in die Toilettenschüssel und betätigte die Spülung.

«Meurer und Knudsen fliegen übermorgen nach Stavanger», erklärte Sophie. «Dort müssten sie jemanden aus dem Meer fischen, sagte mir Meurer zum Abschied. Vielleicht hat das keine Bedeutung und er wollte sich nur wichtigtun. Vielleicht aber hat er ungewollt zu viel verraten. Der steht ja auf Begegnungen der ungewohnten Art.»

«Entschuldige, aber das ist Kaffeesatz-Leserei.» Berit spielte mit ihrer Zigarettenschachtel, steckte sie weg. «Wir haben es hier mit Leuten zu tun, die möglicherweise mehr über uns wissen als wir über sie. Das kann und darf nicht so bleiben.»

«Nehmen wir also an», warf Harald ein, «Knudsen hätte tatsächlich Zugang zur Regierung, über den Finanzminister. Und erhält von dort Informationen, die auch uns betreffen könnten. Was könnten wir dagegen tun? Das

Leck stopfen? Wie denn? Wir sollten besser in Erfahrung bringen, was Knudsen und seine Freunde im Schilde führen. Auf die Art und Weise sammeln wir hoffentlich auch Beweise. Handfeste Belege.»

«Was bedeutet, dass wir ihn und Meurer abhören müssen», beharrte Sophie.

Berit ließ einen langen Seufzer hören. «Also gut. Die Regierung hat, das ist natürlich nicht offiziell, gerade erst die modernste Spionage-Software eingekauft, die es auf dem Markt gibt. Zum Schutz gegen Russland. Eine israelische Firma gilt hier als Marktführer. Diese Software lässt sich auf jedem abhörgeeigneten Gerät installieren, vom Mobiltelefon über den Fernseher bis hin zu Steuerungssystemen im Haushalt. Die Malware lässt sich ohne großen Aufwand aufspielen, für die Zielperson unbemerkt. Mit Hilfe eines schlichten Anrufs, beispielsweise.»

«Genial. Und in jeder Hinsicht skrupellos», kommentierte Harald.

«Selbstverständlich wird auch abgehört, wenn die entsprechenden Geräte ausgeschaltet sind. Und die Malware ist in der Lage, mit Hilfe etwa eines befallenen Mobiltelefons auch weiteres technisches Gerät zu infizieren, darauf überzuspringen, wenn man so will. Eine Art Schneeballsystem.»

Sophie seufzte, sagte aber nichts.

«Ich nehme das als Zustimmung?», fragte Berit. «Ich hatte schon Sorge, mit euch über Recht und Moral streiten zu müssen.»

«Ach was, du kennst uns doch.» Harald grinste. «Wir machen längst keinen Unterschied mehr zwischen Gut und Böse.»

«Ich kümmere mich um die entsprechenden Genehmigungen», so Berit, «und sorge dafür, dass deren Handys entsprechend – bearbeitet werden. Ihr solltet trotzdem nach Stavanger fahren. Doppelt hält besser.»

Als Ole Jensen seinen Flug Richtung Norden endlich antreten konnte, herrschte in Kangerlussuaq ein Wetter, das ihn geradezu euphorisierte. Klirrend kalt, ein gelbgolden glänzender Himmel ohne Wolken, die Sonne irgendwo hinter dem Horizont versteckt. Es war eher hell als dunkel, wegen des reflektierenden Schnees. Ohne den stürmischen Wind glitzerte er kristallen. 50 Passagiere konnte das zweimotorige Turboprop-Regionalflugzeug Dash 8 aufnehmen, doch nicht einmal die Hälfte der Plätze war besetzt. Ole hatte sich bewusst für einen Sitzplatz auf der rechten Seite entschieden und konnte seine Blicke nicht von dem schier endlosen Meer aus Schnee und Eis abwenden, das mal türkisfarben, mal azurblau oder weiß schimmerte, in stetig wechselnden Schattierungen. So unermesslich erschien die unter ihm liegende Weite, bar jeder Ansiedlung, jeden menschlichen Lebens, dass er die Landschaft las wie die Seiten einer Schrift über die Genesis.

Zwischendurch musste er eingenickt sein, er sah einen Mann, sah Moses, in einer Wüste aus brüchigem Eis. In Händen hielt er eine gläserne Tafel, die zu Wasser gerann. «Bitte schnallen Sie sich an für die Landung.» Die Stimme der Stewardess war ebenso höflich wie bestimmt, abrupt kehrte Ole ins Leben zurück. Knapp anderthalb Stunden dauerte der Flug bis nach Upernavik, ebenfalls an der Westküste gelegen. Mit seinen rund 1000 Einwohnern war der Ort für grönländische Verhältnisse nahezu eine Großstadt, beliebt unter Touristen. Nirgendwo sonst gab es mehr kalbende Gletscher zu beobachten als dort. In Upernavik musste er in einen Helikopter umsteigen, der ihn, nach einer weiteren Zwischenlandung, an seinen Zielort brachte, nach Qaanaaq, die nördlichste Siedlung der Insel.

Dieser Teil seiner Reise fiel ihm am schwersten. Nicht allein, weil er an Bord des Hubschraubers unweigerlich an die Toten in Island denken musste. Vor allem überquerten sie jenes Gebiet, über dem damals der B-52-Bomber abgestürzt war, westlich der Luftwaffenbasis Thule, die niemand ohne Sondergenehmigung betreten oder überfliegen durfte. So klar traten ihm die Erinnerungen vor Augen, dass Ole sich in einem Film glaubte. Alles erschien ihm so deutlich, als wäre es gestern erst geschehen. Diese Bilder von sich selbst als jungem Mann, gutgläubig, naiv, das Leben ein Abenteuer und er mittendrin. Nichts erschien damals unmöglich. Er spürte seinen Bauch, der sich plötzlich zusammenzog, verkrampfte. Sein Blick fiel auf Thule, rechts vor ihm. Ja, hier musste es geschehen sein, ziemlich genau hier! Direkt unter ihm. Der Aufprall. Die Explosion. Vor wenigen Jahren noch bestand das Meer in dieser Gegend überwiegend aus Eis, im Winter. Jetzt trieben vereinzelt Eisschollen im Wasser. Die Klimaerwärmung war geradezu mit Händen zu greifen. Wer ernsthaft annahm, es gäbe sie nicht, hielt es wahrscheinlich auch für unmöglich, dass ein paar Kilometer entfernt eine Atombombe auf dem Grund des Meeres lag und hoffentlich niemals explodieren würde.

Eine? Vielleicht sogar drei. Was ihn allerdings irritierte, waren die Schiffe über der Absturzstelle.

Die schwarze Limousine steuerte den Hafen von Stavanger an, nahm Kurs auf einen Pier. Sophie parkte ihren Mietwagen so, dass er nicht ins Blickfeld geriet. Griff die neben ihr liegende Kamera und schoss Fotos. Von Per Knudsen und Josef Meurer, auf dem Weg in ein Lagerhaus. Durch die Linse, die wie ein Fernrohr wirkte, entdeckte sie zwei weitere Männer, die ihre Besucher in Empfang nahmen. Wieder drückte sie auf den Auslöser, während Harald auf der Rückbank mit gequältem Blick seinen Laptop bediente, aus dem es krächzte und tönte, ohne jedoch mehr als bloße Sprachfetzen wiederzugeben.

«Soll ich näher ranfahren?», fragte Sophie.

«Nein, lass mal. Glaub nicht, dass der Empfang dann besser wird.»

«Du sollst ja auch nicht empfangen, sondern auslesen. So arbeitet diese Spionage-Software doch, oder? Das gesprochene Wort wird umgewandelt in Fließtext auf dem Bildschirm. So habe ich das verstanden.»

«Da fließt gerade nicht viel … Es geht beides. Du kannst mithören, parallel zeichnet die Software auf, als Ton und als Mitschrift. Ich sage dir: Der Fortschritt der Menschheit ist nicht aufzuhalten. Im nächsten Schritt erfinden ihre klügsten Köpfe dann die standrechtliche Erschießung per Mausklick. Das spart viel Arbeit.»

Sophie studierte ihre Aufnahmen im Display. «Weißt du, was ich glaube?»

«Du glaubst noch an was?»

«Sieh dir den mal an. Ist das nicht Stallowskij? Jedenfalls hat er große Ähnlichkeit mit den Fotos, die wir von ihm haben.»

Harald kam zu demselben Schluss. «Tja, also, keine

Ahnung, wer der andere Typ ist. Ist eher ein intimes Treffen hier. Also vermutlich ein Vertrauter von Sergej. Sein Bruder vielleicht? Dieser Boris?»

«Und warum treffen die sich hier? Warum nicht in Oslo?»

«Warte ...» Haralds Finger jagten über die Tastatur seines Laptops. Er klickte, suchte, überflog verschiedene Seiten.

«Okay!», rief er und lächelte. «Drei russische Schiffe liegen im Hafen von Stavanger. Zwei davon gehören – na, wem?»

«Triple S?»

«Sergej Stallowskij Shipping, so ist es. Haben vorgestern angedockt. Fahren morgen weiter nach – Überraschung! Nach Grönland.»

«Haben die hier was geladen?»

Wieder hämmerte Harald auf der Tastatur und sagte dann: «Fertighäuser ... Skandinavischer Stil ... Mitsamt Duschkabinen und Toilettenschüsseln. Was soll das denn? Ich denke, der versenkt Schrottschiffe im Meer ... Warte ... Und Schneemobile. Transportgeräte. Stromaggregate. Ganze Paletten mit haltbaren Lebensmitteln. Expeditionsbedarf. Das verstehe ich nicht ...»

«Hast du dich bei der Zollbehörde eingeloggt?»

«Im weitesten Sinn, ja. Ich bin ganz begeistert von dieser Spionage-Software. Sie ist unglaublich – vielseitig, sagen wir mal.»

Wieder rauschte es auf der Tonspur, dann waren einzelne Worte zu verstehen, Wortfetzen, auf Englisch.

«Männer ... Sichern ... Team ... Haben Unterstützung von ... Müssen sehr vorsichtig sein, ist aber geklärt ...

Keine Spuren ... Am Ende ist nichts mehr ... Auf unserer Seite ... Perfekte Organisation, so dass wir davon ausgehen können ... Alles unter Kontrolle, aber der ... Problem ... Orgelpfeife ... Im Weg ... Bulldozer ... Können wir uns ... ? ... Freie Hand ... Niemand kann uns auf ...»

Sophie überlegte. «Orgelpfeife? Was soll das denn?»

«Sollen wir reingehen und fragen?»

«Orgelpfeife ... hm ... Orgel, Orgel ... Kirchenorgel ... Pfeifenorgel ... Elektronische Orgel ... Mundorgel ... Hammondorgel! Das ist es, Harald! Hammondorgel!»

«Man kann sich auch selber einen orgeln, Sophie. In der Jugendsprache jedenfalls.»

«Woran denkst du bei einer Hammondorgel?»

«An einen beschissenen Klang. An Rentner, die sich für Musiker halten und sich so was zulegen. Zum Entsetzen ihrer Nachbarn. Wir hatten auch mal so einen im Haus. Geht gar nicht, wenn du mich fragst.»

«Hammondorgel, Harald! HAMMOND-Orgel!!»

«Gott ist groß! Ich bin doch nicht schwerhörig.»

«Nein, aber offenbar schwer von Begriff. Kein Wunder, dass Indien Pakistan immer voraus ist.»

«Hör mal, Sophie, das ist jetzt grenzwertig. Erstens ist mir das als Norweger egal und zweitens ist das beleidigend. Und außerdem – verflucht ... Du hast Recht!»

«Nicht wahr? Auf nach Grönland. Ein bisschen orgeln mit Natan Hammond.»

★★★

Qaanaaq ließ Ole Jensen an eine Pionierstadt im Wilden Westen denken. Nicht, weil es hier Schießereien gäbe oder Outlaws Furcht und Schrecken verbreiteten. Ganz im Gegenteil, die nördlichste Siedlung Grönlands mit ihren rund 600 Einwohnern wirkte ruhig und gemächlich. Es war vielmehr die Anmutung der Ortschaft. Quadratisch angelegte Reihen aus Holzhäusern mit den für Skandinavien typischen Signalfarben. Pisten ohne Asphalt, am kleinen Fischerhafen eine Ansammlung von Containern. Kein Zentrum, vielmehr Gebäude wie hingeworfen. Provisorisch. Bestellt und nicht abgeholt. Heimatlos, ähnlich ihren Bewohnern, meist Jäger oder Fischer. Ole wusste sehr wohl, dass sein Eindruck ihn nicht täuschte. Qaanaaq war ein künstlicher Ort, am Reißbrett entworfen – nicht in der Absicht, damit Architekturpreise zu gewinnen. Vielmehr ein Trostpreis, den anzunehmen seine Bewohner gezwungen waren. Ursprünglich stammten sie aus der Siedlung Uummannaq 100 Kilometer weiter südlich. Von dort aber wurden sie 1953, oder auch ihre Eltern und Großeltern, in einer Nacht-und-Nebel-Aktion vertrieben, von Dänen wie Amerikanern, und hierher zwangsumgesiedelt. Ein grönländisches Trauma bis heute, das erzwungene Ende des Jahrtausende währenden Miteinanders von Mensch und Natur, im Einklang mit den Göttern. Das alte Uummannaq gab es nicht mehr. Wo einst Eskimos jagten und fischten und in Iglus lebten, entstand die Luftwaffenbasis Thule. Irgendwelche Nostalgiker in der Hauptstadt hatten vor einigen Jahren entschieden, unweit des Strandes bei Thule ein Freiluftmuseum anzulegen, das noch den früheren Namen trug.

Den hiesigen Ureinwohnern ist es nicht viel besser ergangen als denen in Nordamerika, dachte Ole, als das Taxi vom Flughafen ihn vor der Pension Hans og Greta absetzte. Er war der einzige Gast, im Winter kamen für gewöhnlich keine Besucher, keine Ausländer oder Dänen. Ein alter Mann mit tiefen Gesichtsfurchen zeigte ihm sein Zimmer und versprach ihm zwei Mahlzeiten am Tag. Seine Frau werde sich darum kümmern. Ole fragte, warum zwei und nicht drei, woraufhin der Alte ein weitgehend zahnloses Grinsen zeigte. Seiner Antwort «Wir essen auch nicht öfter» war nichts hinzuzufügen.

Der Blick aus dem Hotelzimmer erschien Ole nicht weniger grandios als der aus Mettes Wohnung in Århus, im «Eisberg»-Gebäude. Hier schwammen echte Eisberge im Sund, teilweise höher noch als Mettes Hochhaus. Doch so atemberaubend die Aussicht in der Pension sein mochte – sie war gleichzeitig auch ein Menetekel. Der Taxifahrer hatte ihm erzählt, dass der Meeresarm seit zehn Jahren im Winter nicht mehr zufror, die Eisdicke in der Region im selben Zeitraum um anderthalb Meter zurückgegangen war. Mit der Folge, dass die Jäger ihre Jagdgebiete verloren, weil das Eis großflächig zu dünn geworden sei, um sie zu tragen. Viele versuchten sich daher als Fischer, aber der Ort könne nicht mehr als ein paar Dutzend von ihnen ernähren. Auch reduzierten die höheren Wassertemperaturen die hiesigen Fischbestände, was wiederum die Anzahl der Robben zurückgehen ließ, des wichtigsten Beutetiers der Jäger. Kurz, Qaanaaq sei ein sinkendes Schiff, und wer die Wahl habe, ziehe fort.

Nachdem Ole sich eingerichtet hatte, entschloss er sich zu einem Spaziergang. Als er von Dänemark aus seine früheren Kontakte zu den Inuit bemüht hatte, festgehalten in einem handschriftlichen, längst vergilbten und jahrzehntelang ungenutzten Notizbuch, war er sich anfangs vorgekommen wie ein Idiot. Neben den Namen hatte er damals den Ort der ersten Begegnung und die Beschreibung des Wohnortes festgehalten. Telefon gab es zu jener Zeit kaum, außerhalb von Behörden. Viele der Alten lebten längst nicht mehr. Doch die Familienbande waren meist eng, und wo es den Vater nicht mehr gab, trat der Sohn an seine Stelle, die Tochter, die Enkel. Wo es ein persönliches Band gab, riss es unter den Inuit auch nach Generationen nicht. Tagelang hatte er sich durchgefragt, stundenlang telefoniert: «Ole, der Häuptling». So hieß er damals, so kannten ihn einige der Söhne und Töchter noch heute. Und man sagte ihm, was zu tun sei. Komm nach Qaanaaq. Diese knappe Auskunft hatte ihn hierhergeführt. Wahrscheinlich wussten mittlerweile selbst die Schlittenhunde, dass Ole, der Häuptling, eingetroffen war. Er musste nichts weiter tun als abwarten. Irgendjemand würde ihn ansprechen und alles würde seinen Lauf nehmen. Viele der Einheimischen verfügten über den siebten Sinn. Sie konnten sehen, was andere nicht sahen. Er hatte erlebt, dass Inuit stundenlang auf ein Wasserloch starren konnten. Sie saßen einfach da, als würden sie meditieren. Doch in der einen Sekunde, die es brauchte, um den Speer oder die Harpune treffsicher zu führen, waren sie so präsent wie ein Hochleistungssportler im Moment seines Triumphs.

Nur wenige Menschen liefen durch die verschneiten Straßen. Es war bitterkalt, und das ewige Halbdunkel des Polarwinters lag wie eine Maske über der Siedlung. Hinter den Fensterscheiben der Häuser nahm Ole verstohlene Blicke wahr, die vermutlich zu ergründen suchten, was den Fremden hergeführt haben mochte. Wer diese Landschaft, dieses Leben nicht gewohnt war, mochte daran verzweifeln. Wer beider Wurzeln kannte, sich darauf einzulassen verstand, sehnte sich danach, sobald er wieder Abschied nahm. Der Iglu war mehr als nur eine Behausung. Dort fand Gemeinschaft statt, wurde nahezu alles geregelt, im Namen der Familie, des Clans. Dort wuchsen die Inuit auf, wurden Kinder zu Erwachsenen, dort liebten sie sich, gebaren die nächste Generation und starben, sofern sie nicht der Sturm, das Wasser oder das Eis holte. Noch vor zwei Generationen hatten sie so gelebt. Heute fanden sie sich wieder in Häusern aus Holz oder Stein, in denen ganz andere Regeln galten. Und kaum jemand glaubte an eine Rückkehr zu den alten Zeiten, an eine Zukunft im Einklang mit der Natur. Schon damals war das so gewesen, zu Zeiten von Ole, dem Häuptling.

Die Tür zum Thule-Museum war unverschlossen, er trat ein, nachdem er vergebens geklingelt hatte. Es bestand aus vier Räumen mit zahlreichen Vitrinen, in denen angestaubte Gegenstände ausgestellt waren, die früher etwa für die Jagd oder die Schlittenfahrt verwendet wurden. Aber auch Expeditionsbedarf aus dem frühen 20. Jahrhundert war zu sehen, darunter alte Konserven und Seife. Von hier aus waren es weniger als 1000 Kilometer zum Nordpol. Traditionelle Kleidungsstücke aus Robben- oder Rentierfell, Unterwäsche aus Fuchsfell und Vogelfedern fehlten ebenso wenig. Es roch nach Tran, nach Fett und Funzel, Mühe und Pein. Am meisten jedoch fühlte sich Ole von den alten Fotografien angezogen. Sein Blick ruhte auf Aleqasina (1880–1921), die sich als sehr junge Frau, ein Mädchen fast, ablichten ließ. Für damalige Verhältnisse waren es beinahe anstößige Aufnahmen, trug sie doch lediglich ein bunt besticktes Hemd bis zu den Knien. Auffallend waren ihre runden, staunenden Augen, die den Eindruck erweckten, sie traue ihrer eigenen Wahrnehmung nicht. Dem, was sie erblickte.

«Sie war die grönländische Geliebte von Robert Peary, den jeder hier heute noch liebend gerne umbringen würde, mich eingeschlossen. Auch wenn er schon 100 Jahre tot ist.»

Ole fuhr herum. Er hatte das Kommen des Mannes nicht bemerkt, der plötzlich hinter ihm stand, die Arme auf der Brust verschränkt.

«Peary, ja. Der Mann war ein Drecksack. Hat den Inuit gestohlen, was nicht niet- und nagelfest war», erwiderte Ole. «Vor allem auch Kultgegenstände, darunter Gestein aus Meteoriteneinschlägen. Damit hat er viel Geld verdient.»

«Er hat, viel schlimmer, sechs Inuit, darunter fünf Kinder, mit falschen Versprechungen nach Amerika gelockt. In Wirklichkeit wollte er nur eins: Sie im Naturkundemuseum von New York ausstellen, als lebende Objekte. Sie sind dann bald an Tuberkulose gestorben, nachdem sie die meiste Zeit im feuchten Untergeschoss des Museums eingesperrt gewesen waren. Ihre Leichen dienten anschließend als Forschungsobjekte. Man wollte die naturgegebene Minderwertigkeit primitiver Kulturen anhand ihrer biologischen Merkmale beweisen, wie es damals hieß.»

Der Mann war unbestimmten Alters, er mochte 60 oder 70 Jahre zählen, und verfügte über ein ausgeprägtes Charisma. Ein Haarkranz säumte seine Glatze, das braunlederne Gesicht ließ auf ein Leben im Freien schließen. Er trug einen grauen Mantel aus Robbenfell und zerschlissene Jeans. Unter dem geöffneten Mantel sah man eine braun-weiß gescheckte Weste, ebenfalls aus Fell, in die Muscheln und flache Kiesel eingenäht waren, vielleicht aus Meteoriten-Gestein.

Ole zweifelte nicht, dass dieser Unbekannte ein Schamane war. Offiziell gab es die längst nicht mehr, doch welcher Wert dem Wort «offiziell» beizumessen war, wusste er aus eigener Anschauung besser als manch anderer.

«Pearys Geliebte ist auch nicht alt geworden», stellte er fest.

«Nein. Zwei Söhne hatte sie mit ihm. Er hat sich nie für sie interessiert. Ich frage mich, ob es einen Fluch der bösen Tat gibt.»

«Wie kommst du darauf?» Obwohl sie sich nicht kannten, duzte Ole ihn. Sein Gefühl sagte ihm, dass er damit nicht falschlag.

«Einer von Pearys amerikanischen Urenkeln hatte vor einigen Jahren die Idee, Grönland von West nach Ost zu durchqueren, auf Skiern. Dieser Philip, ein 30-Jähriger, hielt seinen Urgroßvater offenbar für einen Helden, und ich vermute, er wollte sein Vorbild nachahmen. Er stellte eine Expedition aus drei Teilnehmern zusammen, die er großspurig im Internet präsentierte. Er wolle Spenden sammeln, begründete er sein Vorhaben. Für das Naturkundemuseum in New York, das seinen Vorfahren bis heute in Ehren hält. Die Dreiergruppe kam hierher, nach

Qaanaaq. Ich hatte sie gewarnt. Es war zu spät im Sommer für ihr Vorhaben, und eine Überquerung des Inlandseises auf der von ihnen gewählten Route ist kaum möglich, wegen der vielen Gletscher, die den Weg versperren. Doch sie wollten nicht hören. Schon am zweiten Tag stiegen sie eine Eiskappe hinauf, wo sie Opfer der Piteraqs wurden, der heimtückischen Fallwinde, mit denen kalte Luft über das Inlandseis in Richtung Küste donnert. Piteraqs zerstören alles, was sich ihnen in den Weg stellt – nur im Iglu hat man eine Überlebenschance. Sie aber hatten ein Zelt aufgestellt, inmitten des Trichters zwischen zwei Bergwänden, der die Fallgeschwindigkeit des Sturmes noch erhöht. Wir haben ihre Leichen Wochen später erst gefunden, nachdem der Schnee, der ihr Zelt begraben hatte, verflogen war.»

Ole nickte. Er hatte davon in der Zeitung gelesen. «Sollte ich mich irren oder hast du Übung darin, Verunglückte aufzuspüren?», fragte er.

Der Mann sah ihn an, die Arme erneut über der Brust verschränkt, er reagierte nicht.

«Nichts für ungut», fuhr Ole fort, «ich denke das schon die ganze Zeit – du kommst mir irgendwie bekannt vor, auch wenn das alles schon so lange her ist. Du bist doch Aqqaluk, wenn ich mich nicht irre? Nach dem Absturz der B-52 hast du zwei der Männer aus dem Eis gerettet, zusammen mit deinem Vater.»

«Warum auch nicht. Auch wir sind halbe Amerikaner.»

Mit der Antwort hatte Ole nicht gerechnet. Er sah in das stoische Gesicht des Mannes, seine Blicke irrten durch den Raum, fielen auf die Fotografien Aleqasinas.

«Willst du damit sagen ...?»

«Sie ist meine Großmutter, ja.»

«Dann bist du Aqqaluk. Schon damals hieß es, du und dein Vater hätten einen besonders guten Draht nach Amerika.»

«Wir brauchten Geld. Deswegen haben wir eine Zeit lang auf der Basis gearbeitet. Um den Job zu bekommen, hat mein Vater von Peary erzählt. Die Soldaten haben uns nicht geglaubt, meinten aber, es sei eine schöne Geschichte.»

Ole trat auf ihn zu, reichte ihm die Hand: «Ich hatte gehofft, dich zu finden.»

«Ich wusste, dass du mich finden würdest. Komm, lass uns heißes Wasser trinken.»

★★★

Das Fortleben der Vergangenheit in der Gegenwart – daran musste Sophie denken, im Landeanflug auf die grönländische Hauptstadt. Zuvor hatte Harald mit Birgitta Arnósdóttir in Island Kontakt aufgenommen. Sie zu dem Absturz befragt. Obwohl sie nicht mehr sagte als nötig, erwies sich das Telefonat als «horizonterweiternd», wie Harald es formulierte. Die Tragweite der Projekte «Crested Ice» und «Iceworm» aus den 1960er Jahren hatten sie unterschätzt, die größeren Zusammenhänge beinahe übersehen – Opfer ihres eigenen Tunnelblicks?

Gab es etwa einen Zusammenhang zwischen dem Absturz des B-52-Bombers und den Aktivitäten der Arctic Shipping Company in den Gewässern vor Thule? Auf der Fahrt vom Flughafen verlor Sophie nicht einen Moment die spektakuläre Landschaft aus den Augen, in die Nuuk eingebettet lag – schneebedeckte Berge zur Linken, zur Rechten das Stadtzentrum auf einer Landzunge, eingefasst vom Atlantik und einem Meeresarm. Der Wind blies so kräftig, dass der Fahrer gegensteuern musste – ein Mitstreiter von Natan Hammond, dessen volles, pechschwarzes Haar ihm über den Rücken fiel. Er heiße Mikiseq, was so viel bedeutete wie Michael in der Mitte. Mit anderen Worten: Er war das mittlere von drei Geschwistern. Angesichts solch bodenständiger Poesie sah sich Harald auf dem Beifahrersitz veranlasst, über die Namensgebung der Paschtunen in Afghanistan und Pakistan zu räsonieren, die ebenfalls zum Teil Rückschlüsse auf die Geburtsabfolge erlaubte. So sehr vertieften beide das Thema, dass sie schließlich traditionelle Rufe erklingen ließen, zur Verständigung über größere Entfernungen. Auch Sophie war erstaunt über die große Ähnlichkeit dieser kehlig klingenden Laute, ungeachtet der gänzlich unterschiedlichen Welten in Grönland und Pakistan.

«Moment mal ...», sagte Harald. «Die Inuit stammen ursprünglich doch aus Zentralasien, oder?»

«Ist schon eine Weile her», entgegnete Mikiseq, «aber so ist es, in der Tat.»

«Die Paschtunen auch», betonte Harald. «Teilweise sind sie zugewandert aus Regionen nördlich des Hindukusch, vor langer Zeit.»

«Vielleicht seid ihr ja Verwandte», neckte sie Sophie.

Zu ihrer Überraschung signalisierten beide Zustimmung. Harald sprach vom Lehm als Urgrund allen Seins, zum Leben erweckt durch Gottes Odem, Mikiseq von der Urmutter als Schöpferin allen Lebens.

Wow, dachte Sophie. Und was habe ich im Angebot?

Qinngorput war der jüngste und modernste Stadtteil der Hauptstadt, in der rund ein Drittel der Bevölkerung Grönlands lebte, rund 18 000 Menschen. Dieses Viertel lag zu Füßen eines Gebirgszuges, von der übrigen Stadt getrennt durch den Meeresarm. Gleichzeitig war es der teuerste Bezirk, wegen der ansprechenden Architektur aus Holz und Glas, mehrstöckigen Gebäuden mit gefälligen Farbkombinationen, deren Lage auf einer Anhöhe einen unverstellten, magischen Blick auf die übrige Stadt, den Atlantik und die raue, gebirgige Küstenlinie erlaubte. Mikiseq, offenbar inspiriert von der Vorstellung der von Harald so kraftvoll vertretenen Seitenlinie gemeinsamer Vorfahren, erzählte von seiner Tätigkeit als Tänzer, Musiker und Schauspieler. Stolz verkündete er, im ersten jemals in Grönland gedrehten Horrorfilm die Hauptrolle gespielt zu haben.

«Ging es um die Klimaerwärmung?», fragte Sophie.

«Nein, um einen Untoten, der sich für erlittene Demütigungen rächt.»

«Darin hat er meine volle Unterstützung», versicherte Harald.

Natan Hammond empfing sie in seinem hellen, auf drei Seiten von Glasfassaden umsäumten Büro. Die von ihm angeführte Sammlungsbewegung *arcticchange.org* residierte in zwei von fünf Etagen eines architektonisch harmonisch gestalteten Gebäude-Ensembles im Neo-Bauhaus-Stil. Das war einerseits großartig, vor allem der Blick auf Nuuk, doch fragte sich Sophie, ob ein Zuviel an Schönheit und Luxus nicht möglicherweise in die falsche Richtung wies. Mit dem kulturellen Erbe Grönlands hatte diese Anmutung weniger zu tun als mit einem Loft in Oslo oder in New York.

Als könne Hammond Gedanken lesen, erklärte er nach freundlicher Begrüßung und der Einladung, am Konferenztisch Platz zu nehmen und sich bei den Snacks und Getränken zu bedienen, den Ansatz der Bewegung. Sie sei international, beziehe die Inuit in Alaska und Kanada ebenso ein wie zunehmend auch die in Sibirien, außerdem suche man den Schulterschluss mit Klimaaktivisten. Deswegen verstünden sie sich als Bewegung, nicht als Partei. Als Teil eines globalen Netzwerks.

«Aber Sie sind vermutlich nicht gekommen, um das zu erfahren, was auch auf unserer Homepage steht», sagte er mit charmantem Lächeln. Ein Profi, befand Sophie erneut.

«Nein. Es geht um die Aktivitäten vor Thule. Das Engagement der Arctic Shipping Company. Und darum, ob Sie möglicherweise Feinde haben, die Ihnen gefährlich werden könnten», betonte sie.

Hammond nickte zustimmend. «Kommen Sie, gehen wir nach nebenan.» Nachdem er sie gebeten hatte, ihre Mobiltelefone auf den Tisch zu legen, führte er sie in ein kleines, fensterloses Nebenzimmer, eingerichtet wie ein Hörfunkstudio. Die Wände waren mit Dämmmaterial verkleidet, der Raum abhörsicher, betonte er. Zu dritt setzten sie sich an einen kleinen Tisch.

«Hier sind wir ungestört», versicherte Hammond. «Das ist der Fluch unserer Zeit. Man muss sich sehr genau überlegen, wem man was an welchem Ort mitteilt.» Er lehnte sich zurück, die Hände hinter dem Kopf verschränkt: «Was also führt Sie zu mir?»

«Wir haben Grund zu der Annahme, dass Per Knudsen Sie als Hindernis seiner geschäftlichen Aktivitäten ansieht», ergriff Harald das Wort.

Hammond richtete sich auf. «Der norwegische Reeder mit guten Kontakten in die USA?»

«Genau der.»

«Inwieweit sollte ich ihn behindern können?»

«Sagen Sie es uns.»

Hammond überlegte. «Ich denke, wir kommen hier an einen Punkt, der nach klaren Absprachen verlangt. Sie suchen nach Informationen, die Siv Sandberg gegen ihren Rivalen und Finanzminister Andreas Bakke verwenden kann. Was sie von dem hält, hat sie mir in Reykjavik deutlich zu verstehen gegeben. Und als Mittel der Wahl, ihn aus dem Verkehr zu ziehen, dient dieser durchtriebene Knudsen. Richtig?»

«Nicht falsch», bestätigte Sophie.

«Dann sieht es so aus, als würden sich unsere Interessen überschneiden», fuhr er fort.

«Den Eindruck haben wir auch.»

Hammond räusperte sich. «Ich gehe davon aus, dass Sie vom Absturz der B-52 im Januar 1968 wissen. Andernfalls wären Sie nur ahnungslose Journalisten, mit denen die Zusammenarbeit nicht lohnt.»

«Wir sind informiert», bestätigte Sophie. Wenngleich erst seit kurzem, weil wir offenbar einen Aussetzer hatten, setzte sie stumm hinzu.

«Die Arctic Shipping Company transportiert seit einiger Zeit große Mengen an Zement aus New York zur Absturzstelle. Aus welchem Grund, Ihrer Ansicht nach?»

«Sagen Sie es uns», forderte ihn Harald auf.

«Wir wissen, dass die Amerikaner dabei sind, den Boden rund um die damalige Absturzstelle großflächig zu versiegeln.»

«Weil sie Sorge haben, dass andernfalls die eine oder andere Atombombe hochgehen könnte?», fragte Harald.

«Ich bin kein Physiker. Ich kann nicht beurteilen, was da explosionsgefährdet ist oder nicht. Jedenfalls versiegeln sie den Meeresboden.»

«Was wäre dagegen einzuwenden?» Das war Sophie.

«Nun, zum einen haben sie es versäumt, die zuständigen Behörden in Grönland zu informieren. Die Amerikaner machen das in Eigenregie, und Kopenhagen nickt es ab, wie üblich. Hinzu kommen die ökologischen Schäden.»

«Verzeihung, aber für die Außenpolitik Grönlands ist Dänemark zuständig, nicht Nuuk. So gesehen ist Washington auch nicht verpflichtet, bei Ihnen anzurufen», bemerkte Harald.

«Ja, streuen Sie nur Salz in unsere Wunden. Doch abgesehen davon, dass die dänische Zurückhaltung diplomatisch unklug ist, gibt es da noch einen anderen Punkt. Und den halten wir in der Tat für beunruhigend.» Hammond schwieg, musterte seine Gesprächspartner. «Die Arbeiten sind seit einiger Zeit unterbrochen. Gleichzeitig bewegen sich die Schiffe vor Thule nicht vom Fleck. Wir wüssten gerne, was dort vor sich geht.»

«Sind die Dänen informiert? Wissen die gegebenenfalls mehr?», fragte Sophie.

«Schwer zu sagen. Sie dürften ihrer bewährten Haltung folgen: Was ich nicht weiß, macht mich nicht heiß. Doch selbst wenn amerikanische Dienststellen Kopenhagen eingeweiht haben sollten, würde man dort nicht als Erstes auf die Idee kommen, sich mit uns auszutauschen.»

«Grönland steckt in einer Art Sandwich, scheint mir», kommentierte Harald. «Als der Teil in der Mitte, zwischen den Brotscheiben. Das, was besonders gut schmeckt. Aber ohne das Brot geht leider nichts.»

Hammond zeigte sein Obama-Lächeln. «Ich denke, niemand möchte als Mayonnaise enden. Besser das ganze Sandwich in Händen halten. Und dafür brauche ich Ihre Hilfe. Eine flexible Geheimdienst-Einheit von Ihrem Kaliber steht uns nämlich leider nicht zur Verfügung. Aber ich denke, wir können unsere Ziele gemeinsam erreichen, wenn wir an einem Strang ziehen.»

*Du weißt nicht, wer dein Freund oder dein Feind ist –
bis das Eis bricht.*

Sprichwort der Inuit

II.

Der Hubschrauber flog vorschriftsgemäß in einem großen Bogen an Thule vorbei, hielt Kurs Richtung Norden und zog erst weit hinter der Luftwaffenbasis eine Schleife, zum weiter südlich gelegenen Landeplatz. Da der Boden schneebedeckt war, landete der Pilot vorsichtig auf einem gerade noch zu erkennenden Strandabschnitt. Den Rotor stellte er nicht ab, während Sophie ihr weniges Gepäck, eine kleinere Kiste mit technischem Gerät sowie einige Säcke mit Lebensmitteln, aus geringer Höhe auf den Sand warf und schließlich selbst hinaussprang. Sofort hob der Helikopter wieder ab, inmitten heftiger Windböen.

So stand sie da, inmitten eisiger, unerbittlicher Natur. Mit gemischten Gefühlen hatte Sophie dem kleiner werdenden Schatten des Helikopters nachgesehen – was, wenn niemand kam und sie hier abholte? Minus 20 Grad ist keine Wohlfühltemperatur, und sie spürte die Kälte, die von ihr Besitz ergriff. Schlug sich mit den Armen auf die Brust, sprang von Fuß zu Fuß. Doch bevor sie Anlass zu ernstlicher Sorge hatte, glitt unter Gebell ein Hundeschlitten die Anhöhe hinab. Mit einer eleganten Bewegung brachte der Schlittenführer das Gefährt vor ihr zum Stehen, indem er den Bremsbügel nach unten drückte – es sah aus, als verneige er sich. Die Hunde kläfften ohne Unterlass. Sophie versuchte die beiden Leittiere des Achtergespanns zu streicheln, schon ertönte der scharfe Ruf: «Nicht anfassen!»

Gleich darauf trat der Mann an sie heran.

«Hallo, ich bin ...», sagte sie.

«Ich weiß, wer du bist.» Er warf die Plane des Schlittens zur Seite und schien etwas zu suchen. «Zieh deinen Mantel aus», befahl er.

«Nein! Das ist mir zu kalt.»

«Zieh ihn aus!» Sein Tonfall war hart, entschlossen, aber nicht herrisch. Offenbar hatte er keine Lust, sich mit einem Greenhorn auseinanderzusetzen. Kaum hatte sie getan, was er verlangte, warf er ihr einen Fellmantel zu. Sie zog ihn an und spürte sofort die wohlige Wärme, die von ihm ausging.

«Das ist Rentier. Besser als Outdoor-Kleidung.» Der Mann selbst war ganz in Fellkleidung gehüllt, auch an den Füßen.

«Deine Schuhe!», sagte er und warf ihr Stiefel aus Pelz zu. «Ist Robbe. Wärmt immer.»

Er verstaute die am Strand liegenden Gegenstände im Schlitten, dessen Länge inklusive Gespann Sophie auf gut fünf Meter schätzte. Die Hunde bellten noch immer aufgeregt. Erneut wollte sie einen der Hunde tätscheln, wieder erteilte er Order, das nicht zu tun.

«Diese Hunde brauchen Autorität», erklärte der Mann. «Sie müssen dich als ihren Herrn anerkennen. Ansonsten fallen sie über dich her und können dich töten. Wenn du sie streichelst, halten sie dich für schwach. Dann sehen sie dich als Beute und du riskierst, dass sie dir an die Kehle springen. Das hier ist die Wildnis.»

Sein Gesicht war eingehüllt von einer dicken Kapuze. Es kam ihr bekannt vor, aber woher?

Nachdem der Mann alles verstaut hatte, forderte er sie

auf, sich in den Schlitten zu setzen. Anschließend legte er eine Decke über sie und reichte ihr zwei Fäustlinge. In ihrem Kopf hämmerte es regelrecht: Woher kannte sie dieses Gesicht?

«Könnte es sein, dass wir uns schon mal begegnet sind?», fragte sie.

«Ich dir ja. Einen Augenblick waren wir im selben Qideq. Du hast es allerdings nicht bemerkt. Du bist auf dem rechten Weg, aber noch lange nicht angekommen.»

Er ließ eine Reihe von scharfen, kehligen Tönen erklingen, nicht unähnlich jenen, die Mikiseq und Harald erprobt hatten. Die Häufung von Q-Lauten fiel ihr auf. Offenbar verfehlten sie ihre Wirkung nicht, wurden die Hunde doch schneller und schneller, fielen in eine Art Galopp, ihr Kläffen wurde zu einem Keuchen.

Da fiel es ihr wie Schuppen von den Augen: Hallgrimskirche. 75 Grad Nord.

Die Wetter- und Forschungsstation des «Greenland Institute of Natural Ressources» lag idyllisch an einem Fjord. Alles war weiß, die gebirgige Landschaft eingeschneit, nur auf dem Wasser hielten sich Spuren von Blau inmitten driftender Eisschollen und Eisberge. Auf der anderen Seite des Meeresarms, lediglich zu erahnen inmitten des Nebels, lag die Air Base Thule. Der Schlittenführer löste die Hunde aus ihrem Geschirr, einen nach dem anderen, wobei er sie am Halsband packte und die übrigen Hunde im Blick behielt. Anschließend pflockte er sie an, vor ihren kleinen Hütten oder Lagerplätzen. Etwa 20 unaufhörlich lärmende Hunde befanden sich auf dem Gelände, schätzte Sophie. Einen weiteren, ausgeschirrten

Hundeschlitten entdeckte sie links von der Wetterstation. Das quaderförmige Gebäude mit Flachdach stand unmittelbar vor einer Felswand, die als Windschutz diente. Im Haus begrüßte sie ein älterer Herr, Ole Jensen aus Dänemark. Er half ihr, den Proviant zu verstauen, die Abhöranlage richtig zu platzieren, schließlich führte er sie auf ihr Zimmer. Das Ambiente ähnelte dem einer Jugendherberge. Vom Empfangs- und Aufenthaltsraum gingen zwei Gänge mit mehreren Räumen ab, in denen geforscht und genächtigt wurde. Darüber hinaus gab es eine Küche und einen Waschraum mit Toiletten.

Wenig später saßen sie zu dritt am Küchentisch und tranken Tee. Der Mann, der sie abgeholt hatte, stellte sich vor als Aqqaluk. Ansonsten redete er wenig. Der Däne war gesprächiger und erklärte, was ihn in diese Eiswüste geführt hatte. Einiges wusste Sophie bereits, das meiste jedoch nicht.

«Dennoch stellt sich mir die Frage, Frau Schelling, warum Sie diesen Weg gehen. Was bewegt Sie, sich auf ein solches Abenteuer mit ungewissem Ausgang einzulassen?», fragte Ole Jensen.

«Mein Kollege Harald Nansen und ich», entgegnete Sophie, «wollen die Arktis nicht den falschen Leuten überlassen.»

«Ein ehrenwerter Ansatz. Teilen den auch Ihre Vorgesetzten?»

«Solange wir Augenmaß halten und keine unnötigen Risiken eingehen.»

«Na, das sollten wir hinbekommen, Frau Schelling», betonte Jensen. «Wir ziehen ja am selben Strang. Gegen Naturzerstörung und Geldgier. Gegen das Vergessen.»

Sophie musste sich ein Lächeln verkneifen. Mit Blick auf sein Lebensalter und die bescheidenen Möglichkeiten, die diese Örtlichkeit bereithielt, kam ihr sein Credo durchaus ehrgeizig vor. Sie schlug vor, dass sie einander duzten, und der Senior willigte freudig ein.

«Du hast mich nicht gefragt, was Qideq bedeutet», meldete sich Aqqaluk zu Wort. «Dabei ist es bereits ein Teil von dir, auch wenn du noch weit entfernt bist von der höchsten Stufe.» Er saß da mit verschränkten Armen und erfüllte den Raum mit seiner Aura. «Qideq», fuhr er fort, «bezeichnet die Einheit von Körper, Seele und Bewusstsein. Für die Inuit bezeichnet diese Einheit die höchste Stufe menschlicher Erkenntnis. Qideq bedeutet, im Hier und Jetzt das Richtige zu tun. In dem Wissen, dass die meisten Menschen nichts aus ihren Fehlern lernen. Am Ende richten sie damit sich selbst und andere zugrunde, einschließlich ihrer Umwelt.»

Sophie stimmte ihm zu. «Die größte Herausforderung ist der Klimawandel. Höchste Zeit zu handeln. Ein Zeichen zu setzen. Deswegen bin ich hier.»

«Willkommen unter Freunden, in dieser bescheidenen Hütte: 75 Grad Nord!», rief Ole Jensen euphorisch.

«Heißt sie so?», fragte Sophie.

«Der Name bietet sich an. Er entspricht dem Breitengrad, auf dem sie liegt», erklärte Aqqaluk.

Gedanken schossen ihr wild durch den Kopf. Wie hatte er wissen können, in der Hallgrimskirche, dass sie … an diesen Ort … ?

Aqqaluk lächelte, und als könne er Gedanken lesen, sagte er: «Keine Sorge, Nutarguk. So werde ich dich nennen: Neuschnee. Du wärest nicht hier, dein Kollege nicht da unten auf dem Schiff, wüssten wir nicht die Gunst der Sterne auf unserer Seite.»

★★★

Vier Schiffe lagen auf Reede vor Thule. Ein orangefarbener Aufklärer der US-Navy, der die Gewässer rund um die Liegeplätze überwachte und weiter entfernt ankerte. Ferner ein schwarzer Frachter, beladen mit Kies und Zement, von dem mannsdicke Rohre auf das signalrote Plattform-Versorgungsschiff «Gloria» führten. Dort wurde die Ladung auf der ebenen Deckfläche gelöscht und zu einer tiefseetauglichen Mischung verarbeitet, in vollautomatisierten Behältern, die aussahen wie überdimensionale Betonmischer. Mit Hilfe einer ausgeklügelten Verklappungstechnik, unter Einsatz weiterer Rohre und eines regelrechten Gestrüpps aus Stahlseilen, versiegelte dieser Beton schließlich den Meeresboden. Des Weiteren lag hier das Bohrschiff «Viktoria», äußerlich kaum zu unterscheiden von der «Gloria», bei gutem Wetter gerade noch in Sichtweite. Diese drei Schiffe standen im Dienst der Arctic Shipping Company. Harald kam es vor, als bildeten sie die Eckpunkte eines rechtwinkligen Dreiecks. Er war unterwegs zur «Gloria», wo sich die Einsatzzentrale befand. Auf einem Schnellboot, ausgestattet mit grönländischen Papieren, die ihn als Schiffsmechaniker auswiesen. In Begleitung zweier tatsächlicher Fachleute auf diesem Gebiet, beide Filipinos. Beim Sicherheitscheck nach der Landung in Thule war Harald nervös gewesen, doch die US-Beamten hatten auch ihn freundlich abgefertigt.

Im Slalom fuhr der Steuermann um Gletscherbrocken und Felder aus Eisschollen. Nicht ohne Sorge registrierte Harald einen hochhausgroßen Eisberg, den die Strömung in Richtung der Schiffe trieb. Wenig später ertönten mehrere gewaltige Explosionen, kurz hintereinander und so laut, dass es in den Ohren schmerzte. Der Steuermann fluchte. Der Aufklärer der Navy feuerte aus mehreren Kanonen auf den Eiskoloss. Die Einschläge rissen ihn in Stücke, zerfetzten ihn geradezu. Jedenfalls den sichtbaren Teil – die eigentliche Eismasse lag unterhalb der Wasseroberfläche. Die im Wasser aufschlagenden Eisbrocken versetzten das Meer in erhebliche Unruhe. Wellenberge türmten sich auf, teilweise beängstigend hoch. Der Steuermann reagierte, indem er das Boot im rechten Winkel zum Wellengang positionierte und damit ein Kentern vermied. Die Wellen allerdings verliefen nicht synchron, sie kamen aus allen Richtungen und mit ihnen teils scharfkantige, armdicke Eisschollen. Die Männer an Bord blickten unruhig aufs Meer. Sie befanden sich auf einer Nussschale im Ozean – gingen sie über Bord, wäre das lebensgefährlich. Gleichzeitig hörten sie ein metallisches Kreischen und Krachen. Offenbar hatte der untere, nicht sichtbare Teil des Eisberges den Aufklärer gerammt, der sich daraufhin aus dem Meer zu heben schien. Langsam drehte er sich, wie von magischer Hand bewegt – emporgehoben vom Eis. Erneute Explosionen folgten: Granaten oder Sprengsätze suchten ihre Ziele, vermutlich unterhalb der Meeresoberfläche, weswegen der Wellenschlag nicht abebbte. Der Bootsführer konnte nicht riskieren zu wenden: Zu groß war die Gefahr, dass sie kenterten. Die Filipinos hatten sich schon übergeben, auch Harald war speiübel. Allein der Steuermann stand wie ein Fels in der Brandung, wenngleich seine Gesichtszüge größte Anspannung verrieten.

Erst nachdem sich das Meer wieder beruhigt hatte, bemerkte Harald, dass auch der Frachter und die «Gloria» die Kollision mit dem Eisberg und vor allem die Wellenbewegungen nicht unbeschadet überstanden hatten. Mehrere Rohre und Leitungen waren gerissen oder ragten ins Leere. Doch sobald Harald seine Übelkeit überwunden hatte, erkannte er die Vorzüge, die sich daraus für ihn ergaben. Das zu erwartende Chaos und die erforderlichen Reparaturarbeiten spielten ihm in die Hände. Vorsichtig nahm der Steuermann Kurs auf die «Gloria» und brachte sein Boot in gebührendem Abstand zum Halten. Er klärte über Funk die Lage, die sich, dem Geräuschpegel und den hektischen, lauten Rufen nach zu urteilen, als unübersichtlich erwies. Eine Stimme forderte ihn auf, abzudrehen und zum Festland zurückzukehren. Das aber lehnte der Bootsführer ab. Er habe den Auftrag, die drei auf dem Versorgungsschiff abzuliefern, und dieser Order werde er nachkommen. Eine Weile geschah daraufhin nichts, möglicherweise gab es Rücksprachen mit Thule, jedenfalls erhielt das Boot schließlich die Genehmigung, anzudocken und die Passagiere an Bord gehen zu lassen.

Das Plattform-Versorgungsschiff hieß nicht ohne Grund so. Die hinteren zwei Drittel der knapp 200 Meter langen «Gloria» bestanden aus einer flachen Freifläche, wie auf einer Autofähre. Mittig war ein Kran befestigt, entlang der Reling Seilwinden und Halterungen für ein- oder ablaufende Rohre. Und schließlich die gewaltigen Betonmischer. Das vordere, steil aus der ebenen Fläche aufragende Drittel dagegen unterschied sich nicht von einem normalen Schiffsaufbau: drei Decks für die Technik, die Betriebsabläufe, die Versorgung sowie Unterbringung der Crew. Oberhalb des Kapitänsdecks konnte ein Hubschrauber auf dem markierten Landeplatz niedergehen, doch war es dafür zu dieser Jahreszeit meist zu stürmisch.

An Bord herrschte helle Aufregung, Männer liefen in alle Richtungen. Harald und seinen beiden Mitreisenden wurden Kajüten zugewiesen, anschließend erkundete er die drei Decks. Anordnungen und Befehle schwirrten durch die Luft, er drückte sich an die Wand, um nicht im Weg zu stehen. Aufmerksam registrierte er, wo die jeweiligen Flure hinführten, welche Kabine welche Funktion erfüllte. Schadensbehebung, darum ging es jetzt. Die gerissenen oder zerstörten Rohre und Verbindungsleitungen zum Materialtransporter mussten ersetzt oder repariert werden. Offenbar war man auf dergleichen Notfälle eingestellt, denn mehrere Filipinos holten unablässig Ersatzteile aus dem Bauch des Versorgungsschiffes. Der vorgelagerte Aufklärer der US-Navy mühte sich noch immer, aus dem Eis freizukommen. Ab und zu ertönten weitere Explosionen, um die Eisdecke aufzusprengen.

«Was stehen Sie hier herum? Packen Sie mit an!», herrschte ihn eine Stimme auf Englisch an. Harald wandte den Kopf und entdeckte Josef Meurer, der einen Schutzanzug und einen gelben Bauhelm trug.

«Aye, aye, Sir», erwiderte Harald und hoffte, sein Tonfall klinge nicht ironisch. Doch da war Meurer bereits wieder verschwunden. Als Erstes begab sich Harald zur Kommandobrücke. Auch dort herrschte Anspannung. Unbemerkt schritt er deren hinteren Teil ab und warf in einem ruhigeren Moment einen Gruß in die Runde, stellte sich vor. Wutentbrannt schickte ihn der Kapitän weg, er habe hier nichts verloren und solle sich gefälligst auf Deck nützlich machen.

«Natürlich, Sir. Entschuldigung.» Harald verließ den Raum. In der Hoffnung, dass sein Satellitenhandy die Spionage-Software möglichst umfassend überspielt hatte, auf jede sendefähige Elektronik. Anschließend begab er sich zum Unterdeck. Es umfasste zwei Ebenen, ganz unten lag der Maschinenraum, darüber der Laderaum. Dort lagerten auch die Ersatzrohre und andere Utensilien. Er schaute sich um und entdeckte eine kleine Gruppe Filipinos im hinteren Teil, die hinter einer Palette hockten. Sie hatten sich wohl für eine kurze Pause zurückgezogen. Er ging auf sie zu, sie sprangen auf. «Alles gut», versicherte Harald. «Ich hab nur ein paar nette Leute gesucht. Seh mich einfach mal um. Ich bin Hans Brede, einer der neuen Mechaniker.»

Die Männer in ihren blauen Overalls zeigten sich unschlüssig, doch dann sagte einer von ihnen: «Welcome, Hans.» Daraufhin ging Harald ebenfalls in die Hocke und ließ eine Tafel Schokolade kreisen. Woher er denn komme, wie ein Nordmann sehe er nicht aus? Als Harald von Pakistan erzählte, war das Eis endgültig gebrochen. Wann sie das letzte Mal zu Hause gewesen seien, ob sie Heimweh hätten? Als hätte er einen Wasserhahn aufgedreht, sprudelte es aus ihnen hervor, erzählten sie ihre Geschichten. Das eine ergab das andere, und Harald erfuhr, was ihn interessierte. Dieses Schiff habe die Aufgabe, irgendetwas am Meeresboden «dicht zu machen». Ob sie wüssten, was genau? Nein, es geht wohl um Überreste vom

Krieg. Sprengsachen. Jedenfalls seien die Leute auf der Brücke deswegen sehr nervös. Vor einigen Tagen seien die Arbeiten sogar unterbrochen worden. Es gebe da wohl irgendein Problem, aber sie wüssten nicht, welches.

Und das Bohrschiff, die «Viktoria»? Ob die auch was dicht mache?

«Nein, die holen eher was rauf», sagte der am besten Englisch Sprechende. Daniel heiße er, das bedeute «Gott ist mein Richter», wie er stolz verkündet hatte. Ein kleiner, drahtiger Mann, Mitte dreißig, der fortwährend lächelte.

«Was holen die rauf?»

«Keine Ahnung», bekannte der Mechaniker aus Manila. «Aber ich habe ein paarmal mitbekommen, wie sauer die Chefs hier auf die Chefs auf dem anderen Schiff sind. Weil die wohl was mit dem Meeresboden machen. Und das sollten sie wohl besser nicht tun. Das habe ich gehört.»

Das «Greenland Institute of Natural Ressources» unterhielt nicht ohne Grund eine Mess- und Forschungsstation in dieser entlegenen Gegend. Im Winter war sie üblicherweise unbemannt, jetzt aber diente sie als Verbindungsbüro für Aqqaluk, Sophie und Ole Jensen. Die Sprechanlage, die Sophie mitgebracht hatte, diente der Kommunikation mit Harald, falls dessen Satellitentelefon ausfiel oder keinen Empfang hatte. Über Satellit hatten sie Internetzugang und konnten darüber auch Natan Hammond erreichen. Aqqaluk, obwohl er in einer anderen Zeit zu leben schien, erwies sich als bestens informiert. Beim Frühstück holte er zu einer längeren Erklärung aus:

«Infolge der Eisschmelze wird Grönland immer wichtiger für die Gewinnung von Rohstoffen und vor allem den Abbau Seltener Erden. Im Süden des Landes befinden sich die nach China zweitgrößten Vorkommen dieser Metalle, ohne die kein Handy und kein Akku auskommt. Der Abbau erfolgt mittels verschiedener Säuren, mit denen sie aus den Bohrlöchern gewaschen werden. Dabei entstehen giftige Rückstände, werden die Böden verseucht. Zusätzlich werden radioaktive Substanzen freigesetzt, die in den meisten Seltenen Erden enthalten sind. Mit anderen Worten: Man möchte nicht leben, wo Greenland Minerals tätig wird. Mehrheitseigner in diesem Konsortium sind China und Australien, die politisch eigentlich auf verschiedenen Seiten stehen. Aber wenn es um das ganz große Geld geht, spielt das wohl keine Rolle. Die hiesigen Befürworter des Abbaus glauben, damit die Unabhängigkeit Grönlands finanzieren zu können. Aber die Gegner, darunter *arcticchange.org*, haben einen Großteil der Bevölkerung hinter sich. Wir wollen nicht im Dreck leben und unsere Natur noch weiter zerstören.»

Er hielt inne, die Augen eindringlich auf seine beiden Zuhörer gerichtet.

«Grönland könnte ein Paradies sein», meldete sich Ole zu Wort. «Aber das soll wohl nicht sein. Erst die atomare Heimsuchung, jetzt die Seltenen Erden. Von der Erderwärmung ganz zu schweigen. Ich kann verstehen, dass der Widerstand zunimmt.»

«Ich fürchte, das hört niemals wieder auf», ergänzte Sophie. «Auch die NATO interessiert sich für Grönland, siehe Thule. Und die künftigen Schiffsrouten zwischen Ost und West führen ebenfalls durch hiesige Gewässer.

Das ist ein unlösbares Problem. Was wollt ihr diesen Kräften entgegensetzen, bei nicht einmal 60 000 Einwohnern auf einer Fläche fast so groß wie Westeuropa?»

«Unseren Willen», entgegnete Aqqaluk. «Wir wissen um die Gefahren und müssen ihnen entgegentreten. Deswegen gibt es diese Forschungsstation. Um zu verfolgen, was hier so getrieben wird. Wir haben den Verdacht, dass sich nicht allein die Amerikaner in dieser Gegend für Meeresbergbau interessieren. Wegen der Rohstoffe. Der Seltenen Erden. Und sie tun das unter dem Deckmantel militärischer Verteidigung.»

«Auch da draußen? Wo Harald jetzt ist?», fragte Sophie.

«Gerade da draußen», erwiderte Aqqaluk. «Doch fehlen uns die Beweise.»

«Die könnten ihre Pläne doch offenlegen?», wunderte sich Sophie.

«Und damit die Bevölkerung gegen sich aufbringen? Wie Greenland Minerals im Süden? Wäre das klug? Wäre es nicht besser, im Schutz des Militärs erst einmal Fakten zu schaffen?»

«Davon hat uns Natan Hammond nichts erzählt ...», entfuhr es Sophie.

«Ach, das hat nichts zu sagen. Er vergisst vieles», sagte Aqqaluk, begleitet von einem Seufzer. «Sogar seine Herkunft.»

«Kennst du ihn denn?» Das war Ole.

«Ich weiß nicht, ob ich ihn wirklich kenne. Er hatte immer schon seine Eigenarten. Mochte nie auf die Jagd gehen. Auf Walrosse nicht, auf Eisbären nicht, nicht einmal auf Robben. Ich verstehe das nicht. Der Junge wollte lieber lesen und wissen, was in der Welt vor sich geht. Aber vielleicht war ich auch zu engstirnig. Einer wie ich ist wie ein Mammut. Passt nicht mehr in die Zeit.»

«Willst du damit sagen, dass Natan Hammond dein Sohn ist?» Sophie staunte nicht schlecht.

Wieder nahm Aqqaluk seine vertraute Pose ein. Saß kerzengerade auf dem Stuhl, die Arme über der Brust verschränkt. «Was weißt du eigentlich, Nutarguk?», fragte er. Sophie meinte, in seinem Tonfall eine leichte Enttäuschung zu hören.

Harald engagierte sich eifrig beim Einsetzen neuer Rohre oder ihrer Reparatur. Das entsprach seiner Aufgabe als Schiffsmechaniker, obwohl er davon nichts verstand. Dennoch konnte er hier brillieren, denn als Jugendlicher, auf Besuch in seinem Heimatdorf am Hindukusch, hatte er bei der Verlegung der Kanalisation mit angepackt und wusste ungefähr, was zu tun war. Damit gewann er Respekt und Vertrauen, nach zwei Tagen an Bord kannte so gut wie jeder Hans Brede, den Neuen. Da die Größe der Crews auf den Schiffen überschaubar war, lediglich zwei, drei Dutzend Personen umfasste, sagte sich Harald: Das ist ja wie zu Hause. Eine Großfamilie auf Zeit. Und deine guten Taten ebnen dir den Weg zu den Stammesältesten.

Zu seinen engsten Kontakten gehörte Daniel aus Manila, dessen gesungene Frage «Whaddedo now?» Harald bald schon eine vertraute Melodie wurde. Außerdem der Kanadier Robert Longdale, der lange in der Fracking-Industrie der Provinz Manitoba gearbeitet hatte, arbeitslos geworden war und daraufhin in Halifax seinen Arbeitsvertrag bei der Arctic Shipping Company unterschrieb. An Bord der «Gloria» war er zuständig für die technischen Betriebsabläufe, insbesondere die Beaufsichtigung der Betonmischer. Ein loser, armdicker Schlauch, der sich aus seiner Verankerung gelöst hatte und plötzlich frei über das Deck mäanderte, bevor er gegen eine Bordwand schlug, hätte Longdale um ein Haar im Rücken getroffen und ihn wahrscheinlich über Bord geschleudert, hätte Harald nicht zufällig das Unglück kommen sehen und ihn im letzten Moment zu Boden geworfen. Dabei flog ein Flachmann aus dessen blauem Overall an Deck, den Harald geistesgegenwärtig ins Wasser beförderte, bevor das jemand mitbekam. Alkohol während der Arbeitszeit war strengstens verboten und hätte Longdale den Job kosten können. Der Kanadier bedankte sich mit einem «fuckin' hell» und grinste Harald wohlwollend an. Über und über war er im Gesicht tätowiert und wäre zu früheren Zeiten als Pirat durchgegangen, äußerlich auf jeden Fall. Wie sich herausstellte, sprach er wenig. Wenn doch, verwendete er vorzugsweise zwei Ausdrücke: «fuckin' hell» oder «holy shit», die er unterschiedlich intonierte, je nach Stimmung und Bedarf. Harald lernte schnell, die jeweiligen Tonlagen richtig einzuordnen, was ihm die Sympathie Longdales eintrug. Nicht mal seiner Mutter sei das gelungen, sagte er. Er sei eben nicht der Typ, der große Worte mache. Aber solange ihm deswegen keiner dumm komme, sei ihm das fuckin' egal. Ansonsten gebe es eben eins aufs Maul.

Harald kannte diese Haltung aus den Stammesgebieten an der Grenze zu Afghanistan, wo im Zweifel auch zunächst geschossen und dann erst gefragt wurde, worum es eigentlich gehe, falls noch erforderlich oder möglich. Doch verstellten ihm solche Ausflüge ins Bodenständige nicht den Blick fürs Wesentliche – er brauchte

Kontakte auch und vor allem auf der Kommandobrücke. Wiederholt begab er sich dorthin, berichtete vom Fortgang der Reparaturarbeiten oder stellte Fachfragen. Josef Meurer kommentierte dieses Engagement mit freundlichen Bemerkungen und ernannte Harald im Beisein des Kapitäns zu einem vorbildlichen Mitarbeiter: «Ganz vorzüglich, diese Grönländer. Zu Land und auf See. Weitermachen, Brede!» Mittlerweile war Harald überzeugt, die gesamte Brücke mit der Spionage-Software infiziert zu haben. Die beiden nächsten Herausforderungen: in Erfahrung zu bringen, was da unten am Meeresboden vor sich ging. Warum die Arbeiten dort ruhten. Und der «Viktoria» einen Besuch abzustatten, dem Bohrschiff. Auch das galt es zu verwanzen, wenngleich der Begriff angesichts der technisch wie von Zauberhand gekaperten Elektronik altbacken erschien. Er hoffte, dass die Hierarchien weiterhin so durchlässig blieben. Fast erschien es ihm unheimlich, dass er dermaßen unbehelligt agieren konnte. Gebe Gott, dass ihm niemand auf die Schliche kam oder bereits über ihn Bescheid wusste.

★★★

Als Erster erkannte Aqqaluk die Gefahr. Sie waren mit beiden Hundeschlitten unterwegs, rund zehn Kilometer entfernt von ihrer Unterkunft. Aqqaluk brachte ihr bei, wie er zu führen sei, vor allem in Kurven. Lehrte sie, das Körpergewicht so auf den Kufen zu verlagern, dass der Schlitten nach links oder nach rechts zog. Zeigte ihr den rechten Umgang mit den Hunden, vor allem dem Leithund. Mahnte sie, den Bremsbügel immer in Händen zu halten, Stürze zu vermeiden und nötigenfalls den Schlitten zu kippen, damit er seitlich zu liegen kam – andernfalls könne es passieren, dass die Hunde mit dem Schlitten davonstürmten, auf Nimmerwiedersehen.

Abrupt hielten die Hunde beider Gespanne inne, wie vor einem Abgrund. Fast hätte es Sophie nach vorne geschleudert, über den Schlitten hinweg. Aqqaluk redete beruhigend auf die kläffenden Zugtiere ein und zeigte nach vorne, in Richtung des Horizonts. Sie befanden sich auf einer Hochebene, im Dämmerlicht des Polarwinters erkannte Sophie nicht sofort, worauf er deutete. Bis auch sie ihn entdeckte – einen großen, schwer dahinschreitenden Eisbären.

«Kannst du mit einem Jagdgewehr umgehen?», fragte Aqqaluk.

«Ja», erwiderte Sophie.

«Vorne, unter der Plane, liegt deines. Du solltest es jetzt an dich nehmen.»

Sie tat wie geheißen, lud das Gewehr mit großkalibrigen Patronen und verstaute weitere in ihrer Seitentasche. Auch das Jagdmesser nahm sie an sich. Zwei Schüsse konnte sie abfeuern, dann musste sie nachladen. Aqqaluk trug sein Gewehr seit ihrer Abfahrt geschultert, wie üblich bei Expeditionsleitern. Eisbären konnten entlang der Küste jederzeit den Weg kreuzen. Da sie jedoch Einzelgänger waren, reichte meist ein Gewehr. Ohnehin hielten sie sich in der Regel fern von Menschen, und eine ungewollte Begegnung war angesichts der weithin zu überblickenden Landschaft wenig wahrscheinlich.

«Warum läuft der Bär nicht davon?», wollte Sophie wissen.

«Er hat es nicht eilig. Und das ist kein gutes Zeichen.» Er wies nach rechts, deutete nach links. Auch Sophies ungeübte Augen nahmen schnell die Bären wahr, einen auf jeder Seite. Instinktiv drehte sie sich um. Sie täuschte sich nicht. Auch dort bewegte sich ein Bär.

«Manchmal finden sich Eisbären zur gemeinsamen Jagd. Das geschieht selten, eigentlich nur, wenn sie hungrig sind und ihre Überlebenschancen schwinden sehen», erklärte Aqqaluk.

«Das ist ja beruhigend.»

«Die Hunde haben das gewittert. Sie werden sich so lange nicht rühren, bis sie einen Fluchtweg entdecken. Oder ich sie antreibe. Die haben umgeschaltet auf Überlebensmodus. Sie wissen, dass die Eisbären schneller sind als sie. Da hilft selbst die Peitsche wenig.»

«Wir sitzen also auf dem Präsentierteller?»

«So ist es. Die Bären sind klug. Sie befinden sich außerhalb der Reichweite unserer Gewehre. Bis sie uns langsam, aber sicher einzukreisen beginnen. Selbst wenn der eine oder andere den Angriff nicht überleben sollte, kann das den anderen egal sein – jeder Kadaver bedeutet Futter und Nahrung.»

«Vielleicht sollten wir mit ihnen verhandeln?», warf Sophie bissig ein.

Aqqaluk lachte. «Ja, warum nicht. Als Unterhändlerin wärest du in dem Fall die Vorspeise.»

«Ich dachte, Menschen fallen nicht in deren Beuteschema?»

«Sie fressen lieber Robben. Aber von denen gibt es immer weniger, selbst so hoch im Norden.»

«Tja, und was machen wir jetzt?» Selten hatte sich Sophie derart unbehaglich gefühlt. Mit Menschen konnte sie umgehen. Mit Eisbären nicht.

«Wir müssen warten, bis wir den Ausbruch wagen können. Das allerdings kann dauern. Ich hoffe, du frierst nicht so leicht?»

Ole Jensen hatte es sich gemütlich gemacht. Er hörte Mozart übers Internet, «Eine kleine Nachtmusik», auf irgendeinem Klassiksender mit Sitz in Vancouver. Es hatte angefangen zu schneien, viel gab es draußen nicht zu sehen. Er saß am Küchentisch, doch so oft er auch seine Blicke in Richtung Fjord schweifen ließ, mehr als tanzende Schneeflocken vor grauschwarzer Kulisse gab es nicht zu entdecken. Das Nichts spiegelte sich im Nichts. Er überlegte, sich eine Pfeife anzuzünden, was er gelegentlich tat, gerade in ruhigen Momenten, entschied sich aber dagegen. Er bezweifelte, dass Aqqaluk oder Sophie Gefallen an kaltem Tabakrauch fänden. Stattdessen wandte er sich der Sprechanlage zu, die Sophie aus Nuuk mitgebracht hatte. Sie stand aufgebaut und sendefertig vor ihm: eine laptopgroße Trägerfrequenzanlage, eingestellt auf die Funkfrequenz des Senders, den Harald diskret von seiner Kabine aus bedienen konnte, trotz der Stahlwände des Schiffes. Ein Bordmechaniker mit Satellitentelefon an Deck – das wäre zu auffällig. Die Tonqualität entsprach der eines Mittel- oder Kurzwellenradios, mit viel Rauschen im Hintergrund. Im Augenblick war Harald nicht auf Sendung, doch Ole gab sich dieser Geräuschkulisse hin, die Jüngeren kaum noch vertraut war. In Verbindung mit Mozart entstand eine ganz eigene Atmosphäre, die ihn an die Zeit seiner Jugend zurückdenken ließ. Bilderfolgen taten sich auf, das Röhrenradio der Eltern kam ihm in den Sinn – erstmals, nach wie vielen Jahren? Die Erinnerung versetzte ihm einen Stich, machte ihn melancholisch. Wie er als Kind die Zeichen der neuen Zeit entdeckt hatte, so fremd und so flüchtig, ähnlich dem fernen Rauschen aus dem Bauch des Schiffes. Damals war es aus dem Radio gekommen, begleitet vom Flackern der Leuchtröhre unter schwarzen Lettern, Worten voller Magie und Verheißung: Hilversum, Monte Carlo, Beromünster, BBC.

Wie konnte ein Leben so schnell vergehen, er 80 Jahre alt werden, ohne Gewissheit? War er schuldig? Nicht schuldig? Ein Mitläufer? Was war richtig, was falsch?

Ein nicht ordentlich verschlossenes Fenster gab dem aufkommenden Wind nach, der Fensterladen schlug gegen den Holzrahmen. Ole stand auf, schloss es wieder, machte sich einen Tee. Stand am Herd und fühlte sich verloren.

Josef Meurer bat Harald alias Hans Brede in den Speisesaal, der gerade gereinigt worden war und wo sich, von ihnen beiden abgesehen, niemand sonst aufhielt. Er fragte Harald, ob er einen Kaffee wolle, und gab anschließend eine Bestellung beim Koch auf.

«Gute Arbeit, Herr Brede», sagte er und bedeutete dem Angesprochenen, Platz zu nehmen. «Ich hatte schon mit vielen Schiffsmechanikern zu tun, aber selten mit einem so engagierten und weitsichtigen. Wo haben Sie Ihr Handwerk gelernt?»

«Bei Maersk in Kopenhagen», erwiderte Harald ungerührt. Er war auf derlei Fragen vorbereitet.

«Gute Adresse. Weltweit größte Containerschiff-Reederei. Sind Sie in Grönland aufgewachsen?»

«Überwiegend in Kopenhagen. Dahin ist meine Mutter gezogen, nach meiner Geburt.»

«Verstehe. Zigarette?»

«Nein, vielen Dank.»

Der Koch kam mit dem Kaffee und stellte ihn auf den Tisch.

«Danke», sagte Harald.

«Ich bewundere Menschen, die so vielseitig und überall zu Hause sind», fuhr Meurer fort.

«Das sind Sie doch auch. Ein Weltbürger.»

Meurer lächelte. «Und Sie? War Ihr Vater Eskimo?»

«Das haben mich schon viele gefragt, Herr Meurer. Weil ich nicht ganz so – grönländisch aussehe, nicht wahr?»

«Äußerlichkeiten sind nicht wichtig, Herr Brede. Es ist das Herz, das zählt.»

«Ich habe meinen Vater nie kennengelernt, leider. Meine Mutter mochte über ihn nicht sprechen. Angeblich war er Italiener.»

Meurer zündete seine Zigarette an, schüttelte das Streichholz mit einer lässigen Handbewegung, bis es erlosch. «Wie ich höre», fuhr er fort und senkte seinen Tonfall, der leiser wurde, lauernder, «haben Sie den Filipinos erzählt, sie kämen aus Pakistan?»

«Ja, natürlich.» Harald ließ sich nichts anmerken. Er hatte selbst genügend Verhöre geführt, um zu wissen, dass beiläufig geäußerte Verdachtsmomente die Spannung erhöhten. «Hätte ich denen sagen sollen, dass ich Europäer bin? Dann liefe es jetzt nicht so gut mit denen an Deck. Die haben was gegen Weiße, wie Sie wissen.»

Offenbar zufrieden mit der Antwort erwiderte Meurer: «Hauptsache, wir erledigen unsere Arbeit gut. Und Sie machen in der Tat einen exzellenten Job.»

«Das freut mich zu hören. Wie wär's denn mit einer kleinen Gehaltserhöhung?»

«Dafür bin ich nicht zuständig», wiegelte Meurer ab. «Aber eine Gratifikation kann ich Ihnen anbieten. Sofern Sie auch den nächsten Auftrag gut erledigen.»

Sophie spürte kaum noch ihre Gliedmaßen, so kalt war ihr, trotz Robben- und Rentierfell. Die Eisbären liefen noch immer auf und ab, zeigten aber keinerlei Anzeichen von Angriffslust. Die Hunde hechelten, einige hatten sich hingelegt, andere standen wachsam da, darunter die Leithunde beider Schlitten. Aqqaluk war die Ruhe selbst, wie es schien. Sorgfältig beobachtete er die monotone Hochebene, die von keinem Baum oder Strauch unterbrochen wurde. Nichts als weißer Schnee und schwarzer Tag, die sich zu jenem Grau verbanden, das sie umgab.

«Geht es dir gut, Nutarguk?», fragte er.

«Hab mich nie besser gefühlt, danke der Nachfrage. Ich meine, was soll schon passieren. Wir werden gefressen oder erfrieren. Oder andersherum. Ist auf jeden Fall mal was anderes.»

«Du denkst wie eine Stadtbewohnerin. Denke an Qideq. Die Einheit von Körper, Seele und Bewusstsein. Um das Richtige zu tun, im Hier und Jetzt.»

«Und was soll das sein, das Richtige?»

«Die Gunst des rechten Augenblicks zu erkennen.»

«Im Augenblick hätte ich lieber ein paar Handgranaten oder eine Maschinenpistole.»

«Nutarguk, enttäusche mich nicht. Du denkst wie die meisten von euch. Über Macht zu verfügen, ist das eine. Verstand das andere.»

«Was machen wir also?» Sophie spürte selbst die Ungeduld in ihrer Stimme.

«Wir überlisten die Eisbären, indem wir ihnen zuvorkommen.»

Sie überlegte. «Wir fahren auf sie zu?»

«So ist es. Wir greifen das Leittier an. Das ist der Eisbär vor uns. Die anderen werden ihm zu Hilfe eilen. Danach ist die Hölle los, die Hunde werden durchdrehen. Wäre ich alleine, würde ich die nächsten Stunden abwarten. Eisbären sind wie Menschen. Sie können auch irrational handeln. Und einfach abziehen, beispielsweise. Aber mit dir an meiner Seite geht das nicht. Dir fehlt das Qideq. Also muss ich auf dich Rücksicht nehmen. Ich erkläre dir jetzt, was wir tun werden. Bitte höre mir genau zu und folge meinen Worten. Wir dürfen uns keinen Fehler erlauben!»

Josef Meurer ließ sich mit Harald auf die «Viktoria» übersetzen, das Bohrschiff unweit der «Gloria». Sie gingen an Deck und begaben sich auf die Kommandobrücke, wo Meurer seinen Begleiter als «äußerst tüchtig» vorstellte. Harald blickte in mehrere misstrauische Gesichter. Er bildete sich ein, sein Satellitentelefon vor Begeisterung fiepen zu hören, weil die Schadsoftware frohgemut ihr neues Umfeld erobern konnte. Harald unterstützte sie, indem er reihum ging und jeden per Handschlag begrüßte, die Elektronik stets im Blick. Der Kapitän gab ihm nicht die Hand, kam vielmehr direkt zur Sache: «Was macht der hier?»

«Er beherrscht sein Handwerk. Das ist es, was fehlt», konterte Meurer.

«Wir benötigen vor allem klare Ansagen», verlangte der Kapitän auf Englisch, ein beleibter Endfünfziger, dem Akzent nach zu urteilen ein Däne.

«Wer ist zuständig für die Unterwasserarbeiten?», fragte Meurer.

«Noch immer Rasmussen. Der gleichzeitig unser Sprengstoffexperte ist. Sitzt in der Cafeteria und wartet auf Anweisungen.»

«Die Firma Ocean Terra ist auf diesem Schiff lediglich Subunternehmer. Sie sind der Kapitän. Sie haben folglich freie Hand, das Richtige zu tun», entgegnete Meurer. «Das geschieht leider nicht, seit fast zwei Wochen schon. Obwohl Sie dafür bezahlt werden, den Meeresboden von Kampfmitteln zu säubern.»

«Und wer übernimmt die Verantwortung, wenn was schiefgeht? Sie? Arctic Shipping? Ich jedenfalls nicht. Die Nummer ist mir zu groß. Das nehme ich nicht auf meine Kappe.»

«Meine Herren!», ging Harald dazwischen. «Lassen Sie uns nach vorne denken. Was geschieht als nächstes? Wie lösen wir das Problem?»

Meurer nickte zufrieden. Wenn Harald sich nicht täuschte, genoss er dessen Vertrauen. Doch Fragen zu beantworten, vermied der Deutsche auch weiterhin. Stattdessen trafen sie kurz darauf Johan Rasmussen, der in der Cafeteria, der Crew-Messe, schweigend seinen Gedanken nachhing und eine Kaffeetasse zwischen den Händen hielt. Auf Harald wirkte er bodenständig. Wie einer, der zupackt und weiß, was zu tun ist.

Nach der Begrüßung fragte Meurer unwirsch: «Warum sitzen Sie hier und drehen Däumchen? Haben Sie nichts Besseres zu tun?»

Rasmussen, dessen Fünftagebart notdürftig die Falten in seinem übermüdeten Gesicht verdeckte, zog eine Grimasse. «Das fragen Sie? Sie kennen die Unterwasseraufnahmen. Die sind eindeutig. Wir haben einen unbekannten Gegenstand angesaugt. Möglicherweise eine Bombe. Solange die Sicherheitsfrage nicht geklärt ist, geschieht hier gar nichts. Und die zu klären, ist Ihre Aufgabe, nicht die von Ocean Terra.»

An Harald gerichtet sagte Meurer: «Da unten liegen Reste aus dem Zweiten Weltkrieg. Darunter auch Bomben. Blindgänger. Wir wollen natürlich nicht, dass die hochgehen.»

«Natürlich nicht.»

Rasmussen hob die Augenbrauen. «Das ist vollkommener Blödsinn. Wir reden hier vom Absturz eines B-52-Bombers, mit vier Atombomben an Bord.»

«Die von den Amerikanern vor einem halben Jahrhundert bereits hochgeholt worden sind», insistierte Meurer. «Andernfalls wären wir nicht hier. Nein, es handelt sich um konventionelle Bombenreste.»

«Die Nazis waren nie in dieser Gegend. Und die Wasserproben, die wir unten gezogen haben, zeigen eine hohe Belastung mit Radium und Cäsium. Worauf das schließen lässt, liegt auf der Hand.» Rasmussen ließ sich nicht beirren, was Harald für ihn einnahm.

«Ich möchte», fuhr Meurer unbeirrt fort, «dass Sie unserem vorzüglichen Mechaniker Hans Brede die Unterwasseraufnahmen zeigen. In einer Stunde treffen wir uns hier wieder. Dann werden Entscheidungen getroffen. Noch Fragen?»

***

Aqqaluk redete beruhigend auf die Hunde ein, die kläffend und bellend den Blickkontakt zu ihm und Sophie suchten. Die Eisbären waren nicht mehr zu sehen. Allerdings hatte sich die Sicht auch deutlich verschlechtert, da der aufkommende Wind den Schnee verwirbelte. Sophie spürte die Angst, die sich über sie legte wie ein dunkles Tuch. Die Bedrohung war unsichtbar und doch präsent. Niemand wusste, was geschehen würde. Hatten sie Glück, kamen sie durch.

«Bist du bereit?», fragte Aqqaluk.

«Ich bin bereit.»

«Hab Vertrauen. Es gibt keinen Jäger in Grönland, der noch nie einem Eisbären begegnet wäre.»

Sie lösten die Bremsen. Aqqaluk setzte sich an die Spitze, Sophie folgte dessen Schlitten seitlich versetzt, zu seiner Linken, auf gut 100 Metern Abstand. Dadurch konnten sie nicht beide gleichzeitig demselben Bären zum Opfer fallen. Aqqaluk steuerte mit einer Hand, in der anderen hielt er sein Gewehr. Dafür war Sophie zu ungeübt. Sie hatte ihres quer über den Bremsbügel gelegt und hielt es mit den Händen fest, konnte also während der Fahrt nicht schießen.

Sie fuhren ein hohes Tempo. Sophie musste sich konzentrieren, um mit Aqqaluk mitzuhalten. Die Balance zu wahren und auch bei Unebenheiten nicht den Halt auf den Kufen zu verlieren, war eine sportliche Leistung. Sie glitten dahin, kamen gut voran, pflügten durch den Schnee, doch dann geschah es. Eine Unebenheit auf der Strecke, unmöglich zu erkennen, vielleicht ein Klumpen Eis – Sophies Schlitten verlor die Bodenhaftung, schoss seitlich in die Höhe und schleuderte sie durch die Luft, bis sie hart landete. Ebenso der Schlitten, der in Seitenlage die Hunde ausbremste. Sophie hatte den Schulterriemen des Jagdgewehres um ihr linkes Handgelenk gewickelt, blitzschnell stand sie wieder auf den Beinen, das Gewehr im Anschlag.

Keinen Augenblick zu früh, sie hörte ein Brummen. Drehte sich um, sah im Halbdunkel den weißen Koloss, der auf sie zuhielt. Sie legte an und schoss. Hatte sie den Bären getroffen? Er heulte, fiel aber nicht zu Boden. Die Hunde bellten frenetisch, das Gekläff war ohrenbetäubend. Sophie machte einen Satz über den umgefallenen Schlitten hinweg, brachte sich erneut in Stellung und schoss ein zweites Mal. Griff in ihre Seitentasche, lud nach. Instinktiv lief sie dabei rückwärts. Der Boden unter ihr gab nach, sie fiel in eine Senke. Nicht tief, vielleicht einen Meter. Im Sturz löste sich ein Schuss ins Nirgendwo. Sie landete auf dem Rücken, wollte aufspringen, doch der Bär stand aufgerichtet über ihr, blutend aus einer klaffenden Wunde. Die Vordertatzen ruderten in der Luft, seine Stimme dröhnte und röhrte, er bleckte die Zähne, setzte an zum Sprung, da traf ihn erneut ein Schuss. Das weiße Ungetüm sackte in sich zusammen, langsam kippte dessen Oberkörper in die Senke. Starr vor Schreck reagierte Sophie zu spät. Die Wucht des gefällten Bären drückte sie zu Boden. Dessen Vordertatzen, Kopf und blutrote Schnauze ruhten schwer auf ihr. So groß war sein Gewicht, dass sie Mühe hatte zu atmen. Erneut spürte sie ihre aufkommende Panik, auf Tuchfühlung mit dem Ungeheuer. Aqqaluk feuerte weitere Schüsse ab, wohl auf die übrigen Bären. Keuchend wand sie sich unter dem Kadaver hervor, bis ihr Begleiter schließlich Sophies Arm ergriff und sie emporzog.

«Alles in Ordnung so weit?», fragte er.

«Hab mich selten besser gefühlt.»

«Okay, nichts wie weg hier. Aus der größten Gefahr sind wir raus. Die übrigen Bären werden sich jetzt auf diesen Festschmaus hier stürzen.»

Rasmussen, Sprengstoffexperte an Bord der «Viktoria», führte Harald in seine «Asservatenkammer» unter Deck, wie er sie nannte, und zeigte ihm verschiedene Unterwasseraufnahmen des Meeresbodens, teilweise direkt unter ihnen. Zahlreiche Wrackteile erwiesen sich als die Überreste eines Flugzeuges.

«Wie kommt es», fragte Rasmussen, «dass Meurer Sie ins Rennen schickt? Nichts für ungut, aber was weiß ein Schiffsmechaniker von Bombenentschärfung?» Er sprach Englisch, möglicherweise aus Gewohnheit, was Harald nur recht war. Auch Rasmussen war Däne und würde den Norweger in Hans Brede erkennen.

«Keine Ahnung. Vielleicht will er einfach, dass was passiert.»

«Nichts ist einfach. Wir haben wahrscheinlich eine Atombombe angesaugt. Sieht jedenfalls danach aus.» Mit dem Zeigefinger wies er auf das entsprechende Foto. Es war gelblich eingefärbt, zu sehen war ein ovaler Gegenstand von unbestimmter Farbe, zerbeult und zerkratzt, überzogen von einer algenähnlichen Substanz. Dieser Gegenstand befand sich teilweise im Schlund eines Saugrohres. Rasmussen schätzte dessen Länge auf rund drei Meter. Der Anblick erinnerte an eine Schlange, die ein übergroßes Ei zu verschlingen suchte.

«Was sucht ihr eigentlich da unten? Sprengstoff?», erkundigte sich Harald.

«Auch. Das ist der Beifang. Wir sollen militärische Hinterlassenschaften wegräumen oder sprengen. Sonst könnten wir den Meeresboden nicht nach Rohstoffen absuchen. Nicht in dieser Gegend, der Absturzstelle des B-52-Bombers. Und Probebohrungen ganz in der Nähe lassen ahnen: Wir sitzen hier auf einer Goldgrube, was Seltene Erden betrifft.»

Harald überlegte. «Was spricht dagegen, die Bombe einfach wieder auf den Boden fallen zu lassen?»

«Wir wissen nichts über deren Konsistenz. Ist sie fest, ist sie brüchig? Was, wenn versehentlich der korrodierte Zünder aktiviert wird? Meurer ist sich nicht sicher, was er lieber will. Fallen lassen oder weit entfernt von hier entsorgen. Für Letzteres sind wir aber nicht ausgestattet. Wir können sprengen und unschädlich machen, aber würden Sie eine Atombombe in die Luft jagen wollen?»

«Und sie unter Beton versiegeln? Ließe sich das nicht machen?»

«Darauf wird es wohl hinauslaufen. Doch irgendwer muss die Verantwortung übernehmen, die entsprechende Anordnung unterzeichnen. Meurer will das aus guten Gründen nicht, obwohl er der Boss ist. Lieber möchte er Ocean Terra vorschicken oder den Kapitän. Falls etwas schiefgeht. Meine Firma denkt aber nicht daran, den Kopf hinzuhalten. Wir waren fünf Kollegen von Ocean Terra hier an Bord. Die anderen vier sind schon abgezogen worden. Ich halte die Stellung, werde aber nichts unterschreiben.»

«Abgesehen davon versiegelt die ‹Viktoria› hier den Meeresboden?», fragte Harald.

«Das besorgt die ‹Gloria›. Seit Monaten wird hier großflächig versiegelt, ein Gebiet von etwa vier oder fünf Quadratkilometern. Überall dort, wo wir Reste der B-52 ausgemacht haben, und seien es kleinere Teile, verschwindet der Meeresboden unter Beton. Unmengen an Beton, damit ließen sich 100 Kilometer Autobahn bauen. Parallel dazu hat Ocean Terra, hat die ‹Viktoria› in den angrenzenden Meeresgebieten nach Rohstoffen gesucht. Letztendlich läuft hier wohl eine Art Deal: Die atomare Vergangenheit entsorgen, um in der Zukunft zu glänzen. Im Dienst an der Umwelt oder so ähnlich. Meurer kann großartig schwadronieren.»

Ole Jensen musste sich außerordentlich konzentrieren, um Harald über Funk zu verstehen, inmitten des eingefangenen Rauschens, wieder und wieder überlagert von atonalen Frequenzen, die ohne Vorwarnung wie Peitschenhiebe auf sein Trommelfell einschlugen. Ole bemerkte wohl, dass Harald ihm gegenüber eine gewisse Zurückhaltung erkennen ließ. Persönlich waren sie sich bislang nicht begegnet, viel lieber hätte er sich vermutlich mit seiner Kollegin Sophie ausgetauscht. Die aber war noch unterwegs. Doch konnte er Harald die entscheidende Frage beantworten: Die Atombombe, sofern es denn eine war, würde nicht explodieren, wenn sie zu Boden fiele und unter Beton entsorgt würde – ganz unabhängig davon, dass die Versiegelung des Meeresbodens eine der dümmsten Ideen sei, von der er, Ole, je gehört habe. In Kurzfassung erzählte er Harald von den damaligen Explosionen rund um die Absturzstelle der B-52. Wenn dieser Rasmussen tatsächlich erhöhte atomare Strahlenwerte am Fundort der Bombe gemessen habe, so sei das ein Hinweis auf einen Umweltskandal, der Fische, Tiere und schließlich Menschen vergifte. Wahrscheinlich seit Jahrzehnten, wahrscheinlich noch für Jahrhunderte. Insoweit sei die Betonlösung vielleicht doch gar nicht mal schlecht – die reduziere möglicherweise die Strahlenbelastung. Um die Bombe zur Explosion zu bringen, bräuchte es allerdings eine gewaltige Detonation, die unmittelbar auf den Bombenkern einwirkt. Das sei im Zuge einer Verklappung nicht zu erwarten. Früher habe er angenommen, ein korrodierter Zünder könne eigenständig eine nukleare Kettenreaktion auslösen. Das aber sei nicht der Fall.

In dem Moment sprang die Tür auf, Aqqaluk und Sophie traten herein. Ole erschrak, als er die Blutspuren auf ihrer Kleidung sah.

«Geht es dir gut?», fragte er besorgt.

«Keine Sorge, Ole. Alles in Ordnung so weit. Hast du Harald in der Leitung?»

«Ja. Willst du mit ihm sprechen?»

«Na klar!»

Ole machte seinen Stuhl frei und bot an, ihr den Mantel abzunehmen. Doch Sophie war nicht zu bremsen, setzte sich einfach und schilderte ihre Begegnung mit dem Eisbären. Aqqaluk ließ sie lächelnd gewähren und signalisierte Ole, er werde sich allein um die Hunde kümmern. Vor allem bräuchten die was zu fressen.

Während sich Harald und Sophie gegenseitig ins Wort fielen, klingelte das Satellitentelefon. Natan Hammond war am Apparat. Ole stellte auf laut, der Politiker erkundigte sich nach ihrem Wohlergehen, ob sie vorankämen, er etwas für sie tun könne?

«Im Augenblick nicht», versicherte Ole, nachdem er sich durch Kopfschütteln mit Sophie abgestimmt hatte. Dann erzählte er von Haralds neuesten Erkenntnissen.

«Gut, sehr gut», entgegnete Natan Hammond. «Halten Sie mich auf dem Laufenden. Es gibt da Entwicklungen, über die ich Sie in Kenntnis setzen möchte. Ein russisches Schiff ist unterwegs in Richtung Thule. Das finden wir erstaunlich. Was veranlasst die Amerikaner, ein Schiff aus einem Feindstaat ausgerechnet in einer NATO-Militärbasis anlegen zu lassen?»

«Ich tippe auf gute Geschäfte», rief Sophie. Ole reichte ihr das Telefon. «Hallo, Herr Hammond. Unter welcher Flagge fährt das Schiff?»

«Unter derjenigen der Vereinigten Arabischen Emirate.»

«Wer ist der Schiffseigner?»

«Die Triple S Holding in Dubai. Russischer Eigner.»

«Triple S und die Arctic Shipping Company sind die rechte und die linke Hand desselben Geschäftsmodells: Geld aus Geld zu machen, ohne Rücksicht auf Verluste. Die beiden Eigentümer arbeiten eng zusammen. Wissen Sie, warum das Schiff in Richtung Thule unterwegs ist?»

«Noch nicht. Angeblich hat es zu tun mit einer Expedition.»

«Wohin?» Das war Ole.

«Die Rede ist von ‹Camp Century›. Wie immer sind die Dänen auch hier schmallippig.»

Ole sagte, er wisse nur zu gut, worum es dabei gehe. Sophie nickte, fasste sich ans Kinn: «Nichts für ungut, Herr Hammond. Aber woher haben Sie diese Informationen? Sie wissen, was in Thule geschieht, nicht aber, was an Bord der Schiffe hier vor sich geht?»

«In Thule arbeiten auch Grönländer. Auf der ‹Gloria› und ‹Viktoria› nicht.»

★★★

Früh am Morgen setzten sie über zur «Viktoria». Der Nebel lag wie Schwefel auf dem Wasser, die Sichtweite betrug keine fünf Meter. Josef Meurer, Harald, «fuckin'» Robert Longdale und Daniel aus Manila saßen einander auf den seitlichen Sitzbänken des Beiboots gegenüber. Der Bootsführer fuhr im Schritttempo, trotz Radars und der geringen Entfernung. An Bord der «Viktoria» nahm sie Johan Rasmussen in Empfang, ebenso die an Deck wartende Besatzung. Sie sollte nach Thule ausgeschifft werden, zum Rückflug nach Kopenhagen. Meurer hatte den Austausch der gesamten Mannschaft veranlasst, mit Ausnahme von Rasmussen, auf dessen Expertise er angewiesen war. Freundliche Worte gab es keine, Meurer ignorierte die vorwurfsvollen Blicke der Männer, deren gut bezahlten Einsatz er durch sein Machtwort beendet hatte. Die Zeit des Übergangs, bis zum Eintreffen der neuen Mannschaft, wollte er nutzen, um Fakten zu schaffen: die lästige Bombe mit Beton zu versiegeln. So hatte er entschieden, nicht zuletzt auf Haralds Anregung, der Meurer gerne folgte. Keineswegs ohne Hintergedanken, wie bereits Haralds ungewöhnliche Beförderung zum Ersten Offizier bezeugte. Damit bekleidete er, in Abwesenheit des Kapitäns, die ranghöchste Position, für die Dauer von zwei Tagen immerhin. Zeit genug für die Drecksarbeit – und sollte irgendetwas schiefgehen, trüge der Erste Offizier die Verantwortung. Nach außen hin jedenfalls.

War Meurer tatsächlich so naiv anzunehmen, Harald würde ihn nicht durchschauen?

Es dauerte nicht lange, bis auch die letzten Männer von Bord gegangen waren. Wenig später schien der Nebel alle Geräusche erstickt zu haben. Bis auf das Plätschern von Wasser und gelegentlichen Eisschollen, die an die Bordwände stießen, war es draußen ruhig geworden. Harald kam es vor, als befänden sie sich auf einem Geisterschiff. Doch hatten sie eine schwierige Aufgabe zu lösen, die sie als Erstes in Rasmussens «Asservatenkammer» führte. Der zeigte Meurer und Harald dort erneut die Unterwasseraufnahmen, vor allem diejenigen der angesaugten Bombe. Er, Rasmussen, schlage vor, die Verklappung vorzunehmen, indem der Ansaugmechanismus deaktiviert werde.

«Gut, tun Sie das», stimmte Meurer zu.

Wortlos reichte ihm Rasmussen ein Schriftstück, das die Verantwortung der Arctic Shipping Company für alle eventuellen Folgen der Entscheidung hervorhob. Der Subunternehmer Ocean Terra, vertreten durch Johan Rasmussen, handle auf Anordnung der Company. Meurer überflog das Schreiben und gab es Harald zur Unterschrift. Um ein Haar hätte er seinen richtigen Namen verwendet, dann aber zeichnete er als Hans Brede und fragte sich, welchen juristischen Wert ein Dokument unter falschem Namen haben mochte.

An Deck froren unterdessen Longdale und Daniel, die einen seitlich an der Reling aufgesetzten Hebekran aktiviert hatten, von dem aus das breitmäulige Ansaugrohr gesteuert wurde. Es bestand aus einer langen Reihe ineinandergreifender Versatzstücke einer polyesterähnlichen Verbindung, die Harald an einen Drachen erinnerte. Als Kunstfigur beim Karneval oder dem chinesischen Neujahrsfest.

Wie banal, dachte Harald. Einfach einen Hebel umlegen, schon rollte das Ei wieder zu Boden. Und deswegen hatte hier zwei Wochen Stillstand geherrscht?

«Nur zu», ermutigte ihn Meurer.

Harald blickte in die Gesichter der Männer. Las Gleichgültigkeit in Longdales Gesicht, Schicksalsergebenheit in Daniels, hielt die Unschuldsmiene Meurers keineswegs für gespielt und auch den Trotz in Rasmussens Zügen für ehrlich.

Ole Jensens Worte kamen ihm in den Sinn. Es brauche eine gewaltige Explosion, die auf den Bombenkern einwirke. Solange das nicht geschehe, sei auch nichts zu befürchten.

Und wenn Jensen sich täuschte? Nicht mehr auf dem neuesten Stand war? Die falschen Bücher gelesen hatte?

Ein leises «Allahu Akbar» ging ihm über die Lippen, als er den Schaltkreis schloss. Auf Rasmussens tragbarem Monitor sah er die Bombe, die wieder ihren Platz auf dem Meeresboden einnahm, als wäre nichts geschehen.

«Na bitte», kommentierte Meurer. «Wer sagt's denn. Viel Lärm um nichts.» Er klatschte in die Hände: «Ich denke, wir haben uns jetzt alle ein zweites Frühstück verdient. Kommt, gehen wir in die Crew-Messe.»

Da auch der Koch gefeuert worden war – Meurer schätzte offenbar keine halben Sachen –, mussten sie gründlich in der Kombüse suchen, um irgendwelche Zutaten ausfindig zu machen. Daniels Angebot, Omeletts für alle zuzubereiten, wurde ebenso dankbar angenommen wie Longdales Vorschlag, sich an Pfannkuchen mit Blaubeeren zu versuchen, US-Style: «Holy shit, hier gibt's sogar Ahornsirup!»

Unterdessen fühlte sich Meurer berufen, die Richtigkeit seiner Überzeugungen hervorzuheben, insbesondere gegenüber Rasmussen und Harald, auf die sich abwechselnd seine Blicke richteten. «Es liegt in der Natur des Menschen, Risiken nach Möglichkeit zu vermeiden. Selbstverständlich verlangt der Umgang mit militärischen Hinterlassenschaften Augenmaß und eine realistische Kosten-Nutzen-Analyse. Doch wenn wir grundlegende Entscheidungen allein den Bedenkenträgern überlassen wollten, würden wir wahrscheinlich heute noch in Höhlen leben, nicht wahr?» Bei diesen Worten fixierten seine Augen Rasmussen, der sich ungerührt Kaffee aus einer Thermoskanne einschenkte.

«Ehrlich gesagt», erwiderte der, «ziehe ich ein Leben in Höhlen einer Welt voller atomarer Verseuchung vor.»

«Na, da sind Sie hier ja gut aufgehoben», schlug Meurer zurück. «Grönland ist groß genug. Da werden Sie sicherlich eine Behausung finden, die Ihren Ansprüchen genügt.»

Gerade hatten sie sich alle um den Essenstisch eingefunden, vor sich dampfende Eierspeisen, frisch gebrühten Kaffee und eine Obstschale, da vernahmen sie das Aufheulen einer Sirene. Scharf, unvermittelt, ohrenbetäubend.

«Whaddedo?» Erschrocken sah Daniel in die Runde.

«Keine Ahnung. Ich schau mal nach.» Harald sprang auf und machte sich auf den Weg zum Kommandoraum. Noch immer war der Nebel so undurchdringlich, dass man meinte, ihn schneiden zu können. Die Sirenentöne kamen vom Aufklärer der US-Navy, gleichzeitig hörte Harald Motorengeräusche und Stimmen, die offenbar von der «Gloria» kamen. Im verwaisten Kommandoraum blinkten die Leuchttafeln in allen Farben, aus der Sprechanlage ertönten Warnungen: «Verändern Sie Ihre Position! Achtung, Achtung, verändern Sie unverzüglich Ihre Position! MS Viktoria, melden Sie sich! Achtung, Gefahr im Verzug!»

Diffundierende Scheinwerferstrahlen von Bord des Sicherheitsschiffs erfassten matt die «Viktoria», gleichzeitig wurden Leuchtraketen abgefeuert. Harald stand vor dem Funkgerät, drehte an verschiedenen Knöpfen und versuchte, den Kontakt zu den Nachbarschiffen herzustellen – ohne Erfolg. Wenn er sich nicht irrte, hatte der Aufklärer die Anker gelichtet und entfernte sich von der «Viktoria». Er steckte den Kopf aus der Kabine, in die Richtung, in der er die «Gloria» vermutete. Hatte das Schiff ebenfalls Fahrt aufgenommen?

Verdammt. Harald lief zurück, die übrigen Männer kamen ihm entgegen.

«Was ist denn los?», rief Meurer.

«Kommen Sie hoch in den Kommandoraum!»

Schließlich standen sie gemeinsam dort oben, Meurer kontaktierte den Aufklärer. Eine Kaskade an Vorwürfen ergoss sich über sie. Sie hätten sofort ihre Position zu verändern, ansonsten sei eine Kollision unvermeidlich.

«Kollision mit wem?», fragte Meurer.

Flüche, ungläubiges Staunen. «Dem Eisberg, Sie Vollidiot!», hörten sie.

«Dann soll uns ein Beiboot hier abholen! Wir haben keine Crew an Bord, wir können nicht ablegen!»

«Die Beiboote der ‹Gloria› sind in Thule. Die schaffen es nicht mehr rechtzeitig zurück. Schlimmstenfalls müssen Sie ins Rettungsboot. Sie sind ja nur ein paar Leute.»

«Wie viel Zeit bleibt uns noch?»

«Keine.»

«Dann helfen Sie uns doch!»

«Machen Sie ein Rettungsboot klar! Oder wollen Sie lieber schwimmen?»

«Also los!», rief Rasmussen. «Jeder zieht sich warm an, falls wir das noch schaffen. Und die Rettungswesten anlegen! Die sind vorne an Deck, in der Truhe.»

«Fuckin' hell!»

«Whaddedo now?»

«Komm mit, Daniel. Kennst du dich mit Rettungsbooten aus?», fragte Harald.

Er nickte.

«Ich geh lieber mit», sagte Longdale. «Irgendwie hab ich das Gefühl, dass ihr keine Ahnung habt.»

Meurer stand da, fassungslos angesichts der Lage. «Wieso haben die uns nicht viel früher gewarnt? Ein Eisberg fällt doch nicht vom Himmel», klagte er, aber niemand hörte ihm zu. Während Rasmussen Rettungswesten und orangefarbene Thermoanzüge zum Überziehen besorgte, versuchten Harald, Longdale und Daniel eines der vier Rettungsboote zu Wasser zu lassen, von denen sich zwei auf jeder Schiffsseite befanden. Nachdem Meurer sich einigermaßen wieder beruhigt hatte, eilte er zurück in die Crew-Messe, wo sich sein Rucksack mit den Unterlagen befand, darunter das Schreiben mit der Unterschrift von Hans Brede.

Sie spürten einen leisen, kaum wahrnehmbaren Ruck, der durch das Schiff ging. Da die Sicht auch weiterhin schlecht blieb, lief Harald entlang der Reling ums Deck. Nichts. Er konnte beim besten Willen nichts erkennen. Ebenso wenig seine Mitstreiter. Longdale schien geübt im Umgang mit schwierigen Situationen, gemeinsam mit Daniel hakte er eines der Rettungsboote in den dazugehörigen Ladekran ein. Doch bevor sie das Boot ausschwenken und zu Wasser lassen konnten, hörten sie ein schabendes Geräusch, das offenbar vom Schiffsrumpf herrührte. Kurz darauf spürten sie einen Aufprall, als wäre die verankerte «Viktoria» in irgendetwas hineingefahren. Wieder suchten ihre Augen nach einem Halt, und Rasmussen entdeckte sie als Erster: Eine massive Wand aus Eis hatte das Schiff auf der Steuerbord-Seite erfasst. Größe und Umfang waren angesichts der Sichtverhältnisse nicht vollständig auszumachen, aber Longdales «Holy shit!» entsprach der Gefühlslage auch der übrigen Besatzung.

Die Wand mochte harmlos erscheinen, fast wie ein freundlicher Zeitgenosse, der einfach mal vorbeischaute. Eisberge allerdings, so viel wusste Harald, pflegten zu zermalmen, was sich ihnen in den Weg stellte. Warum sollte dieser hier eine Ausnahme sein? Glücklicherweise befand sich das Rettungsboot auf der anderen, der Backbord-Seite. Gemeinsam mühten sie sich, das Boot endlich zu Wasser zu lassen. Daniel bemerkte es als Erster: «Ist was falsch», sagte er und deutete auf die beiden Stahlseile, an denen es hing. Langsam, doch unübersehbar veränderte sich deren Neigungswinkel zum Schiff – er wurde größer.

«Was bedeutet das?», rief Meurer.

«Das Schiff neigt sich zur Seite», erwiderte Rasmussen trocken. «Ich sehe mir das mal unter der Wasserlinie an. Kommen Sie mit, Herr Brede. Ist immer gut, einen Zeugen dabeizuhaben.»

In seiner «Asservatenkammer» schaltete Rasmussen verschiedene Monitore ein und studierte die Lage unter Wasser: «Da, sehen Sie mal. Von wegen Eiswand. Da kommt ein ganzes Eismeer auf uns zu.»

Du meine Güte, dachte Harald. Die Unterwasserkameras konnten nicht gut in die Ferne leuchten, doch selbst das Wenige, das sie erkennen ließen, verhieß Unheil. Unter der Kiellinie des Schiffes befand sich kaum noch Wasser. Die Aufnahmen erweckten den Eindruck, eine Eismasse ohne Anfang und Ende schiebe sich unter das Schiff, wobei die sichtbare Eiswand wenig mehr als eine Art Aufsatz war, wie ein gefrorenes Warnzeichen.

«Wenn Sie mich fragen», so Rasmussen, «ist die ‹Viktoria› nicht mehr zu retten. Das Eis wird sie zusammenfalten wie eine leere Bierdose.»

«Dann wird es höchste Zeit von Bord zu gehen.»

Rasmussen dachte nach. «Früher oder später wird das Schiff zur Seite kippen. Wenn es nicht vorher zerquetscht wird. Wir müssen ein Boot auf der Backbord-Seite zu Wasser lassen. Oder besser gesagt aufs Eis. Damit untergehen werden wir kaum. Ich tippe eher auf Erfrieren. Vielleicht werden wir auch von herabfallenden Gletschermassen erschlagen. Oder von einem Eiszapfen erdolcht.»

«Ich habe ein Satellitentelefon dabei. Ich könnte anrufen», sagte Harald.

«Wo denn? Bei den Fischen? Bei den Sichtverhältnissen da draußen kann uns niemand helfen. Nicht, solange das Wetter nicht aufklart. Und das kann dauern.»

An Deck erklärte Rasmussen die Lage. Das Schiff werde gewissermaßen wie von einem Gabelstapler angehoben – und irgendwann wieder fallen gelassen oder überrollt.

«Dann sollten wir sehen, dass wir endlich ins Rettungsboot kommen!», rief Meurer empört.

«Dann packen Sie mit an!», erwiderte Rasmussen.

Longdale, Daniel und Harald schalteten die Kabelwinde ein, das Rettungsboot setzte sich in Bewegung.

«Moment!» Wieder Meurer. «Wie kommen wir da rein, sobald es unten ist?»

Rasmussen, der über die Reling lehnte, die wenigen Meter bis zur Wasser- oder Eisoberfläche mit Blicken vermaß, empfahl die Ein- und Ausstiegsluke des Schiffes. In deren Höhe etwa komme das Boot unten an.

«Was ist mit Lebensmitteln? Sollten wir nicht was zu essen aus der Kombüse mitnehmen?», fragte Meurer.

«Kommen Sie, wir gehen runter und holen was. Ist die Luke problemlos zu öffnen?», erkundigte sich Harald.

«Elektronisch wie auch mechanisch. Das sollten Sie eigentlich wissen», kommentierte Rasmussen.

Meurer und Harald machten sich auf den Weg, wobei der Deutsche schlecht gelaunt wirkte. Er beschwerte sich über Rasmussen: Seine Firma werde die Zusammenarbeit mit Ocean Terra so bald wie möglich beenden. Harald hatte kaum ein Ohr für diese Rachegedanken, lieber suchte er nach Schokolade und anderen leicht mitzuführenden Nahrungsmitteln. Seiner Ansicht nach würden sie nicht lange ausharren müssen – nur, bis der Nebel sich lichtete. Während Meurer eine Toilette aufsuchte, versuchte Harald über das Satellitentelefon Sophie anzurufen. Doch erreichte er niemanden im «Greenland Institute of Natural Ressources». Die Leitung war tot.

Ein leichtes Zittern, ob sie das auch spürten? Sophie wie auch Ole verneinten Aqqaluks Frage. Der Blick aus den Fenstern zeigte wenig mehr als stumpfes Grau, einige Schlittenhunde knurrten und heulten. Sie saßen am Mittagstisch, es gab wenig zu tun. Aqqaluk sagte, er wolle nach den Hunden schauen. Sophie wollte ihn begleiten, doch er schüttelte den Kopf. Bereits nach wenigen Schritten im Freien verlor sie ihn aus den Augen. Das Gejaule der Tiere nahm zu, als führten sie Klage. Wenig später kehrte Aqqaluk zurück, mit ernster Miene. Er forderte seine Mitstreiter auf, mit Harald Kontakt aufzunehmen.

«Warum?», fragte Sophie.

«Mach es einfach», lautete die kurze Antwort.

Sie rief Harald auf dem Satellitentelefon an. Es klingelte einige Male, dann brach die Verbindung ab. Wiederholt gab sie die Nummer ein, ohne Erfolg. Die Leitung gab nur ein dissonantes Rauschen von sich. Unterdessen hatte Ole die laptopgroße Trägerfrequenzanlage eingeschaltet, die den Kontakt zu Haralds Kabine gewährleistete. Nach wenigen Sekunden legte er den Kopfhörer beiseite, schaltete auf laut. Die Verbindung war ohnehin nicht die beste gewesen, doch nun gab es nichts mehr zu hören außer einem durchgängigen, basstonalen Brummen.

«Hört sich an wie ein Störsender», kommentierte Sophie.

«Ist wohl auch einer», erwiderte Ole. «Ich bin ja schon lange raus aus dem Geschäft, aber das nennt man Jamming. Die vorsätzliche Störung technischer Kommunikation, das Lahmlegen der Elektronik. Ruf bitte Natan Hammond an.»

Auch dieser Anruf ging ins Leere.

«Dann haben wir ein Problem», bemerkte Ole ungerührt. «Wir sind abgeschnitten vom Rest der Welt.»

«Einige der Hunde sind tot», sagte Aqqaluk. «Ich kann nicht sagen, warum. Sie haben keine Verletzungen, es gibt keine Auffälligkeiten. Spürt ihr dieses Zittern nicht?»

Ole und Sophie verneinten. Instinktiv griff sie nach ihrem Laptop und versuchte über Satellit eine Verbindung ins Netz herzustellen. Vergebens.

«Da liegt was in der Luft ...», murmelte Aqqaluk. «Irgendwas passiert da draußen ...»

«Was könnte das sein? Was sollen wir tun?», fragte Ole.

«Wir müssen weg hier. Zurück nach Qaanaaq. Wir können nicht riskieren, noch weitere Hunde zu verlieren. Zu Fuß ist es bis Qaanaaq viel zu weit. Ebenso nach Thule. Ich dachte, Zugtiere wären weniger anfällig als etwa ein Schneemobil. Vor allem bei diesen Temperaturen, bei denen selbst Benzin gefrieren oder die Zündung versagen kann.»

«Wann brechen wir auf?», fragte Sophie.

«In fünf Minuten. Wir nehmen nur das Wichtigste mit. Du setzt dich bei mir vorne in den Schlitten, Ole. Du, Sophie, fährst selbst. Was wir mitnehmen, kommt bei dir in den Schlitten. Jetzt kannst du zeigen, was du gelernt hast.»

«Harald ist also auf sich allein gestellt», stellte Sophie fest.

«Das ist er», bestätigte Aqqaluk. «Nicht anders als wir.»

Wir sind aufgeflogen, dachte Sophie, während sie sich so warm wie möglich anzog. Aber wie? Und durch wen?

★★★

Unter Deck fragte Meurer den Ersten Offizier Harald alias Hans Brede in einem Tonfall, der nicht einmal mehr vorgab, höflich zu sein, mit wem er da telefoniert habe?

«Mit meiner Mutter», antwortete Harald. «Ich möchte nicht, dass sie sich Sorgen macht.»

«Und deswegen haben Sie ein Satellitentelefon dabei? Sparen Sie lieber den Strom. Wir könnten darauf noch angewiesen sein.»

«Natürlich, Sie haben Recht. Tut mir leid, ich hätte Sie meiner Mutter vorstellen sollen», versicherte er.

Meurer warf ihm einen argwöhnischen Blick zu. «Wir sollten sehen, dass wir hier wegkommen. Können wir dem Tätowierten trauen? Mit dem in einem Boot?»

«Longdale? Ich denke schon. Warum fragen Sie?»

«Mir ist wichtig, dass unsere Autorität nicht infrage gestellt wird. Es muss klar sein, wer hier das Sagen hat. Ich hoffe für Sie, dass Sie wissen, auf welcher Seite Sie stehen.»

«Ich weiß, wo ich hingehöre», bestätigte Harald.

Die ganze Zeit über waren rasselnde, schabende, klopfende Geräusche zu hören, plötzlich ein Ton, als kratze eine Gabel über einen leeren Teller. Gleichzeitig war ein Ruck zu verspüren, das Schiff hob sich leicht, so schien es. Auch dessen Schieflage nahm spürbar zu.

«Wir sollten zur Luke gehen», sagte Harald.

«Das sollten wir in der Tat.»

Dort angekommen, suchte Harald sie zu öffnen.

«Was machen Sie denn da, Sie Trottel! Wenn die aufgeht, kommt Wasser rein.»

«Was schlagen Sie stattdessen vor?»

Meurer überlegte. «Nun – vielleicht haben wir tatsächlich keine andere Wahl.»

«Es sei denn, wir springen von oben oder hangeln uns an den Stahlseilen hinunter.»

«Machen Sie schon auf!»

Wie von leichter Hand ließ sich die Luke öffnen. Die Schräglage war unverkennbar, direkt vor der Öffnung hing das Rettungsboot. Meurer drängelte sich an Harald vorbei und sprang hinein. Sogar die Tüte mit Lebensmitteln hatte er zurückgelassen. Harald warf sie ihm hinterher, ebenso die beiden, die er mitgenommen hatte. Dann schwang auch er sich ins Boot. Nach oben rief er: «Kommt runter!» Die Köpfe von Rasmussen, Longdale und Daniel waren nur in Umrissen zu erkennen, trotz der vergleichsweise geringen Entfernung.

«Wenn alle hier versammelt sind, wie schafft es dann das Boot ins Wasser?», wollte Meurer wissen.

«Das senkt sich automatisch. Sobald es aufsetzt, lässt sich das Stahlseil lösen.» Jedenfalls hatte Longdale das vorhin Harald so erklärt.

Als Letzter sprang Daniel ins Rettungsboot, der zusätzlich eine zweite Schwimmweste angelegt hatte. Was nicht nötig gewesen wäre, denn die gab es auch an Bord. Es konnte bis zu 20 Menschen aufnehmen, war also geräumig genug. Harald entdeckte die entlang der Innenseite befestigten Ruder und die Dollen, ebenso den Außenbordmotor. Laut Gebrauchsanweisung befanden sich zwei Kanister mit einem speziellen Benzingemisch unterhalb der Riemen, das schwer zu entzünden oder zu entflammen war. Haltbare Lebensmittel wie Trockenfrüchte gab es ebenfalls an Bord, in der wasserdichten Kammer unterhalb des Steuerrades. Sogar eine Plane ließ sich über die Bootsöffnung ziehen, als Schutz vor Sturm und Regen. Das alles wirkte vertrauenerweckend, doch sobald das Boot die Wasseroberfläche erreicht hatte, legte es sich schräg.

«Das Mutterschiff fällt um, das Kind auch!», meldete sich angstvoll Daniel zu Wort, der nicht schwimmen konnte.

«Ja, das Kind auch», bestätigte Longdale. «Wir haben Eis unterm Kiel. Fuckin' hell … Wir müssen raus und schieben, verdammt noch mal.»

Mit einem lässigen Sprung landete er auf dem Eis, hielt sich dabei aber an dem Seil fest, das die Bordwand umgab. Vorsichtig tastete er sich zum Heck, prüfte die Dicke des Eises, das unter einer dünnen Schicht aus Wasser verborgen lag. Harald hatte Zweifel, ob sich das Boot ins

Meer schieben ließ. War es dafür nicht zu groß und zu schwer? Und bestand nicht die Gefahr, dass sie einbrachen, sobald das Eis dünner wurde?

Zurück an Bord gab Longdale zu verstehen, dass sie alle gemeinsam, mit vereinten Kräften, das Boot voranbewegen müssten. Mit Ausnahme von Daniel, weil der nicht schwimmen könne.

«Dann wollen wir mal», sagte Rasmussen und Harald erhob sich ebenfalls.

«Moment!» Meurer, der Unersättliche. «Ich sitze doch nicht in diesem Rettungsboot, um es sofort wieder zu verlassen.»

«Wollen Sie lieber abwarten, bis wir kentern? Oder das Schiff auf uns herunterkippt?» Rasmussens Stimme bebte. Offenbar ließ er seiner über Wochen angewachsenen Abneigung jetzt freien Lauf.

«Was glauben Sie eigentlich, wer Sie sind, Rasmussen?», fauchte Meurer. «Sie haben als Experte versagt und der Reederei damit erheblichen Schaden zugefügt. Für die Folgen werden Sie einzustehen haben, das kann ich Ihnen versichern.»

«Im Augenblick geht es in erster Linie um unsere Sicherheit», versuchte ihn Harald zu beruhigen. «Alles andere ist nebensächlich. Also, packen wir's an.» Er kletterte von Bord, ebenso Rasmussen, wobei sie sich beide ebenfalls am Seil festhielten. Doch so sehr sie sich auch bemühten, das Boot ins Wasser gleiten zu lassen – es ließ sich nicht bewegen, auch nicht mit vereinten Kräften. Dafür war es zu schwer. Selbst wenn Meurer und Daniel sich zu ihnen gesellten, würde sich daran nichts ändern, war Harald überzeugt. Sofern er den Gesichtsausdruck seiner Mitstreiter richtig deutete, sahen die das nicht grundsätzlich anders.

«Sieht nicht gut aus», murmelte Longdale. «Wir sitzen fest.»

«Verdammt.» Rasmussen blickte nach oben. «Auch das noch!»

Die Schräglage des Schiffes hatte erneut zugenommen. Harald schätzte den Neigungswinkel auf etwa 30 Grad. Die starke Strömung schob offenbar immer mehr Eis in ihre Richtung, unter sowie gegen das Schiff. Der Untergang der «Viktoria» vollzog sich wie im Zeitraffer.

«Das Boot liegt parallel zum Schiff», stellte Harald fest. «Wir sollten versuchen, es so zu drehen, dass es in einem rechten Winkel zur ‹Viktoria› zu liegen kommt.»

«Gute Idee», meinte Longdale, auch Rasmussen nickte zustimmend. Damit boten sie weniger Angriffsfläche, sollte das Schiff kentern. Mit vorsichtigen Schritten tasteten sie sich nach vorne, Richtung Bug, gesichert durch das an der Außenseite des Bootes befestigte Seil, das ihnen Halt bot. Vorne angekommen, hörten sie Meurer, der hinunterrief: «Was machen Sie denn da? Wollen Sie unbedingt ins Wasser fallen?»

Niemand fühlte sich bemüßigt, ihm zu antworten. «Okay», ließ Longdale sich vernehmen. «Ihr beide schiebt, ich ziehe von der anderen Seite.»

Sie stöhnten vor Anstrengung, doch das Boot bewegte sich nicht. Harald schlug Rasmussen vor, weiter unten anzupacken. Das taten sie auch, mussten dafür aber das Sicherungsseil loslassen. Mit aller Kraft lehnten sie sich gegen die Holzwand, wobei die Füße Mühe hatten, Halt zu finden. Sie befanden sich auf geflutetem Eis, doch stand das Wasser glücklicherweise nicht höher als knöcheltief. So sehr sie sich auch mühten, schoben und zogen, keuchten und stöhnten – eine gefühlt endlose Zeit lang geschah nichts. Dann aber machte das Boot einen plötzlichen Ruck und ließ sich in die gewünschte Richtung drehen. Auf dem Eis jubelten sie, Rasmussen und Harald klatschten einander ab. «Zurück aufs Boot!», rief Longdale. Harald war Rasmussen zwei bis drei Meter voraus, er griff nach dem Sicherungsseil.

Plötzlich ertönte ein Schrei. Harald drehte sich um – und sah Rasmussen, der eingebrochen war. Ohne Vorwarnung, ohne eine Chance sich zu retten. Bis zur Hüfte hielt ihn das Eis umfangen. Er versuchte sich hochzustemmen, doch als würde ihn ein Gewicht in die Tiefe ziehen, versank er Augenblicke später im Wasser. All das geschah so schnell, dass niemand reagieren konnte. Harald fühlte sich wie gelähmt, er konnte sich kaum bewegen. Er spielte mit dem Gedanken, das Seil loszulassen und Rasmussen zu Hilfe zu eilen. Das aber hätte auch seinen Tod bedeuten können. Er hörte Daniels verzweifelte Stimme: «Oh, mein Gott!» Blickte nach oben, entdeckte Longdales Kopf an Daniels Seite, auch Meurer blickte hinunter. Harald hörte gurgelndes Wasser, surrende Geräusche im Eis wie Peitschenschläge. Mühsam schwang er sich hoch, zurück an Bord. An der Stirnseite standen noch immer die drei Männer. Longdale hantierte mit einem Seil, das er in Richtung der Stelle auswarf, an der er Rasmussen vermutete. Harald gesellte sich zu ihnen, doch da war nichts, nur fahles Licht und Nebel. Das Eis krachte und barst, ließ bedrohliche, schwingende Töne vernehmen.

«Wir können nichts mehr tun», kommentierte Meurer ohne erkennbares Mitgefühl.

«Holy shit ...» Auf Longdales Gesicht malte sich Wut ebenso wie Fassungslosigkeit. Daniel fiel auf die Knie und betete ein Vaterunser. Meurer begab sich nach hinten, kramte in den Tüten und holte etwas Essbares hervor. Eine Serie von explosionsartigen Geräuschen war zu hören, Detonationen im Eis. Erneut schien das Schiff angehoben zu werden, neigte sich in einem noch steileren Winkel zur Seite. Das Boot, auf dem sie sich befanden, geriet ins Rutschen. Longdale schoss zur Mitte, stieß Meurer zur Seite und rief Harald zu, er solle das Steuer übernehmen. Der Kanadier schnappte sich einen der beiden Benzinkanister und goss Benzin in den Füllstutzen des Außenborders im Heck – soweit das in dieser Schräglage möglich war. Noch waren sie nicht im Wasser.

Lange, gefühlt sehr lange, saßen sie schweigend an Bord, hörten das malmende, schmatzende, schlürfende Eis, wie es sich unerbittlich seinen Weg bahnte. Harald fror, wieder und wieder sah er den im Meer versinkenden Rasmussen vor sich. Plötzlich machte das Boot einen Satz nach vorne und nahm Fahrt auf, ohne sich steuern zu lassen. Glitt hinein in den Ozean, balancierte schwankend im Wasser. Vorsichtig senkte Longdale den Motor, auf seinen Zuruf betätigte Harald am Steuer die Zündung. Der Motor sprang an, doch Meurer, der hinter ihm Stellung bezogen hatte, griff seitlich an Harald vorbei und schaltete ihn wieder aus.

«Wenn die Schraube gegen das Eis schlägt, ist sie hinüber», sagte er. «Und das wäre schlecht, denn das Boot verfügt über kein Radar. Verdammte Schweinerei!»

Harald suchte Longdales Blick. Offenbar dachten sie das Gleiche. Dieser Hurensohn hatte Recht. Sie waren orientierungslos, umgeben von Eis. Sie hatten keine Wahl und mussten sich in Geduld üben. Auf Hilfe warten. Harald suchte sein Satellitentelefon. Fand es in einer Innentasche. Doch die Batterie war leer.

Das Tempo eines Hundeschlittens bestimmen in erster Linie die Hunde, wie Sophie feststellte. Da sie nachts fuhren und der Himmel sich bewölkt zeigte, waren sie umhüllt von Dunkelheit. Ab und zu, sobald die Wolken aufrissen und Mond und Sterne erstrahlten, konnte sie ihre Umgebung erkennen. Zur Linken das Meer, zur Rechten das Eis. Sie fuhren entlang der Bruchkante des Ufers, wobei nicht zu erkennen war, ob es sich dabei um Festland handelte oder um ein Eisschild. Instinktiv waren sich die Hunde der Gefahren bewusst, die vom Eis ausgingen. Deswegen wohl liefen sie ruhig und bedächtig, abgesehen von ihrem Hecheln gaben sie keine Geräusche von sich. Aqqaluk hatte erzählt, dass sie über einen angeborenen Instinkt verfügten, um Risiken aus dem Weg zu gehen. Da sie streckenweise lediglich im Schritttempo vorankamen, vermutete Sophie, dass dort das Eis gefährlich dünn sein musste. Aqqaluks Gespann fuhr ihrem voraus, alle drei trugen sie ihre Jagdgewehre griffbereit.

So riskant die Schlittenfahrt auch sein mochte, empfand Sophie die nächtliche Landschaft doch als überwältigend. Sie hatte das Gefühl, Teil des Universums zu sein. Im Einklang mit sich selbst. Die Ruhe, die Stille, die kurzen Momente, in denen die Gestirne Lichtkegel über das silbrig glänzende Meer, das blau aufscheinende Eis warfen – dieser Anblick ließ ihr den Atem stocken.

Doch war der Parforceritt eine körperliche Strapaze. Auf den Kufen zu gleiten setzte voraus, wachsam und konzentriert jede Bewegung nötigenfalls abzufedern, das schwingende Gegensteuern mit dem Körper nicht zu vergessen. Ohne Unterlass pendelte Sophie mal in diese, mal in jene Richtung, verschmolz mit ihrem Schlitten. Sie empfand den wechselnden Rhythmus als befreiend, bereichernd, betörend, sie hätte die Welt umarmen mögen. Gleichzeitig musste sie mit ihren Kräften haushalten. Nach zwei Stunden bereits spürte sie erste Ermüdungserscheinungen, und die Fahrt nach Qaanaaq dauerte insgesamt acht bis zehn Stunden, bei guten Wetterbedingungen. Infolge der Dunkelheit kämen sie wohl auf zwölf oder noch mehr Stunden. Und Aqqaluk hatte keine Pause angekündigt.

Ein Ritt über den Bodensee, dachte Sophie. Über das Eis des Nordens. Sie fragte sich, wie es Harald gehen mochte. Wer ihnen auf die Schliche gekommen war. Ihre Verbindungen gekappt, ihre Spionagesoftware außer Kraft gesetzt, vielleicht mehrere Hunde getötet hatte. Mit wem hatten sie sich dieses Mal angelegt? So weit entfernt von ihrer Zentrale in Oslo?

Nördlich des Polarkreises ging die Sonne im Winter nicht mehr auf, doch war es tagsüber nicht finster, vielmehr wetteiferten verschiedene Stufen von Helligkeit miteinander, in den vorherrschenden Farbnuancen grau, weiß, gelb und blau. Haralds Armbanduhr zeigte sieben Uhr an, als er inmitten der gräulichen Küstenlinie eine blaugelbe Kuppel aus Licht ausmachte. Das war Thule. Auch der Nebel hatte sich gelichtet, am Himmel zeigte sich kaum mehr eine Wolke. Hinter ihnen lag Eis, so weit das Auge reichte, die «Viktoria» gab es nicht mehr. Alles sah aus nach einem wunderschönen Morgen inmitten einer Landschaft aus gefrorenem Zuckerguss. Nicht lange dauerte es, bis ein Militärhubschrauber über ihnen kreiste und die Besatzung ihnen per Handzeichen signalisierte, ihr zu folgen, in Richtung der Luftwaffenbasis.

Dort wurden sie freudig in Empfang genommen, man reichte ihnen Decken und warme Getränke. Das weitläufige Gelände war gesäumt von Baracken, alles getrimmt auf Funktionalität, nicht Ansehnlichkeit, so Haralds Eindruck. Mehrere Kampfflugzeuge standen in offenen Hangars oder auf dem Rollfeld. Als Erstes wurde die Gruppe in eine Art Registratur geführt, wo sie der Kommandant begrüßte und sich nach ihrem körperlichen Befinden erkundigte. Er äußerte sein Mitgefühl über Rasmussens Tod, den er als tragisches Unglück wertete. Später fielen Begriffe wie «schrecklich» oder «furchtbar», begleitet von weiteren Beileidsbekundungen, obwohl sie ja keine Angehörigen oder Freunde des Toten waren. Ein Arzt nahm sie in Augenschein, fragte nach Kältegefühlen, ihrem allgemeinen Befinden, untersuchte sie auf mögliche Erfrierungen. Harald war erstaunt, wie routiniert diese verschiedenen Handlungen und wortreichen Bekundungen ineinandergriffen, wie eingeübt sie erschienen. Den rechten Umgang mit dem Tod erst im Verteidigungsfall zu lernen, wäre andererseits sicher auch zu spät.

Nach einem üppigen Frühstück in der Offiziersmesse

führte Josef Meurer Harald in einen separaten Raum, der der höchsten Führungsebene vorbehalten war, den Ledersesseln nach zu urteilen.

«Zigarette?», fragte Meurer.

«Nein danke.»

«Stimmt, Sie rauchen ja nicht. Ist wahrscheinlich hier sowieso verboten.»

Meurer musterte ihn mit prüfendem Blick, massierte seine Bartstoppeln. «Es war eine gute Entscheidung, Sie zum Ersten Offizier zu befördern. Manchmal braucht es Glück, das richtige Gespür. Und das hatte ich bei Ihnen.»

«Das höre ich gerne.»

«Sie haben sich in einer überaus schwierigen Situation bestens bewährt. Einen klaren Kopf behalten. Das ist alles andere als selbstverständlich.»

Vor allem, wenn du dir dein eigenes Verhalten vor Augen führst, dachte Harald und lächelte freundlich.

Meurer stützte seine Ellbogen auf die Knie, beugte sich nach vorne. Er schürzte die Lippen und fragte, ob sich Harald vorstellen könne, einen Auftrag an Land für ihn auszuführen.

Der Angesprochene sah ihn erwartungsvoll an.

«Wir haben uns den Ruf erworben, auch schwierige Herausforderungen anzunehmen», betonte Meurer. «Dafür sind wir allerdings auf die entsprechenden Mitarbeiter angewiesen.»

Harald nickte.

«Haben Sie die Raupenfahrzeuge gesehen, hinten am Hangar?»

Wieder neigte Harald leicht den Kopf.

«Wir haben eine kleine Expedition zusammengestellt»,

fuhr Meurer fort, der sich tief in den Sessel zurücklehnte. «Sie wird in Kürze in Richtung Osten aufbrechen. Zum ‹Camp Century›.»

«Nie gehört», behauptete Harald.

«Es geht um Altlasten aus dem Kalten Krieg. Militärzeugs, das ordnungsgemäß entsorgt werden muss.»

«Verstehe. Wie soll das geschehen?»

«Es wird abtransportiert. Hierhergebracht und verschifft.»

«Worum handelt es sich genau? Ist da irgendwas Gefährliches dabei?»

«Nein, natürlich nicht», versicherte Meurer mit Nachdruck. «Experten werden den Transport begleiten und ständig überprüfen. Sollten wider Erwarten Probleme auftreten, handeln wir sofort. Nötigenfalls brechen wir ab.»

«Warum nimmt die Reederei solche Mühen und Kosten auf sich?»

«Wir sind Teil eines Verbundes, gemeinsam mit anderen Unternehmen und staatlichen Stellen. Ob auf See oder an Land – wir übernehmen Verantwortung. Wir investieren in die Zukunft Grönlands. Das setzt allerdings voraus, dass wir flexibel sind.»

«Ich würde das Zeug einfach da liegen lassen, wo es jetzt ist. In diesem – ‹Camp Century›», sagte Harald.

Meurer nahm einen tiefen Schluck Bourbon, den inzwischen ein Kellner gebracht hatte. Im Vertrauen teilte er Harald mit, dass die Gegend rund um das Camp nicht weniger reich an Bodenschätzen war als das Meer da draußen – allein deswegen müsse der Abfall weg. Harald gewann den Eindruck, dass die Allmachtsgefühle dieses

Mannes gelegentlich dazu führten, mehr von sich preiszugeben, als seinen Interessen dienlich sein konnte.

«Okay», sagte er. «Und was wäre meine Aufgabe dabei? Was soll ich tun?»

Ohne zu fragen, schenkte Meurer ihm ebenfalls ein Glas Bourbon ein. «Sie sind meine rechte Hand. Unser Mann vor Ort.»

«Sie fahren nicht mit?»

«Das hatte ich vor, aber ich muss mich um das gesunkene Schiff kümmern. Den ganzen Papierkram für die Versicherungen. Leider sind mir deswegen die Hände gebunden.» Meurer erzählte, dass ein Team von etwa 20 Leuten aus verschiedenen Ländern in den letzten Tagen eingetroffen sei, zusammen mit der erforderlichen Ausrüstung.

«Interessant», versicherte Harald. Ob er das Team kennenlernen könne? Bedenkzeit hätte?

«Bis heute Abend», beschied ihm Meurer. «Kommen Sie, ich stelle Sie dem Teamleiter vor. Rick Johnson, einem Amerikaner. War zuletzt in Island unterwegs und kennt sich aus mit schwierigen Fällen.»

***

Als sie in Qaanaaq ankamen, war Ole halb erfroren, nachdem er stundenlang vorne im Schlitten gesessen hatte. Sophie war schlecht geworden vor Erschöpfung, sie konnte sich kaum noch auf den Beinen halten. Allein Aqqaluk war nicht anzumerken, welche Strapazen hinter ihnen lagen. Nachdem er als Erstes die Hunde mit Robbenfleisch versorgt hatte, nahm er sich seiner beiden Begleiter an, die er bei sich zu Hause einquartiert hatte, in einer schlichten Holzhütte. Er besorgte etwas zu essen, Speck mit Bohnen aus der Dose, etwas Pumpernickel, während Sophie und Ole nacheinander duschten. Weniger aus Gründen der Reinlichkeit, als vielmehr um die Kälte zu vertreiben. Schweigend aßen sie wenig später, zu müde, um zu sprechen. Doch Sophies Gedanken kreisten unaufhörlich, so erschöpft sie auch war. Sie trank das heiße Wasser, das Aqqaluk ihr und Ole nachschenkte, sobald sie ihre Tassen geleert hatten. Es schmeckte unvergleichlich, dieses frisch geschmolzene, jahrtausendealte Eis, das die Bewohner des Ortes aus einem Eisbruch in der Nähe bezogen. Sie konnte sich nicht erinnern, jemals ein so pures, wohlschmeckendes Getränk zu sich genommen zu haben, das den Wunsch nach Kaffee oder Tee gar nicht erst aufkommen ließ. Das mochte auch an ihrer Ermattung liegen, selbst die Bohnen schmeckten köstlich. Dieses Wasser war eine Verheißung, ein Zeichen des Lebens selbst. Eines Lebens, nach dem sich die meisten sehnten, ohne es je zu finden. Im Einklang mit sich selbst, der Natur, der Umwelt. Frei von schönem Schein oder falschen Versprechen.

Nachdem Sophie sich gestärkt hatte und ihre Gedanken weite Bahnen gezogen hatten, fragte sie unvermittelt: «Woran sind die Hunde gestorben?»

«Ich bin mir nicht sicher», erwiderte Aqqaluk. «Möglicherweise war ein Teil des Robbenfleischs vergiftet.»

«Es sind aber doch nur einige Hunde gestorben», meldete sich nicht minder müde Ole zu Wort.

«Ja», bestätigte Aqqaluk. «Vielleicht eine Warnung.

Damit wir verschwinden. Hätte uns jemand umbringen wollen, wäre das ganze Fleisch vergiftet gewesen. Ohne Hunde hätten wir ausharren müssen, bis irgendwann Hilfe kommt. Oder auch nicht. Doch man wollte uns weghaben, nicht aushungern.»

«Wer ist ‹man›?», fragte Ole.

«Schwer zu sagen. Was mich beunruhigt, ist: Das Fleisch muss hier vergiftet worden sein. In Qaanaaq. Ich kenne aber niemanden, der so etwas tun würde. Das macht kein Inuit. Unser Feind ist gefährlich, weil er unsichtbar ist.»

«Legen hier Schiffe an?», fragte Sophie.

«Zweimal im Jahr. Versorgungsschiffe. Die bleiben nur kurz, laden aus und fahren weiter. Das letzte Mal im Herbst.»

«Flugzeuge?»

«Die landen hier, ja. Aber jeder Fremde steht bei uns unter Beobachtung.»

«Das kann ich bestätigen», versicherte Ole. «Die Fenster haben Augen, so viel steht fest.»

«Und da unten? In der Forschungseinrichtung? Hätte sich da jemand anschleichen können?» Wieder Sophie.

«Nein. Das hätte ich gemerkt. Jede Spur im Schnee fällt auf», so Aqqaluk.

«Ich muss mich hinlegen», sagte Ole. «Ich bin todmüde.»

«Du bist echt gut drauf», erwiderte Sophie. «Nicht mehr der Jüngste, aber fit wie ein Turnschuh.»

«Fit wie ein Turnschuh ... Das hab ich schon mal gehört. Ist aber leider Quatsch, Sophie. Ich bin ein alter Mann, dessen Zeit einfach noch nicht gekommen ist. Wir haben noch was zu erledigen, alle miteinander. Und ich bin stolz und glücklich, weil ihr mich in eurer Mitte aufgenommen habt, ohne mich anders zu behandeln als euch.»

Haralds Eindruck von Thule war zwiespältig. Die weitläufige Bucht, umgeben von verschneiten Bergen, erschien ihm wie ein Postkarten-Idyll. Doch der Fliegerhorst störte den Frieden und die Natur: ein Fremdkörper. Das Militärgelände erstreckte sich kilometerweit, mehrere Start- und Landebahnen unterteilten das flache Terrain, das einigermaßen frei von Schnee und Eis zu halten eine logistische Herausforderung war. Allein das Flugfeld entsprach der Größe eines mittelgroßen Zivilflughafens. Hangar reihte sich an Hangar, Depot an Depot. Eine Hafenanlage erlaubte das Andocken auch größerer Schiffe. Zudem gab es eine zivile oder doch zivil anmutende Infrastruktur, die ein Hotel ebenso umfasste wie Restaurants und Einkaufsmöglichkeiten. Nicht einmal ein Reisebüro fehlte, das den NATO-Soldaten für ihre Freizeit Ausflüge in die nähere Umgebung anbot, einschließlich der begehrten Iglu-Safaris. Es herrschte ein reges Treiben, ein stetes Kommen und Gehen, in kürzeren Abständen landeten oder starteten Kampfflugzeuge, die donnernd ihren Einsatz in der Arktis probten.

«Freut mich, Sie kennenzulernen.» Rick Johnson ging auf Harald zu, reichte erst ihm, anschließend seinem «alten Freund» Josef Meurer, wie er sagte, die Hand. Sie trafen sich in einem Hangar am Rande, wo die Einsatzfahrzeuge für die Expedition zum «Camp Century» untergebracht waren – vor kurzem erst angelandet, wie Meurer erzählt hatte.

«Die Freude ist ganz meinerseits», antwortete Harald und erwiderte den übertrieben kräftigen Händedruck seines Gegenübers. «Ich bin beeindruckt, was Sie hier alles aufgefahren haben.»

«In der Tat! Wir scheuen weder Kosten noch Mühen.» Johnson, ein athletischer Endvierziger in Outdoor-Funktionskleidung, lachte herzlich. Auffallend waren seine kurzgeschnittenen, strohblonden Haare, die über der rechten Schläfe einen Wirbel bildeten. Seine grünblauen Augen scannten Harald ohne Unterlass, röntgten ihn geradezu. Dabei erklärte er die Zusammensetzung des Teams wie auch des technischen Materials. Ungefragt verwies er auf die russischen Experten der bevorstehenden Mission und kam zu dem Schluss, dass Thule ähnlich integrierend wirke wie der Weltraum, wo ja Amerikaner und Russen ebenfalls eng zusammenarbeiteten, allen politischen Widrigkeiten zum Trotz.

«Das ist in der Tat bemerkenswert», bestätigte Harald und suchte die rechte Balance zu wahren zwischen Gutgläubigkeit und Wachheit. Zu viel Selbstvertrauen wäre provokant gegenüber einem Alphatier wie Johnson. Doch durfte Harald auch keinen unbedarften Eindruck hinterlassen, wollte er respektiert und ernst genommen werden. Immerhin würden sie einige Tage in der Eiswüste miteinander verbringen, und dort ist man besser Wolf als Lamm, sagte er sich.

«Hans Brede ist mein Stellvertreter», stellte Meurer klar. «Ich werde ihn regelmäßig über Satellitentelefon kontaktieren und mich auf den neuesten Stand bringen lassen. Ich möchte, dass du ihn als Teil des Führungsteams ansiehst.»

«Selbstverständlich. Schade, dass du nicht selbst mitkommst.»

«Geht leider nicht.»

«Es wird sich eine andere Gelegenheit finden. Jedenfalls: Willkommen an Bord, Herr Brede – wenn ich so sagen darf …» Johnson lächelte gequält. Wahrscheinlich war ihm aufgegangen, dass dieses Sprachbild angesichts des Untergangs der «Viktoria» nicht so passend war.

«Ich freue mich auf unser gemeinsames Abenteuer», baute ihm Harald eine Brücke. «Eis ist immerhin beständiger als Wasser», sagte er und wusste doch, wie falsch das war. Für das Eis in Grönland jedenfalls galt diese Aussage nur sehr eingeschränkt.

«So ist es, mein Freund.» Johnson grinste und zeigte erneut jenen taxierenden Gesichtsausdruck, der Harald veranlasste, ihm grundsätzlich zu misstrauen. Er hatte wenig Zweifel, dass dieses Expeditionskorps in erster Linie eine Art Söldnertruppe war.

Sophie machte den Abwasch, Ole trocknete ab, als die Tür aufging und Aqqaluk in Begleitung seines Sohnes eintrat, den er vom Flughafen abgeholt hatte. Beide führten den Zeigefinger zum Mund und bedeuteten Sophie, ihnen sowohl ihr Satellitentelefon wie auch die Sprechanlage auszuhändigen. Natan Hammond wickelte beide in Alufolie und legte sie vor die Hütte eines frenetisch bellenden Hundes. Anschließend begrüßte er Sophie und Ole sehr herzlich.

«Aqqaluk hat mich umfassend informiert. Ich bin mir darüber im Klaren, dass Sie große Risiken eingegangen sind. Dafür möchte ich Ihnen danken.»

Nachdem sie um den Küchentisch herum Platz genommen hatten und Aqqaluk heißes Wasser aufgetischt hatte, kam Hammond zur Sache. «Die Spionagesoftware, mit der Ihr Kollege Harald Nansen die Schiffselektronik infiziert hatte, ist aufgeflogen und ausgeschaltet worden. Die Firma, die diese Software entwickelt hat, bietet zugleich eine andere an, um sie wieder unschädlich zu machen. Respekt vor diesem Geschäftssinn. Gleichzeitig sind die Verbindungen Ihrer Satellitentelefone zwischenzeitlich ausgefallen, wie Aqqaluk mir sagte. Ihres, Frau Schelling, und das von Ihrem Kollegen. Mich konnten Sie ebenfalls nicht erreichen.»

Sophie nickte. «Harald hat mich heute Morgen angerufen. Als Erstes sagte er: ‹Ich hoffe, die Leitung bleibt stabil.› Das ist unser Code für: Wahrscheinlich werden wir abgehört.»

«Sehr gut, er denkt mit», erwiderte Hammond. «Natürlich werden wir abgehört, genau aus diesem Grund bin ich hergeflogen. Es gibt jetzt keine elektronische Kommunikation mehr, nicht in wichtigen Fragen. Warum hat er angerufen?»

«Na ja, ein Lebenszeichen aus gegebenem Anlass.»

«Ein furchtbares Unglück, der Tod von Rasmussen. Was hat er noch gesagt?»

«Eine Truppe von 20 Leuten ist unterwegs zum ‹Camp Century›. Darunter auch Harald, im Auftrag von Josef Meurer. Also der Arctic Shipping Company.»

«Mit welcher Absicht?», fragte Hammond.

«Altlasten entsorgen, sagte er.»

Ole kniff die Augen zusammen. «Was natürlich Unfug ist. Da liegen fast 10 000 Tonnen Schrott, Diesel, Öl und radioaktive Rückstände im Eis. Das wollen die da rausholen? Mit 20 Mann? Unmöglich.»

«Wir gehen ebenfalls davon aus, dass sie andere Pläne haben. Aber der Reihe nach. Ihr Kollege hat sich der Gruppe angeschlossen, ja?»

«Davon gehe ich aus.»

«Hm ... Warum hat er das gemacht, Frau Schelling? Ist er sich der Gefahren nicht bewusst?»

«Harald ist ein kühler Kopf. Er handelt nicht aus Leichtsinn. Dafür kenne ich ihn gut genug.»

«Das mag wohl sein», erwiderte Aqqaluk. «Manchmal aber folgt der Jäger einer Spur, die ins Ungewisse führt. Was macht er, wenn ihm anschließend der Rückweg versperrt ist?»

Sophie ließ seine Worte auf sich wirken. «Du meinst, man könnte ihm etwas antun wollen?»

«Nach allem, was wir wissen, ist das Gebiet östlich von Thule, bis weit über das ‹Camp Century› hinaus, eine wahre Goldgrube, was Bodenschätze betrifft», erläuterte Hammond, ohne auf ihre Frage einzugehen. «Da lagert faktisch alles an Rohstoffen, wonach die Weltwirtschaft verlangt. Gleichzeitig ist das Eis in diesem Bereich in einem Umfang geschmolzen, dass bei gleichbleibender Schmelze schon in 10, 20 Jahren der Abbau profitabel werden könnte. Sobald die Dicke des Eisschildes unter 1000 Meter sinkt, werden die entsprechenden Projekte interessant.»

«Und dafür müssen die Altlasten im Camp beseitigt werden?», fragte Ole.

«Ein atomar verseuchtes Umfeld begeistert die wenigsten Investoren.»

«Mit welchen Schweinereien rechnen Sie?», wollte Ole ungerührt wissen.

«Die Altlasten ordnungsgemäß zu entsorgen, wäre schlichtweg unbezahlbar.» Hammond zog eine Landkarte aus seiner Aktenmappe. Sie zeigte den Nordwesten Grönlands, eine topographische Ansicht, versehen mit zahlreichen blauen Linien. «Diese Linien, die Sie hier sehen», erklärte Hammond, «bezeichnen unterirdische Flüsse. Davon gibt es viele, überall in Grönland. Dort, wo das Eis auf festen Untergrund trifft, entsteht durch den gewaltigen Druck Reibungswärme, die das Eis in größeren Tiefen schmelzen lässt. Die Wassermassen bahnen sich anschließend ihren Weg ins Meer. Diese Flüsse können einige hundert Meter lang sein, aber auch Hunderte von Kilometern. Das hängt von der jeweiligen Beschaffenheit des Bodens ab. Die Klimaerwärmung beschleunigt das Abtauen. Das Eis wird instabiler. Die Flüsse schwellen folglich an und werden reißender, so dass sie immer größer werdende Teile der Eismassen über sich mitreißen. Und jetzt schauen Sie sich bitte den Verlauf des Flusses unterhalb des Camps an.»

Sophie, Ole und Aqqaluk beugten sich über die Karte. Eine blaue Linie schlängelte sich in Richtung Nordwesten und endete nördlich des Flughafens von Qaanaaq im Meer. Mit einem Ruck lehnte sich Aqqaluk zurück, saß kerzengerade auf seinem Stuhl und nahm seine Sophie bereits vertraute Denkerpose ein, die Arme über der Brust verschränkt.

«Mir schwant Böses», sagte Sophie.

«Völlig zu Recht», ergänzte Ole. «Wer skrupellos genug ist, sprengt das Eis unterhalb des Camps. Die Altlasten versinken im unterirdischen Fluss, und der spült die Reste ins Meer. Bis vor die Haustür hier in Qaanaaq.»

«Genau das befürchten wir auch», bestätigte Hammond. «Eine illegale Aktion im Dunstkreis militärischer Geheimhaltung. Ob die maßgeblichen Kreise in Washington oder Kopenhagen informiert sind oder nicht, lasse ich mal dahingestellt.»

«Es würde ohnehin keinen Unterschied machen. Das bedeutet, Qaanaaq ist endgültig verloren. Den Ort hier können wir dichtmachen», hielt Aqqaluk fest. «Die Fische werden auf lange Zeit vergiftet sein, infolge des Drecks und der Strahlenbelastung. Über die Nahrungskette landet das Gift schließlich bei uns, den Menschen. Die Fischer und Jäger von Qaanaaq sind erledigt. Es gibt hier nichts außer Fisch und Robben, und die machen sich jetzt schon rar.»

«In der Tat», bestätigte Hammond. «Aber das ist noch nicht alles. Erzähle unseren Freunden von Etah, Aqqaluk.»

«Etah ist eine Siedlung 100 Kilometer Luftlinie nördlich von hier. Sie besteht aus vier, fünf Häusern und ist vor der Jahrhundertwende aufgegeben worden. Das Leben war zu hart dort oben, es gab auch nicht mehr genügend zu fischen und zu jagen. Saisonweise kehren einzelne Jäger dorthin zurück, meist ältere Männer, die eher ihren Erinnerungen folgen als ihren Jagdinstinkten. Etah galt als die nördlichste Siedlung in Grönland, heute ist es Qaanaaq. Von dort sind es keine 30 Kilometer bis nach Kanada, auf der anderen Seite der Nares-Straße, jenes schmalen Wasserlaufes, der beide Länder trennt.»

«Ja. Und jetzt wird es interessant», setzte Hammond

fort. «Dasselbe Schiff der Triple S Company aus Dubai, russischer Eigner, das die Spezialfahrzeuge für die Expedition zum Camp in Thule geliefert hat, liegt gegenwärtig vor Etah auf Reede und entlädt Baumaterialien. Offenbar plant man dort den Bau einer größeren Siedlung. Ein weiteres Schiff derselben Company ankert vor dem Lambert-Land im Nordosten Grönlands. Ebenfalls eine entlegene, unwirtliche, unbewohnte Gegend. Auch dort werden Baumaterialien entladen. Aber für wen? Wozu? Wovon sollten denn die Menschen leben, die dort hinziehen?»

«Hat die grönländische Regierung dafür eine Genehmigung erteilt?», fragte Sophie.

«Leider ja, unterzeichnet vom Wirtschaftsminister. Eine Baufirma in Nuuk ist für die Koordination der Arbeiten zuständig. Raten Sie mal, Frau Schelling, wer deren Auftraggeber ist?»

Sophie überlegte. «Wenn Sie schon so fragen ... Mein erster Gedanke wäre Triple S, aber das wäre wohl zu einfach?»

Erneut setzte Hammond sein gewinnendes Obama-Lächeln auf. «Ganz falsch ist das nicht – aber an der Spitze der Nahrungskette steht ein Landsmann von Ihnen.»

«Per Knudsen etwa?»

«Er hat den entsprechenden Auftrag unterschrieben. Das konnte er nicht delegieren, das grönländische Recht verlangt die Unterschrift oder Mitunterschrift des Eigentümers oder des CEO, sobald eine ausländische Firma auf dem grönländischen Festland tätig wird. Das erleichtert gegebenenfalls Schadenersatzforderungen vor internationalen Gerichten und erschwert Subunternehmertum. Aus diesem Grund dürfte sich Triple S bei der Vertragsgestaltung zurückgehalten haben – die Firma wusste sicherlich, warum.»

Sophies Blicke flogen durch Aqqaluks Wohnzimmer, mit ihnen ihre Gedanken. Die gesamte Inneneinrichtung hatte Aqqaluk selbst gezimmert, das Ambiente war rustikal und gemütlich, ein wenig fühlte sich Sophie an die Stube in einem Schwarzwaldhaus erinnert. «Verdammt», kommentierte sie. «Knudsen ist im Zweifel alles zuzutrauen. Was aber führt er genau im Schilde? Eine neue Heimat für Umweltflüchtlinge aus Qaanaaq will er in Etah bestimmt nicht schaffen.»

Aqqaluk gab ihr Recht: «Wer von hier weggeht, den zieht es nicht dorthin, schon gar nicht nach Lambert-Land. Da gibt es nichts. Die meisten werden in den Armutsvierteln von Nuuk landen.»

«Dann darf man annehmen», meldete sich Ole zu Wort, «dass die Siedlungen andere Ziele verfolgen. Im Zweifel militärische.»

«Das sehen wir auch so», erwiderte Hammond. «Wir kennen die Hintergründe noch nicht. Aber der Gedanke liegt nahe. Denn einige der künftigen Schifffahrtsrouten von Fernost Richtung Europa und Nordamerika führen durch die Nares-Straße und den Grönland-See zwischen Spitzbergen und dem Lambert-Land.»

«Was kann denn das Militär mit Holzhütten anfangen?», fragte Sophie.

«Salamitaktik», antwortete Hammond. «Haus um Haus werden Fakten geschaffen. Am Ende steht die dauerhafte Militärpräsenz in beiden strategisch bedeutsamen Regionen. Ganz gleich, ob die Grönländer das wollen oder nicht.»

«Clever eingefädelt», kommentierte Ole. «Die Russen liefern Holzhäuser, möglicherweise Behelfsunterkünfte für die ersten NATO-Soldaten, und erledigen gleichzeitig die Drecksarbeit im Camp. Fliegen diese Geschäfte auf, können Knudsen und seine Hintermänner die Russen verantwortlich machen, Triple S. Man sei arglistig getäuscht worden, habe aber rechtzeitig gehandelt. Deswegen stelle man die – sagen wir: Jagdhütten kostenlos der Armee zur Verfügung, zum Schutz vor weiteren schädlichen Aktivitäten von Russland oder China entlang der wichtigen Schifffahrtsrouten. Dagegen ließe sich in der Öffentlichkeit kaum etwas einwenden, nicht einmal von Seiten eines unabhängigen Grönland.»

Aqqaluk und sein Sohn Hammond nickten beide. «Salamitaktik haben wir auch im Fall der Bodenversiegelung im Meer vor Thule. Die Altlasten des Absturzes müssen weg. Bloß keine Investoren verschrecken, die in dem Gebiet auf Seltene Erden hoffen. Und nicht nur das. Offenbar befinden sich dort auch große, nein, sehr große Erdölvorkommen, wie wir von einer kooperativen Quelle in Kopenhagen erfahren haben. Das verlangt natürlich ebenso nach Flurbereinigung.» So weit Natan Hammond.

«Was machen wir dann noch hier?», rief Sophie. «Diesen Kampf können wir nicht gewinnen.»

«Es wäre falsch, Ihnen zu widersprechen, Frau Schelling. Es geht um Schadensbegrenzung. Wir können nicht verhindern, dass alles so geschieht wie geplant, einschließlich der Entsorgung von ‹Camp Century›».

Ole ließ einen langen Seufzer vernehmen. «Ich sehe keinen Grund, einfach aufzugeben. Wir verfügen nicht einmal ansatzweise über die Machtmittel unserer Widersacher. Aber es ist schon so viel Unrecht geschehen in diesem Land, dass wir nicht einfach zur Tagesordnung übergehen können. Das hätten die letzten Überlebenden unter den Strahlenopfern nicht verdient. Und Sie, Herr Hammond, schulden es Grönland und den Inuit, sich dem Mammon nicht zu beugen.»

Aqqaluk, in vertrauter Pose, Arme über der Brust, ergriff das Wort. «Das ist der übernächste Schritt, mein Freund. Als Erstes müssen wir Harald beistehen. Er hat einen Fehler begangen, sich auf die Fahrt zum Camp einzulassen. Damit setzt er sich großen Gefahren aus. Diese Leute sind skrupellos, und sie können keine Zeugen gebrauchen. Im Zweifel aber einen Sündenbock.»

«Wir könnten ihn anrufen», sagte Sophie. «Ich habe heute Morgen erst mit ihm telefoniert. Leider nur kurz, und wir konnten nicht frei sprechen.»

«Sein Telefon ist tot. Es ist zu spät, ihn zu warnen.»

«Also fahren auch wir zum Camp, Nutarguk. Mit zwei Hundeschlitten. Wir holen ihn da raus, falls erforderlich. Das bedeutet 200 Kilometer hin und 200 Kilometer zurück. Unter schwierigsten Bedingungen, ohne technische Hilfsmittel. Doch diese Schwäche ist gleichzeitig unsere Stärke. Niemand rechnet damit, dass jemand Harald zu Hilfe kommen könnte, ausgerechnet mit Hundeschlitten. Die Truppe im Camp wird Mühe haben, uns zu orten. Erst recht in dem schlechten Wetter, das uns erwartet.»

«Okay, aber ich möchte klarstellen, dass Harald kein Hasardeur ist. Mit Sicherheit hat er die Risiken seiner

Teilnahme abgewogen, er ist weder blöd noch lebensmüde.»

«Sie müssen das nicht machen, Frau Schelling. Aqqaluk schafft das auch allein. Die Fahrt auf dieser Route ist schwierig und gefährlich. Und sie erfordert ein scharfes Tempo, was auch für die Hunde eine Herausforderung darstellt, über diese große Entfernung.»

«Ich lasse Harald nicht im Stich. Wenn Aqqaluk glaubt, dass wir das hinbekommen, dann bin ich dabei.»

Aqqaluk lächelte. «In der Kirche in Reykjavik hat es mich überfallen wie ein Blitz. Die Geister hatten mich an die Hand genommen und zu dir geführt. Du bist wahrhaftig Nutarguk.»

«Und was sagen die Geister zu den toten Hunden?»

«Sie sind nicht allwissend», entgegnete Hammond unaufgeregt.

Ole schlug vor, nach der Rückkehr Haralds eine andere Strategie zu verfolgen. «Eine, die in die Öffentlichkeit führt, unsere Widersacher unter Druck setzt.»

«Was genau schwebt Ihnen vor?»

Ole trug sein Anliegen kraftvoll vor, präsentierte einen Aktionsplan und hatte auch genaue Vorstellungen über die zu gewinnenden Mitstreiter. Mehr und mehr wich die Skepsis aus Hammonds Gesicht, seine Züge entspannten sich.

***

Die Transportfahrzeuge erinnerten an Pisten- oder Planierraupen. Sie fuhren nicht auf Rädern, sondern auf

Ketten, und hatten die Größe von LKW oder Gelenkbussen im Stadtverkehr. Fünf von ihnen waren von Thule aus in Richtung «Camp Century» aufgebrochen, 240 Kilometer weiter östlich. Offiziell handelte es sich um eine Forschungsmission mit dem Ziel, die Schadstoffbelastung im Umfeld des Camps zu messen, den Umfang der Altlasten zu ermitteln, das Gebiet zu kartographieren und Vorschläge zur Flurbereinigung zu unterbreiten. Soweit möglich, sollte ein erster Schub militärischer Altlasten nach Thule gebracht werden, wofür die drei größten Fahrzeuge vorgesehen waren. Auf dem Hinweg dagegen transportierten sie hauptsächlich Diesel, in großen Tankbehältern. Die ganztägige Fahrt verlangte nach großen Mengen Kraftstoff, ebenso die anschließende Beheizung der Unterkünfte. Die 20-köpfige Mannschaft verteilte sich auf die beiden vorderen Fahrzeuge. Harald saß im Leitgefährt, dessen Fahrer vor der nicht geringen Herausforderung stand, den rechten Weg zu finden – inmitten einer mit dem Horizont verschwimmenden Landschaft aus Schnee und Eis, die sich äußerlich kaum veränderte. Zur Orientierung diente Satellitentechnik, ebenso die Reste der Asphaltpiste, die vor mehr als einem halben Jahrhundert im Eis verlegt worden war. Wiederholt tauchten frühere Wegabschnitte auf und verschwanden wieder, mal kürzer, mal länger. Die Fahrzeuge rumpelten über bucklige Wege, jeder Mitfahrende an Bord war gut beraten, sich festzuhalten oder anzuschnallen. Einige gaben sich sportlich und hatten darauf zunächst verzichtet. Spätestens nach der zweiten schmerzhaften Landung auf irgendeiner Kiste oder dem harten Boden änderte sich das. Nicht allein das Schwanken ihres Gefährts verlangte den Mitfahrenden einiges ab, auch der ohrenbetäubende Lärm, den die Kraftübertragung der Ketten auf Stahl und Blech verursachte. Harald hatte zeitweise das Gefühl, neben einem Pressluftbohrer zu sitzen – die aus diesem Grund verteilten Ohrstöpsel vermochten gegen das unablässige Dröhnen so gut wie gar nichts auszurichten. Die Sitzbänke waren quer zur Fahrtrichtung angelegt, die Männer saßen einander gegenüber. Zwischen ihnen lagen Teile der Ausrüstung und Lebensmittelkisten, am Fahrzeugboden festgezurrt. Wie Marionetten bewegten sich die Reisenden auf und ab, wankten mal hierhin, mal dorthin, Stunde um Stunde. Niemand sprach, sich zu verständigen gelang nur, wenn sie brüllten. Die Fensteröffnungen waren relativ schmale Rechtecke, was den Blick nach außen erschwerte und dem extremen Klima geschuldet war – so sollte das Absinken der Innentemperatur verlangsamt werden.

Je länger die Fahrt andauerte, umso mehr ergab sich Harald dem schwankenden Tanz des Wagens, der ihn langsam in Trance versetzte. Er transzendierte sich in eine andere Wirklichkeit, ähnlich wie der Expeditionsleiter, Rick Johnson, der sein Gesicht hinter einem lose über Kopf und Schultern liegenden Handtuch verbarg.

Warum hatte sich Harald auf diese Fahrt begeben? Meurer benutzte ihn für seine Zwecke, setzte ihn als Frontmann ein, um selbst im Hintergrund zu bleiben. Das lag auf der Hand. Doch wie sollte Harald herausfinden, was die Arctic Shipping Company und Triple S im Schilde führten, ohne vor Ort präsent zu sein? Er war sich des Risikos bewusst, ganz auf sich allein gestellt, unter dem Kommando dieses Johnson. Rasmussens Schicksal ging ihm nicht aus dem Sinn. Auch bei dieser Tour war alles möglich, etwa ein tragischer Unfall im Camp. Doch vertraute er gleichzeitig auf Sophie. Sie würde im Hintergrund die richtigen Fäden ziehen. Er wusste, dass er sich auf sie verlassen konnte, wie auch sie sich auf ihn.

Seit er denken konnte, war sein Leben Kampf gewesen. Er fühlte sich als Außenseiter in Pakistan, er fühlte sich als Außenseiter in Norwegen. Ohne diesen tief sitzenden Zwiespalt wäre er weder für seine Geheimdienst-Einheit E 39 tätig noch jetzt in Grönland unterwegs. Man brauchte einen anderen Blick, um den Dingen auf den Grund zu gehen, die Oberfläche zu durchstoßen.

Das Fahrzeug rumpelte und polterte, immer wieder nickte er ein. Sah sich träumend auf einem Flughafen, wo er auf Menschen in einer Warteschlange einredete. Ihr Flugzeug werde nicht kommen, erklärte er ihnen. Sie aber hielten ihn für einen Wichtigtuer und Störenfried. Doch als sie erkannten, dass er Recht hatte, warfen sie ihm vor, sie nicht rechtzeitig gewarnt zu haben. Bald schon sah er sich einer bedrohlichen Menschenmenge gegenüber, es flogen die ersten Steine. Er rannte davon, doch mit jedem Stein, der ihn traf, wurde er langsamer. Wahrscheinlich wäre es um ihn geschehen gewesen, hätte nicht Johnson gebrüllt: «Pinkelpause! Essenspause!»

Die Fahrzeugkolonne kam zum Stehen. Sobald die Schaukelbewegungen endeten, wurde Harald schwindelig. Offenbar nicht nur ihm, der Körperhaltung einiger Mitreisender nach zu urteilen. Vorsichtig und langsam trat er hinaus. Sah in eine weiße, überwiegend flache Wüstenlandschaft aus Schnee und Eis. Hier und da zündete sich jemand eine Zigarette an. Es war stürmisch, der

Himmel klar und blau. Ein paar Männer unterhielten sich, meist auf Englisch.

«Interessante Leute hier!», rief Harald. «Landsleute von Ihnen?»

Johnson, der gerade die Sohle seines linken Schuhs von Dreck befreite, indem er gegen eine Fahrzeugkette trat, warf ihm einen flüchtigen Blick zu.

«Viele, ja. Sind aber auch Europäer dabei, so ist es nicht.»

«Und wie viele Russen?»

«Ist das wichtig?»

«Na ja, man weiß ja gerne, mit wem man es zu tun hat.»

«Keine Sorge, es sind vier oder fünf Russen, die schon lange im Ausland leben. Alle sicherheitsüberprüft. Sie sind die einzige Ausnahme!» Johnson lachte laut.

«Dafür war die Zeit zu knapp.»

«Ich habe volles Vertrauen in Ihren Chef Meurer. Der weiß, was er tut.»

Johnson entschuldigte sich und begab sich zum Fahrzeug hinter ihnen. Harald folgte ihm mit seinen Blicken. Kleine Gruppen standen beieinander und unterhielten sich. Gedämpft, auf den jeweiligen Kreis bezogen. Ein Team war diese Mannschaft nicht, dachte Harald und begann zu frieren – nicht allein wegen der Kälte. Insgesamt dauerte die Fahrt 24 Stunden, ohne eine längere Rast und vor allem ohne Übernachtungspause. Als sie ihr Ziel erreichten, waren sie alle im wahrsten Sinne des Wortes gerädert. Und wie groß war Haralds Erstaunen, als sie sich auf einer leeren weißen Fläche wiederfanden. Dort, wo eigentlich das «Camp Century» stehen sollte, gab es nichts, kein einziges Gebäude, nur flaches Ödland.

Johnson erteilte Order, ein Lager zu errichten. Die Raupenfahrzeuge bildeten einen Kreis, rechts von ihnen wurden olivfarbene Militärzelte aufgebaut, robust und stabil, gefertigt aus einem speziellen, arktistauglichen Persenningstoff, der angeblich auch den stärksten Stürmen trotzte. Bald schon standen zwei Zelte nebeneinander. Das größere diente den Forschungsarbeiten, war gleichzeitig aber auch Aufenthaltsraum und Kantine. Das deutlich kleinere war der Schlafsaal. Die Toiletten wurden ins Eis gerammt – Plumpsklos und Latrinen mit Überdachung. Das alles geschah innerhalb weniger Stunden, erstaunlich routiniert. Jeder schien zu wissen, was er zu tun hatte, auch Harald packte mit an. Doch gelang es ihm nicht, anders als an Bord der «Gloria», erste Kontakte zu knüpfen, dafür waren die Arbeitsabläufe zu eng getaktet. Johnson hatte alles im Blick, trieb zur Eile an und legte auch selbst mit Hand an. Besser konnte sich ein Chef kaum empfehlen, dachte Harald.

Am Abend nach getaner Arbeit hielt Johnson beim Essen eine kurze Rede. Sie alle seien müde und erschöpft, er empfehle eine vorzeitige Nachtruhe. Die nächsten Tage würden herausfordernd und arbeitsintensiv, ein Nachtleben sei in dieser Gegend ohnehin nicht zu erwarten. Auf das kurze Gelächter folgte die Projektbeschreibung.

«Sie alle wissen», verkündete Johnson, «was Sie zu tun haben. Als Erstes benötigen wir eine exakte Vermessung des Terrains. Dafür sind unsere Geodäten Craig White und Robert Dunningham zuständig, beide kommen aus Texas und scheuen sich nicht, selbst noch die Stecknadel im Heuhaufen dreidimensional zu vermessen. Ich denke, sie haben einen Applaus verdient.»

Die beiden hoben die Hand, grüßten in die Runde, die sich mit Klopfen auf den Tisch revanchierte.

«Wie Sie gemerkt haben, sind wir hier so ziemlich am Ende der Welt. Es gibt nichts zu sehen, keine Gebäudereste, nichts. Wo also ist das ‹Camp Century›?»

Fragend blickte sich Johnson unter den Umsitzenden um.

«Unterm Eis!», rief jemand, und dessen Tischnachbarn johlten.

«So ist es. Die meisten wissen das bereits, aber es ist gut, wenn wir alle auf demselben Stand sind. Ursprünglich standen hier zwölf großflächige Lagerhallen sowie einige Zusatzgebäude. Oberirdisch, wohlgemerkt. Die eigentliche Party fand zehn Meter unter der Eisoberfläche statt. Dort verliefen 21 Tunnel, für deren Bau rund 9200 Tonnen Material benötigt wurden, überwiegend Beton. Das alles hat ein Vermögen gekostet, aber das Camp war nur sechs Jahre in Betrieb, bis 1966. Dann musste es geräumt werden, weil das Eis zu schmelzen und zu fließen begann. Mitgenommen hat man damals allein den Atomreaktor, der das Camp mit Energie versorgte, und natürlich die hier gelagerten Atombomben. Nicht entsorgt wurden 200 Kubikmeter Diesel, Unmengen hochgiftiger Benzole, 240 Kubikmeter Abwasser, größtenteils verseucht, sowie beträchtliche Mengen an radioaktivem Kühlwasser. Unsere Aufgabe ist es, diese Reste einschließlich des Betons und der Lagerhallen ausfindig zu machen und entsprechend zu verzeichnen. Damit machen wir den Weg frei für die Müllabfuhr.»

In das allgemeine Gelächter hinein rief ein anderer: «Wo genau sind die Lagerhallen denn hin?»

«Hätte ich fast vergessen», entgegnete Johnson. «Infolge der Schneeschmelze ist das gesamte Camp, ob ober- oder unterirdisch, immer mehr abgesackt. Die Tunnel verliefen damals zehn Meter unter dem Eis, wie gesagt. Wir vermuten, dass deren Überreste mittlerweile auf eine Tiefe von mindestens 100 Metern abgesunken sind. Es können aber auch 200 oder noch mehr sein, das werden wir herausfinden. Dasselbe ist mit den Gebäuden passiert. Sie liegen irgendwo unter uns, in 10, 20 oder 100 Metern Tiefe. Wo genau, auch das werden wir sehr bald wissen. Meine Herren, ich wünsche einen guten Appetit.»

Am späten Vormittag begann sich eine goldene Sichel am Horizont abzuzeichnen, die Tage wurden heller. Rasend schnell glitten die Hundeschlitten dahin. Da die Luft in Grönland rein, die dortige Erdkrümmung gering ist, gab es bei klarem Wetter und flacher Landschaft nichts, was die Aussicht begrenzte. Einmal hatte Aqqaluk Sophie scherzhaft gesagt, an guten Tagen könnte man quer über die Insel sehen, wären da nicht die Berge entlang der Küste. Der Schnee, durch den die Kufen pflügten, war meist Pulverschnee, der einen knirschenden, surrenden Ton erzeugte. Gelegentlich fiel Sophie in einen tranceähnlichen Zustand. Dann fühlte sie sich schwebend, frei, eins mit der Umgebung – manchmal entdeckte sie farbige Punkte, die vor ihrer Sonnenbrille zu tanzen schienen. Aber vielleicht waren das gar keine Punkte, sondern Eiswesen, die hier im Verborgenen lebten und sich auf die wenigen Menschen stürzten, die kühn genug waren, der Eiswüste zu trotzen. Die Inuit, auch das hatte ihr Aqqaluk erzählt, begaben sich niemals so tief ins Landesinnere. Sie hielten sich an die Küste, wo sie jagen und fischen konnten. Außerdem fürchteten sie die Monster und Trolle, die auf dem Inlandeis hausten. Da gab es eisbärähnliche Ungeheuer mit langen Klauen an den Tatzen. Und Wesen halb Mensch, halb Hund. Riesen mit grässlichen Zähnen. Titanengleiche Frauen mit Körben auf den Rücken, in denen sie Kinder gefangen hielten. Verspürten sie Hunger, holten sie eines mit ihren Krallen hervor. Jeder Grönländer kannte diese Amagiat, die ihre Haare stets zu einem Dutt banden.

Die Landschaft war wie eine Symphonie, harmonisch und ergreifend. In Gedanken hörte Sophie die Peer-Gynt-Suite von Edvard Grieg. Doch inmitten aller Traumlinien lauerten Gefahren, die Sophie erst viel zu spät bemerkt hätte, ganz anders als Aqqaluk. Wiederholt stießen sie auf breite und tiefe Spalten, in die hineinzustürzen den sicheren Tod bedeutete. Oft waren sie schneebedeckt und kaum zu erkennen. Wie es Aqqaluk gelang, diese Stellen rechtzeitig zu umgehen, blieb Sophie ein Rätsel. Nicht minder riskant waren Schluchten inmitten des Eises, auf deren Grund Bäche oder Flüsse aus Schmelzwasser rauschten. Sie konnten sich über Kilometer erstrecken und zwangen sie wiederholt zu Umwegen. Nur selten musste Aqqaluk anhalten und zunächst die Gegend erkunden. Am frühen Nachmittag jedoch gab er ein Handzeichen und bremste die Hunde aus.

«Wir bleiben hier», sagte er.

«Warum? Wir kommen doch gut voran.»

«Ein Sturm zieht auf. Komm, hilf mit. Wir haben nicht viel Zeit.»

Sophie blickte sich um. Die Sicht war klar, die Landschaft um sie herum nur leicht gewellt, hügelig. Der Wind wehte schwach, es gab kaum Wolken. Doch bevor sie Fragen stellen konnte, hatte Aqqaluk bereits ein langes Messer hervorgeholt und kontrollierte die Bodenbeschaffenheit. Zunächst mit den Füßen, anschließend ging er auf die Knie, fegte den Schnee mit einem Handbesen beiseite. Und begann, Eisblöcke aus dem Untergrund herauszuschneiden. Mit großer Routine, wie ihr schien, und mit erstaunlicher Geschwindigkeit. Er legte den kreisrunden Grundriss für einen Iglu an, zeigte ihr, wie die Eisblöcke zusammenzufügen waren. Gemeinsam trugen sie die schweren Stücke an den für sie bestimmten Ort. Sophies Aufgabe war es, auf die genaue Verfugung zu achten. Es durften keine Lücken entstehen, hatte Aqqaluk Sophie eingeschärft und ihr ein Messer gegeben, um damit gerade Linien zu ziehen. Die Arbeit machte ihr Spaß, obwohl sie sich über sein Arbeitstempo wunderte. Sie achtete weiterhin auf die Umgebung, doch die einzige Veränderung, die sie wahrnahm, waren vereinzelte, langgezogene Wolkenstreifen. Der Wind hatte sich vollständig gelegt.

Der fertige Iglu hatte einen Durchmesser von etwa fünf Metern. Nach oben hin verjüngte er sich, in der Kuppel blieb eine kleine Öffnung. Nur an der höchsten Stelle konnte sie aufrecht stehen. Aqqaluk arbeitete schneller und schneller, wie gegen die Uhr. Mehrfach mahnte er sie zur Eile, schob beide Schlitten in den Iglu hinein, bevor er ihn verschloss, nur ein hüfthoher Eingang blieb frei. Anschließend legte er neben dem Iglu ein Rechteck aus Eisblöcken an und schlug Pflöcke in den Boden. Dort band er die insgesamt 25 Hunde an und versorgte sie mit Robbenfleisch. Um wieder zurück nach Qaanaaq zu gelangen, mussten mindestens 16 von ihnen überleben. Beim Anbinden achtete Aqqaluk auf kurze Leinen – um zu vermeiden, dass sie übereinander herfielen. Er wollte auch diesen Zwinger überdachen, doch reichte dafür die Zeit nicht mehr.

Der Wind war zurückgekehrt. Leise, sanfte Brisen, die sich steigerten zu einem Sog. Nicht in ihre Richtung, sondern von ihnen weg. Noch immer zeigten sich nur wenige Wolken. Sophie glaubte einen Sirenengesang zu vernehmen, ein dunkles Rauschen über dem Eis. Sie drehte sich zur Seite und traute ihren Augen kaum: Zu ihrer Rechten rollte eine graue Wand heran, die den gesamten Horizont ausfüllte. Was war das? Ein Sandsturm? Ein Tsunami aus Schnee und Eis? Einen Moment lang war sie starr vor Schreck, dann überlegte sie, noch einmal pinkeln zu gehen. Doch die Walze näherte sich mit großer Geschwindigkeit, die Hunde begannen zu jaulen.

Aqqaluk packte sie an der Schulter. «Ab in den Iglu mit dir!», befahl er.

***

Neben den Landvermessern aus Texas galt Johnsons Augenmerk vor allem zwei Arktisforschern aus Kopenhagen, die ganze Reihen elektronischer Sonden im Eis versenkt hatten. Die von ihnen gelieferten Messdaten erlaubten Rückschlüsse auf die Bodenbeschaffenheit, offenbar bis in größere Tiefen. Inmitten der emsigen Betriebsamkeit um ihn herum blieb Harald ein Außenseiter. Johnson zeigte sich stets freundlich und zugewandt, ohne ihm jedoch eine Aufgabe zuzuweisen. Meurer ließ nichts von sich hören, telefonisch war er nicht zu erreichen. Sophie versuchte er gar nicht erst anzurufen. Wer weiß, wer mithörte. Nur bei Gefahr würde er das riskieren. Vorzugsweise hielt sich Harald im geräumigen Hauptzelt auf, wo auch die Computer-Monitore der beiden Dänen standen. Durch ein Missgeschick fiel deren Arbeitstisch in sich zusammen, auf dem sie ihre Unterlagen ausgebreitet hatten. Harald ergriff die Chance und machte sich nützlich, nach kurzer Zeit war das Malheur behoben.

Sie stellten sich als Jan Berger und Lasse Tangen vor. Beide waren Anfang vierzig und Geologen im Dienst des dänischen Wirtschaftsministeriums. Lange hatten sie in der kanadischen Arktis nach Bodenschätzen gesucht, seit kurzem waren sie in Grönland tätig, wie sie erzählten. Jan Berger, Computer-Spezialist und Datenfreak, trug eine schwarze Retro-Brille und, wenn Harald es richtig sah, unter der Weste ein Hawaii-Hemd. Mit großer Leidenschaft erzählte der Däne von seinen Urlauben in der Karibik – weit weg von jedem Schnee. Lasse Tangen, braun gelockt und mit einem auffallend schmalen Gesicht, erklärte, dass er Familienmensch sei und solche Jobs nur wegen der Bezahlung annehme – seine Frau stehe nun mal auf das Edelviertel Nørrebro, und die Wohnungen dort seien leider die teuersten in ganz Dänemark. Aber wem sage er das – «du kommst auch aus Kopenhagen, hab ich gehört?»

«Was hast du denn sonst noch gehört?», fragte Harald lächelnd.

«Ach, nichts weiter. Macht ja jeder hier sein Ding. Fehlt so ein bisschen der Teamgeist.»

«Hauptsache, die Kohle stimmt», kommentierte Berger. «Bist du auch Geologe?»

«Nein, ich bin aus einer ganz anderen Branche. Ich fahre auf den Weltmeeren und bin Erster Offizier. Leider ist das letzte Schiff, auf dem ich war, gesunken.»

«Na, herzlichen Glückwunsch», kommentierte Tangen. «Und was willst du hier versenken?»

«Überleg ich mir noch.»

«Das ist die richtige Einstellung. Wir müssen auch ständig improvisieren. Das gehört zu unserem Job. Vor allem in diesen Breiten», ergänzte Berger.

«So richtig hast du aber nichts zu tun, oder?», fragte Tangen. «Ich sehe dich die ganze Zeit schon hier … deine Runden drehen.»

«Na ja, ich bin sozusagen ausgeliehen. Von meiner Reederei. Soll im Camp nach dem Rechten sehen und den Nachschub organisieren.»

«Reederei?» Berger stutzte, fing sich aber wieder: «Warum auch nicht. Irgendwann fahren hier bestimmt Schiffe, wenn es in dem Tempo weitertaut.»

«Mal nicht den Teufel an die Wand.»

«Und wie heißt deine Reederei? Sollten wir die kennen?» Tangens Tonfall klang belustigt.

«Arctic Shipping Company.»

«Das passt ja. Und du bist tatsächlich aus Kopenhagen?», fragte Berger.

«Ursprünglich. Aus Vesterbro. Da haben wir gewohnt, meine Mutter und ich.» Vesterbro war ein hippes, doch überwiegend ärmeres Viertel unweit des Hauptbahnhofs.

Auch das Rotlichtmilieu befand sich dort. Nicht gerade die erste Adresse. Haralds Kalkül ging auf. Die beiden mochten das Thema nicht vertiefen.

Allerdings meinte Tangen: «Nichts für ungut, aber du hörst dich wie ein Norweger an.»

«Ich hatte bis vor kurzem eine norwegische Freundin. Ganz schöner Feger, mein bester Fang bisher. Ging jahrelang gut, dann hat sie Schluss gemacht. Ich war ja auch nie da.»

«Meine macht auch ganz schön Stress», sagte Tangen. «Nach dem Job hier bleibe ich erst mal zu Hause. Ist nicht gut, wenn die Ladys zu lange allein sind. Da kommen die nur auf dumme Gedanken.»

Harald hielt ihm die Hand zum Abklatschen hin, er nahm dankend an.

«Schaut mal auf den Monitor!», rief Berger. Er hatte zwischenzeitlich die Elektroden so geschaltet, dass die Messwerte ein zusammenhängendes Muster ergaben, ähnlich einem Wärmebild. Die Umrisse ließen vermuten, dass es sich um Überreste oder Teilansichten der früheren Baracken handelte. «Wow! Liegen in 50 Metern Tiefe.» Berger hämmerte auf der Tastatur, bewegte einen Joystick. Harald nahm in erster Linie die unterschiedlichen Signalfarben im Regenbogenspektrum wahr.

«Warum wechseln die Farben ständig?», fragte er.

«Sie zeigen unterschiedliche Tiefen und Temperaturen an», antwortete Berger. Die leuchtenden Displays der übergroßen Monitore zogen Neugierige an, auch Johnson eilte herbei. Die beiden Dänen erklärten ihm den Stand der Dinge.

«Was bedeutet das Dunkelrot da unten?», erkundigte

er sich und schob Harald höflich, aber bestimmt zur Seite.

«Höhere Temperaturen.» Berger betätigte erneut den Joystick, scrollte in größere Tiefen. «Je weiter wir nach unten kommen, umso wärmer wird es, an einigen Stellen jedenfalls.»

«Atomare Überreste vermutlich», kommentierte Johnson. «Irgendeine Strahlung. In welcher Tiefe verläuft diese dunkelrote Linie?»

«Ungefähr 700, 800 Meter, schätze ich», so Tangen. «Das müssen wir erst noch berechnen.»

«Wie weit messen die Elektroden?»

«Im Prinzip bis zum Anschlag. Bis wir auf festen Grund stoßen.»

«Sehr gut. Das sollte zu machen sein. Das Eis hier in der Gegend ist maximal 2000 Meter dick. Eher weniger.»

«Woher wissen Sie das?», fragte Tangen.

«Vor einem halben Jahrhundert waren es rund 500 Meter mehr. Das geht aus den damaligen Unterlagen hervor. Als das Camp gebaut wurde. Das Tempo des Abschmelzens lässt sich berechnen, mit Hilfe der Temperaturentwicklung in den letzten Jahrzehnten. Das wissen wir von unseren Glaziologen in Alaska. Unterm Strich ergibt sich dann ein halber Kilometer. Das ist keine Kleinigkeit. Und das Abschmelzen schreitet immer schneller voran.»

«Sie wissen mehr als wir», stellte Berger nicht ohne Anerkennung fest.

«Deswegen bin ich ja auch der Chef!», retournierte Johnson grinsend. «Seien Sie trotzdem so gut und verschaffen uns eine Übersicht über die genaue Lage der Reste des Camps. Die Daten der Landvermesser erhalten Sie ja in

Echtzeit. Wir müssen wissen, wo was liegt, um die ersten Gebäudereste entsprechend rausholen zu können. Unter dem Eis fließt ein unterirdischer Fluss. Finden Sie heraus, in welcher Tiefe, okay? Nicht, dass die da reinfallen.»

Er wandte sich Harald zu. «Kommen Sie, Brede. Wir wollen mal nachsehen, was die beiden Geodäten so treiben.»

Der Sturm heulte und tobte, durch die schmale Öffnung oben im Iglu konnte Sophie sehen, mit welch rasender Geschwindigkeit der aufgewirbelte Schnee über sie hinwegfegte. Ihr graute bei dem Gedanken, das Eis ihrer Behausung könnte der Naturgewalt nicht standhalten. Aqqaluk aber hatte ihr seelenruhig erklärt, das sei ausgeschlossen. Da sie sich bei ihm über nichts mehr wunderte und es keinen Grund gab, sein Wissen anzuzweifeln, beruhigte sie sich nach einiger Zeit. Ihr Begleiter reichte ihr ein getrocknetes Stück Narwal, das sie zögernd zu essen begann. Sie hatte noch nie Wal gegessen und empfand das auch nicht als Manko. Aber sie hatte Hunger, anderes als Robbe oder Narwal gab es nicht.

Es schmeckte wie eine Kreuzung aus geräuchertem Fisch und Rind.

«Ich bewundere deine Gelassenheit, Aqqaluk. Ich habe noch nie so einen Sturm erlebt. Mir jagt das eine Heidenangst ein.»

«Das glaube ich. Alle Inuit kennen diese Angst vor dem Tod. Seit Menschengedenken haben wir gelernt, mit ihr zu leben. In der modernen Welt aber gelten andere Werte. Dort glaubt man an die ewige Jugend, zum Beispiel. Und verdrängt jeden Gedanken an den Tod. Bis er vor einem steht.»

«Der kommt aber auch nach Grönland.»

«In diesen Fragen hat mich mein Vater sehr geprägt. Er sagte: ‹Ich weiß nichts, unablässig aber sehe ich mich Kräften gegenüber, die stärker sind als ich! Die Erfahrungen ganzer Geschlechter lehren uns, dass das Leben schwer ist, dass unser Schicksal unabwendbar ist. Menschen vermögen nur wenig, und wir wissen nicht einmal, ob das, was wir glauben, richtig ist. Nur eines wissen wir ohne Zweifel: Was geschehen soll, geschieht.›»

«Dein Vater war ein kluger Mann.»

«Das liegt in der Familie!» Aqqaluk konnte herzlich lachen. Sophie überlegte, wann sie selbst das letzte Mal so gelacht hatte. Als Kind?

«Aber – was hätte denn dein Vater über diesen Sturm gedacht?»

«Gar nichts. Er hätte getan, was zu tun ist. Einen Iglu gebaut und die Zeit verstreichen lassen, bis das Wetter sich beruhigt. Eine andere Wahl gab es gestern nicht, gibt es heute nicht.»

Aqqaluk und Sophie lehnten mit dem Rücken an der Eiswand, Schulter an Schulter, eingehüllt in Bärenfell. Außerhalb des Iglus lagen die Temperaturen weit unter null, doch hier drinnen war es gut erträglich, fast wohltemperiert. Auch die Körperwärme und ihr Atem hielten die Eiseskälte aus dem Inneren des Iglus fern. Der Wind kreischte und heulte, immer tosender, bedrohlicher wurde er. Aqqaluk bemerkte, wie Sophie am ganzen Körper zitterte. Sie gab sich große Mühe, ihre Furcht nicht zu zeigen. Um sie auf andere Gedanken zu bringen, erzählte er ihr die folgende Geschichte.

Auf einmal stand es da, ein Grammophon im Eis. Inmitten des Dorfplatzes, an einem strahlend hellen Sommertag, umgeben von der Ruhe und Stille der Arktis. Ein Gerät, das noch nie zuvor jemand gesehen hatte, nicht in Uummannaq-Thule, nicht im Grönland der Jäger und Fischer. Ein Kasten aus Holz mit einem Tontrichter. Das war eine Sensation! Fast alle Bewohner hatten sich um die Erscheinung versammelt, beäugten sie voller Neugierde und Argwohn. Einige Mutige, die das fremde Wesen anzufassen suchten, wurden von seinem Eigentümer ermahnt, das nicht zu tun. Sonst erscheine ein Geist und ergreife von ihnen Besitz. Ein Chor aus «Ahs» und «Ohs» ertönte, und die Menge wich ein paar Schritte zurück. Bis auf Olepaluk, der den merkwürdigen Apparat in Nuuk erstanden hatte, im Tausch gegen ein paar Felle. Er war noch jung, ein Mittzwanziger, doch hatte er in der Vorstellung der Dorfbewohner schon die halbe Welt bereist, sogar die Hauptstadt, die damals Godthåb hieß und für die Umstehenden am Südpol lag. Als Einziger sprach er ein wenig Dänisch, was ihm Bewunderung ebenso einbrachte wie Misstrauen.

Olepaluk, einer der frühesten Händler unter den Inuit, verstand sich auf große Worte. Er beschwor die Erinnerung an die Vorfahren, an ihre Überlieferungen, die sich bündelten in diesem Narwal aus Holz, wie er da vor ihnen stehe. Um die Richtigkeit seiner Worte zu unterstreichen, holte er ein großes, flaches Rechteck aus einer Tasche hervor. Er hielt es in die Höhe und erntete erneut Ausrufe höchster Verwunderung. Auch das hatte noch nie zuvor jemand gesehen, ein solch merkwürdiges Teil, das weder zu essen noch zu jagen war, wie Olepaluk versicherte. Einige Vorlaute wagten zu fragen, wofür es dann gut sei, doch ein scharfer Blick des Weitgereisten hieß sie schweigen.

Er hielt das Rechteck in die Höhe und zog daraus, langsam und bedächtig, damit auch jeder sein Tun verfolgen konnte, eine schwarze Scheibe hervor. In seiner Linken hielt er schließlich dieses Rund, während seine Rechte mit dem Viereck sich langsam senkte. Die Menge war sprachlos vor Erstaunen. Stand da mit offenen Mündern und spürte die Weisheit der Ahnen über sich schweben.

Dann geschah etwas, das keinem Riesen und keinem Zauberkundigen je gelungen war. Ein Ereignis, das Olepaluk als würdigen Schamanen auswies, der Zwiesprache mit den Göttern hielt. Er legte das schwarze Rund auf einen silberfarbenen Kreis, der sich zu drehen begann, sobald er an der Außenseite der Maschine eine Kurbel bewegte. Während er damit beschäftigt war, beschwor er das Vermächtnis derer, die jung kommen und alt gehen, der früheren wie der künftigen Generationen. Und senkte diesen Arm ohne Leben auf das Rund ohne Leben, das auf einmal zum Leben erwachte, begleitet von Krächzen und Schaben. Eine Stimme bahnte sich ihren Weg aus dem Trichter, die Stimme eines Mannes, der sang, wie es die Leute im Dorf noch nie vernommen hatten. Dieser Sänger komme aus einem Land mit Namen Ii-taa-li-en und trage den Inuit-Namen Anriquu Karuusu, erklärte Olepaluk.

Ergriffen hörten die Umstehenden die gesungenen Laute des fremden Schamanen von einem unbekannten Gletscher, der die Geister mit wenigen Worten zu beschwören schien. Sie hörten sich an wie «O sole mio» und enthielten nicht einen Laut aus den Tiefen der Kehle.

An jenem Sommertag im Juli 1949 hatte die neue Zeit Einzug gehalten in Uummannaq-Thule. Regelmäßig hielt Olepaluk von nun an Hof, dann erklang aus seinem Grammophon jenes wundersame Lied, aber auch andere Gesänge, manchmal für einige Auserwählte in seinem Iglu, darunter auch meine Mutter. Mindestens drei Kinder entstanden auf diese Weise, und eines von ihnen bin ich, Aqqaluk.

«Das ist eine wunderbare Geschichte!», rief Sophie.

«Nein, sie ist tieftraurig und noch lange nicht zu Ende, Nutarguk.»

Das Lager der Expedition lag in deutlicher Entfernung zum früheren «Camp Century», dessen grobe Umrisse von roten, reflektierenden Schneespießen markiert worden waren. Diese Schneespieße seien vor geraumer Zeit schon von Wissenschaftlern in den Boden gerammt worden, im Rahmen einer Vorauserkundung mit dem Hubschrauber, wie Johnson erklärte. Harald nickte und hatte Mühe, im scharfen Wind aufrecht zu gehen. Allerdings sei ihre jetzige Expedition immer wieder verschoben worden, weil zunächst weder Washington noch Kopenhagen die Kosten für die Entsorgung der Altlasten übernehmen wollten. Dann aber habe man sich auf eine pragmatische Lösung verständigt, hob Johnson hervor, der mehr in die Böen hineinschrie als sprach. Der Himmel hatte sich bewölkt, im Halbdunkel waren die beiden Geodäten Craig White und Robert Dunningham nicht sofort zu erkennen. Sie standen an zwei verschiedenen Stellen mit ihren

Vermessungsgeräten, verständigten sich mit Handzeichen und schienen die Ergebnisse ihrer Arbeit in einen Laptop einzugeben.

Johnson und Harald reichten White die Hand. Wenig später gesellte sich Dunningham zu ihnen. Whites kalkweißes, runzeliges Gesicht schien seinem Namen alle Ehre zu machen, die rote Nase und das übergroße Brillengestell bestärkten den Eindruck, er könnte mit dem Werbemaskottchen Ronald McDonald verwandt sein. Dunningham übernahm das zwangsläufig laute Reden, während der Wind erneut zu heulen begann. Sein wallender Vollbart stand beinahe waagerecht im Wind – ein Easy-Rider-Typ ohne Harley.

«Wir müssen abbrechen!», schrie White, nachdem sein auf drei Beinen stehendes Messgerät umgefallen war. Dunningham, der seines zurückgelassen hatte, fluchte und kehrte zu dessen Standplatz zurück, las es vom Boden auf und machte sich auf den Weg zurück zum Zelt. Das war nicht einfach, wie Harald feststellte, denn er konnte sich, wie auch die drei anderen, kaum noch auf den Beinen halten. Heftige Böen peitschten über die Ebene und hüllten sie in dichtes Schneegestöber. Augenblicke später bereits hatte Harald die Orientierung verloren, konnte er nicht mehr erkennen, wo oben und unten, wo vorne und hinten war. Das Zeltlager wie auch die Männer hatte er aus den Augen verloren. Er rief ihre Namen, erhielt keine Antwort.

Nervosität befiel ihn, noch war es keine Panik, doch war ihm der Ernst der Lage bewusst. Er kannte Schneewie auch Sandstürme aus Pakistan: Ruhe bewahren, nur nicht die Kontrolle verlieren. So sehr er sich auch bemühte, seine Augen fanden nirgendwo Halt. Er drehte sich um sich selbst, fiel auf die Knie. Doch peitschte der Sturm auch in Bodenhöhe nicht weniger heftig, blieben die Sichtverhältnisse schlecht. Da er keine Schutzbrille trug, konnte er seine Augen nur unter Schmerzen öffnen – kleine Körner aus Schnee und Eis prasselten auf die Netzhaut. Schließlich legte sich Harald flach auf den Boden und versuchte sich zu erinnern, aus welcher Richtung er gekommen war. Lagen die Zelte vor ihm, leicht nach links versetzt? Mit den Händen bildete er Trichter vor den Augen und versuchte, seinen Blick zu fokussieren. Sofern er keiner Sinnestäuschung unterlag, schienen wiederholt olivgrüne Farbfetzen inmitten der vorherrschenden Grautöne auf, tatsächlich links vor ihm. Da die Sichtverhältnisse in Bodennähe am besten waren, beschloss Harald zu robben. Wiederholt hielt er inne, versicherte sich seiner Position. Er schätzte die Entfernung zum Zelt auf rund 200 Meter. Unter normalen Bedingungen ein Nichts. Doch seine jetzige Lage war alles andere als normal. Zwar glaubte er, gut voranzukommen, allerdings hatte ihn die Kälte gepackt. Er spürte, wie sein Körper zu zittern begann. Verbissen kämpfte er sich vor. Überprüfte regelmäßig, ob er auch Kurs hielt. Gut 20 Meter vor dem Zelt wagte er sich zu erheben. Jetzt erst konnte er sicher sein, auch tatsächlich anzukommen. 20 Meter! Selbst die würden ausreichen, in einem Sturm dieser Heftigkeit die Orientierung zu verlieren.

Wo waren die anderen drei Männer?

***

Unvermindert tobte der Sturm und Aqqaluk fuhr in seiner Erzählung fort, die ihre Wirkung auf Sophie nicht verfehlte. Aufmerksam hörte sie ihm zu, während ihre Ängste, so schien es ihm, allmählich verflogen, als entschwänden sie durch die obere Öffnung im Iglu:

Seit dem Januar 1950 war die «Operation Blue Jay», Blauhäher, unter größter Geheimhaltung in Washington vorbereitet worden. Diese Diskretion verdankte sich weniger dem Kalten Krieg als politischem Kalkül. Die Inuit in Grönland sollten keine Chance haben, sich zu wehren, Kopenhagen sollte vor vollendete Tatsachen gestellt werden – indirekt allerdings hatte die dänische Regierung den Amerikanern schon im Zweiten Weltkrieg grünes Licht gegeben, in Grönland mehr oder weniger nach Belieben vorzugehen. Die «Operation Blauhäher» verlangte nicht allein nach Militärs, sondern ebenso nach Handwerkern und Fachleuten, die in kürzester Zeit eine Luftwaffenbasis aus dem Boden stampfen konnten. Wer sich für dieses Abenteuer entschied, erhielt astronomische Gehälter und Zulagen, war zur Geheimhaltung verpflichtet und galt als Patriot im Kampf gegen den Kommunismus. Alle 7500 Arbeiter, die dem Lockruf folgten, kamen übrigens aus einem einzigen Ort, Rosemount in Minnesota, einer Kleinstadt unweit von Minneapolis.

Und dann geschah es. Am 9. Juli 1950, im weitgehend eisfreien Sommer. Mein Vater hat es mir oft beschrieben, das Dorf Uummannaq mit seinen 300 Einwohnern. Die seit Menschengedenken von der Jagd auf Robben, Walrosse, Narwale, Eisbären und Karibus lebten oder fischten, überwiegend mit dem Speer und der Harpune. Es war ein friedlicher Tag, wie alle Tage im Sommer, bei gutem Wetter. Männer in Kajaks paddelten in die Bucht hinein oder die Küste hinauf. Die Frauen bearbeiteten Felle, schnitten sie zu oder vernähten sie, reinigten die Iglus, kümmerten sich um die Kinder. Die Männer, die nicht aufs Meer fuhren, verarbeiteten den Fisch oder das Fleisch. Ein Teil wurde frisch zubereitet, ein Teil getrocknet oder geräuchert. Unsere Ernährung bestand ausschließlich aus Fisch und Fleisch. Brot, Milch, Gemüse oder Obst kannten wir nicht. Über Jahrtausende hatte sich der Stoffwechsel der Inuit dieser Diät angepasst, mit dem Ergebnis, dass wir kaum chronische Krankheiten kannten. Herz- oder Kreislaufbeschwerden, Übergewicht, das alles gab es bei uns nicht. Mit den Dänen und den Amerikanern kamen dann der Zucker und der Alkohol, die beide die Inuit heimgesucht haben wie euch Pest und Cholera.

Das Erste, was meine Leute am 9. Juli 1950 vernahmen, war ein fernes, dumpfes Grollen. Es kündigte sich an aus großer Entfernung, kam näher, wurde lauter. Sie hielten inne in ihrem Tagwerk, ratlos. Was war das? Wer im Kajak unterwegs war, kehrte zurück an Land. Die Dorfbewohner redeten und redeten, aber niemand wusste den Lärm zu erklären. Einige glaubten, ein Meteorit kündige sich an und werde bald einschlagen – und in gewisser Weise sollten sie Recht behalten. Ich stelle mir ihr Erstaunen, ihre Fassungslosigkeit vor, die ersten Erschütterungen vor dem Sturm, der folgen sollte. Mein Vater sagte mir, er habe gespürt, wie sich unter ihm der Boden auftat. Inmitten des allgemeinen Aufruhrs, begleitet vom Kläffen der Hunde, erschienen zwei Hubschrauber und kreisten über der Küste und dem Dorf. Im Tiefflug, der den Schnee aufwirbelte und viele Gegenstände auf dem Boden zum Tanzen brachte. Natürlich hatte keiner der Dorfbewohner jemals etwas Vergleichbares gesehen, kannte niemand die Geräusche von Rotoren, dieses Grollen.

Zugleich aber bewegte sich auch etwas auf dem Wasser: Das vorderste Schiff, das auf die Bucht Kurs nahm, war ein Eisbrecher. Gefolgt von einer Armada aus Versorgungsschiffen und Landungsbooten, mindestens 50 an der Zahl, die sich anschickten, ihre Fracht entlang der weiten Küstenlinie unseres Dorfes auszuspucken. Dies war die größte Landungsoperation der Amerikaner seit dem D-Day in der Normandie, sechs Jahre zuvor. 4400 Männer, Soldaten wie Zivilisten, gingen allein in dieser ersten Welle an Land, und sie entluden mit einem Schwung 300 000 Tonnen Material. Oberste Priorität hatte der Bau einer Start- und Landebahn in Thule: 3000 Meter lang und 60 Meter breit.

An jenem Tag wurden die Harpunenjäger und Speerwerfer, die Fischer und Jäger aus Uummannaq ins Atomzeitalter geschleudert – was keiner von ihnen wissen konnte. Es war der Anfang vom Ende ihres bisherigen Lebens. Staunend saßen sie am Strand und beobachteten den unerhörten Vorgang, ihrerseits beäugt aus zahlreichen Ferngläsern an Bord der Schiffe. Anfangs redete niemand mit den Dorfbewohnern, niemand kam auf sie zu, erklärte ihnen, was dort geschah. Ab und zu warfen ihnen die Soldaten Kaugummis zu, später hinterließen sie Kisten mit Konserven und Cola-Flaschen am Strand und forderten die Dorfbewohner mit Handzeichen auf, sich zu bedienen. Das taten sie lange nicht. Bis der Hunger sie dazu trieb, da der Lärm und die Betriebsamkeit nicht allein die Großtiere, sondern auch die Fische zu großen Teilen in die Flucht geschlagen hatten.

Am meisten zeigten sich die Menschen von den wendigen Jeeps und mannshohen Transportfahrzeugen beeindruckt, wie sie durch den Schnee pflügten. Nach einiger Zeit wagten sich die ersten Inuit in Richtung der entstehenden Basis vor, die sie aber nicht betreten durften. Umgekehrt zeigten sich die Amerikaner interessiert an den «Schnee-Indianern». Sie kamen ins Dorf und staunten über die Kleidung, den Schmuck, die Amulette, die Jagdwaffen. Und was geschah? Die Fremden kauften den Einheimischen alles ab, was nicht niet- und nagelfest war. Teilweise zu horrenden Preisen. Mein Vater, der Erfahrungen mit Kauf und Verkauf hatte, konnte gut feilschen und trieb die Summen ständig in die Höhe. Immer wieder verlangte er mehr Geld und bekam es, obwohl die Dorfbewohner damit nichts anfangen konnten. Es gab ja keine Geschäfte. Doch hatte er ihnen gesagt: Es kommt die Zeit, da werden wir dieses grüne Papier brauchen.

Dann, im April 1951, verschärfte sich die Lage. Die GIs und Vertragsarbeiter in Thule erhielten Weisung, keinen Kontakt mehr zu den Einheimischen zu pflegen. Jeder Umgang wurde ihnen verboten. Die Amerikaner errichteten Zäune mit Stacheldraht. Die gesamte Bucht zäunten sie ein, aus Sicherheitsgründen, wie es hieß. Regelmäßig patrouillierten Wachposten entlang der von ihnen selbst gezogenen Grenze, das Gewehr über der Schulter. Ihre Jagdgebiete hatten die Bewohner von Uummannaq an die Luftwaffenbasis verloren, wo sie zuvor Karibus und Polarfüchsen nachgestellt hatten. Die Meeressäuger wiederum waren in Richtung Norden gezogen, mit ihnen ein Teil der Fischschwärme. Das Leben im Dorf wurde schwieriger, die Stimmung gereizter. Welche Zukunft hatten sie hier noch?

Im Sommer 1953 gab das Grönland-Ministerium in Kopenhagen bekannt, die Polar-Eskimos in Uummannaq-Thule hätten beschlossen, nach Qaanaaq umzusiedeln. Von diesem Beschluss allerdings wussten die Dorfbewohner nichts – niemand hatte sie je nach ihrer Meinung gefragt oder auch nur mit ihnen geredet. Die dänische Regierung hatte allein über ihre Zukunft entschieden, auf Wunsch der amerikanischen Seite. Denn das Dorf stand den Erweiterungsplänen für die Luftwaffenbasis im Weg. Und so fanden sich die Bewohner wenig später umringt von bewaffneten Soldaten, die sie zwangen, an Bord eines Transportschiffes zu gehen, das sie nach Qaanaaq brachte. 300 Menschen verloren so ihre Heimat, Uummannaq wurde noch am selben Tag dem Erdboden gleichgemacht. Zugleich kamen in den 1950er Jahren immer mehr Dänen nach Grönland, Techniker, Beamte und Ingenieure. Sie schufen moderne Strukturen in Politik, Wirtschaft und Verwaltung. Nicht aus Zuneigung zu uns, sondern um Kopenhagens Kontrolle über uns zu festigen.

Meinem Vater aber, Olepaluk, zerriss es das Herz. An Bord des Schiffes umringten ihn die Dorfbewohner, selbst die engsten Verwandten machten ihm Vorhaltungen. Er sei schuld an ihrem Unglück, er habe sie an die Fremden verkauft. Angefangen habe alles mit den Sirenengesängen des fremden Schamanen, der die *Amerikanski* zu ihnen geführt habe. Er gehöre nicht mehr zur Familie! Wie um diese Worte zu bestätigen, warf ihm meine Mutter das Grammophon vor die Füße, das mit einem lauten Krachen zerbarst. In Qaanaaq musste er allein in ein Holzhaus ziehen, Freunde und Verwandte gingen ihm aus dem Weg. Mich durfte er monatelang nicht sehen. Das änderte sich erst, als die Dorfbewohner die Bedeutung des Geldes erkannten. Ausgerechnet mein Vater, einst den Traditionen und der Religion zugewandt, später dem Handel, sah sich auf einmal in die Rolle des Saisonarbeiters gedrängt. Wie viele andere hatte er keine Wahl und verdingte sich bald schon in Thule. Die Jagd und der Fischfang ernährten längst nicht mehr alle. Die Inuit im Norden erlegten zu wenige Tiere und konnten den Dänen in Nuuk kaum noch Felle verkaufen. Und die Amerikaner hatten ihr Interesse an primitiver Kunst längst verloren.

Als Harald das rettende Zelt erreichte, nahm zunächst keiner Notiz von ihm. Die Männer waren vollauf damit beschäftigt, es gegen den Sturm zu sichern, der gegen die dünnen Wände peitschte, sich seinen Weg ins Innere bahnte, obwohl alle Öffnungen so weit wie möglich verschlossen worden waren. Einige der Männer versuchten, eine Lockerung der Zeltheringe mit Hammerschlägen zu verhindern, Rufe gellten durch das Zelt. Ihr Schicksal hing wesentlich davon ab, ob die dünnen Stoffplanen, die ein weitläufiges Rechteck einfassten, dem tobenden Wind standhielten. Zwei Zeltstangen, gut zehn Meter hoch, aufgestellt unweit der beiden Eingänge, sorgten für die Statik und den Halt, mit Hilfe armdicker Stahlträger. Es war das reinste Tollhaus, und die Stimmung wurde nicht besser, als sich am oberen Ende einer der beiden Zeltstangen ein Riss zeigte, entlang der metallenen Öse, die Stoff und Stange miteinander verband. Alle Augen richteten sich auf diesen Riss, der mit jeder Minute größer und breiter wurde.

Harald bahnte sich den Weg zur Unglücksstelle, wo mehrere Männer fachsimpelten, was am besten zu tun sei. Auch Rick Johnson war dabei.

«Wir haben Sie es zurück ins Zelt geschafft?», brüllte Harald, den Lärm übertönend.

«Mit GPS. Genau wie Sie», erwiderte Johnson unwirsch.

Wozu sollte Harald ihm erklären, dass er keinen Tracker mit sich geführt hatte?

«Was ist mit Dunningham und White? Wo sind die beiden Landvermesser?»

«Keine Ahnung! Wir haben gerade andere Probleme, wie Sie wahrscheinlich bemerkt haben!»

Daraufhin ließ Johnson ihn stehen und besprach sich mit einem jugendlich aussehenden Mann, deutete in die Höhe. Der kletterte daraufhin die Zeltstange hoch, mit einem Rucksack auf den Schultern. Oben angekommen, hielt er sich mit einer Hand an der Stange fest, mit der anderen versuchte er offenbar den Riss zu flicken. Das war sportlich, aber wenig effizient. Er hantierte mit einem Stoff, den er wiederholt auf die Schadstelle drückte, wie einen Flicken auf den Fahrradschlauch. So wie Harald es sah, war aber der Druck, der auf dem Zelt lastete, viel zu groß. Es war nur eine Frage der Zeit, bis das Unglück geschehen würde. Und dringend erforderlich, andere Maßnahmen zu ergreifen.

Die Kettenfahrzeuge kamen ihm in den Sinn. Er eilte

zum hinteren Ausgang, kam an einem Tisch voller Laptops vorbei. Die beiden Dänen, Berger und Tangen, waren gerade dabei, ihre Sachen zu packen. Was für Optimisten, dachte Harald. Als könnten sie hier einfach so auschecken. Er grüßte, gesellte sich kurz zu ihnen. Fragte, ob sie die amerikanischen Geodäten gesehen hätten. Stumm starrten sie ihn an. Ihre Gesichter verrieten Fassungslosigkeit mehr noch als Angst, als könnten sie nicht glauben, was hier gerade vor sich ging. Tangen deutete auf seinen Laptop. Zwei rote Punkte leuchteten in kurzen Abständen auf dem Bildschirm auf. Elektronische Signale von den Computern der Landvermesser, irgendwo da draußen im Sturm. Harald beugte sich vor, um besser zu sehen. Dabei fegte er ungewollt einen der umherstehenden Rechner zu Boden. Hob ihn wieder auf, las: «Projekt wird verschoben. Schickt den Seemann auf die Reise. Hubschrauber holen euch ab. Sturm endet bald. Durchhalten!»

«Wisst ihr, wem der hier gehört?» Dabei zeigte Harald auf den Bildschirm.

Berger schüttelte den Kopf. «Vielleicht Johnson? Der hat hier vorhin rumgemacht.»

Harald schnappte sich das Gerät, packte es in einen herumliegenden Rucksack und machte sich davon. Zu seinem Erstaunen lief Berger ihm nach. Der Spaßvogel trug tatsächlich ein Hawaiihemd unter seiner Jacke.

«Wo willst du hin?»

«Keine Ahnung.»

Ein Aufschrei ging durchs Zelt. Die Zeltstange begann zu wanken, so groß war der Riss geworden. Der Mann oben schrie und hatte Mühe, sich festzuhalten.

«Hör doch auf mit der Scheiße!», schleuderte Berger Harald ins Gesicht. «Du bist doch Bulle oder so was. Oder glaubst du ernsthaft, dass wir dir den Blödsinn mit der Reederei abkaufen?»

Harald seufzte, sah beiden Männern in die Augen. Tangen hatte sich dazugesellt. Vielleicht konnten sie ihm ja von Nutzen sein. Auf keinen Fall wollte er Aufsehen erregen.

«Also gut», sagte er. «Wir hauen ab.»

«Wohin?», fragte Tangen.

«Zu den Kettenfahrzeugen.» Die beiden Dänen nickten, holten ihre Rucksäcke und folgten ihm. Es fiel nicht weiter auf, dass sie das Zelt durch den hinteren Ausgang verließen.

«Habt ihr ein Satellitentelefon dabei?», fragte Harald.

Hatten sie.

«Und die GPS-Daten von Thule und dem schönen Ort hier habt ihr auf eurem Laptop gespeichert?»

«Willst du uns verarschen?» Das war Berger. Harald deutete das als ein Ja. Die Fahrzeuge standen gut 50 Meter entfernt. Gerade noch in Sichtweite, gut eingeschneit. Harald legte sich auf den Boden und robbte in deren Richtung, so konnte er am besten sehen. Was die beiden Dänen dachten oder ob sie ihm folgten, war ihm egal. Doch sie taten es ihm nach, ohne zu fragen, und zu dritt näherten sie sich den Fahrzeugen, die in einem Rund standen. Harald nahm Kurs auf das am weitesten hinten stehende, die letzten Meter ging er wieder aufrecht. Er war überaus erleichtert, als sich das Führerhaus des busähnlichen LKW problemlos öffnen ließ. Der Zündschlüssel steckte. Glück gehabt. Das Gefährt war weitgehend leergeräumt, nur weiter hinten im Laderaum standen einige Kisten. Der Wind pfiff noch immer bedrohlich, doch wenn Harald sich nicht täuschte, mit weniger Wucht. Er versuchte, den Motor zu starten, drehte den Zündschlüssel. Der Wagen erzitterte, brummte, stöhnte, vorsichtig schaltete Harald in den ersten Gang und drückte das Gaspedal durch. Eine schwarze Dieselwolke bahnte sich ihren Weg durch das seitlich am Führerhaus verlaufende Auspuffrohr und flog an der Windschutzscheibe vorbei. Augenblicke später hörte er den englisch vorgetragenen Befehl: «Ausschalten!» Hinter den Kisten hatte sich ein Mann erhoben. Er hielt eine Pistole auf Harald gerichtet.

Harald tat wie geheißen, der Motor erstarb mit abnehmendem Seufzen. Der Mann dirigierte Berger und Tangen nach vorne, in Haralds Richtung.

«Was macht ihr hier?», fragte er mit russischem Akzent.

«Hilfe holen», erwiderte Harald. «Das Zelt fliegt bald weg. Hast du nichts davon mitbekommen, dahinten?»

«Aussteigen!», befahl der Mann, dick eingemummt in Polarkleidung. Er trug sogar eine Sonnenbrille.

Die beiden Dänen stiegen als Erste aus, Harald tat, als wolle er es ihnen gleichtun. Dabei ließ er den Mann nicht aus den Augen. Vielleicht in der Annahme, die Gefahr sei gebannt, bewegte der sich nachlässig, hielt die Waffe nicht mehr auf Harald gerichtet, sondern balancierte sie leger in seiner Rechten. In dem Moment schlug Harald zu, schmetterte den Arm des Mannes gegen die offen stehende Fahrzeugtür, mehrfach hintereinander, bis er unter Schmerzensschreien die Waffe fallen ließ. Anschließend schleuderte Harald ihn nach vorne, in den Schnee. Griff sich die Pistole und richtete sie auf den Unbekannten.

«Okay, mein russischer Freund. Was machst du hier?», fragte er.

Der, noch immer im Schnee liegend, spuckte in Haralds Richtung.

«Das hilft dir nicht. Dir und deinen Leuten nicht, ihr seid vier oder fünf insgesamt, wenn ich mich nicht irre. Noch mal: Was macht ihr hier?»

Er schwieg.

«Entweder du redest oder du ziehst dich aus und wir lassen dich hier liegen. Ohne Klamotten. Hast du verstanden?»

Ein Hohngelächter kam als Antwort. Harald zielte auf ihn und drückte ab. Die Kugel flog knapp an seinem rechten Ohr vorbei und hätte beinahe Tangen erwischt, der dummerweise nicht genügend Abstand hielt. Was er in Windeseile nachholte.

«Wir ... Wir arbeiten für Johnson. Wir sollen das Eis sprengen», beeilte sich der Mann mitzuteilen.

«Wozu?»

«Alles kaputt. Die alten Sachen. Sind dann weg.»

«Ich denke, die sollen abgeholt werden.»

«Keine Ahnung. Gibt wohl Müllabfuhr unter dem Eis.» Er versuchte zu grinsen.

«Was ist hinten in den Kisten?», setzte Harald seine Befragung fort.

«Sprengstoff.»

«Was für einer? Rede, sonst ziele ich auf dein linkes Ohr!»

«Tovex! Ist Wassergel-Sprengstoff. Wirkt wie Dynamit. Nur besser.»

Harald wandte sich an seine Begleiter: «Würdet ihr den

Gentleman freundlicherweise fesseln? Möglichst so, dass er eine Weile braucht, um sich selbst zu befreien?»

Mit Eifer gingen die zwei ans Werk. Harald war sich nicht sicher, was er von Berger und Tangen halten sollte. Jedenfalls war es gut zu wissen, dass sie auch fürs Grobe empfänglich waren. Der Sturm schien abzuflauen, die Windstöße wurden zahmer. Erneut drehte Harald den Zündschlüssel im Schloss, legte den ersten Gang ein und setzte das Kettenfahrzeug in Bewegung. Berger und Tangen sprangen auf, er schloss die Tür.

«Ich brauche eure GPS-Daten. Sonst finden wir den Weg nach Thule nicht», sagte er.

Tangens Finger glitten über den Laptop, er stellte eine Satellitenverbindung her und zeigte Harald den Bildschirm. Zwei rote Punkte blinkten, sie markierten ihren Standort und das Ziel Thule. Dazwischen lag eine weite, weiße Fläche ohne weitere Anhaltspunkte.

«Können wir die Karte auch offline nutzen?», erkundigte sich Harald.

«Wie soll das gehen. Nur über Satellit erfahren wir unseren genauen Standort.»

«Also sind wir für Dritte zu orten.»

«Warum auch nicht. Ich bin für jede Hilfe dankbar.»

Harald warf Tangen einen missmutigen Blick zu. Der überlegte.

«Okay, verstehe. Was hast du denn ausgefressen?», fragte er schließlich.

«Nichts. Aber wir hauen mit einem der Kettenfahrzeuge ab. Das kann man uns vorwerfen.»

«Irgendwas läuft hier nicht rund. Ich meine, wozu der ganze Sprengstoff? Wer hat hier eigentlich was vor?»

«Die Geodäten», merkte Harald an, «die beiden Amerikaner – wofür habt ihr deren Daten gebraucht?»

«Um das Gelände exakt zu vermessen. Wo genau was von dem alten Schrott liegt», erwiderte Tangen.

«Was der Russe gesagt hat, geht mir nicht aus dem Sinn. Von wegen Müllabfuhr unter dem Eis», sagte Harald.

«Da unten gibt's Wasser. Einen unterirdischen Wasserlauf. Wenn man nun ...» Tangen fasste sich an den Kopf.

«Genau», ergänzte Berger. «Eine gewaltige Explosion. Tief im Eis. Der meiste Abfall landet dann genau da. Im Fluss. Und der fließt mit Sicherheit irgendwo ins Meer.»

«Das wäre ja ein Verbrechen ungeheuren Ausmaßes!», rief Tangen aus. «Mit Hilfe der Air Base und ...» Er sprach nicht weiter.

«Okay», sagte Harald. «Ich bräuchte euer Satellitentelefon.»

Das Fahrzeug bewegte sich langsam, aber es fuhr. 15 km/h zeigte der Tacho. War gut zu lenken, machte keine Scherereien, abgesehen vom Krach. Nur mit Mühe kam der Scheibenwischer gegen den Schnee an, doch hatte der Sturm seinen Schrecken verloren.

Berger reichte ihm das Telefon. «Bist du nun Bulle oder was?», wollte er wissen.

Harald sah ihn verschwörerisch an, deutete ein Nicken an. «Je weniger ihr wisst, umso besser ist es für euch», raunte er. «Eine Frage der Sicherheit. Eurer Sicherheit.»

«Na klar, James Bond», entgegnete Berger. «Ich seh mal nach dem Sprengstoff. Aber eins kann ich dir sagen: Wir haben mit diesem Mist nichts zu tun. Wir haben nur unseren Job gemacht. Hätten wir gewusst, was hier abgeht, wären wir zu Hause geblieben. Können wir auf dich zählen, wenn es hart auf hart kommt? Wenn irgendwelche offiziellen Stellen irgendwelche Fragen stellen?»

«Könnt ihr. Ich bin auf eurer Seite, keine Sorge.»

Harald überlegte, Sophie anzurufen. Dann kam ihm eine andere Idee. Er bat Tangen, die Nummer von Natan Hammonds Büro zu googeln. Dort meldete er sich, ließ sich nicht abwimmeln und hatte wenig später tatsächlich Hammond am Telefon. In knappen Worten erzählte er, was vorgefallen war. Gab ihre Position durch. Erfuhr, dass Sophie und Aqqaluk unterwegs seien. Beide sprachen nicht mehr als nötig, doch am Ende, davon war Harald überzeugt, wusste jeder, was zu tun war.

***

Endlich konnten Sophie und Aqqaluk ihren Iglu verlassen, nachdem der Sturm abgeklungen war. Die Hunde bellten und verlangten nach Futter, einige allerdings lagen reglos an ihren Pflöcken. Sie waren tot. Nachdem Aqqaluk die übrigen versorgt hatte, nahm er zwei der leblosen Tiere an sich. Hinter dem Iglu schnitt er sie auf. Untersuchte ihre Eingeweide. Fast hätte Sophie sich übergeben. Der Anblick hätte widerlicher kaum sein können. Ganze Heerscharen von Maden fanden sich in den Innereien. Sie mussten die Hunde lebendig aufgefressen haben, ihre lebenswichtigen Organe.

«So etwas habe ich noch nie gesehen», sagte Aqqaluk. «Woher kommen diese Würmer? Wieso befallen sie unsere Hunde?»

Fünf der Schlittentiere waren tot, also standen ihnen noch 20 zur Verfügung. «Normalerweise könnten wir die Kadaver verfüttern, aber damit würden wir den Parasiten nur einen Gefallen tun.»

Aqqaluks Satellitentelefon klingelte, das sein Sohn ihm mitgegeben hatte. Zweimal am Tag war es kurz eingeschaltet, morgens und abends. Das sparte Strom, erschwerte die Nachverfolgung und erlaubte doch jederzeit, eine Nachricht zu hinterlassen. Das Gespräch dauerte nicht lange, Aqqaluk richtete die Grüße Natan Hammonds aus und erklärte Sophie, dass sie einen neuen Kurs einschlügen.

«Wir fahren nicht ins Camp, sondern Harald entgegen. Er hat sich ein Kettenfahrzeug geschnappt und ist auf dem Weg nach Thule. Das bedeutet für uns, dass wir einer relativ geraden Linie nach Süden folgen und damit unsere Route deutlich verkürzen. Bis wir auf die alte Straße zwischen Thule und dem Camp stoßen. Das kommt uns sehr entgegen. Ich mache mir Sorgen um die Hunde. Jeder Kilometer weniger ist ein Gewinn.»

Während sie ihre letzten Vorbereitungen zur Weiterfahrt trafen, schwirrten Sophie noch immer Aqqaluks Erzählungen durch den Kopf. Was war diesem Land nur alles widerfahren! Und kein Ende der Schrecken in Sicht.

«Bist du bereit, Nutarguk?» Beide standen sie auf den Kufen, die Hunde kläfften, das Wetter war ruhig. Erneut lag die Landschaft vor ihnen wie ein offenes, weißes Buch.

«Ich bin bereit.»

«Konzentriere dich auf die Fahrt. Lass deine Gedanken

nicht zu sehr kreisen. Hast du verstanden? Nur der Weg zählt! Der Augenblick.»

Sie nickte und löste die Bremse, gleichzeitig mit Aqqaluk.

Das Kettenfahrzeug ratterte über Schnee und Eis, gelegentlich blickte Harald in den Rückspiegel. Der Tank war zu drei Vierteln gefüllt – er hatte keine Ahnung, wie weit sie damit kommen würden. Hoffentlich bis nach Thule. Und wie würde man sie dort in Empfang nehmen? Welche Fäden mochte Johnson im Hintergrund gezogen haben? «Schickt den Seemann auf die Reise.» Das hörte sich nicht nach einer erneuten Beförderung zum Ersten Offizier an. Was wussten Meurer und die Arctic Shipping Company über ihre Einheit E 39? Oder über Natan Hammond? Wer zog hier wen über den Tisch? Abrupt krachte ihr Gefährt in eine Bodenvertiefung. Die Beschaffenheit des Eises erschloss sich aus der Fahrerperspektive nicht, die vielen Risse im Boden gaben Anlass zur Sorge. Teilweise waren sie recht breit und vor allem tief. Harald erinnerte sich, dass der Fahrer auf dem Hinweg regelmäßig auf einen Laptop gestarrt hatte, um mögliche Hindernisse zu umfahren. Er fragte Tangen, ob der dafür sorgen könne, dass sie Unebenheiten oder Gefahrenstellen leichter erkannten. Der Däne nickte und brauchte nur wenige Klicks, um das Programm entsprechend einzustellen.

«Wir bekommen Besuch!», rief Berger von ganz hinten.

Harald sah in den Rückspiegel. Zwei Raupen folgten ihnen. Er drückte aufs Gaspedal. Die Höchstgeschwindigkeit lag bei knapp 30 km/h, wie er feststellte. Er hielt das für durchaus amüsant: Ein Wettrennen unter Blechbüchsen – in einer Geschwindigkeit, die fast noch ein guter Läufer erreichte. Mad Max in der Arktis, *slow motion*.

«Hey, Berger!», rief Harald. Ohne Schreien ging es nicht während des metallischen Kreischens der Ketten. «Was ist mit dem Sprengstoff? Kann man mit dem umgehen, ohne gleich in die Luft zu fliegen?»

Der Angesprochene hielt einige Stangen in die Luft und begann mit ihnen zu jonglieren. Eine fiel ihm dabei auf den Boden, was Harald fast eine Herzattacke bescherte.

«Bist du wahnsinnig?!»

«Keine Sorge», röhrte Berger lachend. «Das ist ja das Schöne an diesem Wassergel-Zeugs. Anders als Dynamit fliegt es nicht einfach in die Luft. Diesen Sprengstoff musst du entweder fernzünden oder mit Hilfe einer Lunte zur Explosion bringen.»

Die Raupen hinter ihnen holten auf. Entweder machte Harald etwas falsch, oder aber ihre Verfolger hatten mehr PS im Stahlgehäuse. Doch war sein Gaspedal bereits auf Anschlag, mehr ging nicht.

Vielleicht wollen sie ja gar nichts von uns, überlegte Harald, sondern lediglich Thule erreichen, wie er und seine Mitstreiter.

Vielleicht aber auch nicht.

Die Pistole des Russen steckte in seinem Gürtel. Mit fünf Schuss Munition kamen sie nicht weit. Doch hinten lagerte Sprengstoff, in ausreichenden Mengen. Der sollte reichen, um klare Verhältnisse zu schaffen.

Nach etwa einer halben Stunde hatten die Verfolger aufgeschlossen. Höchstens zehn Minuten noch, dann würden sie nebeneinander herfahren. Harald entgingen nicht die nervösen Blicke Bergers und Tangens. Wieder und wieder schienen sie Maß zu nehmen, Entfernungen abzuschätzen.

«Traut ihr euch zu, das Ding hier zu fahren?», fragte Harald.

«Sieht nicht schwer aus», antwortete Berger.

«Ist es auch nicht. Ich frage nur, falls es ungemütlich wird. Dann würde ich mich lieber um den Sprengstoff kümmern.»

«Um was damit zu tun?»

«Ich dachte an die eine oder andere Wurfübung.»

Der Mann mit dem Hawaii-Hemd starrte ihn an. «Brede, du bist weder Däne noch Seemann, so viel steht fest.»

«Ich, das ist immer ein anderer», erwiderte Harald und grinste.

«Den kenn ich, den Spruch», kommentierte Berger.

«Arthur Rimbaud. Dichter, Abenteurer, Geschäftsmann. 19. Jahrhundert», sagte Harald.

«Der sehr früh gestorben ist», ergänzte Tangen. «Allein deswegen wäre er mir kein Vorbild.»

Zur Linken wie zur Rechten fuhren die Kettenfahrzeuge nunmehr auf gleicher Höhe. Deren Fahrer machten Gesten, die sie zum Anhalten aufforderten. Leckt mich, dachte Harald. Plötzlich hielten die Trucks auf sie zu, nahmen sie in die Zange. Fast konnte man glauben, die wollten sie rammen. Dann sah Harald, wie die Vordertür des linken Wagens geöffnet wurde. Ein Mann mit Gewehr legte an und schoss, schoss auf ihn, den Fahrer. Trotz des Lärms hörte er ein «Pling», die Kugel musste ganz in der Nähe eingeschlagen sein. Harald gab weiterhin Vollgas, konnte aber die Verfolger nicht abschütteln.

«Hat der Bursche ernsthaft auf uns geschossen?», fragte Tangen.

«Sieht so aus», entgegnete Harald. «Vorsicht!» zu rufen und sich zu ducken geschah gleich darauf in einer einzigen, fließenden Bewegung, der glücklicherweise auch seine Mitfahrer folgten, denn der Schütze hatte erneut angelegt. Und dieses Mal schlug die Kugel durch das kleine, obere Seitenfenster. Hätte Harald nicht reagiert, hätte er jetzt ein Loch im Kopf. Der Kerl war ein guter Schütze.

«Wir brauchen den Sprengstoff!», rief Harald. «Kümmert ihr euch darum?»

«Machen wir!», antwortete Berger. «Geht's jetzt los, ja?»

«Wir sind schon mittendrin, würde ich sagen. Holt ein paar Stangen nach vorne, okay?»

Sie taten wie geheißen, während der Schütze zur Linken erneut anlegte.

«Festhalten!», brüllte Harald und machte eine Vollbremsung. Die beiden Dänen fielen zu Boden und fluchten, doch der Schuss verfehlte sein Ziel. Anschließend scherte er nach links aus, rammte dabei fast das Hinterteil des Trucks, zog eine scharfe Kurve und ließ so die Verfolger hinter sich. Es würde einige Minuten dauern, bis sie ihn wieder in die Zange nehmen konnten.

«Scheiße! Sieh mal aufs Display!» Tangens Gesicht zeigte blankes Entsetzen. Der gewaltige Riss im Eis war nicht zu übersehen, keine 100 Meter vor ihnen. Harald schlug das Lenkrad bis zum Anschlag nach links, weg von der Abbruchkante. Alle drei starrten sie gebannt nach vorne. Der Riss verlief nicht gerade, er machte einen Schlenker und kam ihnen gefährlich nahe, trotz Haralds Manöver.

«Du musst anhalten!», schrie Berger. «Ist zu gefährlich, diese Richtung!»

Harald trat auf die Bremse, ebenso die beiden Verfolger. War denen ein Licht aufgegangen?

«Weiß jemand, wo hier der Rückwärtsgang ist?», fragte Harald.

«Wie wär's mit Kupplung runterdrücken? Ein wenig hin- und herbewegen, bis das irgendwo einrastet?»

«Na, denn ... Wo sind die Dynamitstangen?»

Lässig zog Berger drei Stangen aus den Tiefen seiner Outdoor-Hose und reichte seinen beiden Mitstreitern jeweils eine. «Das ist kein Dynamit, Brede. Zur Erinnerung.»

«Hauptsache, es macht Krach und schafft Ordnung», entgegnete Harald.

Aus einem der beiden Fahrzeuge näherten sich zwei Männer, wie er im Rückspiegel sah. Sie hielten Schnellfeuerwaffen im Anschlag. Der eine war offenbar der Russe, den sie im Schnee zurückgelassen hatten. Jedenfalls trug er dieselben Klamotten. Endlich war der Rückwärtsgang eingelegt, erneut drückte Harald aufs Gaspedal. Die Männer eröffneten das Feuer. Harald ließ sich nicht beirren, hielt mit dem Fahrzeug auf sie zu. Sie sprangen zur Seite, er rammte die Fahrerkabine eines Verfolgers. Mehrere Bewaffnete stürmten nach vorne, stellten sich ihnen in den Weg. Dieses Mal schossen sie nicht, und Harald wusste warum. Er hielt eine Stange Sprengstoff in die Höhe, ebenso Berger und Tangen. Die

Mengen Tovex, die sie mitführten, würden im Falle einer Explosion einen gewaltigen Krater in den Boden reißen und sie alle miteinander töten. Freundlich lächelnd schaltete Harald die Gänge hoch, gab schließlich Vollgas, weg von der Meute wie auch von der Eisspalte. Ein Bewaffneter rannte hinter ihnen her, suchte zu Harald aufzuschließen. Ging in die Hocke und legte auf ihn an, ohne jedoch zu treffen. Harald öffnete das bereits durchschossene Seitenfenster, zog die Pistole und streckte den Mann nieder.

«Wow! Mit links!» Berger zeigte sich beeindruckt.

«Gott sei Dank! Den sind wir erst mal los!» Tangens Erleichterung war nicht zu überhören.

«Hast du ihn umgelegt, Brede? Was meinst du?»

«Ist das wichtig, Berger? Entscheidend ist doch, dass wir hier lebend rauskommen, oder?»

«So ist es! Im Zweifel müssen wir die eben alle umlegen, was soll's.»

«Und wenn die stattdessen uns umlegen? Wie wäre das?»

«Dafür bist du zu gut, Brede. Du hast echt Arsch in der Hose. Respekt, Mann.»

Harald mochte das Thema nicht vertiefen. Was er getan hatte, war Notwehr, keine Heldentat. Doch hatte er nichts dagegen, wenn Berger zu ihm aufsah. Gelegentlich brauchte es Hierarchie und Autorität, das vereinfachte die Dinge. Viel mehr beschäftigte ihn allerdings die Frage, warum die beiden Fahrzeuge nicht erneut die Verfolgung aufnahmen. Zu glauben, die Burschen hätten das Interesse an ihnen verloren, wäre sicher allzu optimistisch. Ob Johnson an der Jagdpartie teilnahm? Den Rückspiegel behielt Harald im Blick. Keine Verfolger in Sicht. Das aber musste nicht so bleiben. Ob Berger und Tangen eine Hilfe waren, sollte es hart auf hart kommen, wagte er zu bezweifeln. Die beiden mochten vor allem Johnson nicht, wegen dessen Gleichgültigkeit im Angesicht des Todes der beiden Amerikaner, ihrer Kollegen. Deswegen wohl saßen sie jetzt bei ihm in der Raupe, nicht bei den anderen.

Sie setzten ihre Fahrt nach Thule fort, bis es den Scheinwerfern nicht mehr gelang, das Dunkel zu durchdringen. Sich allein auf den Laptop und Satellitenangaben zu verlassen, erschien Harald zu riskant. Er hielt im Nirgendwo, schaltete den Motor aus, ebenso die Lichter. Allen dreien knurrte der Magen, doch zu essen gab es wenig. Einige Konserven befanden sich als Notreserve an Bord, die Suche nach dem Öffner allerdings erwies sich als eine von vielen Flüchen begleitete Detektivarbeit. Endlich hatten sie Erfolg: Kalte Bohnen mit Tomatensauce, aus der Dose – allein der Hunger ließ sie diese Zumutung ertragen.

«Meinst du, wir haben das Schlimmste hinter uns?», fragte Tangen.

Harald machte eine abwägende Kopfbewegung.

«Wir sind noch rund 150 Kilometer von Thule entfernt», ergänzte Berger. «Das schaffen wir nicht. Keine Ahnung, warum, aber der letzte Sprint hat uns viel Benzin gekostet. Ist mir aufgefallen, als ich vorhin auf den Tacho geschaut habe.»

Darauf hatte Harald nicht geachtet. Er sprang auf, griff sich eine Taschenlampe und trat vor die Tür. Der Lichtkegel erfasste den Tank. Mehrere Kugeln hatten ihn etwa auf halber Höhe getroffen. Das Benzin darüber musste zwangsläufig auslaufen. Sie konnten von Glück reden, dass die Raupe nicht in die Luft geflogen war. Seine Begleiter gesellten sich zu ihm.

«Sieht nicht gut aus», stellte Tangen fest. «Was machen wir, wenn uns der Sprit ausgeht und die anderen uns doch noch einholen?»

«Das werden sie», ergänzte Berger. «Spätestens morgen.»

Sie schwiegen.

«Wir sollten den Sprengstoff so im Fahrzeug verteilen, dass er griffbereit liegt. Also vor allem in Höhe der Eingangstür. Wir müssen weiter werfen können und schneller sein als unsere Verfolger», bemerkte Harald.

Erneutes Schweigen.

«Und wir sollten Wache schieben. Falls die Typen sich heute Nacht anschleichen», schlug Tangen vor. «Ich übernehme gerne die erste Schicht.»

«Gute Idee», sagte Harald. «Wir wechseln uns jede halbe Stunde ab. Sonst erfriert, wer hier draußen steht.»

Niemand konnte schlafen. Zu groß war die Anspannung. Harald nahm auf dem Fahrersitz Platz, hielt die Augen offen. Tangen stand hinter dem Fahrzeug, Bergers Blicke wanderten mal nach links, mal nach rechts, durch die Fenster hindurch. Sollten ihre Verfolger ihnen weiterhin nachstellen, mussten sie nicht zwangsläufig ihrer Spur folgen. Sie konnten sie auch seitlich umfahren und aus anderer Richtung angreifen. Zu orten war ihr Fahrzeug via Satellit auf jeden Fall. Doch auch Natan Hammond hatte ihre Koordinaten. Sie spurlos zu beseitigen, würde kaum gelingen. Harald dachte nach, und der Gedanke an einen Angriff setzte sich in ihm fest. Von vorne, von den Seiten, um die Gegner leichter zu überrumpeln.

Das sagte ihm sein Bauchgefühl.

«Berger, hast du Lust auf Abenteuer?», fragte Harald.

«Noch mehr als bisher schon?»

«Ich rede vom absoluten Overkill. Dem Witwenmacher in den Kisten da.»

Harald erklärte, was ihm vorschwebte. Derweil nestelte Berger unruhig an seiner schwarzen Retro-Brille, widersprach nicht, folgte seinen Ausführungen mit größer werdenden Augen.

«Verdammt!», rief er. «Ich bin Geologe, für niemanden eine Gefahr! Wieso sitze ich hier und nicht in Kopenhagen, im Institut! Da gehöre ich hin. Wo es warm ist und gemütlich. Wenn das hier vorbei ist, bin ich durch mit Eis und Arktis. Sollen die Inuit doch ihr Ding alleine machen.»

«Ich glaube, das wäre für alle Beteiligten am besten. Macht Tangen mit?»

«Hat er eine Wahl? Ich erkläre ihm, worum es geht.»

«Gut. Ich fang schon mal an.»

Es brauchte Zeit, ihr Werk zu verrichten. Erschöpft, verschwitzt und erwartungsvoll saßen sie schließlich erneut in der Raupe und aßen ein weiteres Mal schwer genießbares Zeug. Harald spürte seine Übermüdung, war aber gleichzeitig hellwach.

«Na, Tangen? Was wird deine Frau dazu sagen, wenn sie von deinen Abenteuern erfährt?», zog ihn Harald auf.

«Keine Ahnung ... Wahrscheinlich wird sie mir kein Wort glauben. Aber ich kann sie wohl davon überzeugen, dass ich nicht etwa wegen einer Affäre in Schwierigkeiten geraten bin.»

«Tja – Abenteuer oder Eigentumswohnung. Darauf läuft es hinaus», kommentierte Berger.

«Wofür wirst du dich entscheiden?», erkundigte sich Harald.

«Ich bin mir nicht sicher. Bisher habe ich immer vermieden, mich festzulegen.»

«Eine lästige Angewohnheit. Vor allem in Großstädten», erwiderte Harald.

«Nimm doch 'ne Wohnung in Vesterbro. Da hast du gleich den Bahnhof in der Nähe und kannst jederzeit Brede um Rat fragen, wenn was schiefläuft.» Tangen lachte schallend. «Da wohnst du doch, nicht wahr?», setzte er grinsend nach.

«Mittendrin», antwortete Harald.

«Wie die Spinne im Netz», ließ Tangen vernehmen. «Unser Landsmann aus … woher auch immer. Jedenfalls wären wir ohne dich erledigt.»

«Ohne mich wäret ihr brav im Camp geblieben und irgendwann ausgeflogen worden.»

«Oder weggeflogen, wie die Zelte», ergänzte Berger.

«Jedenfalls – wir sind gewappnet. Viel mehr können wir im Augenblick nicht tun.»

Ein Müdigkeitsflash überfiel Harald, er nickte kurz weg. Tangen weckte ihn, zeigte nach vorne. Angestrengt blickten sie zu dritt hinaus. Es war sechs Uhr morgens, dunkel und grau lag die Landschaft vor ihnen, mäßig erhellt vom Schnee und dem Glanz der Gestirne. Ab und zu bewegte sich ein Lichtschimmer vor ihnen, in größerer Entfernung.

«Sieht aus wie 'ne starke Taschenlampe», sagte Tangen.

«Sieht so aus, ja», bestätigte Harald. Er fuhr sich mit beiden Händen übers Gesicht, schlug mit seinen Fäusten gegen die Schläfen. Einen Kaffee zum Wachwerden gab es nicht. In alle Richtungen blickten sie sich um, entdeckten einen Lichtschein auch zu ihrer Linken.

«Offenbar kommen die zu Fuß. Oder hört ihr Motorengeräusche?», fragte Harald.

Seine beiden Gefährten schüttelten den Kopf.

«Wollen wir loslegen?» Das war Berger.

«Ist noch zu früh. Wir haben nur den einen Auftritt, und der muss sitzen», meinte Harald.

«Wie weit weg sind die?», erkundigte sich Tangen.

«Schwer zu sagen. 200, 300 Meter?»

Tangen überprüfte sein Feuerzeug. Es funktionierte. Machte klick, klick, klick. Kleine Flammen loderten empor. Und draußen, in der Wildnis, ebenfalls ein Klack, Klack, Klack – plötzlich erhellten gleißende Scheinwerfer die Landschaft. So grell überfiel sie das Licht, dass sie unwillkürlich die Hände vor die Augen hielten.

«Jetzt oder nie», sagte Tangen.

«Mach es!», forderte ihn Harald auf.

Tangen entflammte die Zündschnüre, die sich rasend schnell durch den Schnee fraßen. Harald zählte die Sekunden. Erste Salven aus Maschinengewehren ertönten. 20, 21, 22. Mehrere Kugeln schlugen in der Außenhaut der Raupe ein, ohne sie zu durchdringen. Zu sehen war nichts, das grelle Licht wirkte wie ein Vorhang. 23, 24, 25. Fast eine halbe Minute. Sie hatten den Zeitrahmen und somit auch die Entfernung sorgfältig bemessen – um sich selbst nicht zu gefährden.

Harald bildete sich ein, dass bei «25» atemlose Stille einsetzte, abgesehen von den Schüssen. Ein abwegiger Gedanke, doch kam es ihm tatsächlich vor, als hielte die Welt für einen kurzen Moment den Atem an. Bevor eine gewaltige Explosion über das Eis fegte und den Boden unter ihnen erzittern ließ. Als hätte jemand das Licht ausgeschaltet, erloschen die Schweinwerfer, erwuchs vor ihnen eine breite Flammenwand, glücklicherweise weit genug von ihnen entfernt. Kurz darauf versank sie in der Tiefe. Die Sprengkraft war so gewaltig gewesen, dass sie einen Riss im Eis erzeugt hatte, einen Spalt. Den Gedanken, wie viele Opfer die tödliche Wucht des Wassergels gefordert haben mochte, verdrängte er. Seine Intuition aber hatte ihn nicht getäuscht.

«Wahnsinn», kommentierte Berger tonlos. Harald startete den Motor, wenig später war das Schlachtfeld außer Sicht, wähnten sie sich außerhalb jeder Gefahr. Reden mochte niemand, die Explosion hallte in ihrem Innern nach. Eine gute Stunde fuhren sie noch, dann begann der Motor zu stottern, schließlich blieb ihr Fahrzeug stehen. Bis auf den letzten Tropfen hatten sie den Treibstoff verbraucht. Harald rief Hammond an, erreichte ihn, teilte ihm ihre genaue Position mit. Der Tag verdrängte die Nacht, ein fahles Licht erhellte die grauweiße Landschaft. Ruhe und Stille umgaben sie, als wäre nichts geschehen. Kleinere Hügel aus Schneekristallen lagen um sie herum, wie Kandiszucker. Nirgendwo eine Spur menschlichen Lebens. Hier würden sie sterben, dachte Harald. Falls ihnen niemand zu Hilfe kam.

***

Sie schliefen, Harald über das Lenkrad gebeugt. Wach wurde er wie im Traum. Er hörte eine weibliche Stimme, sanft und nahe. Sie rief seinen Namen. Er spürte Berührungen, auf seiner Haut, im Gesicht. Hob bleischwere Lider, die gleich wieder zufielen. Da war eine Feder, die über ihn hinwegzugleiten schien. Er richtete sich auf, die Augen halb geschlossen, als habe er verstanden. Da stand sie vor ihm und lächelte. Er nahm ihre Hand und ließ sich von ihr hochziehen, nahm sie in den Arm, hielt sie fest und sagte eine ganze Weile nichts.

«Bin ich froh, dich zu sehen!» Er löste sich aus der Umarmung, nicht ohne Sophie zuvor inbrünstig geküsst zu haben, auf beide Wangen.

«Frag mich mal! Darf ich dir meinen Begleiter vorstellen? Aqqaluk, das ist Harald. Harald, das ist Aqqaluk.»

Die beiden Männer reichten sich die Hand. Berger und Tangen rappelten sich auf, sie hatten auf den Seitenbänken gelegen. Verschlafen sortierten sie ihre Gedanken, stellten sich ihrerseits vor. Jetzt erst nahm Harald die beiden Hundeschlitten und die Hunde wahr, die draußen kläfften, einige von ihnen mit den Schwänzen wedelnd.

«Ich würde vorschlagen, wir essen einen Happen, dann machen wir uns auf den Weg», sagte Sophie.

«Gute Idee», bestätigte Aqqaluk, kehrte zum Schlitten zurück und verteilte eine größere Portion getrockneten Narwal-Fleisches unter den Anwesenden. Harald war zunächst ebenso skeptisch wie die beiden Dänen, doch alle drei lobten sie den ungewohnten, nussigen Geschmack. Kein Wunder, nach dem Konservenfraß. Sie brachten sich gegenseitig auf den neuesten Stand, wobei Aqqaluk zur Eile drängte. Nach Thule sei es noch eine ordentliche Wegstrecke, und zu fünft in zwei Schlitten, das sei für die Hunde eine Herausforderung. Sofern nichts dazwischenkäme, würden sie am späten Nachmittag den Außenbezirk Thules erreichen, wo eine Überraschung auf sie warte. Die neugierigen Fragen Bergers überhörte er mit einem freundlichen Lächeln.

Die beiden Dänen stiegen zu Aqqaluk in den Schlitten, Harald nahm bei Sophie Platz. Nicht ohne vorher so viel Sprengstoff wie möglich einzupacken, für den Notfall. Er hatte noch nie in einem Hundeschlitten gesessen, hielt die Fahrt aber für deutlich komfortabler als in einer Raupe. Die Hunde hechelten und liefen ein erstaunliches Tempo, angespornt von Rufen und dem gelegentlichen Knall einer Peitsche, der in der Luft widerhallte. Harald kam sich vor wie ein Tourist und fand Gefallen an der Schneelandschaft, die zuerst monoton erschien, doch immer wieder bizarre Eisformationen erkennen ließ, wie in einem Zauberwald. Wiederholt nickte er ein, wachte dann aus kurzen Träumen auf. Das metallische Geräusch kreisender Rotoren übertönte plötzlich den Einklang von Hunden und Natur, ein Hubschrauber umkreiste sie zwei, drei Male, bevor er abdrehte. Aqqaluk hatte ihm zugewinkt, die Besatzung mochte sie für harmlose Eskimos halten.

Tatsächlich näherten sie sich am Nachmittag Thule. Unterwegs hatten sie nur einmal kurz gehalten. Aqqaluk musste einige Hunde ausschirren, die nicht mehr mithalten konnten. Er setzte sie aus und überließ sie ihrem Schicksal. Sein Schlitten wurde nur noch von acht Hunden gezogen, Sophies von sechs. Kurz vor Thule stoppten sie erneut. Aqqaluk wandte sich an Harald und fragte ihn, ob er Beweisstücke aus dem Camp dabeihätte oder irgendwelche Unterlagen, die nicht in falsche Hände geraten sollten. Harald reichte ihm den Laptop, der vermutlich Johnson gehörte. Aqqaluk verstaute ihn unter seinem Fellmantel.

«Gut», sagte er. «Gleich erlebt ihr einen großen Heldenempfang. Normalerweise dürfen Fremde Thule nur mit Genehmigung betreten und sich der Basis unbefugt nicht einmal nähern. Das gilt allerdings nicht für Inuit aus Qaanaaq. Berger und Tangen, wir liefern euch in der Air Base ab, von dort könnt ihr nach Kopenhagen zurückfliegen.»

«Und was ist mit euch?», fragte Tangen.

«Wir müssen noch den Papierkram erledigen», antwortete Sophie.

«Kommt ihr nicht mit uns?», erkundigte sich Berger.

«Später», so Sophie.

«Wer seid ihr denn? Was macht ihr? Ich meine ...» Berger suchte die richtigen Worte.

«Wir bleiben in Kontakt. Wir melden uns», versicherte Sophie. «Wahrscheinlich werden wir eure Hilfe noch brauchen.»

Harald ging auf die beiden Dänen zu, umarmte sie nacheinander.

«Danke, Jungs», sagte er. «Wir waren ein gutes Team. Wir haben es tatsächlich geschafft, da rauszukommen. Das war kein Selbstläufer.»

«Wahrscheinlich wird man euch ausgiebig befragen und verhören», ergänzte Sophie. «Da ihr wenig wisst, könnt ihr auch nicht in Schwierigkeiten geraten. Ihr könntet beispielsweise erzählen, dass Hans Brede ja ein Vertrauter von Johnson war und ihr einfach seinen Anweisungen gefolgt seid – ohne euch groß was dabei zu denken. Anweisungen zu befolgen, das ist immer unverdächtig.»

Der Anblick hatte etwas Surreales. Kurz vor den elektrisch geladenen Schutzzäunen, die Thule großflächig umgaben, wartete eine Hundertschaft Inuit in Schneemobilen und Hundeschlitten auf die Ankömmlinge. Hunde kläfften, Hupen ertönten, ein lautstarkes Willkommen und großes Durcheinander folgten. Aqqaluk sprang vom Schlitten, der von einem anderen Hundeführer übernommen wurde. Wahrscheinlich hatten Berger und Tangen den Wechsel nicht einmal bemerkt. Eine Gruppe mit rund zehn, zwölf Fahrzeugen umfuhr die Einzäunung in Richtung auf einen Seiteneingang, um die beiden abzuliefern. Die Übrigen machten sich auf den Weg in Richtung Norden, nach Qaanaaq, jeweils in kleinen Gruppen, mit höchstens fünf Teilnehmern. Sophie und Harald fuhren getrennt voneinander. Das war gut geplant, ging ihm durch den Kopf. Sollte wer auch immer in Thule Order geben, nach Hans Brede zu suchen, wäre der Auftrag schwer zu erfüllen. In dem Fall bräuchte es mehrere Hubschrauber, die zahlreichen Inuit nachstellen müssten. Das allerdings hätte negative Schlagzeilen zur Folge: NATO-Soldaten machen Jagd auf unbescholtene Ureinwohner. Im nächsten Schritt erwüchsen daraus Verstimmungen oder Meinungsverschiedenheiten zwischen Nuuk, Kopenhagen, Brüssel und Washington – war das den Aufwand wert?

Spät in der Nacht erst kamen sie in Qaanaak an. Und Harald konnte die letzten Stunden seiner Reise sogar genießen. Die Küstenlandschaft hielt spektakuläre Gletscheransichten bereit, hinter jedem Vorsprung wartete ein weiteres Naturwunder. In der Dunkelheit waren teilweise nur die Umrisse wahrzunehmen, doch selbst die ließen den Atem stocken. Jetzt, da die größte Last von ihm abgefallen war, nahm Harald bewusst wahr, was für ein Geschenk Grönland bereithielt. Wer nicht verstand, dass es diese Natur um jeden Preis zu bewahren galt, beging ein Verbrechen an der Menschheit. Nichts weniger als das.

Ich bin das Schwert, ich bin die Flamme.

Heinrich Heine

III.

Aqqaluk erschauderte. Das Sterben der Hunde hörte nicht auf. Nicht allein in Qaanaaq verendeten sie, Würmer zerfraßen sie an allen Orten im Land, im Norden wie im Süden, im Osten wie im Westen. Die Zeitungen schrieben darüber, die Fernsehnachrichten erwähnten das mysteriöse Sterben. Doch Unruhe löste es nur unter den Betroffenen aus, die übrigen Grönländer zuckten meist bedauernd die Schultern. Die Zeit der Schlittenhunde war vorbei, ähnlich der von Pferdegespannen. Aqqaluq wusste wie vor ihm die Ahnen, dass die Seele nach dem Tod durch jene Tiere wanderte, ohne die kein Inuit überleben konnte. Bis sie schließlich in einem neugeborenen Kind Zuflucht nahm. Und starben die Hunde, starben als Nächstes die Menschen. Aqqaluk hörte die Stimmen seiner Vorfahren, die zu ihm sprachen, nicht von ihm ließen. Ganz gleich, was er gerade unternahm, wo er sich aufhielt. Die Stimmen suchten das Ohr der Lebenden, mit Hilfe von Geisterbeschwörern wie ihm, deren Schicksal jedoch dem der Hunde und Pferde glich. Nur ihnen, den Schamanen, war es gegeben, das mit Händen zu greifende Unglück abzuwehren. Das entsprach dem Willen der Verstorbenen: Sie mahnten die Lebenden, endlich innezuhalten und die Schöpfung zu bewahren. Nur ein kurzer Weg trennte die Menschen noch von den Hunden.

Doch wen kümmerte heute noch das Wissen der Ahnen? Was konnte Aqqaluk tun?

Stickig und verbraucht war die Luft in der kleinen, abhörsicheren Kammer im Büro von *arcticchange.org* in der Hauptstadt Nuuk, deren Begründer und Anführer Natan Hammond die richtigen Worte suchte.

«Ich bin so froh, dass die ‹Abfallentsorgung› im ‹Camp Century›, wenn wir sie so nennen wollen, gescheitert ist», sagte er. «Das haben wir dem Sturm zu verdanken und Ihnen, Harald. Sie haben großen Mut bewiesen und Entschlossenheit.»

«Es sind mehrere Menschen gestorben», gab der zu bedenken.

«Hätten Sie nicht gehandelt, wären Sie und Ihre beiden dänischen Begleiter jetzt wahrscheinlich tot.»

Sophie holte tief Luft, atmete hörbar aus. «Dennoch sitzen wir in einer Sackgasse. Wir haben nichts in der Hand. Offenbar kooperieren die Arctic Shipping Company, der dubiose Soldat, Söldner, was auch immer, Rick Johnson und einige nicht minder fragwürdige Russen, um hier in Grönland die Weichen für die Zukunft zu stellen. Eine Zukunft, die nicht den Menschen dient, sondern den Interessen einer geld- und machtgierigen Minderheit. Aus dem Umfeld von Militär, Geheimdiensten, Geschäftsleuten. Tja … was aber nutzt diese Einsicht? Johnsons Laptop hat sich als unergiebig erwiesen – kein rauchender Colt, nichts, was man gegen ihn oder andere verwenden könnte. Ganz abgesehen davon, dass er gehackt wurde und alle Daten gelöscht worden sind.»

«Ich habe vorher eine Kopie gezogen», warf Harald ein.

«Ja, aber da ist auch nichts weiter drauf. Schickt den Seemann auf die Reise – das ist gar nichts.»

«Sie haben Recht, Sophie. Wir haben viele Indizien, aber uns fehlt das Gesamtbild. Wir haben nichts in der Hand. Wir können weder gegen Josef Meurer und seine Leute vorgehen noch gegen die Russen, geschweige denn gegen diesen Johnson.»

«Über die Russen habe ich mir auch so meine Gedanken gemacht. Vier, fünf Leute ...» Harald überlegte. «Das ergibt doch keinen Sinn. Warum ausgerechnet Russen?»

«Triple S tritt auf als Subunternehmer von Per Knudsen, also der Arctic Shipping Company», erklärte Sophie. «Ganz gewiss mit Wissen und Billigung von Johnson und dessen Hintermännern. Nehmen wir an, im ‹Camp Century› wäre alles so gelaufen wie geplant, und die atomaren Hinterlassenschaften würden jetzt in Richtung Qaanaaq gespült. Früher oder später wäre das aufgeflogen. Mit Sicherheit würden die eigentlichen Drahtzieher in dem Fall mit dem Finger in Richtung Russland zeigen. Den Kreml verantwortlich machen für diese Schweinerei. Und Moskaus fragwürdige Aktivitäten in Etah und Lambert-Land anprangern, wo gegenwärtig neue Siedlungen entstehen. Mit Baumaterial, das eine russische Reederei geliefert hat, Triple S eben. Wie diesen hinterhältigen Ganoven begegnen, die unsere Freiheit bedrohen? Indem sich die NATO der Sache annimmt und vorsichtshalber eigene Truppen dort stationiert, an den Scharnierstellen der künftigen arktischen Schiffsrouten.»

«Das sehe ich genauso», betonte Hammond. «Unsere Widersacher sind, das müssen wir anerkennen, sehr gute Schachspieler. Diese Machenschaften sind von langer Hand geplant und vor allem bestens durchdacht. Die Entsorgung im ‹Camp Century› ist schiefgelaufen, aber aufgeschoben bedeutet nicht aufgehoben. Das Projekt steht auf Wiedervorlage, das ist nur eine Frage der Zeit.»

«Das würde bedeuten», setzte Harald die Überlegungen fort, «dass – wie soll ich sagen: Politik und Wirtschaft sich hier auf kongeniale Weise ergänzen?»

«Das Militär nicht zu vergessen», ergänzte Sophie. «In der Tat bewegen wir uns hier im Bereich der höheren Etagen, der maßgeblichen Entscheider. Der Skrupellosesten, mit anderen Worten.»

«Du bist immer so optimistisch, Frau Kollegin. Könnten wir zur Abwechslung nicht mal ganz gewöhnliche Schwerverbrecher verfolgen? Mir wird das auf die Dauer zu anstrengend. Ich kann mir auch nicht vorstellen, dass Resozialisierungsversuche bei Knudsen und Co. noch was bewirken.»

Natan Hammond lächelte breit, verschränkte die Hände hinter dem Kopf.

«Im Ernst», fuhr Harald fort. «Warum sollte sich Triple S auf einen solchen Deal einlassen, wenn am Ende die Russen am Pranger stehen?»

«Was heißt ‹die Russen›? Im Zweifel sind das der Kreml oder andere Finsterlinge. Nicht Triple S. Deren Eigner sitzen in Dubai und lassen sich dort den Rücken massieren. Was haben die zu befürchten?» Sophie spürte ihre aufsteigende Wut.

«Und gleichzeitig schmilzt das Eis in Grönland in einem Umfang wie nie zuvor. Im Jahresmittel sind die Temperaturen hier in den letzten 50 Jahren um 2,5 Grad gestiegen, obwohl wir zur Erderwärmung kaum etwas beitragen.» Hammond löste sich aus seiner entspannten

Pose, setzte sich aufrecht. «Das ist fast ein Grad mehr als in den Industrieländern. Wir zahlen den Preis, indem wir untergehen, früher oder später. Andere sehen in der Schmelze ein Geschäftsmodell für die Zukunft und ignorieren die Folgen. Acht Milliarden Tonnen Eis schmelzen hier jeden Tag, im Jahr also acht Milliarden mal 365 – das bedeutet ganze Meere an Süßwasser, die sich von Grönland aus in den salzhaltigen Atlantik ergießen. Was wiederum den Strömungsverlauf des Golfstroms von Nordamerika in Richtung Nord- und Südeuropa beeinflusst und verlangsamt. Sollte diese Wärmepumpe ganz versiegen oder sich massiv abschwächen, würden die Temperaturen allein in Island und Norwegen um rund zehn Grad absinken, im Winter vor allem. Auch auf den Jetstream, den Strömungsverlauf der Winde auf der Nordhalbkugel, hat das Auswirkungen. Er ändert seine Richtung und verringert ebenfalls seine Intensität, was für einige Regionen in Europa vermehrt Starkregen bedeutet, für andere wiederum anhaltende Dürre.»

«Tja … Dann brauchen wir wohl einen Strategiewechsel», kommentierte Harald. «Wir werden nicht die ganze Welt retten können. Aber wir sind durchaus in der Lage, den einen oder anderen Großmufti aus dem Verkehr zu ziehen und die Kernschmelze zu verlangsamen.»

«Ole war sehr angetan von deinem Plan», sagte Sophie.

«Weil er vorher schon ähnlich gedacht hat. Er ist nach Island geflogen und berät sich mit Birgitta Arnósdóttir. Unsere Widersacher sind auch nur Menschen. Das heißt, sie haben ihre Schwachstellen. Die werden wir herausfinden und gegen sie verwenden. Schlagen wir Knudsen,

Johnson, wie immer sie heißen mögen, doch mit ihren eigenen Waffen!»

***

Bei einem Rundgang durch den Garten ihres Hauses in Bygdøy, einer Halbinsel im Oslofjord in Sichtweite der Innenstadt, gab Berit Berglund, Chefin der Geheimdiensteinheit E 39, ihren beiden Mitarbeitern Harald und Sophie grünes Licht für deren Pläne. «Nach jedem Winter sieht der Garten furchtbar aus. Der Frost, der Schnee, die Kälte, das alles macht den Pflanzen mächtig zu schaffen. Die meisten nehmen einen neuen Anlauf im Frühjahr, andere sind erfroren oder lassen ihre Triebe hängen. So ist das Leben.» Sophie genoss den Blick auf den Fjord, der Garten war Berits Steckenpferd. Er hatte etwas Verwunschenes. Sobald die Natur wieder erblühte, entstanden verschwiegene Ecken, wohin man sich lesend oder Kaffee trinkend zurückziehen konnte, hinter Büschen oder Bäumen, die großzügigen Schatten spendeten. «Jedenfalls wartet einiges an Arbeit auf uns», fuhr Berit fort.

«Wir helfen dir gerne bei der Gartenarbeit», bot Harald an.

«Danke für das Angebot!» Berit lächelte amüsiert. «Aber ich mach das schon selbst, danke. Ich brauche das, um mich zu entspannen. Mich zu erden. Wo sonst, wenn nicht im Freien?»

«Was sagt denn die Premierministerin?», fragte Sophie.

«Siv? Ich behellige sie nicht groß mit unseren Problemen. Ich habe ihr gestern Abend das Wichtigste aus

Grönland mitgeteilt. Für sie lautet die entscheidende Frage: Haben wir irgendetwas in der Hand gegen den Finanzminister?»

«Andreas Bakke, ihren großen Rivalen», resümierte Sophie. «Den Jugend- und Geschäftsfreund von Per Knudsen.»

«Der Minister ist mir vollkommen egal», kommentierte Harald. «Solche Leute sind austauschbar. Aber wenn es hilft, insgesamt voranzukommen – warum nicht? Tun wir ihr also den Gefallen. Der Weg zu Bakke führt über Knudsen und Josef Meurer, nicht wahr? Und das schwächste Glied in dieser Kette ist Meurer, der Vorgesetzte von meinem Alias Hans Brede. Mit dem habe ich sowieso noch ein paar Rechnungen offen.»

Fast zwei Wochen beschatteten Sophie und Harald Josef Meurer daraufhin, auch mit Hilfe von Privatdetektiven. Nach dem Untergang der «Viktoria» vor Thule, dem Tod von Johan Rasmussen durch Ertrinken und der gescheiterten Mission im «Camp Century» verhielt sich die Nummer zwei der Arctic Shipping Company bemerkenswert unauffällig. Nahezu geräuschlos verrichtete er seinen Job, führte keine brisanten Telefonate, hielt sich von elektronischen Medien fern. Seinen Chef Per Knudsen traf er selten. In der Freizeit renovierte er das Badezimmer in seinem Haus und kümmerte sich um seine Tochter Johanna. Statt mit dem roten Tesla fuhr er mit der Straßenbahn zur Arbeit, mit ihr gemeinsam, deren Schule einige Stationen vor dem Firmensitz lag. Haralds wie auch Sophies Sorgenfalten vertieften sich mit jedem Tag – sollten hinter dieser gutbürgerlichen Fassade tatsächlich keine Abgründe lauern?

Meurer lebte getrennt von seiner Frau, das Sorgerecht hatte er für sich erstritten. Seine Tochter und er kamen offenbar gut miteinander aus. Zahlreiche Fotos, aufgenommen von Privatdetektiven, zeigten das vertraute Verhältnis der beiden. Beim Essen im Wohnzimmer, in der Straßenbahn, beim Einkaufen. Auch zu Johannas Freundinnen und Klassenkameradinnen hatte er offenbar einen guten Draht. Es fehlte nicht an Aufnahmen von freundlichen und entspannten Begegnungen. Sophie und Harald recherchierten die Namen dieser Mädchen. Eine hieß Gitte Gamleng, sie tauchte auf mehreren Fotos auf, an verschiedenen Orten. Äußerlich war sie eher unscheinbar, keine Schönheit, doch die Klassenbeste in Mathematik.

«Sieh mal, hier.» Sophie deutete auf ein Foto. Es zeigte Gamleng beim Betreten eines Hotels.

«Das ist das Radisson Blue am Hauptbahnhof», bemerkte Harald.

Noch ein Foto, aufgenommen eine halbe Stunde zuvor. Es zeigte Josef Meurer an der Rezeption.

«Beide im selben Hotel?» Sophie überlegte. «Meurer und eine Teenagerin? Haben sie möglicherweise an einer Tagung teilgenommen?»

Harald lachte. «Willst du ernsthaft annehmen, die hätten konferieren wollen? Eine junge Frau und ein älterer Mann, im Luxushotel?»

«Zwei Leute am selben Ort, das bedeutet erst einmal gar nichts. Aber wir werden das überprüfen.»

Das Ergebnis ihrer Recherchen war deutlich genug. Josef Meurer hatte ein Verhältnis mit dieser Gitte Gamleng, einer Freundin und Schulkameradin seiner Tochter. Einmal in der Woche, mittwochnachmittags, trafen sie sich im Radisson Blue. Meurer buchte stets das Zimmer 312, warum auch immer. Sophie und Harald bezogen das Zimmer nebenan, hackten den Fernseher in 312 und nutzten die Software Siri als Kamera. Die Aufzeichnungen speicherten sie auf ihrem Laptop.

«Man muss ihm zugutehalten, dass sie sich als 17-Jährige ausgibt», sagte Harald.

«Ja, sie sieht älter aus, ist aber erst 15», entgegnete Sophie und knabberte an einem Chip.

«Das ist gut für uns, nicht so gut für ihn.»

«Endlich haben wir, was wir brauchen.»

«Ich frage mich, warum sie das tut. Ich meine, warum geht sie mit einem Mann ins Bett, der locker ihr Vater sein könnte?»

«Jeder hat so seine Vorlieben», erklärte Sophie. «Vaterkomplex? Vielleicht fühlt sie sich geehrt, weil er sich für sie interessiert. Sexy ist sie nicht gerade, oder? Eher der Typ graue Maus. Unter Gleichaltrigen hat sie vermutlich weniger Chancen. Außerdem hat Sugar Daddy für sie ein Praktikum organisiert und will sie auf eine Tagung nach Paris mitnehmen. Hast ja gehört, was er ihr gerade ins Ohr gesäuselt hat.»

«Und was findet umgekehrt Meurer an ihr, deiner Meinung nach? Sie ist blutjung, klar, das turnt an. Trotzdem, wo ist da der Kick?», fragte Harald.

«Na, hör mal! Du bist der Mann. Sag du es mir. Du siehst doch, wie sie da rumtobt. Die hat's echt drauf. Wo nimmt die das nur her, in ihrem Alter? So gelenkig war ich nie.»

Harald überlegte. «Findest du das unmoralisch, was wir hier machen?»

Sophie fixierte ihn mit Blicken. «Willst du mich ver ...» Sie hielt inne. «Fast wär ich drauf reingefallen. Hier, futter lieber Chips. Die sind mindestens so gesund wie die Moralvorstellungen von Mister Meurer.»

«Das Mädchen halten wir da aber raus.»

«Soweit möglich, ja.»

«Soweit möglich ... verstehe. Und wenn nicht, ist es auch egal?»

«Harald, was ist los? Hast du ein Problem? Grönland? War da gerade was? Mit Meurer und seinen Freunden?»

«Das Mädchen hat nichts damit zu tun. Wir sollten sie da raushalten.»

Sophie seufzte. «Wir wollen doch beide dasselbe, oder? Die junge Dame hier wird früher oder später selber merken, wer ihr guttut und wer nicht. Einen Babysitter braucht die nicht.»

Die Schülerin verließ das Hotelzimmer einige Zeit vor Meurer. Als der vor die Tür trat, wartete Sophie bereits auf ihn. Sie genoss seinen erstaunten Gesichtsausdruck.

«Frau Schelling! Sie hier? Heute mal nicht mit dem Auto unterwegs? Ich lade Sie trotzdem gerne zu Kaffee und Kuchen ein.»

«Sehr freundlich von Ihnen. Aber ich glaube, heute ist es an mir, Sie einzuladen. Kommen Sie, seien Sie so gut.» Sie wies ihm den Weg ins Nachbarzimmer, wo die nächste Überraschung auf ihn wartete.

«Sieh an», sagte er. «Das muss heute mein Glückstag sein. Der Herr Brede, mein Erster Offizier. Der so plötzlich von der Fahne gegangen ist.»

Es erstaunte Sophie, wie gefasst er reagierte. Keine Verlegenheit, keine Verunsicherung.

«Sie wollten mich doch im ‹Camp Century› anrufen?», entgegnete Harald.

«Ich hatte sehr viel zu tun. Und ich wusste ja, dass ich mich auf Sie verlassen kann.»

«Das können Sie in der Tat», versicherte Harald.

«Sie hätten sich melden sollen. Die Reederei macht sich große Sorgen, wo Sie abgeblieben sein könnten.»

«Als Rasmussen im Meer versank, waren Sie alles andere als untröstlich.»

«Wie ich feststelle, arbeiten Sie beide offenbar zusammen. Warum haben Sie mich das denn nicht wissen lassen, Frau Schelling?»

«Wussten Sie das nicht?»

«Sie enttäuschen mich. Wer hätte gedacht, dass Sie dermaßen – berechnend sind. Und dass Sie kein Däne sind, Herr Brede, ist nun wirklich unschwer festzustellen. Aber vielleicht sollten wir unser Gespräch bei anderer Gelegenheit fortsetzen, ich habe einen Termin.»

«Wieder mit einer Minderjährigen?», fragte Sophie.

Meurer lächelte und wünschte einen guten Tag. Doch Sophie stellte sich ihm in den Weg.

«Machen Sie sich nicht lächerlich», sagte er.

«Wir hätten da etwas mit Ihnen zu besprechen», rief ihm Harald zu.

«Ich glaube kaum. Ihr Verhalten in Grönland hat Sie hinlänglich disqualifiziert.»

Harald schaltete den Mitschnitt der Liebesszenen ein. Zwei wogende Leiber, inklusive einer Geräuschkulisse von basstonal bis Falsett.

«Setzen Sie sich», befahl Sophie und deutete auf einen Sessel.

«Affären haben ihre Vor- und Nachteile», ließ Harald wissen. «Man kann jederzeit eine anfangen. Wie sie aber ausgeht, ist meist ungewiss. Wird sie öffentlich, kann das unangenehm sein. Vor allem, wenn das Mädchen noch ein Kind ist.»

Jetzt erst setzte sich Josef Meurer. Sophie entging nicht, dass ihm die Hände zitterten. Sein Gesicht allerdings blieb das eines Pokerspielers.

«Ist Ihnen bewusst, dass Ihre – Freundin gerade mal 15 Jahre alt ist?», fragte Sophie.

«Man könnte Ihnen zugutehalten, dass Sie gutgläubig waren. Die junge Dame selbst gibt ihr Alter gerne mit 17 an, soweit wir wissen», ergänzte Harald.

«Die Frage ist nur, ob Sie damit vor Gericht durchkommen. Unwissenheit schützt vor Strafe nicht. Das ist in Oslo nicht anders als in Hamburg.»

«Ganz abgesehen von den vielen anderen offenen Fragen. Wie mag Johanna reagieren, wenn sie erfährt, dass ihr Vater eine Schulkameradin vögelt? Zu allem Überfluss eine Freundin von ihr?»

«Ihre geschiedene Frau wird aus allen Wolken fallen. Das ist ja geradezu eine Einladung, das Sorgerecht ein weiteres Mal zu verhandeln, im Lichte der neu gewonnenen Erkenntnisse.»

«Die Presse wird sich für Sie interessieren», gab Harald zu bedenken. «Das ist Stoff für mehr als nur eine Schlagzeile. Und vergessen Sie nicht das Hochglanz-Image Ihrer Firma, das Sie mit dieser Affäre beschmutzen. Was wird Ihr Chef Per Knudsen wohl unternehmen, um Schaden von der ehrenwerten Arctic Shipping Company abzuwenden?»

«Sie könnten natürlich anschließend bei Triple S anheuern, in Dubai. Vielleicht nehmen die Sie ja.»

«Oder auch nicht, wer weiß das schon. Auch russische Oligarchen haben einen Ruf zu verlieren.»

«Natürlich wollen wir nicht den Teufel an die Wand malen», schien Sophie einzulenken. «Ganz im Gegenteil, wir sind hier, um Ihnen einen Weg aus der Krise zu ebnen.»

«Was voraussetzt, dass Sie mit uns kooperieren», erläuterte Harald.

«Diskretion ist dabei das Schlüsselwort», fuhr Sophie fort. «Alles, was wir hier besprechen, bleibt unter uns. Sollten Sie auf die Idee kommen, sich Ihren Vorgesetzten oder Kollegen mitzuteilen, sollten Sie auch nur mit dem Gedanken spielen, etwa dubiose Hintermänner auf uns anzusetzen ...»

«Dann», so Harald weiter, «werden diese Aufnahmen ihren Weg ins Internet und zu den Medien finden. Auch ohne uns.»

«Sie wollen mich also erpressen», meldete sich Meurer zu Wort. «Einmal angenommen, ich tue, was Sie von mir verlangen. Welche Garantie habe ich, dass Sie am Ende Ruhe geben und dieses illegal aufgenommene Filmchen nicht doch noch den Weg in die Öffentlichkeit findet?»

Sophie baute sich vor ihm auf. «Lassen Sie es mich so sagen: Wir haben nichts gegen Sie. Sie sind uns vollkommen egal. Wir brauchen Informationen, und die werden Sie uns liefern. Sobald wir haben, was uns interessiert, löschen wir dieses Dokument. Sie geben uns, was uns weiterhilft, und wir werden Sie so schnell wie nur möglich aus unserem Gedächtnis streichen. Das kann ich

Ihnen verbindlich zusichern. Wie sieht das mit dir aus, Harald?»

«Keine Einwände. Der Mann ist kein Vorbild für mich.»

★★★

Eine innere Unruhe hatte Natan Hammond erfasst, die er nicht einzuordnen verstand. Von seinem Büro aus sah er auf Nuuk, das Eismeer, die blauweiße Schönheit Grönlands. Nirgendwo sonst auf Erden wollte er leben, hier war seine Heimat, seine Zukunft. Er wurde respektiert, seine Mitarbeiter schätzten seine ruhige, sachliche, um Ausgleich bemühte Art. Ein Solitär sei er, hatte eine kanadische Zeitung vorige Woche erst über ihn geschrieben. Der Artikel war wohlwollend, doch geschrieben von einem Weißen, der die Inuit für Kinder hielt, auf der Suche nach einem Übervater. Einem wie ihm. Der größte Teil des Beitrages widmete sich seinem Aussehen, der äußeren Ähnlichkeit mit Barack Obama. Was Hammond dem Schreiber über den dramatischen Klimawandel in diesen Breiten erzählt hatte, fasste der in einem Slogan zusammen: Packen wir's an.

Das alles war Routine für ihn, Alltag. Der Umgang mit den Medien, mit Partnern, mit politischen Rivalen. Wie aber war diese Unruhe zu erklären, die ihn Tag und Nacht heimsuchte, die ihn oft genug nicht schlafen, ihn fahrig werden ließ? Sein Vater Aqqaluk glaubte, ihm fehle die Spiritualität, obwohl er sich spirituellen Fragen gegenüber in jüngster Zeit offener zeigte. Doch Qideq, die Einheit von Körper, Seele und Bewusstsein, verlange nach mehr, nach dem Wissen der Ahnen, dem Fortleben der Mythen und Sagen im Dasein der Menschen. Das sei die größte Herausforderung. Eins zu werden mit der Vergangenheit wie auch mit der Zukunft, um die Gegenwart mit Leben zu erfüllen. Einem Leben, das sich nicht erschöpfe in Mehrwert und Gewinn, auf Kosten des Planeten.

Natan Hammond verstand sehr wohl, was Aqqaluk meinte. Menschen brauchten etwas, woran sie glauben konnten. In Grönland war dies die Nation, weniger die Religion, doch eine Fahne gab nur denen Halt, die schwach waren. Er hoffte, jenen eine Orientierung zu sein, die nach neuen Ufern strebten. Mit Obama verglichen zu werden, war kein Nachteil, auch außerhalb Grönlands nicht. Doch die Erfahrungen der letzten Monate, die Ereignisse vor der Küste von Thule und im «Camp Century» hatten ihn verunsichert. Was da geschehen war – in seinen Augen handelte es sich um eine Verschwörung. Und sie würde kaum enden. Sondern sich fortsetzen, wandeln, erneuern, immer wieder. So gesehen spielte es keine Rolle, ob das Land unabhängig wurde oder nicht. Die Dunkelmänner im Hintergrund wussten ihre Interessen durchzusetzen, gleich vor welcher Kulisse.

Diese Einsicht machte ihm zu schaffen, ließ ihn nicht mehr los. Wozu handeln, wenn alles Tun letztlich sinnlos war?

Josef Meurer hatte längst gewusst, welches Spiel die dubiose Einheit E 39 mit ihm und der Firma trieb. Kurz nach Sophies Auffahrunfall hatte ihn Knudsen informiert, wie immer bestens vernetzt. Hans Brede – lächerlich! Dass der Bursche Harald Nansen hieß, das wusste er bereits, als der das erste Mal aufkreuzte.

«Johanna, wo hast du die Tomaten hingetan? Die brauch ich für die Pizza.»

Meurer werkelte in der Küche, seine Tochter telefonierte im Wohnzimmer.

«Verdammt! Hab vergessen, die einzukaufen!»

«Dann nehme ich welche aus der Dose.»

«Brauchst du nicht! Bin heute Abend nicht da.»

Nun gut, das kam ihm nicht ungelegen. Er fühlte sich wie auf heißen Kohlen. Gitte würde den Mund halten, die hatte er im Griff. Ihre Treffen allerdings würde er vorerst aussetzen.

«Papa, kannst du mir Geld geben?» Johanna stand vor ihm, lächelte ihn an. Sein kleines Goldstück – die Ähnlichkeit mit ihm war kaum zu übersehen. Wie aus dem Gesicht geschnitten. Gut sah sie aus, leider fehlte ihr Gittes Ehrgeiz.

«Hast du nicht grad erst Taschengeld bekommen?»

«Ja, aber du weißt doch ... Außerdem verdienst du genug, oder?»

«Vorsicht, junges Fräulein. Der Umgang mit Geld will gelernt sein. Da steckst du erst noch in den Anfängen.»

Sie schüttelte heftig den Kopf, einen Moment lang verhüllten ihre langen brünetten Haare das Gesicht. Dieses Kindlich-Mädchenhafte, da wurde er jedes Mal schwach ...

«Bekomme ich jetzt was oder wie?»

Er gab ihr 1000 Kronen. Auch, weil er auf sie noch angewiesen sein könnte. Als Verbündete.

Obwohl Meurer nicht einmal hätte sagen können, warum, hatte er in jüngster Zeit seine Finanzen so geregelt, dass Johanna ... sollte ihm etwas zustoßen, aus welchem Grund auch immer – sie wäre bestens versorgt. An allen Finanzämtern und sonstigen Blutsaugern vorbei. Allen voran an ihrer Mutter, dieser gierigen ... Auch ohne die verdammte E 39 war er in der Klemme. Er kam sich längst vor, als säße er auf einer tickenden Zeitbombe. Diese ganzen dubiosen Deals seines Chefs. Diese Finsterlinge von Triple S. Die Geschichte mit den Dänen in Island. Das alles war nicht unter den Teppich zu kehren. Jede Faser seines Körpers signalisierte ihm: Da werden bald schon Köpfe rollen. Allen voran sein eigener.

Dennoch hatte er kurz überlegt, sich Knudsen zu offenbaren, ihm reinen Wein einzuschenken. Der stand selbst auf junge Frauen. In dem Fall aber wäre er, Meurer, seinem Chef endgültig ausgeliefert.

Knudsen zu täuschen war riskant. Berglund und ihre Leute wiederum, die E-39er – die steckten unter einer Decke mit der Ministerpräsidentin. Auch nicht ungefährlich.

Er fuhr ins Büro, stellte einige Papiere in Sachen Grönland zusammen. In seinem Kopf rasten die Gedanken. Er durfte sich keine Blöße geben, musste einen Ausweg finden. War es an der Zeit, den Job hinzuwerfen und anderswo etwas Neues anzufangen?

Leichter gesagt als getan. Er rief Schelling an. Am nächsten Morgen trafen sie sich im Hotel, in seinem bisherigen Zimmer, der 312. Das war entweder schwarzer Humor oder eine Drohung. Ihr Kollege durfte natürlich nicht fehlen.

«Was haben Sie für uns?», fragte Sophie.

Er händigte ihr die Dokumente aus, die sie überflog. Um sie anschließend dem Pakistaner zu reichen, der ebenfalls darin blätterte.

«Das ist gar nichts», sagte sie.

«Das ist alles, was ich Ihnen geben kann.»

«Dann geht das Video online.»

Meurer seufzte. «Sie wissen doch, wie das läuft.»

«Wie was läuft.»

«Glauben Sie ernsthaft, dass die Dinge, für die Sie sich interessieren, schriftlich festgehalten werden?»

«Wofür interessieren wir uns denn?»

Meurer schüttelte den Kopf. «Ihr Auftritt lässt mich kalt. Falls erforderlich, werde ich Gitte heiraten und stattdessen Sie an den Pranger stellen.»

«Bis dahin wären Sie erledigt, Ihr Ruf ruiniert.»

«Die Sache ist ganz einfach», bemerkte Harald. «Wie du mir, so ich dir. Sind Sie gut zu uns, sind wir gut zu Ihnen. Ich kann Ihnen nur empfehlen, unsere Geduld nicht überzustrapazieren.»

Meurer erhob sich, machte einige Schritte in Richtung Fenster, blickte auf Oslo, das rege Treiben am Bahnhof. «Sie wollen also Fakten, ja?», sagte er. «Sie haben das doch erlebt, Herr Nansen. Oder soll ich Brede sagen? An Bord der ‹Viktoria›. Wie das läuft. Alles war da Improvisation. Alles.»

«Die Arctic Shipping Company wusste sehr genau, was sie tat. Zement anliefern, den Meeresboden versiegeln, atomare Altlasten verschwinden lassen», retournierte Harald.

«Welche atomaren Altlasten?» Meurer zeigte ein breites Lächeln.

«Wollen Sie uns für dumm verkaufen?» Haralds Stimmlage – eine Abfolge aus rollenden Basstönen.

«Es gibt keine atomaren Altlasten.» Wieder Meurer.

«Das reicht jetzt. Kommen Sie mir nicht …»

«Lass nur, Harald», unterbrach ihn Sophie. «Was wir wissen, ist das eine. Was die Öffentlichkeit erfährt, etwas ganz anderes. Verstehe ich Sie da richtig?»

«So ist es», bestätigte Meurer. «Alle offiziellen Schreiben und Geschäftsberichte aus Knudsens Reederei sind ein Vorbild an Transparenz und Gesetzestreue. Seine Steuern zahlt er pünktlich und auf die Kommastelle korrekt. Er weiß genau, dass er aufpassen muss, seit der Fischereigeschichte mit Namibia. Sein oberstes Gebot: keine Spuren hinterlassen. Gäbe es eine polizeiliche Untersuchung der Firma – sie würde nichts ergeben. Rein gar nichts. Nicht einmal fragwürdige Spesenabrechnungen. Alles ist legal, keine geheimen Kassen. Die gibt es natürlich, aber im Ausland, versteckt hinter einem Geflecht aus Subunternehmen und Nummernkonten in Steueroasen. Darüber wissen nur Knudsen und seine engsten Getreuen Bescheid, fast alles Familienangehörige. Und bei denen beißen Sie auf Granit.»

«Wollen Sie damit sagen, dass Sie nicht zum Führungszirkel gehören?», fragte Harald.

«Ja und nein. Der eigentliche Kern, das ist seine Familie. Innerhalb der Geschäftsführung aber stehe ich ganz weit oben.»

«Sie sind Knudsens rechte Hand», ergänzte Harald.

«Und gut bezahlt, sehr gut. Aber ich muss auch den Kopf hinhalten. Was meinen Sie, warum ich Sie zum Ersten Offizier befördert habe. Weshalb Sie auf dem Schiff unterschrieben haben und ich nicht im ‹Camp Century› war.»

«Keine Spuren hinterlassen. Das haben Sie von Knudsen gelernt», bemerkte Sophie.

Meurers Blick blieb auf die Innenstadt gerichtet. «Fragen Sie ruhig», sagte er schließlich. «Was auch immer ich antworte, es ist und bleibt folgenlos.»

«Woher kennt Knudsen den Amerikaner Johnson und die Russen von Triple S?» Das war Sophie.

«Das eine ergibt das andere. Eine Messe hier, eine Party da. Wer sucht, der findet. Ich weiß bis heute nicht, für wen Johnson eigentlich arbeitet. Oder ist er Freiberufler? Vermutlich weiß das nicht mal Knudsen. Wozu auch. Wenn Sie ein Auto kaufen, interessieren Sie sich da für das Vorleben des Verkäufers?»

Meurer spürte, wie seine Gedanken beim Sprechen ein Eigenleben zu führen begannen. Diese beiden Wichtigtuer sahen ihn als Kronzeugen der Anklage. Das war er nicht, konnte er nicht sein. Doch bestand die Gefahr, dass er als Bauernopfer endete. Im Zweifel würde ihn Knudsen fallen lassen wie eine heiße Kartoffel.

Er hörte sie reden und reden … Er liebte diesen Ausblick, aus diesem Zimmer, auf die Stadt, die ihm zu Füßen lag. Die 312 war für ihn, er suchte nach dem richtigen Wort: eine Offenbarung. Der Bahnhof, der Fjord, die Welt. Die Nähe und die Ferne, fast mit Händen zu greifen. Hier vögelte er ungehemmt, schon bevor Gitte aufgetaucht war. Zu Hause, da konnte er nicht. Da war er nicht er selbst. Am liebsten nahm er sie von hinten. Vor diesem Panorama, das machte ihn wahnsinnig.

«Ich bin doch gar nicht der, den Sie suchen. Ihr Mann

ist Knudsen. Der ist kameratauglich, ein großer Fisch. Wenn Sie mich den Haien zum Fraß vorwerfen – was erreichen Sie damit?»

«Machen Sie ein Angebot», empfahl Harald.

«Wir sind ganz Ohr», bestätigte Sophie.

★★★

Wie die Hühner auf der Stange saßen sie in der ersten Reihe im überfüllten Gemeindezentrum der Erlöserkirche in Kopenhagen. Ole Jensen zählte rund 200 Besucher, es mochten aber auch noch mehr sein. Neben ihm saß Birgitta Arnósdóttir, an ihrer Seite seine Mitstreiter Dag Ibsen Floberg und Lars Steenstrup, die sich in Gegenwart der attraktiven Isländerin bemühten, deutlich jünger zu wirken. Floberg wedelte mit seiner Krücke, als wäre sie ein Taktstock, Steenstrup lächelte ohne Unterlass.

Auf der behelfsmäßigen Bühne zeigte sich die neu gegründete «Aktion Dänemark hilft» von ihrer besten Seite. An der Stirnseite verkündeten zwei Plakate deren Mission: Menschen beizustehen, die unverschuldet in Not geraten waren. Und an diesem Tag nun Johan Rasmussen zu ehren, dessen übergroßes Foto ein junges, strahlendes Gesicht zeigte, optimistisch, lebensfroh, der Zukunft zugewandt.

«Johan! Er ist von uns gegangen.»

Ein Rapper verkündete die traurige Botschaft, unterlegt von einem Stakkato der Hammondorgel auf der anderen Bühnenseite, ins Werk gesetzt von einem Elton-John-Verschnitt.

«Er ist von uns gegangen», wiederholte BoJo, so der Künstlername des Rappers. Der Sound der Orgel folgte seinem Tonfall, umfasste ein breites Spektrum, von leise und flüsternd hin zu anklagend, zürnend. Und BoJo erzählte Johans Geschichte, von seiner Arbeit für Ocean Terra im Dienst der Umwelt, seiner Loyalität zur Arctic Shipping Company und schließlich jenem Unglück, das Johan aus dem Leben gerissen hatte.

«Doch der größte Skandal ...», BoJo, dessen Lockenkopf von einer Baseball-Mütze mehr schlecht als recht gebändigt wurde, «... doch der größte Skandal ...», wiederholte er, unterlegt vom Tremolo der Orgel, «der größte Skandal ist das Schweigen der Arctic Shipping Company, jener Arctic Shipping Company in Oslo, die sich bis heute nicht bei Johans Familie gemeldet hat, ihr Beileid nicht bekunden mochte, nicht einmal eine Traueranzeige geschaltet hat – WARUM? WEIL IHR JOHANS TOD EGAL IST!!»

Ein Raunen der Empörung ging durch die Menge, das diverse Kameras festhielten. Drei Fernsehteams zeichneten die Veranstaltung auf, immerhin galt BoJo als heißer Anwärter auf einen Grammy. Sein Engagement für die «Aktion Dänemark hilft» war eines der meistkommentierten Themen in den Sozialen Medien nördlich und westlich von Flensburg – seine größte Gefolgschaft hatte der Künstler, Sohn einer dänischen Mutter und eines Vaters aus L. A., in Skandinavien und in Amerika.

Dann kam der Joker. BoJo bat Peter Rasmussen auf die Bühne, Johans Vater. Der betagte Herr, dessen Knochen, wie Ole seiner Sitznachbarin erklärt hatte, ebenso vom Krebs zerfressen waren wie die von Floberg und Steenstrup, schaffte es nur unter tatkräftiger Mithilfe BoJos auf die Bühne, wo bereits ein Rollator auf ihn wartete. Mit brüchiger Stimme bedankte er sich für die große Anteilnahme und dafür, «dass Sie so viele sind, dass Sie alle hier sind», woraufhin ein zunächst verhaltener, dann stürmischer Applaus einsetzte. «Wir sind bei dir!», rief jemand. Der Vater wischte sich eine Träne von der Wange. Großartig, dachte Ole. Diese Bilder, die hatten Wucht.

«Ich denke jeden Tag an ihn», sagte Peter Rasmussen über Johan und schilderte drei, vier Szenen aus dessen Jugend, schwelgte ebenso warmherzig wie ausschweifend in seinen Erinnerungen. Plötzlich aber änderte sich der Tonfall des Vaters, er wurde hart, unversöhnlich. «Es ist mir unbegreiflich», rief er, «dass sich das Schicksal einfach wiederholt! Wie viele von uns sind verstrahlt worden, damals auf dem Eis, als wir noch jung waren! Nichts hat die Regierung für uns getan, nichts! Wir krepieren still und leise, seit Jahren und Jahrzehnten! Wer hat sich je um uns gekümmert! Mein Sohn ist dort gestorben, wo meine Freunde und ich damals den Atommüll entsorgen mussten! Weil so ein verdammter Bomber abgestürzt ist! Johan war sofort tot, wir sterben einen langsamen Tod! Und die Regierung macht nichts!»

Seine letzten Sätze waren kaum noch zu verstehen, die Hammondorgel hatte aufgedreht, BoJo riss seine und Rasmussens Hand in die Höhe, eine allzu abrupte Bewegung, die den Rollator in Bewegung setzte. Der Vater landete in BoJos Armen, was später als Geste der Zuwendung und Liebe gedeutet wurde.

Als Ole in Oslo anrief, saßen Berit Berglund, Harald und Sophie vor dem Bildschirm und trauten ihren Augen kaum. Das mediale Echo auf Johan Rasmussens Abgesang war, gelinde gesagt, überwältigend.

«Ich stelle dich auf laut, okay?», fragte Sophie.

«Ja, natürlich, kein Problem. Ich muss sagen, was meine Kumpel da auf die Beine gestellt haben, Steenstrup und Floberg, ist wirklich bemerkenswert. Die haben genau verstanden, wie so was läuft. Obwohl sie sonst kaum noch irgendwo durchblicken.»

«Wie haben die denn diesen Sänger, diesen … wie heißt er noch … gewonnen?», erkundigte sich Berit.

«Na ja, alles eine Frage des Honorars. Das haben die beiden nicht selbst geregelt, das haben Fachleute übernommen. Blue Horizon, eine weltweit tätige Firma für Propaganda. Ich glaube, man nennt das Öffentlichkeitsarbeit? Absolute Profis, die verkaufen dir selbst noch schmelzende Eisberge als Einladung an Eisbären, bessere Schwimmer zu werden. Als Erstes haben sie die ‹Aktion Dänemark hilft› ins Leben gerufen, um nicht selbst im Rampenlicht zu stehen. Und dann mit dem Rapper verhandelt.»

«Gut gemacht», lobte Sophie.

«Ich weiß nicht, ob du das in Kopenhagen mitbekommst», meldete sich Harald zu Wort. «Hier in Norwegen tobt ein Shitstorm sondergleichen. Erst in den Sozialen Medien, jetzt auch auf den regulären Programmen. Die Arctic Shipping Company steht dabei im Fokus. Warum die sich so schäbig verhalten habe, gegenüber Rasmussen und seiner Familie. Das hat eine irre Eigendynamik entwickelt. Zumal deren Chef Knudsen vor einigen

Jahren bereits in einen Fischereiskandal rund um Namibia verwickelt war. Das alles kocht jetzt wieder hoch. Wohl auch deswegen, weil er damals so gut wie ungeschoren davongekommen ist.»

«Das ist aber auch ein bisschen das Problem», erwiderte Ole. «Diese Fokussierung auf die Reederei. Der Auftritt von Johans Vater sollte die Aufmerksamkeit eigentlich auf die dänischen Behörden und ihr Versagen richten. Der Rapper hat es aber vorgezogen, die Arctic Shipping Company anzugreifen. Das war ursprünglich anders ausgemacht.»

«Könnte es sein, dass die Firma Blue Horizon auch für Regierungsstellen arbeitet? In Kopenhagen zum Beispiel?», wollte Sophie wissen.

«Ja, tut sie. Für das Außen- und das Verteidigungsministerium. Da liegt wohl der Haken», erwiderte Ole. «Die wollen oder müssen Rücksicht nehmen. Mist, verfluchter.»

Per Knudsen stand ganz vorn im Bug der lichtdurchfluteten Glasarchitektur am Firmensitz der Arctic Shipping Company, die dem Vorderteil eines Schiffes nachempfunden war. Die Hände hinter dem Rücken verschränkt, blickte er auf den Jachthafen von Oslo und folgte Meurers Ausführungen, die ihn zunehmend enttäuschten. Der dachte viel zu defensiv, zu kleinteilig, zu sehr an sich, nicht an die Reederei.

«Wie ich höre, hast du ein Problem im Radisson Blue?», fragte Knudsen.

«Wie kommst du darauf?», fragte Meurer erstaunt.

«Wir alle haben unsere Leidenschaften. Wohl dem, der

ihnen verschwiegen nachgeht und keine Spuren hinterlässt.»

«Ich denke, dass wir den Angriffen, denen wir aus Dänemark ausgesetzt sind ...»

Knudsen machte eine lässige Halbdrehung mit dem Oberkörper, wandte sich seinem Angestellten zu. «Was denkst du?», unterbrach er Meurer.

«Wir sollten der Familie Rasmussen eine Entschädigung anbieten.»

«Entschädigung für wen? Der Sohn lebt nicht mehr, der Vater dürfte es auch nicht mehr lange machen. Verheiratet war der Junior nicht. Weder dessen Vater noch dessen Firma, Ocean Terra, hat finanzielle Forderungen an uns gestellt. Warum also sollten wir unser Geld zum Fenster rauswerfen?»

«Weil wir Opfer einer Hetzkampagne sind, der wir etwas entgegensetzen müssen.»

«Den Motten ein Licht sein – hältst du das für eine gute Idee? Wohltaten wollen gut bedacht werden. Andernfalls könnte der Eindruck eines stillschweigenden Schuldeingeständnisses entstehen. Das könnte Nachahmungstäter animieren.»

«Natürlich, aber ...»

«Kein Aber.» Knudsen überlegte, ob er zum Schlag ausholen sollte oder nicht. Der Sündenbock saß vor ihm. Der Blitzableiter. Doch – dafür war es noch zu früh. Er trat an Meurer heran, der am Konferenztisch saß. Legte ihm die Hand auf die Schulter.

«Ich glaube, du solltest erst einmal deine privaten Verhältnisse ordnen.»

«Die sind in Ordnung.»

«Nicht, solange du erpressbar bist. Du hattest wiederholt mit dieser unsäglichen Einheit E 39 zu tun, mit Sophie Schelling und Harald Nansen?»

Ihm entging nicht, wie Meurer erblasste. «Was hast du denn gedacht?», setzte Knudsen nach. «Dass ich nicht informiert bin? Nicht wüsste, was da draußen vor sich geht?»

«Ich halte dich für einen absoluten Profi. Sonst wärest du nicht da, wo du heute bist.» Knudsen spürte, wie Meurer sich wand, wankte. Er ließ von ihm ab, setzte sich ihm gegenüber.

«Mir ist es völlig egal, mit wem du eine Affäre hast und mit wem nicht», sagte Knudsen.

«Es ist ...»

Mit einer Handbewegung hieß er Meurer schweigen. «Wir dürfen das große Ganze nicht aus den Augen verlieren. Wir reden von Grönland, es geht um Milliarden. Natürlich spielt da auch die Politik mit hinein, das Militär und so weiter. Daran können auch kleine Krauter wie E 39 nichts ändern. E wie Exitus. Das ist nur eine Frage der Zeit. Bis dahin treiben wir sie vor uns her. Bis sie endgültig mit dem Rücken zur Wand stehen.»

«Gute Idee.»

«Natürlich ist sie gut. Was wollten die von dir? Die zwanghafte Deutsche und ihr Mullah-Freund?»

«Informationen.»

«Worüber?»

«Über dich und die Firma.»

«Und? Hast du sie ihnen gegeben?»

«Natürlich nicht.»

«Wie auch, nicht wahr. Wo wir doch – ein Familienunternehmen sind?»

Meurer schwieg.

Auf dem Konferenztisch erzeugte Knudsen Wellenbewegungen mit den Fingern seiner linken Hand. Seine Blicke ruhten auf dem Adlatus. Ohne Hast öffnete er eine Flasche Wasser, leerte ihren Inhalt in ein Glas und nippte daran. Meurer hatte seine Verdienste, er war entschlossen, risikofreudig, hielt nichts von unnützen Vorgaben. Das imponierte ihm durchaus, angefangen mit seiner Entschlossenheit, ihn, Knudsen, aus dem Meer zu ziehen, bevor das die Piraten tun konnten. Nicht aus Dankbarkeit hatte er Meurers Karriere beflügelt, Dank war die Münze der Schwachen. Meurer auf dem Schiff, das Geschäft in Thule, seine Deals mit Johnson: ein harter Knochen und loyal – das war die Währung, auf die es ankam. Deswegen saß Meurer da, ihm gegenüber.

Jetzt aber gerieten die Dinge ins Rutschen, standen offene Fragen im Raum. Wurde es Zeit für eine Zäsur? «Camp Century», dort hatte ihnen die Natur einen Strich durch die Rechnung gemacht. Die Eisberge, das Kentern der «Viktoria», daran traf Meurer keine Schuld. Doch jetzt kamen die Einschläge näher, und das verlangte nach Tatkraft. War sein Angestellter noch immer der richtige Mann? Knudsens Zweifel wuchsen.

«Was sagen unsere amerikanischen Freunde zur Abfall-Entsorgung im Camp? Soll die nachgeholt werden?», fragte Meurer.

«Davon gehe ich aus. Wir werden daran aber wohl keinen Anteil mehr haben. Das regeln Johnson und seine Leute unter sich, beim nächsten Mal.»

«Ist vielleicht die sauberste Lösung.»

«Und gleichzeitig ein schlechtes Omen. Wir brauchen

deren Unterstützung, wenn wir in Grönland Fuß fassen wollen.»

«Ohne uns wäre das mit Triple S und den Hütten in der Wildnis nicht gelaufen.»

«Es fehlen die Folgeaufträge, und diese Geschichte in Kopenhagen macht die Sache nicht besser. Wer steckt hinter dem Angriff dieser ‹Aktion Dänemark hilft›? Schelling und Nansen?»

«Ich bin mir nicht sicher», erwiderte Meurer. «Das ist eigentlich nicht deren Baustelle.»

«Finde es heraus.»

«Natürlich. Gleichzeitig können wir diese Geschichte mit Rasmussen nicht einfach laufen lassen. Wir riskieren einen schweren Image-Schaden.»

«Was schwebt dir vor?»

«Wir richten einen Fonds ein. Einen Witwen- und Waisenfonds für Angehörige von Seeleuten, die dem Meer zum Opfer fallen.»

Knudsen ließ den Gedanken auf sich wirken, nickte. Es klopfte an der Tür, nach einem «Herein!» zeigte sich seine Sekretärin und verwies auf ein neues Video aus Kopenhagen. Das sei möglicherweise «heikel».

Zu sehen war die Geschäftsführung von Ocean Terra, dem Arbeitgeber von Johan Rasmussen. Ihr Sprecher, der bedächtig seine Worte wählte, erläuterte die Tätigkeit seiner Firma, darunter das Aufspüren und die Entsorgung militärischer Altlasten auf dem Meeresboden. Vor allem Relikte des Zweiten Weltkrieges drohten die Nord- und Ostsee, aber auch den Atlantik zunehmend zu vergiften, darüber hinaus bestünde die Gefahr selbstauslösender Explosionen infolge der Korrosion von Zündern. Die klaren braunen Augen des vollbärtigen Endvierzigers schienen durch den Betrachter hindurchzusehen. Ausführlich legte er dar, welcher Tätigkeit Johan Rasmussen und seine Kollegen vor der Küste Grönlands nachgegangen waren: auch hier die Überreste militärischer Altlasten aufzuspüren und unschädlich zu machen. Dass sich darunter aber eine oder mehrere Atombomben befinden könnten, davon sei im Vertrag, wie er zwischen der norwegischen Reederei Arctic Shipping Company einerseits und Ocean Terra andererseits geschlossen worden war, keine Rede gewesen. Nachdem Johan Rasmussen und seine Mitarbeiter vor Ort erkannt hätten, was man ihnen da abverlangte, hätten sie sich an den verantwortlichen Vertreter der Arctic Shipping Company vor Ort gewendet, Josef Meurer. Doch die Reederei hätte die Gefahrenlage kleingeredet und darauf bestanden, die Arbeiten fortzusetzen. Daraufhin seien die Kollegen von Ocean Terra abgezogen worden, mit Ausnahme von Johan Rasmussen, der an Bord geblieben sei, um möglichen Schaden von den Schiffsbesatzungen abzuwenden. Doch die Arctic Shipping Company habe keinerlei Einsicht gezeigt, ihren Kollegen bedrängt und genötigt, die angeblich gar nicht vorhandene atomare Gefahr zu neutralisieren. Bis heute weigere sich die Arctic Shipping Company, Akteneinsicht zu gewähren oder wenigstens die Präsenz gefährlicher Substanzen im damaligen Einsatzgebiet einzuräumen.

«Verdammt, der nennt unseren Namen mit einer Penetranz, als hätte man ihn dafür bezahlt!», entfuhr es Knudsen, dem die Zornesröte ins Gesicht schoss.

Allerdings sei man nicht länger gewillt, das tödliche

Schweigen der Arctic Shipping Company lediglich zur Kenntnis zu nehmen, fuhr der Sprecher fort und zeigte Unterwasseraufnahmen, begleitet von weiteren Erklärungen. Zu erkennen war ein eiähnlicher Gegenstand im Schlund eines breiten Schlauches. Dieser Gegenstand sei nichts weniger als eine Atombombe, die Ocean Terra, namentlich Johan Rasmussen, in einem lebensgefährlichen Einsatz vor Ort entschärft hatte. Nach der Präsentation hielten die Mitarbeiter der Firma mehrere Schilder in die Höhe, auf denen stand: «Die Arctic Shipping Company muss Verantwortung übernehmen!»

«Verfluchte Schweinerei! Das haben die sich niemals selber ausgedacht!» Knudsen hielt es nicht mehr auf seinem Stuhl, er beschritt einen weiten Kreis im Konferenzraum. Als Erstes kam ihm die Rechtsabteilung in den Sinn, die zum Gegenschlag ausholen würde. Das alles waren unbewiesene Behauptungen! Unterlassungserklärungen, die Androhung astronomischer Geldstrafen wegen Verleumdung und Geschäftsschädigung, entsprechende Strafanzeigen, das ganze Programm! An der Front musste so schnell wie möglich wieder Ruhe einkehren.

Wer aber waren die Hintermänner? Schelling und ihr Verein? Nichts war unmöglich, aber diese verdammten Querulanten standen im Sold der Regierung, und die schoss nicht der größten Reederei Norwegens vorsätzlich ins Bein: Arbeitsplätze und so weiter. Nein, nein, da war was anderes im Busche …

Aber was?

«Meurer! Was glaubst du, wer du bist?»

Fassungslos musste Knudsen feststellen, dass sein Angestellter sich still entfernt hatte, während er seinen Gedanken nachhing. Einer musste hier ja das Denken übernehmen, und dieser Versager hatte dafür offenbar nicht das Format. Fluchend begab er sich zur Tür, schrie ins Sekretariat: «Meurer soll sofort herkommen! Wenn der nicht in zwei Minuten wieder hier ist, kann er seine Sachen packen!»

Und der Gescholtene kam, ließ die Strafpredigt über sich ergehen, verzog keine Miene. Anschließend zog er ein Schreiben aus der Dokumentenmappe, die er aus seinem Büro geholt hatte. «Dieses Schriftstück wollte ich dir nicht vorenthalten.»

Der Erste Offizier Hans Brede hatte mit seiner Unterschrift die Verantwortung für die Entschärfung der Atombombe übernommen. Ihre Entsorgung, ihre was auch immer. Harald Nansen, mit anderen Worten.

Anerkennend klopfte Knudsen dem eben noch so gut wie Gefeuerten auf die Schulter.

«Exzellente Arbeit, mein Guter. Die private Schnüffeleinheit der Premierministerin sabotiert unsere Arbeit! Ach was, begeht offenen Rechtsbruch! Der Pakistaner erlaubt sich Urkundenfälschung, unterschreibt Verträge unter falschem Namen! Damit können wir arbeiten, das ist Futter für die Medienmeute. Hervorragend, Josef! Jetzt haben wir diese Wichtigtuer an der Leine. Und sind selbst aus dem Schneider. Sehr bald schon, würde ich meinen.»

★★★

Im Traum sah Aqqaluk grauen Lehm emporsteigen, wie Rauch aus einem Schlot. Das Meer brodelte, spuckte ihn aus, lavagleich. Den Himmel hinauf, die Sonne verdunkelnd. Der erdige Stoff verteilte sich über den Horizont, löste sich auf in wechselnden Formen, legte sich auf Aqqaluks Haut. Er wälzte sich im Bett, die Bilder aber, die er sah, ergriffen Besitz von ihm. Figuren, Gestalten, Wesen, aus Lehm geboren.

Ein Seil fiel herab, schlängelte sich an ihnen vorbei, den Geistermenschen ohne Kleidung und Geschlecht, sie griffen danach und doch ins Leere. Aqqaluk packte das Seil, aber er konnte der Gruppe nicht helfen, 10, 15 Personen wohl. Sie fielen zurück auf die Erde, ins Meer. Aqqaluk entdeckte ein brennendes Schiff, das langsam sank, umgeben von Eisbergen und Schollen. Er schrie auf, erwachte schweißgebadet, schnappte nach Luft.

Als sein Sohn Natan Hammond ihn wenig später anrief und ihm mitteilte, das Schiff «Gloria» der Arctic Shipping Company sei vor Thule in Brand geraten und gesunken, mit ihm ein Großteil der Mannschaft, sagte er nur: «Ich weiß.»

Sophie, Harald und Berit folgten der Sondersendung des norwegischen Fernsehens am Sitz ihrer Einheit E 39. Die Moderatorin wirkte vorsichtig, ratsuchend fast: Was war da los vor der Küste Grönlands, was trieb die Arctic Shipping Company dort, wie konnte es sein, dass die Reederei innerhalb kurzer Zeit zwei Schiffe an nahezu derselben Stelle verloren hatte?

Per Knudsen gab sich bestürzt und bedauerte den Tod eines jeden Einzelnen, «in Gedanken sind wir bei den Familien derer, die überlebt haben, wie auch bei jenen, deren Angehörige nicht zu retten waren. Wir sind erschüttert und stehen in Kontakt mit allen Betroffenen. Selbstverständlich kooperieren wir uneingeschränkt mit den zuständigen Dienststellen.»

«Aber wie ist es möglich, dass da zwei Schiffe innerhalb weniger Wochen im Meer versinken, am selben Ort?» Die Moderatorin stand dem Reeder im Studio an einem Stehtisch gegenüber, der Gast überragte sie um Haupteslänge. Aus ihrem früheren Leben als Journalistin wusste Sophie, dass die kleinere Person in solchen Fällen gewöhnlich auf einem Podest stand. Ganz anders hier.

«Wir müssen den Ausgang der Untersuchungen abwarten. Ich bitte um Verständnis, dass ich mich nicht in Spekulationen ergehen möchte.»

Die Moderatorin, deren Blazer in Beige das dunkelgraue Sakko Per Knudsens farblich ergänzte, nickte, hakte nach: «Dennoch werden Sie verstehen, dass die Öffentlichkeit nach Antworten verlangt. Was zieht die Arctic Shipping Company in die Gewässer vor Grönland?»

«Wir sichern die Schifffahrtsrouten der Zukunft und kümmern uns gleichzeitig um Altlasten aus der Vergangenheit.»

«Sie meinen Munitions- und Waffenreste aus dem Zweiten Weltkrieg?» Die Moderatorin machte eine Handbewegung in seine Richtung, als reiche sie ihm einen Gegenstand. Eva Klaveness hieß die aparte Endfünfzigerin, deren zu einem Pferdeschwanz gebundenes, schulterlanges und pechschwarzes Haar als ihr optisches Erkennungszeichen galt. Sie war bekannt für ihre Interviews mit Prominenten, in denen sie «das Persönliche, das

Private hinter der beruflichen Passion» zu ergründen suchte.

«Schadstoffe auf dem Meeresboden entsorgen wir nach modernsten Umweltstandards.»

«Umweltstandards!», echote Harald. «Soll ich lachen oder weinen?»

«Lach lieber. Steht dir besser», empfahl Sophie.

«Na ja, was soll er sagen», meinte Berit. «Er kann schlecht aussprechen, was ihn wirklich umtreibt.»

«Das machen solche Typen nie», bestätigte Harald. «Der versiegelt den Meeresboden mit Beton und quatscht von Umweltstandards! Ich fasse es nicht.»

«Eines Ihrer Schiffe wurde vom Eis zerdrückt, die ‹Viktoria›. Auf einem anderen ist nun ein Brand ausgebrochen, an Bord der ‹Gloria›. Angeblich in der Kombüse. Was läuft da schief?»

«Noch sind die Untersuchungen nicht abgeschlossen. Wir sind es den Opfern schuldig, keine voreiligen Schlüsse zu ziehen.»

«Die Firma Ocean Terra wirft Ihnen vor, auf den Tod ihres Mitarbeiters an Bord der ‹Viktoria› nicht angemessen reagiert zu haben. Haben Sie aus Ihren Fehlern gelernt?»

«Ich bitte um Verständnis, dass ich die Ansichten Dritter nicht kommentieren möchte.» Die Stimme von Per Knudsen hörte sich tief an, rauchig.

«Natürlich. Ist aber die Arctic Shipping Company ein sicherer Arbeitgeber? Ich glaube, viele stellen sich im Augenblick diese Frage.»

«Sicherer als jeder Job, wo mehr geredet als gehandelt wird.» Per Knudsen hatte seinen Tonfall gerade noch unter Kontrolle, so wenigstens kam es Sophie vor. Das Lächeln von Eva Klaveness wirkte aufgesetzt, als überspiele sie den gegen sie gerichteten Seitenhieb.

«Ist Grönland ein Zukunftsmarkt für Norwegens größte Reederei?», fragte sie.

«Einer von vielen. Wir sind überall dort aktiv, wo wir glauben, Menschen und Märkte zusammenführen zu können.»

«Werden Sie nach diesen beiden Tragödien auch weiterhin in der Arktis präsent bleiben?»

«Mit noch besseren Sicherheitsstandards, im Dienst von Natur und Umwelt.»

Harald spielte mittlerweile an seinem Handy, das Geplänkel widerte ihn an. Berits Blicke schweiften wiederholt in Richtung Oslofjord, und fast schon wollte Sophie den Fernseher ausschalten. Da nahm das Gespräch eine unerwartete Wendung: «Natürlich wünschen wir uns, von der hiesigen Politik unterstützt zu werden. Mit Erstaunen mussten wir jedoch zur Kenntnis nehmen, dass der Erste Offizier, verantwortlich für die Sicherheit der ‹Viktoria›, offenbar nicht der war, als den wir ihn eingestellt hatten. Seine Papiere wiesen ihn aus als Hans Brede aus Dänemark. Mittlerweile wissen wir aber, dass diese Person in Wirklichkeit Harald Nansen heißt und Norweger ist. Dabei handelt es sich offenbar um einen Polizisten von zweifelhaftem Ruf, der weiterhin für die Sicherheitsbehörden tätig ist. Hier fordern wir dringend Aufklärung von der Regierung: Wer hat in dieser Angelegenheit wann was gewusst? Ist der Untergang der ‹Viktoria› möglicherweise das Werk eines Saboteurs?»

Haralds «Fuck!» blieb unwidersprochen.

Berit sprang von ihrem Stuhl auf. «Wenn der uns hier ins Spiel bringt, muss er sich vorher abgesprochen haben. Ansonsten würde er das nicht wagen.»

«Mit Bakke, dem Finanzminister?», überlegte Sophie.

«Mit wem auch immer. Jedenfalls nicht mit der Premierministerin.»

«Okay. Was erwartet uns jetzt?», fragte Sophie.

«Ein Fegefeuer sondergleichen. Am Ende könnte die E 39 untergehen», hielt Harald nüchtern fest.

«Ich werde jetzt einige Telefonate führen müssen. Oder besser noch persönliche Gespräche. Das wird hart jetzt, ihr Lieben», kommentierte Berit.

«Muss ich mit meiner Verhaftung rechnen? Angesichts meiner Hauptrolle als Sündenbock?», erkundigte sich Harald.

«Das werden wir zu verhindern wissen», sagte ihm Sophie entschieden.

«Ja, aber trotzdem wundert mich dieser Vorstoß. Knudsen sollte doch wissen, dass Harald auspacken kann.» Das war Berit.

«Was soll ich denn auspacken?» Harald betrachtete seine Fingernägel. «Die Reederei ist doch fein raus. Im Zweifel war ich eben der Oberschurke. Neben Josef Meurer vielleicht noch, diesem Kinder…» Er fing sich gerade noch: «Kinderfreund», setzte er nach.

«Und zu dem fahre ich jetzt», sagte Sophie.

«Ich komme mit.»

«Nein, Harald, du bleibst hier. Sonst heißt es noch, du hättest einen Mitarbeiter der Reederei bedroht, nach diesem erhellenden Beitrag von Knudsen», erklärte ihm Sophie.

«Sie hat Recht», bestätigte Berit. «Du musst jetzt sehr vorsichtig sein. Wir können nicht riskieren, ins offene Messer zu laufen.»

Sophie klingelte Sturm an der Eingangstür zu Josef Meurers Haus im gutbürgerlichen Viertel Stabekk. Schließlich öffnete Johanna die Tür, fragte auf Norwegisch, reichlich genervt: «Was ist los, was soll das denn?»

«Ist dein Vater da?», antwortete Sophie auf Deutsch.

«Ja, aber ...»

Sophie zwängte sich an ihr vorbei, schaute in die Küche, ins Wohnzimmer. Meurer zeigte sich in der oberen Etage am Treppenabsatz, bat sie hinauf und führte sie in sein Arbeitszimmer.

«Das geht zu weit. Hier aufzukreuzen!», sagte er, nachdem er die Tür hinter ihnen geschlossen hatte.

«Sie wissen genau, warum ich mir das antue.»

«Wahrscheinlich aus demselben Grund, der Ihren Kollegen von einem Besuch Abstand nehmen lässt.»

«Wir waren so verblieben, dass Sie uns Informationen zukommen lassen. Offenbar haben Sie es vorgezogen, stattdessen Ihren Chef zu informieren.»

«Ich hatte keine Ahnung, dass er im Fernsehen auftritt.»

«Hans Brede, das hat er doch von Ihnen.»

«Mit dem Namen hat Ihr Kollege auf dem Schiff unterschrieben. Das ist kein Geheimnis.»

«Andreas Bakke. Was fällt Ihnen dazu ein.»

«Der Finanzminister ist ein guter Freund von Per Knudsen. Die beiden gehen gemeinsam auf die Jagd, seit Jahren schon.»

«Was weiß Bakke über die geschäftlichen Aktivitäten der Arctic Shipping Company?»

«Vermutlich das, was Knudsen ihm darüber erzählt.»

Sophie missfiel das Ikea-Design des Arbeitszimmers, diese zur Schau gestellte Bodenständigkeit.

«Werden Sie konkret, Meurer. Andernfalls werden Sie die Konsequenzen zu tragen haben.»

Sie meinte ein leicht süffisantes Lächeln auf seinem Gesicht wahrzunehmen. «Sie überschätzen meine Möglichkeiten», sagte er. «Ich muss aufpassen, nicht selbst unter die Räder zu geraten.»

«Das heißt was genau?»

«Knudsen steht unter Druck wegen der Propaganda von Ocean Terra. Und dieser ‹Aktion Dänemark hilft›. Er sucht ein Ventil. Im Augenblick sind Sie das, Ihre Einheit. Ich habe ihn davor gewarnt, aber …»

«Sie spielen mit dem Feuer, Meurer. Ein falsches Wort, und Norwegen erfährt, wie Sie sich mit einer 15-Jährigen vergnügen. Das ist dann Ihre Endstation. In jeder Hinsicht.»

«Ich tue mein Bestes, das wissen Sie. Sonst wären Sie nicht hier.»

«Bis morgen früh bekomme ich von Ihnen eine schriftliche Antwort auf die folgenden Fragen: In welchem Verhältnis steht die Arctic Shipping Company zu Rick Johnson?»

«Zu wem?», fragte Meurer mit hochgezogenen Augenbrauen.

«Weiter: Alles, was Sie über Triple S und die Gebrüder Stallowskij wissen. Zu den Aktivitäten der NATO in Grönland und insbesondere in den Gewässern vor Thule.

Und Sie werden uns erklären, welche Rolle Sie und die Reederei im Rahmen von ‹Camp Century› spielen. Warum haben Sie meinen Kollegen für das Projekt angeheuert? Wollten Sie ihn dort verschwinden lassen, mit Hilfe dieses Rick Johnson?»

«Frau Schelling, ich ...»

«Ich will Belege sehen, Fakten, Beweise. Wagen Sie es ja nicht, mich für dumm zu verkaufen. Wenn hier jemand an die Wand genagelt wird, dann sind Sie das, Meurer. Und niemand wird Ihnen in dem Fall zu Hilfe kommen, falls Sie das annehmen sollten. Am allerwenigsten Ihr Chef Knudsen.»

Sophie ließ ihn stehen, ging die Treppe hinunter. Meurers Tochter stand im Flur, warf ihr giftige Blicke zu.

«Ach, übrigens», teilte ihr Sophie im Vorbeigehen mit, «dein Vater vögelt deine Freundin Gitte. Wenn du willst, zeige ich dir bei Gelegenheit die Fotos.»

***

Birgitta Arnósdóttir und ihr Anwalt David Baldvinsson verfolgten den Demonstrationszug vom Café Victor aus, einer angesagten Brasserie in der Innenstadt Kopenhagens. Ein endloser Strom von Demonstranten der Bewegung Fridays for Future zog die Ny Østergade entlang, zu beiden Seiten flankiert von zahlreichen Polizisten. Schrille Töne von Trillerpfeifen, anschwellende Sprechchöre und gelegentliche Trommelwirbel übertönten das Gemurmel im Innern des Cafés, zu dem sich hier und dort Gelächter an verschiedenen Tischen gesellte. Die Demonstranten waren meist junge Leute, eigentlich hatte die Isländerin geplant, auch mitzulaufen, Baldvinsson aber hatte zu Zurückhaltung geraten.

«Sind das die alten Säcke, von denen du erzählt hast?», fragte er und zeigte auf eine kleine Gruppe Senioren im Demonstrationszug.

«Das ist mein Freund Ole Jensen. Er hat die letzten Überlebenden der Atomkatastrophe von 1968 vor Thule mobilisiert. Da vorne, da – siehst du den? Der mit dem Campingstuhl. Das ist Lars Steenstrup. Der daneben heißt Dag Ibsen Floberg. Der mit den Krücken. Das sind die Aktivsten.»

«Und die Jugend interessiert sich für die?» Ihr Landsmann zeigte ein amüsiertes Lächeln.

«Sehr sogar. Die haben die Alten regelrecht ins Herz geschlossen. Nach dem Motto: Damals wie heute, das muss endlich ein Ende haben, diese ganzen Umweltschweinereien.»

«Da haben sich also die Richtigen gesucht und gefunden.»

«Du solltest nicht so zynisch sein, David. Das steht dir nicht.»

«Danke für die Blumen, aber als Bombenlegerin solltest du dich mit moralischen Urteilen etwas zurückhalten, meinst du nicht?»

Birgitta seufzte. «Es gibt Gewalt, und es gibt Gewalt. Dazwischen liegen Welten.»

«Das solltest du niemals vor Gericht behaupten. Dafür bekommst du fünf Jahre obendrauf.»

«Ich weiß. Alles soll bleiben, wie es ist. Die Reichen reich, die Armen arm. Die Menschen dumm. Wer die bestehende Ordnung infrage stellt, ist im Zweifel Terrorist.»

«Sofern er anderen Schaden zufügt.»

«Wenn das der Maßstab wäre, müssten wir unsere Wirtschaftsordnung abschaffen.»

«Na, na, na. Die Kirche immer schön im Dorf lassen. Was beklagst du dich, dir geht es doch gut. Was sollen denn die Leute in all den *shithole countries* sagen. Warum willst du unbedingt an dem Ast sägen, auf dem du sitzt?»

«Hör mal, ich ...»

«Nein, hör du mal», unterbrach sie Baldvinsson. «Du weißt doch, wie das Spiel gespielt wird. Was diese Leute da draußen treiben, ob sie nun demonstrieren oder nicht – wen interessiert das? Das ist Laub, das über die Straßen weht. Anschließend kommt die Stadtreinigung, und morgen bläst ein ganz anderer Wind. Diejenigen, die tatsächlich was zu sagen haben, und ich rede nicht von den Versagern in der Politik, sondern von den eigentlichen Entscheidern – glaubst du ernsthaft, dass irgendwer diese Leute aufhalten kann? Wenn die beschließen, Krieg zu führen, dann gibt es Krieg. Wenn denen der Klimawandel egal ist, weil sie in Gedanken schon ihre Luxuskolonien auf dem Mars bewohnen, dann geht die Erde eben vor die Hunde. Du willst demonstrieren? Nur zu! Mich persönlich zieht es in diese neue Welt da über uns.» Sein Zeigefinger wies nach oben.

Es gab eine Zeit, da hatte Birgitta die selbstbewusste, gelegentlich nassforsche Art Baldvinssons gemocht, auch seine Dandy-Attitüde, die sie als Protest gegen das vorherrschende Mittelmaß empfand. Jetzt aber hatte er offenbar den Verstand verloren. Er wollte auf den Mars? Hatte sie das richtig verstanden? Und wahrscheinlich gemeinsam mit ihr, wie sie ihn kannte, ihren stillen Verehrer, der seit Jahren versuchte, bei ihr zu landen, und sei es für eine Nacht?

Der Anwalt fragte, während er ihr Kaffee nachschenkte: «Kennst du übrigens Grønland in Oslo? Hippes Viertel, die meisten Schreihälse da draußen würden mit Sicherheit am liebsten an einem Ort wie dem wohnen wollen.»

Harald schwebte zwischen den Welten, Berit hatte ihm eine Zwangsquarantäne verordnet. Der Reeder Knudsen hatte den Bogen offenbar überspannt, als er in seinem Fernsehinterview die Sicherheitsbehörden ansprach. Er hatte, ob gewollt oder nicht, den Geheimdienst ans Licht gezerrt, und damit war er zu weit gegangen. Knudsen musste zurückrudern, man habe ihn missverstanden, ihm das Wort im Munde umgedreht und so weiter. Mittlerweile behauptete er sogar, die Firma Ocean Terra habe ihn falsch informiert. Haralds Name kursierte noch immer hier und da, wenngleich anonymisiert als Harald N. Die E 39 war noch nicht aus der Gefahrenzone, aber alles in allem entwickelten sich die Dinge zu ihren, zu Haralds Gunsten. Weder das Fernsehen noch andere Medien mochten das Thema vertiefen.

Jedenfalls hatte Harald die letzten Tage überwiegend in seiner Wohnung verbracht. Ab und zu trieb es ihn an die frische Luft, drehte er einige Runden zu Fuß in seinem Stadtteil, auch wenn er Grønland allmählich entwuchs – die Natur sprach ihn seit längerem schon deutlich mehr an als urbane Lässigkeit. Gerade noch hatte er im Café gesessen, Zeitung gelesen, an seinem Handy gespielt, zu viele Kaffees getrunken. Er spürte seinen Puls und den pochenden Herzrhythmus. Um sich wieder zu erden, beschloss er, seine Wohnung aufzuräumen und gründlich zu putzen – ein Impuls, der ihn nicht öfter als vier- bis fünfmal im Jahr befiel, weswegen er Sophie noch nie zu sich nach Hause eingeladen hatte. Dass Deutsche ihre Ordnung liebten, war bekannt. Sein Chaos ließe sie ihm kaum durchgehen. Abgesehen davon würde er sie mit Sicherheit zu verführen suchen, in den eigenen vier Wänden, und das war gegen ihre Abmachung.

Man kann sich eben auch selbst kasteien, dachte er, während er das Treppenhaus zu seiner Wohnung im dritten Stock hinauflief. Er schloss die Tür auf, nahm einen fremden Geruch wahr. Hatte er vergessen zu lüften? Den Abwasch jedenfalls hatte er gemacht. Wahrscheinlich war es nicht gut, alleine zu leben. Irgendwann wirst du eine Entscheidung treffen müssen, mahnte ihn seine Schwester jedes Mal, wenn sie telefonierten. Dabei hatte sie selber keine feste Beziehung. Er bückte sich, zog die Schuhe aus. Nahm einen Schatten wahr, gegen Ende des Flures, vom Wohnzimmer her. Vorsichtig ging er in die Hocke, nahm die Schuhe an sich, ebenso einen Schlüssel an der Wand, der zum Apartment seiner Nachbarin gehörte, verließ rückwärts sein eigenes und warf laut die Haustür zu. Im Treppenhaus rief er Berit an. Es könne sein, dass ihm jemand in seiner Wohnung auflauere. Er solle nichts unternehmen, beschwor ihn Berit, sie werde die Polizei informieren. «Okay», sagte er und war doch zu nervös, um endlos auf die Uniformierten zu warten. Stattdessen hangelte er sich vom Balkon seiner Nachbarin hinüber zu dem seiner eigenen Wohnung, den Sims entlang, wobei er vorsichtshalber nicht nach unten schaute.

Der Balkon war nicht übermäßig groß, er reichte für zwei Stühle und einen kleinen Tisch, neben einigen verdorrten Pflanzen. Vorsichtig schob er sich dazwischen. Er sah zwei Männer, die durch sein Wohnzimmer huschten, beide vermummt. Während er noch überlegte, wie er am besten vorgehen sollte, entdeckte einer der beiden Harald auf dem Balkon und richtete seine Pistole auf ihn. Er reagierte sofort, indem er auf seine Balkonbrüstung sprang und von dort zurück auf den Balkon seiner Nachbarin. Das grenzte an Irrsinn, doch der Anblick der Waffe hatte ihm Flügel verliehen.

Kaum war er krachend auf dem berstenden Balkontisch gelandet, verfehlten ihn zwei Kugeln knapp. Die Schüsse waren kaum zu hören, da war wohl ein Schalldämpfer im Spiel. Mit Schrecken sah Harald, dass der Schütze im Begriff stand, ihm hinterherzuspringen. Er packte einen Gartenstuhl und schleuderte ihn dem Angreifer entgegen. Das bremste dessen Flug, er schaffte es nicht bis zur Balkonmitte und schlug mit beiden Händen am metallenen Geländer auf, wo er sich nun festhielt. Er versuchte sich hochzuziehen, woran ihn Harald mit Faustschlägen auf die Finger hinderte. Harald brüllte den zwischen Himmel und Erde Hängenden an: «Wer bist du, was wollt ihr von mir?», erhielt aber keine Antwort. Wie du willst, dachte Harald und hämmerte erneut mit der Faust auf die Hände des Angreifers. Der schrie, versuchte, sich aus seiner misslichen Lage zu befreien, und stürzte schließlich ab. Aus einer Höhe von etwa acht, neun Metern. Umbringen würde ihn das nicht, dachte Harald, und falls doch, hielte sich sein Mitleid in Grenzen. Er warf einen Blick über die Brüstung, der Bursche rührte sich, auf dem Gehweg liegend, von Passanten umringt. Na bitte, der Krankenwagen war sicher schon unterwegs.

Harald suchte den zweiten Mann in seiner Wohnung abzufangen, doch hatte der bereits die Flucht ergriffen. Er hörte das Heulen von Sirenen und beschloss, alles Weitere den Uniformierten zu überlassen.

Was aber wollten die Kerle von ihm? Ihn umbringen? Warum? In wessen Auftrag?

Einen Gang zur Toilette im Café Victor nutzte Birgitta, um Sophie anzurufen – die Nummer hatte sie von Ole Jensen. Sie traute ihren Ohren kaum, als ihr Sophie von dem Überfall auf ihren Kollegen Harald erzählte, im Stadtteil Grønland. Die Angreifer befänden sich im Gewahrsam der Polizei, beide seien offenbar Russen. «Danke», sagte Birgitta, «danke». «Danke wofür?», erwiderte Sophie, erhielt aber keine Antwort. Birgitta musste sich sammeln, ihre Gedanken überschlugen sich. Tief holte sie Luft, mit kurzen, harten Schritten kehrte sie zurück an ihren Tisch.

«Woher wusstest du das?», fragte sie ihren Anwalt David Baldvinsson im Stehen.

«Wusste ich was?»

«Spiel nicht den Ahnungslosen. Woher wusstest du von dem Angriff auf Harald Nansen?»

Der Anwalt nippte an seinem Wasserglas. «Setz dich. Ich erkläre es dir.»

«Ich stehe lieber.»

«Was willst du tun? Dich empören und weglaufen, sobald du deine Vorurteile bestätigt siehst? Sei bitte nicht kindisch. Setz dich, dann reden wir.»

Birgitta tat ihm den Gefallen, zitternd vor Wut. Ihr Gegenüber sah sie ruhig und gelassen an. Offenbar war er sich keiner Schuld bewusst.

«Sieh mal ...» Baldvinsson räusperte sich. «Ich versuche doch nur, dir zu helfen. Ich sage dir sicher nichts Neues, wenn ich ... Ich kenne niemanden so gut wie dich, Birgitta. Ich mag deine Art, deinen – Kampfgeist. Aber ich denke, dass du ... es wird Zeit, dass du erwachsen wirst. Entschuldige, wenn ich da so offen bin. Du änderst doch nichts mit deinen Streichen. Stromleitungen zu kappen, das ist doch albern. Wäre es nicht viel interessanter, stattdessen die Aluminiumfabrik zu kaufen? Das ist der Punkt. Darum geht es.»

«Was hat das mit dem Überfall in Oslo zu tun?»

«Ich komme gerade aus einer ganz anderen Gegend, wie du weißt: aus Dubai. Aber es hängt ja nun mal alles mit allem zusammen. Und dort habe ich mich mit zwei Russen unterhalten, die beide – ich sag mal: in Grönland geschäftlich unterwegs sind. Die haben noch die eine oder andere Rechnung offen. Auch mit diesem Norweger, der offenbar einige von deren Leuten auf dem Gewissen hat. Da gab es wohl einen Anschlag oder dergleichen, irgendwo im ewigen Eis.»

«Davon hat mir Ole Jensen erzählt. Den du eben hast vorbeiziehen sehen.»

«Das ist gut. Ich kenne die Einzelheiten dieser Geschichte nicht, und ich will sie auch gar nicht hören. Es ist doch so, Birgitta ... Du und ich, wir sind beide aus demselben Holz geschnitzt. Ich denke, dass wir ... Ich meine, dass wir über die Zukunft nachdenken sollten. Unsere Zukunft. Eine gemeinsame Zukunft.»

«Auf dem Mars?»

«Jedenfalls nicht dort, wo es bald schon keine Luft zum Atmen mehr geben wird.»

«Du hast einen Knall, David.»

«Hör mal, Birgitta, ich weiß sehr genau, was da draußen gerade vor sich geht. Was uns noch erwartet. Deswegen möchte ich dich aus der Schusslinie nehmen.»

«Du hättest den Überfall auf den Norweger verhindern können.»

«Hätte ich das? Dann hätten die Angreifer bei anderer Gelegenheit zugeschlagen. Jetzt werden die Drahtzieher erst einmal abwarten. So ist es besser für Harald Nansen.»

«Wie konntest du wissen, dass der den Angriff übersteht?»

«Er ist hart im Nehmen. Das hat er in Grönland bewiesen.»

Birgitta fuhr sich mit der Hand durchs Haar. «Ich ... weiß nicht, was ich sagen soll. Dein Verhalten macht mich fassungslos. Diese Leute hätten ihn umbringen können. Deine russischen Freunde.»

«Von wegen meine Freunde, Birgitta. Solche Leute gibt es überall, ob uns das nun gefällt oder nicht. Und sie zahlen sehr gut. Übrigens nicht dafür, dass ich dir diese Informationen zukommen lasse.»

«Warum machst du das dann?»

«Weil wir uns ähnlicher sind, als du wahrhaben möchtest. Weil ich mehr für dich empfinde, als mir an manchen Tagen lieb ist.»

★★★

Natan Hammond empfing die Besucherin in seinem Büro. Der Blick über die Hauptstadt Nuuk, die atemberaubende Sicht auf den Atlantik, die raue, gebirgige Küstenlinie, treibende Eisberge, das alles bei strahlendem Sonnenschein – Tatjana Sorokina wirkte beeindruckt. Hammond seinerseits ertappte sich wiederholt dabei, den Blick nicht von ihr abwenden zu können, zu umwerfend sah sie aus. Sie trug ein eng anliegendes, hellblaues Business-Kostüm, erwies sich als charmant und selbstbewusst, sogar ein gewisser Schalk, so kam es ihm vor, lag in Gestik und Mimik dieser Enddreißigerin. Ihre schulterlangen blonden Haare harmonierten mit ihrer auffallend hellen Haut. Der kleine Leberfleck rechts von ihrem Nasenflügel regte Natan Hammonds Phantasie an, ein leichtes Rouge lag auf ihren Wangen.

Nach kurzem Smalltalk kam er zum Wesentlichen, dem Anlass ihres Besuches. Er mochte sich nicht erlauben, die rein geschäftliche Ebene zu verlassen. Nicht allein der kalte Glanz ihrer hellblauen Augen, die jeden Blickkontakt mieden, mahnten ihn zur Vorsicht. Dies umso mehr, als sie ihren Termin als «Maklerin für maritime Interessen» erbeten hatte, was alles bedeuten konnte oder nichts.

Unter anderem vertrete sie die Triple S Holding mit Sitz in Dubai, sagte sie beiläufig und rief dann laut «Das gibt es doch nicht!», als ein gigantischer Eisberg in Gestalt eines Kegels in ihr Blickfeld rückte und langsam vorbeizog. Nachdem sie sich wieder gefangen hatte, schlug Hammond vor, ihr Gespräch an einem abhörsicheren Ort fortzusetzen.

«Eine gute Idee.»

Er wies ihr den Weg in das kleine Kabuff, in dem er schon so oft konferiert hatte, und schloss die Tür. Die Luft war muffig, die mit einem eierkartonähnlichen Material gedämmten Wände wenig anheimelnd, ebenso wie die Neon-Beleuchtung.

«Darf ich Ihnen etwas zu trinken anbieten?», erkundigte sich Natan Hammond.

«Nein danke. Wir können später immer noch einen Kaffee in Ihrem Büro zu uns nehmen», schlug sie vor und holte dabei einige Unterlagen aus ihrer Aktentasche. Mit einem forschenden Blick fragte sie ihren Gesprächspartner, ob er verkabelt sei.

«Ich bitte Sie! Natürlich nicht.»

«Gut. Denn alles, was Sie jetzt von mir erfahren, wissen Sie nicht von mir. Ich habe Sie lediglich aus Umweltgründen besucht: Auch in Dubai ist der Klimawandel ein großes Thema.»

«Ich höre.»

Tatjana Sorokina musterte ihn nachdenklich. «Sind Sie sich eigentlich im Klaren über das, was in Ihrem Land vor sich geht?»

«Was wollen Sie andeuten? Ich bin Grönländer.»

«Natürlich.» Sie legte ihm zwei USB-Sticks auf den Tisch. «Triple S hat viel investiert in den globalen elektronischen Datenaustausch. Russland hat nicht viele Freunde, aber eine verlässliche Spionageabwehr.»

«Sie meinen Abhörtechniken, Ihrem Lächeln nach zu urteilen?»

«Diese Datenträger belegen die engen Kontakte zwischen dem Amerikaner Rick Johnson vom United States Army Intelligence and Security Command, dem Militärnachrichtendienst der USA, und dem norwegischen Reeder Per Knudsen. Sie haben sich wiederholt über ihre Pläne in Grönland ausgetauscht. Meeresbodenversiegelung vor Thule, Entsorgung von ‹Camp Century› und so weiter. Knudsen hat jetzt schon ein Vermögen an den Amerikanern verdient.»

«Sie aber auch.»

«Ich nicht, nein.»

«Sie sind mit Triple S liiert, wie Sie sagten.»

«Indirekt. Ein Großonkel von mir ist aktiv auf dem Gebiet der Immobilien-Entwicklung. Über ihn läuft der Kontakt.»

«Sie meinen Boris Stallowskij? Dann sind Sie zugleich die Großnichte von Sergej. Von dessen Bruder, dem Eigentümer von Triple S.»

«Sie sind gut informiert», lobte sie mit einem Gesichtsausdruck, der Erstaunen mit Unschuld vereinte.

«Keine Sorge. Ich mache Ihnen keine Vorwürfe.»

Seine Gesprächspartnerin schenkte ihm ein Lächeln, das Zuneigung wie auch Belustigung verriet. «Das dachte ich mir. Deswegen bin ich ja auch hier und nicht in Oslo.»

«Ist es nicht schwer für Sie zu reisen? Als Russin?»

«Danke der Nachfrage. Ich besitze einen zypriotischen Pass.»

«Tja, das hilft … Aber Ihre Anspielung auf Oslo verstehe ich nicht.»

«Na, hören Sie mal! Sie sind doch regelmäßig in Kontakt mit Sophie Schelling und Harald Nansen von dieser Phantomeinheit E 39.»

Natan Hammond schluckte, fing sich aber wieder. «Ich bin mit vielen in Kontakt. Das bringt mein Job mit sich.»

«So soll es sein. Auf ihre Weise sind das sicher fähige Leute, Schelling und Nansen. Aber diese an Albernheit grenzende Aktion, mit einer fragwürdigen Spionagesoftware ... Ich sag mal: Da haben wir ganz andere Möglichkeiten. Die Norweger haben ernsthaft geglaubt, sie hörten andere ab. In Wirklichkeit aber war es genau andersherum. Einige Kostproben finden Sie auf dem zweiten Stick.»

Der Gastgeber suchte eine bequeme Sitzposition. Er wusste nicht recht, was er von diesem Vorpreschen halten sollte.

«Mit den Beweisen da vor Ihnen auf dem Tisch können Sie Schadensersatzforderungen in nahezu beliebiger Höhe stellen, der Arctic Shipping Company gegenüber wie auch den USA. Und Sie haben ein politisches Druckmittel in der Hand.»

«Frau Sorokina, bei allem Respekt – Sie sind doch nicht aus Nächstenliebe hier.»

Sie lachte fröhlich. «Lieber Herr Hammond, wir sind beide erfahren genug und wissen, dass bestimmte Situationen entschlossenes Handeln erfordern. Die Arctic Shipping Company glaubt, uns um unseren Anteil an diversen Geschäften hier vor Ort betrügen zu können. Mit Rückendeckung aus Washington, aus übergeordneten Gründen – die wir beide kennen. Dabei geht es um substantielle Summen, die Triple S nicht einfach abschreiben kann. Wir glauben, dass Sie in Ihrem wohlverstandenen Eigeninteresse dazu beitragen werden, die Dinge ins rechte Lot zu bringen. Damit stärken Sie Ihre Position gegenüber Ihren Widersachern und helfen gleichzeitig, die eine oder andere Rechnung zu begleichen.»

Natan Hammond sah sie mit einem langen, forschenden Blick an, der weniger ihrem Aussehen geschuldet war als ihren Ausführungen.

«Ich denke, es ist Zeit für einen Kaffee», sagte er schließlich. «In meinem Büro. Dabei werde ich Ihnen die Schönheit der grönländischen Natur erläutern. Damit man sie von Washington bis Dubai endlich zu schätzen lernt. An Zuhörern wird es uns wahrscheinlich nicht mangeln.»

Tatjana Sorokina lächelte ein glitzerndes Lächeln.

Sophie musste an Harald denken, der vom Überfall mittlerweile so erzählte, als hätte er ein großartiges Abenteuer erlebt. Männer! Doch hatte er Mumm, anders als Josef Meurer, dieser weinerliche Schwächling, der sich drehte und wendete, um ja nicht die von ihm geforderten Auskünfte zu liefern. Zweimal hatte sie ihr Ultimatum verlängert, jetzt war Schluss. Entweder er redete oder seine Geschichte mit der Minderjährigen ging viral.

Zunächst wunderte sich Sophie über die vielen Autos, die vor Meurers Haus im Viertel Stabekk standen. Blaulichter drehten sich tonlos auf den Dächern von Polizeifahrzeugen, ein Krankenwagen parkte neben dem schwarzen Holzhaus. Menschen gingen ein und aus, einige in Uniform, andere in Zivil. Als sie ihren Wagen abstellte und sich an der Polizeisperre auswies, hatte sie längst eine dunkle Vorahnung ergriffen.

«Was ist passiert?», fragte sie.

«Da hat sich jemand umgebracht.»

Heiß und kalt lief es ihr den Rücken herunter. Auf dem Weg zum Gebäude hörte sie Wortfetzen, die auf «Johanna» Bezug nahmen, Meurers Tochter. «Verwirrt», «traumatisiert», solche und ähnliche Worte drangen an ihr Ohr. Ein Gerichtsmediziner, den sie flüchtig kannte, ging mit einem Arztkoffer in der Hand in Richtung Krankenwagen, schüttelte den Kopf. Die Männer in ihrer rot-weißen Dienstkleidung nickten, schnippten ihre Zigaretten fort. Sophie gesellte sich zu ihnen und erfuhr, dass Meurer «aus dem Leben geschieden» sei. Seine Tochter habe ihn in seinem Arbeitszimmer an einem Seil vom Deckenbalken hängend aufgefunden. Geistesgegenwärtig habe sie das Seil durchtrennt und anschließend den Rettungsdienst verständigt. Danach sei sie «zusammengebrochen».

Sophies Blick fiel auf die Limousine eines Bestattungsinstituts. Zwei schwarz gekleidete Männer verließen mit einer Bahre das Haus, sie hörte laute Rufe und Schreie, die langsam erstarben, in ein Wimmern übergingen.

Johanna. Sophie betrat das Haus. Das Mädchen war umgeben von Helferinnen, die sich ihrer im Wohnzimmer angenommen hatten, sie trösteten, in die Arme nahmen. Nachbarinnen vielleicht. Johanna weinte, ihr Gesicht war nass, jemand reichte ihr ein Taschentuch. Sie stand in der Mitte des Raums, wie angewurzelt. Ihrer beider Blicke trafen sich. Flehentlich sagte sie, an Sophie gewandt, auf Deutsch: «Er hat sie doch geliebt! Papa hat sie geliebt! Er konnte nicht mehr leben ohne sie. Er wollte Gitte doch heiraten. Er wollte sie heiraten! Warum hat er das getan? Er hat sie geliebt! Papa hat es mir doch geschworen!»

Unvermittelt spürte Sophie, wie ihre Knie weich wurden, ihr Magen sich zusammenzog. Sie konnte sich kaum noch auf den Beinen halten, spürte einen würgenden Reiz tief in ihrem Innern. Sie eilte ins Badezimmer, schloss die Tür und erbrach sich in die Toilettenschüssel.

Mehrere Tage brauchte Sophie, um in ihren Alltag zurückzufinden. Sie fühlte sich schmutzig, erbärmlich, minderwertig. Stets hatte sie geglaubt, auf der richtigen Seite zu stehen. Harald und Berit, ihre Chefin, gaben sich alle Mühe, sie «zurückzuholen», von ihren Depressionen zu befreien, aber Sophie war, unwiderruflich, wie ihr schien, schuldig geworden. Sie glaubte nicht an das Gute hier oder das Böse dort, die Welt verlangte nach harten Bandagen, in ihrem Metier zumal – doch hatte sie eine Grenze überschritten. So empfand sie es, und dieser Eindruck verflog auch nicht.

«Die einzige Örtlichkeit, in der es weder den Russen noch sonst wem gelungen ist, uns abzuhören, ist dieses Badezimmer, verdammt noch mal.» Berit saß auf dem Deckel der Kloschlüssel, Sophie und Harald auf dem Rand der Badewanne. Ihre Handys lagen in Silberfolie eingewickelt in einer Büroschublade. An dieser Stelle waren die Mauern am Sitz ihrer Einheit E 39 offenbar dick genug, um ein Mithören hinlänglich zu erschweren. Vor allem, solange die Spülung rauschte.

«Ja, die Russen. Und wer weiß, was die Amerikaner alles von uns wissen», ergänzte Harald. «Oder die Chinesen.»

«Oder Finanzminister Andreas Bakke», gab Sophie zu bedenken.

«Der ist im Augenblick unser geringstes Problem», sagte Berit. «Die Premierministerin hat bereits die Abschrift der Abhörprotokolle erhalten. Leugnen wird Bakke nichts nützen, seine Stimme ist im Mitschnitt eindeutig herauszuhören. Juristisch ist ihm allerdings wenig anzuhaben, angesichts der fragwürdigen Quelle.»

«Für einen Rücktritt dürfte es dennoch reichen», sagte Sophie und machte ein mattes Siegeszeichen mit der linken Hand.

«So ist es. Er war über alle Machenschaften seines Mitstreiters Per Knudsen umfassend informiert. Angefangen mit den Schweinereien vor der Küste Namibias bis hin zu denen in Grönland. Die geplante Entsorgung von ‹Camp Century› vor allem. Er wusste, dass Knudsen und der Amerikaner Johnson da zusammenarbeiten – Knudsen hatte die Kontakte zu Triple S. Über diese Schiene wurden dann die nützlichen russischen Idioten rekrutiert, die du, Harald, erheblich dezimiert hast.» Berits Tonfall hörte sich eher anerkennend als vorwurfsvoll an.

Sophie atmete hörbar durch die Nase aus. «Im Grunde kämpfen wir doch gegen Windmühlen. Das ist eine nie endende Geschichte mit ständig neuen Akteuren. Bei so viel Geld im Spiel wird es nie an Nachahmern fehlen.»

«Deswegen müssen wir im Rahmen unserer bescheidenen Möglichkeiten von Zeit zu Zeit dagegenhalten», tröstete sie Berit und legte die Hand auf ihre Schulter.

«Was wäre denn die Alternative, Sophie?», fragte Harald. «Einfach nur stillhalten? Nein, ich sage dir: Raus an die frische Luft und diesen Typen Beine machen, wo immer möglich.»

«Ja. Solange sie nicht von der Decke baumeln.»

«Du hast ja Recht, Sophie. Das ist nicht gut gelaufen. Niemand hat den Tod von Meurer gewollt. Aber er ist für sich selbst verantwortlich. Das war seine Entscheidung. Als Knudsens Laufbursche hatte er reichlich Dreck am Stecken – vielleicht ahnte er, dass er aus der Sache nicht mehr heil rausgekommen wäre. Und hat deswegen die Notbremse gezogen. Dafür bist nicht du verantwortlich», versicherte Berit.

«Schon gut. Was ist mit Knudsen? Gibt es eine Chance, ihn aus dem Verkehr zu ziehen?»

«Ja», betonte Harald. «Die gibt es. So gerissen der auch sein mag, hat er doch einen schweren Fehler begangen. Die Arctic Shipping Company gehört juristisch ihm als alleinigem Eigentümer. Keine GmbH oder dergleichen, die Firma ist auch nicht börsennotiert. Vielleicht wollte er auf die Weise seine Unabhängigkeit bewahren, keine Ahnung. Das bedeutet, er ist persönlich haftender Gesellschafter, er und seine Familie, die er mit Aufsichtsratsposten bedacht hat. Folglich haftet die Firma mit dem privaten Vermögen des Knudsen-Clans.» Er hielt inne und lächelte Sophie, dann Berit an, bevor er fortfuhr: «Nun wissen wir dank Triple S und Natan Hammond, dass es der Reederei wirtschaftlich nicht gut geht. Die Amerikaner haben als Reaktion auf die gescheiterte Abfall-Entsorgung im ‹Camp Century› und den Verlust von zwei Schiffen der Company die Zusammenarbeit mit ihr aufgekündigt. Gleichzeitig hat Minister Bakke seinem Freund Knudsen seit längerem schon keine Aufträge zur Versorgung der Ölplattformen mehr zugeschanzt. Beides ist für Arctic Shipping ein Schlag ins Kontor. Die Betriebskosten laufen ja weiter. Wie lange hält Knudsen das durch?»

«Hinzu kommt die Geschichte mit der vor Thule gesunkenen ‹Gloria›», so Berit. «Auslöser war offenbar ein Brand in der Kombüse, der außer Kontrolle geraten ist. Knudsen rühmt sich aber im Gespräch mit seiner Frau, dass der Verlust des Schiffes, bei dem immerhin mehrere Seeleute ums Leben gekommen sind, genau zur rechten Zeit gekommen sei. Die Versicherungssumme, die sie dafür erhielten, würde sie eine Zeit lang über Wasser halten. Bis dahin würde ihm schon was Neues einfallen.»

«Hat die Versicherung die Entschädigung bereits ausgezahlt?», fragte Sophie.

«Noch nicht. Und das wird sie vorerst auch nicht tun», versicherte Berit. «Ich habe ihr den Audio-Mitschnitt wie auch die dazugehörige Abschrift zukommen lassen. Diskret, versteht sich. Als Nächstes dürfte sie umfassende Ermittlungen anstellen, möglicherweise das Wrack sogar bergen lassen, um den genauen Hergang zu dokumentieren und den Schadensfall zu beziffern. Das dauert, Freunde. Bis zu zwei Jahren, wie ich höre. Bis dahin bekommt Knudsen kein Geld.»

«Hat er denn keine anderen Einkünfte? Der Typ ist doch auf vielen Hochzeiten unterwegs», hakte Sophie nach.

«Das ist er wohl», so Berit. «Aber er und seine Familie leben auf sehr großem Fuß. Das kostet. Allein der Firmensitz hat Dutzende von Millionen verschlungen – und ist noch lange nicht abbezahlt. Leute wie er hangeln sich nötigenfalls von Kredit zu Kredit. Aber irgendwann ist Zahltag. Sobald ihn die Versicherung mit Nachdruck unter die Lupe nimmt und sich das herumspricht, werden die Banken ihrerseits handeln. Sollten die am Ende die Reißleine ziehen, wird es für Knudsen gefährlich. Wie gesagt, der Bursche haftet, was er mittlerweile schwer bereuen dürfte, mit seinem privaten Vermögen für die Firma. Geht die den Bach runter, reißt es ihn mit.»

«Womit bewiesen wäre», kommentierte Harald, «dass die Welt nicht allein schwarz oder weiß ist. Sie enthält viele Grautöne. Auch dank unserer Arbeit. Findest du nicht, Sophie?»

Spontan nahm sie Harald in den Arm, umarmte anschließend Berit. «Ich bin froh, dass es euch gibt», sagte Sophie.

★★★

Tagelang hatte dichter grauer Nebel über dem Meer gelegen, von keinem Wind vertrieben. Diese Windstille, wie sie in den letzten Jahren häufiger und für immer längere Zeit auftrat, beunruhigte die Einheimischen – war sie lediglich ein Vorbote des Klimawandels oder bereits Ausdruck einer neuen, beängstigenden Wirklichkeit? Seit Menschengedenken gehörten Unwetter in diesem Teil der Welt zum Alltag. Stürme an Land und auf See stellten die größte Bedrohung allen Lebens dar. Der Nebel war ein häufiger, aber flüchtiger Gast. Eine Nebelfront, die sich beinahe eine Woche hielt: Selbst die ältesten Bewohner von Qaanaaq konnten sich an kein vergleichbares Ereignis erinnern.

Und was waren das für Geräusche, die Tag und Nacht an ihre Ohren drangen? Ein metallenes Hämmern, aus weiter Ferne, Nebelhörner, Schiffsmotoren. Die Qaanaaqer wussten nicht, was sie davon halten sollten. Doch eines Morgens, der Nebel hing nur noch in dünnen Schwaden über dem Meer, entdeckten sie am Horizont ein markantes Ungetüm – inmitten treibender Eisberge in der azurblauen Baffin Bay, auf der Höhe ihres nördlichen Ausgangs, in der Meerenge zwischen Kanada und Grönland. Wie eine Kathedrale ragte dort der Bohrturm einer Erdöl-Plattform aus dem Atlantik hervor, ein rotweißer Stahlträger auf rechteckiger Insel, mit Stahlrohren und Stahlseilen am Meeresgrund befestigt. Die Bauarbeiten schienen weit fortgeschritten zu sein.

Aqqaluk stand wie so viele mit dem Fernglas am Ufer und besah die fernen Nachbarn, die sich im Sichtschutz des Nebels eingerichtet hatten. Er kontaktierte seinen Sohn Natan Hammond und erstattete Bericht. Bei *arcticchange.org* waren bereits erste Hinweise eingegangen, doch Genaueres wusste man auch dort nicht. Einige Stunden später rief Natan zurück, selten hatte Aqqaluq ihn dermaßen aufgebracht erlebt.

«Das ist wirklich unglaublich, was sich die Dänen da wieder geleistet haben», brach es aus seinem Sohn hervor. «Die können nicht einfach für grönländische Gewässer eine Bohrgenehmigung erteilen. Also haben die Betreiber die Plattform keine hundert Meter hinter der Seegrenze in internationalen Gewässern aufgestellt. Obwohl sie in erster Linie grönländisches Erdöl fördern werden. Deswegen war Kopenhagen bemüht, keine schlafenden Hunde zu wecken. Die Betreiber haben die Wetterverhältnisse genutzt, um Fakten zu schaffen. Selbst hier in Nuuk wusste kaum jemand Bescheid. Und die politisch Verantwortlichen haben die Exploration zu einer Frage der nationalen Sicherheit erklärt. Sie diene der Energiesicherung in Zeiten globaler Verwerfungen. Clever gemacht, Dänemark ist zuständig für die Landesverteidigung.»

«Woher wussten die Betreiber, dass dort Öl zu finden ist?»

«Offenbar mit Hilfe von Satelliten, gefolgt von Probebohrungen. Ursprünglich haben die Investoren nach Erdwärme gesucht, um sie geothermisch zu nutzen. Dabei sind sie auf Öl gestoßen.»

«Also kriegen wir in Qaanaaq den Dreck aus ‹Camp Century› frei Haus geliefert, und zusätzlich können wir uns auf mögliche Umweltkatastrophen bei der Erdölförderung einstellen. Dann ist die Natur hier endgültig erledigt, und wir mit ihr.»

Natan Hammond seufzte. «Was soll ich dir sagen. Klimaerwärmung? Big Business hat Vorrang. Und wir marschieren in Richtung Abgrund.»

Aqqaluk überlegte. «Wer sind die Betreiber?», fragte er.

«Soweit ich das überblicke, handelt es sich um ein Konsortium aus mehreren nordamerikanischen und europäischen Banken. Ein Bankenverbund, das bedeutet: Die Herrschaften haben sich abgesichert. Im Zweifel steht nicht ein einzelner Investor am Umweltpranger, sondern die gesamte Branche. Und wer wollte sich mit der anlegen, die ist schließlich systemrelevant.»

«Wir sollten unsere norwegischen Freunde informieren.»

«Was könnten die ändern? Ich knöpfe mir jetzt erst mal unsere großen Parteien vor. Ich bin mir sicher, die werden laut aufheulen – und trotzdem wieder alles mit sich machen lassen. Im Gegenzug gibt's dann ein paar Milliarden zusätzlich für den Staatshaushalt. So läuft das doch.»

«Dann unternimm was dagegen!», rief Aqqaluk.

«Ich werde alle Kräfte mobilisieren, darauf kannst du dich verlassen.»

«Das erwarte ich auch von dir. Du bist der Sohn eines Jägers, vergiss das niemals!»

Schachmatt. So stellte sich ihre Lage dar, nüchtern besehen. Sophie kam nicht umhin, ihre Widersacher leise zu bewundern. Deren Entschlossenheit. Ihr Selbstbewusstsein. Ihre Beharrlichkeit. Harald sah das ähnlich, auch er machte daraus keinen Hehl. Allein Berit wirkte unglücklich, konnte sie im Augenblick doch wenig für Siv Sandberg tun, die Premierministerin. Andreas Bakke war seinem Rauswurf als Finanzminister zuvorgekommen, indem er freiwillig zurücktrat. Aus privaten und persönlichen Gründen, wie er im norwegischen Parlament erklärt hatte. Er hielt eine glänzende Abschiedsrede im Storting, würdigte die Leistung der Partei und insbesondere seine eigene, die Staatsfinanzen stünden hervorragend da, doch habe er den Eindruck, in der Politik bewege sich zu wenig. Deswegen habe er die Herausforderung angenommen, dem Frieden, der Sicherheit und der Energieversorgung in Zeiten des Klimawandels auf anderer Ebene zu dienen. Nach reiflicher Überlegung und in Rücksprache mit denen, die ihm das Teuerste seien auf der Welt, mit seiner Familie, seiner Frau und seinen Kindern, habe er sich – lieber spät als nie – an die Lebensweisheit seines viel zu früh verstorbenen Vaters erinnert: «Beständig ist allein der Wandel. Und die Karawane, sie zieht weiter.»

Bakke war telegen, ein alerter Mann in den besten Jahren, gepflegt, im Pullover ebenso ansehnlich wie im Anzug, sportlich, kantig, ein Schwiegersohn-Typ mit Dauerlächeln und Dreitagebart. Sein volles brünettes Haar verlieh ihm eine Aura von Jugendlichkeit, er konnte gut mit Menschen umgehen, gab sich volksnah. Siv Sandberg zufolge verfügte er über einen «überschaubaren» Bausatz an sprachlichen Versatzstücken, die er mit großem Geschick je nach Bedarf neu zu kombinieren verstand.

Gemeinsam mit Per Knudsen besetzte er jetzt die Doppelspitze von Norsk Energy, einem neu gegründeten Energieunternehmen, das mit Norwegen ungeachtet des Namens nichts zu tun hatte – das war der Trick. Norsk Energy war das Aushängeschild jenes Banken-Konsortiums, das Milliardenbeträge in die Erschließung von Bodenschätzen in der Arktis investierte, vor allem im Energiesektor. Die beiden größten Anteilseigner waren gleichzeitig die beiden größten Finanzdienstleister und Schattenbanken in den USA, BlackHawk und The Billgard Group, ergänzt um drei Großbanken aus Paris, London und Frankfurt.

«Doppelspitze, das ist gut gesagt», räsonierte Sophie in der privaten Residenz der Premierministerin unweit des Holmenkollen, der markanten Sprungschanze Oslos. «Letztendlich sind Bakke und Knudsen nur das Aushängeschild. Das eigentliche Sagen haben andere.»

«Ja, aber die Strategie der Investoren ist clever», ergänzte Siv Sandberg. Sie saßen um einen ovalen Esstisch, auf dem Fingerfood und einige Getränke bereitstanden. «Die gehen auf Öl- und Gassuche, vor Grönland, in der Arktis, auch in norwegischen Gewässern rund um Spitzbergen und die Insel Jan Mayen.»

«Haben sie dafür die entsprechenden Genehmigungen?», fragte Berit.

«Die brauchen sie nicht, solange sie nicht bohren, sondern lediglich explorieren. Das können sie ohne weiteres machen, mit Forschungsschiffen zum Beispiel. Grönland, die Bohrinsel vor Qaanaaq, das ist erst der Anfang. Ein erster Schritt. Ein Versuchsballon.»

«Bakke weiß aber doch, dass Sie und Ihre Partei keine Bohrgenehmigungen im norwegischen Festlandsockel erteilen werden», hielt Harald fest.

«Was ich will, was die Partei will, ist das eine. Ein anderes, was am Ende tatsächlich geschieht. Das entscheidet sich in Hinterzimmern, nicht im Parlament», korrigierte ihn Sandberg. Und setzte hinzu, etwas leiser: «Wer das Geld hat, der hat das Sagen.»

«Hinzu kommt die fragile Sicherheitslage. Die nützt diesen Leuten, damit können sie politisch punkten», so Berit. «Energie ist das Gold unserer Zeit.»

«Und Sie haben Sorge, dass Bakke und Knudsen die Regierung unter Druck setzen könnten, damit Sie Ihren Widerstand gegen weitere umweltschädliche Aktivitäten in der Arktis aufgeben?», fragte Sophie.

«Ich denke, genau das werden sie versuchen», bestätigte die Premierministerin.

«Aber kommen die damit durch?», so Harald weiter.

«Wie gesagt, das hängt nicht von mir allein ab.»

«Können wir Bakke und Knudsen juristisch beikommen?» Das war Berit.

«Wie denn. Die illegal abgehörten Telefonate hätten vor keinem Gericht Bestand.»

«Was also schwebt dir vor?», hakte Berit nach.

Die Premierministerin lächelte in die unbestimmte Ferne des Lichtermeers über Oslo, trank einen Schluck Rotwein. Sie sagte: «Ich verlange den Kopf von Holofernes. Auf dem Silbertablett.»

***

Mehrere Fischerboote machten sich auf den Weg hinaus aufs Meer, nahezu der gesamte Bestand von Qaanaaq, kleinere Trawler mit jeweils drei bis vier Mann Besatzung. Sie nahmen Kurs auf die Ölplattform, warfen dort, in gebührender Entfernung und weitem Kreis, ihre Netze aus. Ein unverdächtiger Anblick für die Besatzung der Plattform. Wer es besser wusste, hätte sich allerdings gewundert. Die lokalen Fischer waren Einzelgänger, gingen selten nur gemeinsam auf Fang – das war den Umständen geschuldet. Die großen Fangflotten und der Klimawandel hatten die Fischschwärme umfassend dezimiert. Den Einheimischen blieb kaum eine andere Wahl, als in entlegenen Gebieten Restbestände aufzuspüren, auf sich allein gestellt, was selten profitabel war.

Kurz vor Mitternacht gingen Aqqaluk und Birgitta Arnósdóttir von Bord eines der Schiffe, sie zwängten sich in zwei sorgfältig präparierte Fellkajaks. Den Fischern galt das Meer als ruhig, dennoch war die Dünung nicht zu unterschätzen. Aqqaluk sorgte sich weniger um sich selbst als um Birgitta. Sie hatte zwar Übung als Kanutin, die hatte sie im Atlantik vor Reykjavik erworben. Dieser Einsatz allerdings erforderte ein Höchstmaß an Erfahrung. Sollte seine Begleiterin kentern, wäre sie schlimmstenfalls auf sich allein gestellt. Und die Überlebenschancen im Eiswasser waren gering. Vorsichtshalber hatte sich Aqqaluk für ein Zwei-Personen-Kajak entschieden, das im Meer aber schwieriger zu beherrschen war. Nötigenfalls würde er Birgitta auf sein Boot zu ziehen versuchen.

Zufrieden stellte er fest, dass sie gut ausbalanciert ihren Platz eingenommen hatte und das Paddel sicher in Händen hielt. Die für ihren Ausflug erforderlichen Utensilien waren in einer Plastiktasche über ihrer Sicherheitsweste und zwischen den Beinen befestigt.

«Wir brauchen etwa eine halbe Stunde bis zur Plattform», erinnerte Aqqaluk sie. «Du fährst neben mir, damit ich dich im Blick behalten kann. Wir haben den Wind im Rücken. Was bedeutet, dass wir miteinander nur flüstern, und das ausschließlich im Notfall. Lautes Reden könnte uns verraten. Wenn wir uns nachher trennen, kommunizieren wir mit Hilfe unserer Taschenlampen. Dreimal blinken heißt: Ich bin in Gefahr und brauche Hilfe. Alles klar so weit?»

«Natürlich.»

«Und du weißt, was du zu tun hast?»

«Darin habe ich Übung, wie du weißt.»

«Gut. Das ist jetzt deine letzte Chance, es dir anders zu überlegen. Niemand nimmt es dir übel, wenn du abbrichst und umkehrst.»

«Danke, Aqqaluk. Gegen meinen Willen wäre ich nicht hier. Los geht's!»

Ruhig und beständig tauchten sie ihre Paddel in das eisige Wasser, erzielten ein gutes Tempo. Im Dunkeln erschienen die Umrisse der beleuchteten Plattform mit ihrem markanten Aufbau wie ein rechteckiger Krake –

aufgebäumt und jederzeit bereit, sich auf seine Opfer zu stürzen. Sie führten keine Elektronik mit sich, um nicht geortet zu werden. Fast kam es Aqqaluk vor wie ein Ausflug in den guten alten Zeiten, als die Grönländer noch als Fischer und Jäger lebten. Doch das Ungetüm vor ihnen ließ wenig Raum für Illusionen. Mit jedem Eintauchen des Paddels rückte es näher, wirkte es größer und bedrohlicher. Du gehörst hier nicht hin, du verdammter Krake, ging es Aqqaluk durch den Kopf, das ist der falsche Ort für dich.

Die Lichtverhältnisse machten es schwierig, sich der Ölplattform unbemerkt zu nähern. Ein matter Schein reichte bis aufs Meer. Wer an Deck eine Zigarette rauchte, konnte die Kajaks durchaus entdecken. Vorsichtshalber steuerten die beiden Kanuten die hinteren Stahlpfeiler der Bohrinsel an, ihre «Schattenkante», wie Aqqaluk seiner Begleiterin erklärt hatte, und schlugen dafür einen größeren Bogen. Bis sie schließlich unterhalb der Plattform selbst angelangt waren und sich frei bewegen konnten – außer Sichtweite, sofern keine Infrarotkameras eingeschaltet waren. Das aber hielten sie für unwahrscheinlich. Nicht ohne einen Anflug von Ehrfurcht registrierten sie die gewaltige Größe der Stahlkonstruktion über ihnen.

Sie arbeiteten über Kreuz, um einander besser im Blick zu behalten. Birgitta versorgte die meterdicken Pfeiler A und C, Aqqaluk B und D. Die Entfernung zwischen ihnen betrug diagonal etwa 70 bis 80 Meter. Aqqaluk ging ans Werk, stellte sein Kajak längsseits zum Pfeiler und deponierte dort den Wassergel-Sprengstoff. Glücklicherweise mussten sie dafür nicht ihre Boote verlassen und am Stahl hochklettern. In Reichweite ihrer Arme bereits fanden sich hinlänglich Rundungen und Öffnungen, Wellenbrecher, in denen sie jenes Tovex deponierten, das erst Harald und seine beiden dänischen Begleiter, dann Aqqaluks hiesige Helfer hatten mitgehen lassen, auf deren Flucht aus dem «Camp Century».

Die größte Schwierigkeit bereitete der Wellengang. Sie mussten vermeiden, dass ihre Kajaks gegen die Stahlträger prallten, was die Holz- und Fellkonstruktion zu zerschmettern drohte. Aqqaluk hatte sein Kajak unter Kontrolle, aber galt das auch für Birgitta? Sie kannte sich gut aus mit dem Tovex und hatte eine ungefähre Vorstellung von der zu verwendenden Menge. Eine Katastrophe wollte niemand auslösen, wohl aber ein Zeichen setzen. Eines, das aufhorchen ließe.

Ihre Arbeit erforderte größte Konzentration. Plötzlich vernahm Aqqaluk einen Schrei. Von dort, wo er Birgitta vermutete, ohne sie allerdings zu sehen. Unverzüglich paddelte er zum Pfeiler C. Dort entdeckte er sie, hochgeklettert an den Verstrebungen des Stahlträgers. Ihre Kleidung war durchnässt, von ihrem Kajak fehlte jede Spur. Aqqaluk ahnte, dass es durch die Wucht eines harten Aufpralls zerschmettert worden war.

«Alles klar bei dir?», rief er ihr zu.

«Ja. Na ja. Ich friere ganz ordentlich.»

«Komm ins Boot!»

«Einen Moment ... Bin gleich fertig.»

Sie stellte den Zünder scharf. Das hatte er auch an seinen beiden Pfeilern getan.

«Beeil dich! Wir müssen los!» Aqqaluk machte sich weniger Gedanken darum, entdeckt zu werden, als um ihre Gesundheit. In nasser Kleidung würde sie bei diesen Außentemperaturen sterben, bevor ein rettendes Fischerboot sie aufnehmen konnte. Vorsichtig kletterte Birgitta die wenigen Sprossen der Stahlwand hinab. Als sie fast auf Aqqaluks Höhe war, forderte er sie auf, sich auszuziehen: «Kriegst du das hin, ohne abzustürzen?»

«Hast du trockene Sachen dabei?»

«Ich reiche sie dir.»

Leichter gesagt als getan. Er musste das Kajak so ausrichten, dass es nicht ebenfalls ein Opfer der Dünung wurde, und gleichzeitig auf das Robbenfell achten. Schließlich setzte Aqqaluk alles auf eine Karte und rief: «Fang!» Glücklicherweise gelang der Wurf, und sie war behände genug, um das Fell aufzufangen. Während sie sich umzog, paddelte er einmal um den Pfeiler, um dem Wellengang auszuweichen. Obwohl er Übung hatte, empfand er die Situation als bedrohlich. Die Inuit hielten sich immer in der Nähe der Küste auf, wenn sie sich mit einem Kajak aufs Meer wagten. Nicht ohne Grund. Im nächsten Schritt musste Aqqaluk seinen Doppelsitzer so in Stellung bringen, dass es Birgitta gelang, in die schmale Rundung vor ihm einzusteigen – ohne abzustürzen und im Wasser zu landen. Das verlangte mehrere Anläufe, die er immer wieder abbrechen musste, weil ihm die Wellen zu hoch erschienen. Birgitta dachte mit und half, den richtigen Moment abzupassen, den höchsten Punkt eines Wasserbergs. Geschickt schwang sie sich in die Öffnung, in der Hocke, blitzschnell erst das rechte, dann das linke Bein im Paddelboot versenkend und mit ausgewogener Balance den übrigen Körper hinterherziehend. Aqqaluk beugte sich dabei weit nach rechts, um den Schwung, den das Kajak durch ihren Einstieg in die entgegengesetzte Richtung bekam, leidlich aufzufangen. Dabei stieß er mit großer Wucht gegen den Stahlträger. Er stöhnte und reichte ihr das zweite Paddel, das er auf der Außenhaut befestigt hatte.

Schweigend kämpften sie gegen die Wellen, die immer höher zu werden schienen. Aqqaluk steuerte einen Zickzack-Kurs, noch immer benommen von seinem Aufprall, eine Breitseite der Wasserwände durften sie nicht riskieren. Leichter Nebel stieg auf, was die Orientierung zusätzlich erschwerte. Allein die Positionslichter der Begleitschiffe wiesen ihnen den Weg, und die Sorge vor einer weiteren Verschlechterung der Wetterbedingungen spornte sie zu einer hohen Schlagzahl ihrer Paddel an. Für den Rückweg brauchten sie eine gute Stunde, doppelt so lange wie für die Hinfahrt. Als sie schließlich die Deckleiter eines kleinen Trawlers erklommen hatten, sank Birgitta zu Boden, sie keuchte vor Erschöpfung. Aqqaluk half ihr wieder auf die Beine, klopfte ihr anerkennend auf die Schulter.

«Es gibt nicht viele mit deinem Mut», sagte er und strich ihr über die Wange.

Die Explosion auf einer Ölplattform vor der Küste Grönlands schaffte es in die Nachrichtensendungen weltweit. Experten sprachen von einem Rätsel, man müsse die Untersuchungsergebnisse abwarten – zwar sei niemand zu Schaden gekommen, doch die Statik der Plattform müsse umfassend geprüft werden. Das koste Zeit und noch mehr Geld.

Im abhörsicheren Badezimmer der Einheit E 39 in

Oslo trafen sich Sophie, Berit und Harald zur Lagebesprechung. Guten Mutes war Sophie soeben aus Nuuk zurückgekehrt und richtete Grüße aus, seitens aller Beteiligten aus Island und Grönland.

«Davon will ich nichts hören, ich kenne diese Leute nicht und kann nicht billigen, was sie getan haben», gab Berit zu Protokoll.

«Selbstverständlich nicht», bestätigte Harald. «Gewalt ist niemals eine Lösung», sagte er grinsend und schenkte drei Gläser Crémant Rosé aus dem Elsass ein. «Deswegen wissen wir alle auch von nichts.»

«Das will ich meinen», betonte Berit und ließ sich zu keinem Gesichtsausdruck verleiten, der ihrer Position nicht angemessen gewesen wäre.

Sophie ergriff ein Glas und nahm einen tiefen Schluck. «Was habt ihr zu berichten?», fragte sie.

«Berit hatte keine Mühe, die Abhörgenehmigung für Per Knudsen und Andreas Bakke zu erwirken», erwiderte Harald. «Dieses Mal können wir ihnen vollkommen legal an die Eier.»

«Würdest du dich bitte angemessen ausdrücken?», ermahnte ihn Berit.

«Selbstverständlich. Ich habe mir lediglich erlaubt, den Duktus des observierten Umfeldes wiederzugeben.»

Sophie ließ sich nachschenken. «Erzähl schon», forderte sie Harald auf.

«Na ja, sie reden recht offen über dies und jenes. Beide glauben, sie könnten sich jetzt alles erlauben. Sie und ihre Norsk Energy. Die benennen offen ihre Strategie. Probebohrungen, Fakten schaffen und damit die Regierungen der nordischen Länder unter Druck setzen. Damit sie tun, was die Investoren verlangen. Und für die ist die Arktis einfach nur eine weitere Wüste mit unendlich vielen Energieträgern und Ressourcen.»

«Das ist egoistisch, aber nicht strafbar.»

«Da hast du natürlich Recht, Sophie», meldete sich Berit zu Wort. «Aber die Art und Weise, wie sie reden, wie sie über die Regierung und insbesondere über Siv herziehen, das hat schon eine ganz eigene Qualität. Es ist nicht zuletzt ihr Tonfall. Diese Überzeugung, die immer wieder mitschwingt, sie stünden über Recht und Gesetz, sie könnten sogar Parlamente übergehen. Knudsen und Bakke sprechen offen darüber, einzelne Abgeordnete und sogar ganze Parteien der Einfachheit halber zu kaufen. Juristisch lässt sich das als Aufforderung zur Straftat werten.»

«Selbst wenn es nicht zur Anklage kommt», ergänzte Harald, «belegen ihre Ausführungen, dass die beiden nicht dem Allgemeinwohl oder den Interessen Norwegens dienen, sondern ausschließlich ihren eigenen. Ein Zitat hier, ein gestreuter Hinweis dort, an die Medien etwa – Bakke bekommt keinen Stich mehr im Storting, so viel ist sicher. Schon gar nicht auf Ministerebene. Und Einfluss zu nehmen hinter den Kulissen, das kann er vergessen. Dafür nimmt er sich zu wichtig. Früher oder später wird das auch den Kapitaleignern im Ausland auffallen. Ich sag mal: In gar nicht ferner Zukunft werden Bakke und Knudsen viel Zeit haben, ihren Hobbys nachzugehen.»

«Schön und gut, dann kommen die nächsten und machen ihren Job diskreter.»

«Willkommen im Club, Sophie. Was haben wir denn

die letzten Jahre anderes gemacht, als mühselig Steine den Berg hochzutragen, die anschließend wieder heruntergerollt sind? Den Berg können wir nicht versetzen. Der bleibt. Alles Weitere aber – da kommen wir ins Spiel. So, Harald, jetzt hätte ich doch gerne noch einen Schluck. Ach was, gib mir die ganze Flasche, verdammt noch mal.»

Die Nachrichten über die Bohrinsel am Rande der Hoheitsgewässer lösten in Grönland große Empörung aus. Natan Hammond und die Bewegung *arcticchange.org* lancierten eine groß angelegte Kampagne, die über die Hintergründe informierte und von Teilen der grönländischen Medien wie auch des Parlaments Unterstützung erfuhr. Wiederholt kam es zu Demonstrationen in Nuuk, ein seltenes Ereignis. Umfragen zufolge sprachen sich mehr als 60 Prozent der Bevölkerung gegen jedweden Raubbau an der Natur des Landes aus. In den nordischen Ländern, in den USA und Kanada wuchs das Interesse an *arcticchange.org*, erneut häuften sich die Interviewanfragen aus aller Welt, denen Natan Hammond professionell nachkam – ohne allerdings dem Irrglauben zu erliegen, damit etwas zu erreichen. Wiederholt ärgerte er sich über unautorisierte Veröffentlichungen oder Fragesteller, die ihn mit nie getätigten Aussagen zitierten. Eine große Zeitung aus New York begegnete ihm dagegen zwar durchaus wohlwollend, bezeichnete ihn aber in der Überschrift als «heiligen Narren».

Wer gegen den Strom schwamm, machte sich wenig Freunde. Diese Einsicht focht Natan Hammond nicht an. Entscheidend war in seinen Augen, dass *arcticchange.org* genügend Unterschriften für ein Volksbegehren gesammelt hatte. Auch im Parlament deutete sich eine Mehrheit an, um die Ausbeutung grönländischer Ressourcen künftig an strenge Umweltauflagen zu binden und sie grundsätzlich von der Zustimmung der lokalen Bevölkerung abhängig zu machen.

Natürlich wusste Hammond, dass er das Zugpferd der Bewegung war. Das entsprach den Spielregeln einer Mediendemokratie – sie bedurfte des charismatischen Volkstribuns. Andererseits versuchte er die damit einhergehende Verantwortung so weit wie möglich zu teilen und potentielle Nachfolger aufzubauen. Er hatte keine Bedenken, die Rolle eines Ersten unter Gleichen einzunehmen. Ein guter Anführer musste bereit sein, Autorität auszuüben, ohne allerdings nur die eigene Meinung gelten zu lassen oder sich gar für unersetzlich zu halten. Das war sein Credo.

Aber erschöpft war er, müde. Seine Aufgabe forderte ihn über alle Maßen. Natan Hammond hatte kaum noch das Gefühl, er selbst zu sein. Er beschloss, seinen Vater Aqqaluk künftig öfter zu sehen, seinen Rat einzuholen. Und Mikiseq lag ihm in den Ohren, sein getreuer Mitstreiter, der jedem Besucher erzählte, dass er im ersten jemals in Grönland gedrehten Horrorfilm die Hauptrolle gespielt habe. Mikiseq stand vor seinem Debüt als Regisseur: «Die Zombie-Apokalypse». Soweit Aqqaluks Sohn verstanden hatte, ging es um ein Kettensägenmassaker rastloser Untoter vor arktischer Kulisse. Um Mikiseq einen Gefallen zu tun, erklärte er sich bereit, in einer kleinen Nebenrolle mitzuwirken. Als Komparse in einer Szene, in der Erwachsene für den Arktischen Marathon trainierten.

Natan Hammonds filmischer Auftritt hatte sich herumgesprochen, zahlreiche Einwohner der Hauptstadt hatten sich entlang der Laufstrecke eingefunden und jubelten den Teilnehmern des Marathons zu, sehr zur Freude von Regisseur Mikiseq. Grönlands Politstar empfand seinen Auftritt als Läufer in erster Linie als absurd, erkannte aber wohl, dass er ihm nicht schaden würde, im Gegenteil. Die Stimmung war ausgelassen und fröhlich, hier werde kein Massaker zelebriert, vielmehr die Ruhe vor dem Sturm, die Brüchigkeit menschlichen Daseins beschworen, wie Mikiseq den Mitwirkenden erklärt hatte. Die Hundertschaft rannte ein gutes Tempo, eingefangen von mehreren Kameras. Innerlich lächelte Natan Hammond über diesen Unfug, der immerhin für einen kurzen Moment die Last von ihm nahm, die Last der ungewissen Zukunft Grönlands. Kettensägen hin oder her – Mikiseq war ein guter Regisseur, der, einem fähigen Politiker gleich, diese Atmosphäre aufgriff und verstärkte, anstatt sie in das Korsett einer vorgefassten Dramaturgie zu zwängen. Während Natan Hammond allmählich außer Atem geriet, fragte er sich, ob Mikiseq nicht das Zeug zum Anführer hatte. Ewig wollte er *arcticchange.org* nicht leiten, es gab auch ein Leben jenseits von Terminen, Zwängen und Pflichten. Und Mikiseq war ein Naturtalent, er besaß Herz und Verstand. Darüber dachte Natan Hammond nach, inmitten all der entspannten Läufer, an einem strahlend schönen Frühjahrstag voller Verheißung.

Mit Wucht rempelte ihn ein Mann zur Rechten an, so sehr, dass er fast die Balance verlor und gegen die Schulter desjenigen zu seiner Linken geschleudert wurde. Er spürte einen kurzen, stechenden Schmerz, wie bei einem Wespenstich. Hörte ein «Sorry», dann entfernten sich beide Männer in einem rasanten Sprint, bahnten sich ihren Weg durch die Menschenmenge und verschwanden in einer Seitenstraße.

«Idioten!», rief Natan Hammond und fasste sich an die Schulter, die zu brennen begann.

***

Sophie und Harald saßen an einer Bar im Flughafen von Oslo und warteten auf ihren Flug nach Reykjavik. Auf dem Bildschirm im Hintergrund lief tonlos eine Reportage mit den Bildern jener Explosion, die das Geschäftsviertel Aker Brygge erschüttert hatte und viele Norweger an die Terroranschläge Anders Breiviks erinnerte. Eine ganze Häuserfront war zerstört worden, ebenso der Hinterhof und das dazugehörige Gartenhaus, der Sitz einer Import-Export-Firma, deren Geschäftsführung mit Blick auf die laufenden Ermittlungen nicht vor die Kameras treten mochte. Da der Anschlag nachts erfolgte, war zwar niemand getötet, wohl aber waren mehrere Autofahrer durch herabfallende Trümmerteile verletzt worden.

Niemand wusste, wer für den Anschlag verantwortlich war, der offenkundig dem Sitz ihrer Einheit E 39 galt. Ein Bekennerschreiben gab es nicht. Zwar hatte sich der Staatsschutz der Sache angenommen, doch suchten Sophie und Harald den Verantwortlichen zusätzlich eine Falle zu stellen. Deswegen reisten sie nach Island, während sich ihre Chefin, Berit Berglund, aus Sicherheitsgründen in ihr Sommerhaus in Mittelnorwegen zurückgezogen hatte, wo sie unter Polizeischutz stand.

«Wir haben das Ende unseres Weges erreicht», murmelte Sophie.

«Ich wäre da nicht ganz so optimistisch wie du», erwiderte Harald lächelnd und legte ihr den Arm um die Schulter.

Sophie ließ ihn gewähren, es tat ihr gut. Seine Nähe, die ihres engsten Vertrauten. Der allein deswegen nicht ihr Liebhaber war, weil sie fand, dass beides nicht zusammenging. Auch wenn sie ihn sehr mochte, an ihm hing: Sie kannte keinen Mann, der ihm das Wasser reichen konnte.

Vielleicht dachte sie zu viel und lebte zu wenig.

Als könnte Harald ihre Gedanken lesen, sagte er: «Was geschehen ist, können wir nicht ändern. Warum grübeln und sich martern? Was bringt das?»

«Wollen wir das alles einfach geschehen lassen?»

«Tun wir doch nicht.»

«Wir haben doch gar keine Ahnung, mit wem wir uns da anlegen. Ob unser Plan aufgeht.»

«Wir werfen einen Stein ins Wasser und warten ab, welche Kreise er zieht.»

«Bisher haben immer nur die anderen die Steine geworfen.»

«Das würde ich nicht so sehen», widersprach Harald und zog seinen Arm zurück, er nahm eine Tasse Kaffee in Empfang. «Es ist eine Art Spiel, nicht wahr. Der ewige Kampf zwischen Gut und Böse. Wahrheit und Lüge. Richtig und falsch.»

«Den wir nicht gewinnen können.»

«Darum geht es auch nicht. In diesem Spiel gibt es weder Sieg noch Niederlage. Nur ein ständiges Auf und Ab. Wie im wirklichen Leben. Es ist wie eine Wellenbewegung. Mal bist du oben, mal bist du unten.»

Sophie überlegte. «Es muss doch möglich sein, diesen Kräften, denen wir ausgesetzt sind, einen vernichtenden Schlag zu versetzen.»

«Wir können ihnen immer wieder Schläge versetzen, keine Frage. Deswegen fahren wir ja auch nach Island. Dort werden wir sie gebührend in Empfang nehmen.»

«Wenn wir Glück haben.»

«Wenn wir entschlossen genug sind und uns nicht selbst infrage stellen. Wir sollten uns lieber darauf fokussieren, unsere Widersacher nach Kräften auszubremsen. Wir sind beide einen langen und beschwerlichen Weg gegangen, Sophie. Ich aus Pakistan, du aus Berlin. Deswegen sind wir auch ein unschlagbares Team. Uns macht niemand was vor. Wir wissen, worauf es ankommt.»

Einem lammenden Schaf in Island bei der Geburt zu helfen – Sophie wähnte sich im falschen Film. Das Schaf blökte, die Geburt verlief schwierig, sie hielt dessen Kopf im Schoß, streichelte es, redete beruhigend auf das Muttertier ein. Der Schäfer Snorri Júlíusson zog vorsichtig den Kopf des Lamms hervor, dessen Vorderläufe sich verkeilt und den Geburtskanal blockiert hatten, was dem Mutterschaf größte Schmerzen bereiten musste. Es blökte unaufhörlich, der Schäfer schwitzte aus allen Poren und versuchte zu retten, was zu retten war. Seine Hände steckten fast vollständig im Unterleib des Schafes, er versuchte das Lamm vorsichtig zu drehen, während

Birgitta Arnósdóttir sich mühte, das Muttertier in einer stabilen Seitenlage zu halten. Schwer zu sagen, wie lange diese Geburt dauerte, Sophie hatte ihr Zeitgefühl verloren. Doch auf einmal schoss das Lamm aus dem Bauch seiner Mutter heraus, als hätte es kein Hindernis gegeben, umgeben von Blut und Schleim. Der Geruch verursachte Sophie Brechreiz, den sie aber unterdrückte, im Angesicht der stoischen Haltung ihrer Mitstreiter, die das Lamm ungerührt abnabelten.

«Ich denke, ich werde dich Natan nennen», sagte Schäfer Snorri strahlend und sammelte die Plazenta ein. «Wir sollten die beiden jetzt in Ruhe lassen. Das war eine verdammt schwere Geburt, für alle Beteiligten. Kommt, wir gehen draußen anstoßen.»

Unweit der Bauernkate hörte Sophie Harald, konnte ihn aber nicht sehen. Seinen Flüchen nach zu urteilen befand er sich inmitten der Koppel, um ein Schaf für die Schafschur zu packen, offenbar auf Knien und ohne Erfolg.

«Harald! Mach mal Pause. Wir trinken auf Natans Wiedergeburt», rief ihm Snorri lachend zu. «Ich zeige dir nachher, wie du das besser hinbekommst.» Er reinigte seine Arme im vorbeifließenden Bach, anschließend holte er einen Selbstgebrannten aus der Küche. Die Flasche mit dem Blaubeergeist präsentierte er stolz in Brusthöhe, ihr Helfer Olafur Erlingsson hielt das Tablett mit den Gläsern in Händen. Der pensionierte Polizist mit den furchteinflößenden Gesichtszügen lächelte nie und redete ungern, war aber hier vor Ort das Mastermind. Er hatte ihre Waffen besorgt, er stand mit der Einsatzleitung in Kontakt.

«Verdammt!», ärgerte sich Harald. «Das kann doch nicht sein, dass ich kein einziges Schaf zu packen bekomme.»

«Die können ziemlich flink sein. Und sie riechen, ob jemand ein Greenhorn ist oder nicht», tröstete ihn Snorri und reichte ihm ein gut gefülltes Glas.

«Ja, aber ... dass ich nicht mal Schafe in den Griff bekomme ...»

«Wie sieht's denn aus mit Frauen?», erkundigte sich Olafur Erlingsson und räusperte sich entschuldigend, nachdem ihn Birgitta scharf angesehen hatte.

«Was für ein schöner Tag», flötete Snorri. «Der Himmel ist blau, hinter uns liegt friedlich der Vulkan Hekla mit seiner weißen Kuppel, vor uns das Meer. Wir sind umgeben von Flachland mit einigen Hügeln, niemand kann uns ungesehen überfallen. Was also wollen wir mehr.»

«Warten, bis man uns abknallt?», fragte Sophie treuherzig.

«Vorher schießen wir», knurrte der pensionierte Polizist. «Wir haben alles, was wir brauchen. Einschließlich einer Standleitung in die Hauptstadt. Mit dem Hubschrauber sind die Kollegen in wenigen Minuten hier. Ich würde sagen: Wir sind bestens aufgestellt.»

«Wir warten also darauf, dass unsere Feinde uns hier angreifen», überlegte Harald. «Wie aber erfahren sie, dass wir hier sind?»

«Da mach dir mal keine Sorgen. Dafür sorgt schon Anwalt Baldvinsson. Der hat da seine Mittel und Wege», versicherte Birgitta.

Am Abend gab es Schafsgulasch. Sophie beschränkte sich auf die separat gereichten Kartoffeln und den Blumenkohl – der Appetit auf Fleisch war ihr vergangen. Wie Menschen Lamm essen konnten, gerade erst geborene Winzlinge, blieb ihr ein Rätsel. Die Küche war klein, zu klein für fünf Personen, aber gemütlich eingerichtet. Wie eine Kombüse oder ein Lagerfeuer unter einem Dach. Das weiße Holzhaus mit dem roten Blechdach erinnerte an Astrid Lindgrens Bullerbü. Doch der Schein trog, das bewiesen auch die Fernsehnachrichten, die Birgitta übersetzte. Die Bilder zeigten die größte Prozession in der Geschichte Grönlands. Die Hauptstadt Nuuk schien in einem Meer aus Menschen zu versinken. Sie gaben Natan Hammond das letzte Geleit, der überraschend an einem Herzinfarkt verstorben war. An seiner statt hatten Aqqaluk und Mikiseq die Führung von *arcticchange.org* übernommen, die beide flammende Reden hielten.

«Verdammte Schweinerei», kommentierte Harald. «Ich mochte ihn. Ein absolut korrekter Typ.»

«Zu korrekt», ergänzte Birgitta. «Sonst wäre er jetzt wohl noch am Leben.»

«Spekulationen führen uns nicht weiter», resümierte Olafur. «Wir sollten uns auf das konzentrieren, was vor uns liegt.»

«Mord und Totschlag meinst du?», entgegnete Snorri. «Da sind wir auf gutem Weg, nicht erst seit den Wikingern.»

«Wir alle wissen, was zu tun ist», resümierte Birgitta.

«Wir sind sehr dankbar, dass ihr diese Last auf euch nehmt», sagte Sophie.

«Das sind wir wirklich», bestätigte Harald.

«Wir sind keine Heiligen», betonte Birgitta. «Sondern ein Team aus Gleichgesinnten, das eine gemeinsame Aufgabe zu bewältigen hat. Natan Hammond hätte es nicht anders gewollt. Stoßen wir an auf Natan im Himmel und Natan im Stall.» Sie erhob ihr Glas.

★★★

So genossen sie einige fast märchenhafte Tage am Rande des Vulkans, inmitten einer kargen, wechselhaften Natur, die ihnen Regen bescherte und Sonnenschein, stürmische Böen, Hagelschauer und Gewitter. Von einem Moment auf den anderen konnte das Wetter umschlagen, und Sophie wusste morgens nie, ob sie ein T-Shirt oder einen wärmenden Island-Pullover tragen sollte. Meist wechselte sie ihre Kleidung mehrfach am Tag. In leisen, stillen Momenten glaubte sie sich in vergangene, vormoderne Zeiten versetzt, doch solche Anmutungen verflogen schnell, viel zu schnell – das Rauschen der Fahrzeuge auf der Ringstraße in Richtung Reykjavik war nur selten zu überhören. Zu Fuß benötigte sie etwa eine Dreiviertelstunde bis in die nächste Ortschaft Hella, eine kleine Gemarkung mit einigen Hundert Einwohnern, deren sichtbarstes Merkmal aus einer nachts hell beleuchteten Tankstelle mit angeschlossenem Supermarkt bestand. Oft ging sie den Weg dorthin, Sophie war zuständig für die Einkäufe. Olafur und Birgitta lagen meist mit dem Fernglas auf der Lauer, verborgen hinter Felsvorsprüngen, Grassoden oder Steinen. Auch Stolperdrähte hatten sie verlegt, die elektronische Warnsignale auslösten, falls sich jemand auf Schleichwegen dem Gehöft nähern sollte.

Gerne sprach Snorri von ihnen als Gästen oder Freunden. Sophie mochte den widerborstigen Alten, der Birgitta und Olafur zufolge keinen Moment gezögert hatte, ihnen beizustehen. Die Wut schwelte noch in Island, die Verbitterung. Auf das, was 2008 geschehen war, in der Banken- und Finanzkrise, die das Land beinahe ruiniert hätte. «Brechen wir den Kerlen die Knochen!», hatte Snorri gepoltert, begeistert von Birgittas und Olafurs Plänen.

Endlich kam er, der große Auftrieb. 100 Schafe in Richtung des Vulkans Hekla zu treiben – keine geringe Aufgabe. «Das Problem ist, sie als Herde zusammenzuhalten, bis sie in ihren Frühjahrs- und Sommerweidegründen angekommen sind. Dort können sie sich frei bewegen. Aber vorher müssen wir zwei Flüsse überqueren, an den entsprechenden Furten. Wenn die Leittiere da ausscheren oder gar vom Wasser mitgerissen werden, ist es um die Herde schnell geschehen», erklärte Snorri. Gerade wollten sie aufbrechen, da fiel ihm etwas ein: «Oh je – am Nachmittag kommt der Wagen von der Molkerei hier vorbei und holt die Schafsmilch ab. Könnte sich bitte jemand darum kümmern?»

Snorri blickte in die Runde, offenbar empfanden sie alle den Schaftrieb als aufregender. «Okay, ich mach's», sagte schließlich Sophie.

«Danke!», röhrte Snorri und schlug ihr derart anerkennend auf den Rücken, dass sie fast die Balance verlor.

«Gut, dann bleibe ich auch», meldete sich Birgitta zu Wort. «Du solltest nicht alleine hierbleiben. Wir sind ja nicht zum Vergnügen hier.»

Die Männer nickten zustimmend und zogen los, mit ihnen eine Heerschar blökender Weggefährten.

Sophie kochte einen Kaffee, die beiden Frauen nahmen Platz in der Küche, mit Blick auf den einzigen Zufahrtsweg.

«Bist du gerne Lehrerin?», fragte Sophie.

«Ich mag die Kinder. Die Verwaltung nicht so.»

«Kann ich gut nachvollziehen.»

Birgitta musterte sie. «Darf ich dich was fragen?»

«Die Frage an sich ist ja fast schon daneben.»

«Ich weiß nicht ...» Birgitta überlegte. «Wie gehst du damit um? Ich meine, du hast schon so viel erlebt. Und es wird nicht besser.»

«Es ist jedenfalls kein Ende in Sicht.»

«Scheiße, oder? Und Natan ist tot. Wohin soll das noch führen?» Unvermittelt trat Birgitta ans Fenster. «Da kommt der Kleinlaster von der Molkerei», sagte sie. Der Wagen hielt, zwei Männer stiegen aus. «Das sind nicht die, die sonst kommen.»

Sophie gesellte sich zu ihr. «Nein, die da sind weder dick noch alt.»

«Mir sind sie etwas zu jung und sportlich.» Birgitta zückte ihre Kamera, machte mehrere Fotos von ihnen, durch das Fenster hindurch. Sie wollte sie an Olafur und die Einsatzzentrale schicken. Doch das Netz war tot.

«Was soll das denn schon wieder ...»

«Bei mir tut sich auch nichts. Kein Empfang», ergänzte Sophie.

«Geh nach hinten, sieh aus dem Toilettenfenster. Falls jemand aus der Richtung kommt. Hast du deine Pistole griffbereit?»

Sophie nickte und eilte ins Bad – nichts. Es klingelte an der Tür. Birgitta rief: «Ich kann gerade nicht! Aber Sie wissen ja, wo der Tank steht.»

«Ich brauche Ihre Unterschrift», sagte der Mann auf Englisch. Das war nicht ungewöhnlich, im Land arbeiteten viele Ausländer für begrenzte Zeit, die sich nicht die Mühe machten, das schwierige Isländisch zu erlernen.

«Die bekommen Sie, wenn Sie fertig sind», erwiderte Birgitta, ebenfalls auf Englisch. An Sophie gewandt flüsterte sie: «In dieser Molkerei arbeiten keine Ausländer. Nur einheimische Dickschädel.»

«Könnte also ernst werden, was?»

Anstatt zu antworten, zog Birgitta eine HK P2000 aus ihrem Hosengürtel.

«Wo hast du die denn her?»

«Leihgabe von Olafur. Wie auch deine Waffe.»

«Meine ist nicht halbautomatisch.»

«Wo sind die Kerle hin?», fragte Birgitta.

«Zum Tank?»

«Hoffentlich.»

Instinktiv lief Sophie ins Schlafzimmer, von wo aus der Schafstall zu sehen war. Sie sah die beiden Männer miteinander reden und heftig gestikulieren. Soweit sie die beiden durch das geschlossene Fenster hindurch verstehen konnte, fielen wiederholt Bemerkungen wie «Wo sind die anderen?», «Erst mal anrufen», «Sache klären».

Spontan öffnete Sophie das Fenster und fragte: «Kann ich Ihnen helfen?»

Die beiden etwa 30-jährigen Dressmen-Typen, sportlich durchtrainiert, blond und blauäugig, blickten sie erstaunt an.

«Wir sind neu im Geschäft, ehrlich gesagt», meinte einer. «Vielleicht können Sie uns helfen beim Andocken? Wie bekommen wir die Milch in den Wagen?»

«Ich fürchte, da sind wir überfragt. Ich rufe aber gerne in der Molkerei an. Da weiß man sicher mehr.»

«Danke, nicht nötig!», rief der andere.

«Keine Ursache, ich helfe gerne.»

Als sie ihr Handy ans Ohr führte, lachten die Herren.

«Kein Empfang, was?», sagte einer. «Wir kommen rein», der andere.

Sophie schloss das Fenster. Der eine blieb, wo er war, der andere begab sich zur Eingangstür.

«Aufmachen!», rief er und schlug mit der Faust aufs Holz.

«Was sollen wir tun?», fragte Birgitta sichtlich nervös.

«Du stößt die Tür seitlich auf und bleibst in Deckung. Ich nehme ihn in Empfang.»

Sophie stellte sich frontal zur Tür auf, die Pistole im Anschlag. Die Tür sprang auf, der Kerl stand da, bewaffnet, zielte auf sie, doch Sophie war schneller, drückte ab und traf ihn in der Schulter. Auch er schoss, während er unter Schmerzensschreien zu Boden sackte. Seine Kugeln gingen ins Leere. Zu hören waren die Schüsse kaum, er benutzte offenbar einen Schalldämpfer. Der Mann robbte sich aus der Schusslinie. Sophie war sich nicht sicher, ob sie ihn gewähren lassen sollte, doch ihn rücklings zu erschießen brachte sie nicht über sich.

Ein Luxus, der seinen Preis verlangte.

Der Angeschossene verschanzte sich hinter dem Molkereifahrzeug. Sein Kumpan zerschoss das Schlafzimmerfenster. Kurz darauf flogen Brandsätze auf das Dach, die schmale Veranda und ins Schlafzimmer. Sophie und Birgitta bemühten sich, das Feuer zu löschen, doch sobald sie in die Nähe eines Fensters kamen, fielen Schüsse. Sie bekamen den Brand nicht in den Griff.

«Wir müssen hier raus!», rief Birgitta. «Wir können das Haus nicht retten.»

«Die warten aber auf uns. Wahrscheinlich glauben sie, wir kommen vorne raus. Durch diese Tür.»

«Hast du eine andere Idee?»

«Tja ... Das Toilettenfenster ist zu klein. Das im Wohnzimmer ginge, aber das hat der im Visier, den ich angeschossen habe. Wie auch die Küche.»

«Schlafzimmer?»

«Davor lauert dessen Kumpan.»

Die ersten Rauchschwaden zogen durch die Räume. Sophie blickte nach draußen, registrierte den Wagen der Molkerei. Er stand quer zum Haus. Ihr kam eine Idee.

«Du schießt auf den Wichser, mit deiner Halbautomatik», sagte sie. «Damit ist der erst mal beschäftigt.»

«Und was machst du?»

«Wirst du gleich sehen.»

Während Birgitta ihr Feuerschutz gab, nahm Sophie den Tank des Fahrzeugs ins Visier, zielte ruhig und drückte ab. Er machte einen Satz in die Luft und ging in Flammen auf. Einige Trümmerteile flogen bis ins Haus.

«Wow!», entfuhr es Birgitta. «Was hatte der denn geladen? Milch bestimmt nicht.»

«Jetzt raus hier. Ich vermute, der andere Kerl lauert da hinten auf uns, rechts, in Richtung Schafstall. Du gehst nach links, falls ich mich irren sollte. Ich nach rechts. Okay?»

«Pass auf dich auf, Sophie.»

«Worauf du dich verlassen kannst.»

Dichte Rauchwolken standen über dem Haus. Der Brand musste weithin sichtbar sein, bald würden die

Feuerwehr oder Ortsbewohner zu ihnen stoßen. Sophie drängte sich an die Hauswand, spähte um die Ecke. Eine Kugel schoss an ihr vorbei. Sie kehrte zurück ins verqualmte Haus, suchte und fand einen Spiegel, begab sich erneut in Stellung. Legte sich auf den Boden, hielt den Spiegel so, dass sie um die Ecke schauen konnte. Sah den Kerl, der sich hinter einer Tränke verschanzt hatte. Er kniete auf dem Boden, seine Oberschenkel waren ungeschützt. Mit Hilfe des Spiegels brachte sie ihre isländische Polizeipistole SIG Sauer P6 so in Position, dass allein ihre rechte Hand um die Ecke ragte. Leicht zog sie den Abzug mit dem Finger in ihre Richtung, der Mann schrie auf, getroffen am Bein. Sophie sprang auf, lugte um die Ecke, mit dem Revolver im Anschlag lief sie auf ihn zu.

«Die Waffe weg! Sofort! Wirf sie hinter dich. Wird's bald!»

Der Getroffene gehorchte.

«Auf den Boden. Auf den Boden! Sofort!»

Er tat wie geheißen. Da erst fiel Sophie ein, dass sie weder Handschellen noch eine Schnur zur Verfügung hatte.

Der Blondschopf stöhnte, wälzte sich am Boden, fasste sich ans getroffene Bein.

Sophie sah sich um. Womit konnte sie ihn fesseln? Einen Moment ließ sie ihn aus den Augen. Wenig mehr als einen Wimpernschlag. Mehrere Schüsse peitschten durch die Luft.

Birgitta. Sie stand da, die Waffe in Händen. Reglos lag der Mann am Boden.

«Er wollte die Pistole an seinem Unterschenkel ziehen. Das war verdammt knapp.»

Verflucht, dachte Sophie. Das hätte ihr nicht passieren dürfen. Dieser Anfängerfehler hätte sie das Leben kosten können. Birgitta stand wie angewurzelt. Sie zitterte am ganzen Körper.

«Hey, Birgitta. Alles ist gut. Gib mir deine Waffe. Lass los.»

Sophie sicherte die Halbautomatik und ließ sie zu Boden fallen. Anschließend nahm sie Birgitta in die Arme.

«Danke. Du hast mir das Leben gerettet.»

«Ich will das alles nicht. Ich will das alles nicht, Sophie. Ich wollte das nie. Alles nicht.»

★★★

Mehrere Löschfahrzeuge standen vor Snorris niedergebranntem Haus. Feuerwehrleute, Polizisten, Nachbarn, Dorfbewohner, eine bunte Heerschar von Verantwortlichen, Aktivisten oder Neugierigen hatte sich eingefunden, um den Schaden zu begutachten, sich auszutauschen, am Außergewöhnlichen teilzuhaben. Snorri und seine beiden Begleiter waren unterwegs ihrerseits von vier Männern angegriffen worden, konnten sie aber zurückschlagen. Einer der Angreifer wurde dabei verletzt und später verhaftet, mehrere Schafe starben im Kugelhagel. Diese mysteriöse Geschichte schlug hohe Wellen auch im politischen Island, Premierministerin Katrin Jakobsdóttir verurteilte den «hochgradig kriminellen Akt, an dem keine Isländer beteiligt waren». Die Öffentlichkeit war empört, die Medien verlangten nach Aufklärung. Eine Bürgerinitiative, von Birgitta und Olafur ins Leben gerufen, sammelte bereits erfolgreich Spenden für den Wiederaufbau des zerstörten Bauernhauses. Wer auch immer im Hintergrund die Fäden gezogen haben mochte – dieser Racheakt hatte ebenso sein Gegenteil bewirkt wie zuvor der in Grönland.

So sah es Sophie, so sah es Harald, so sahen es ihre Mitstreiter und Verbündeten. Ein Zeichen der Hoffnung, wenigstens das.

Sophie zog Harald zur Seite, aus dem Schatten in die Sonne, weg von den vielen Menschen. Snorri gab derweil ein Interview nach dem anderen, ein knurrender und kauziger Eigenbrötler, dessen bissiger, grantiger Humor ihm früher oder später Kultstatus verleihen würde.

«Was machen wir jetzt, Harald?», fragte sie.

«Ja, was machen wir. Ich würde sagen, erst mal helfen wir Snorri beim Wiederaufbau, oder?»

«Klar, aber ich meine grundsätzlich. Wie geht es weiter mit uns? Mit E 39? Mit allem. Was sollen wir tun?»

«Wir rollen den Stein auch weiterhin den Berg hoch. Selbst wenn wir aussteigen wollten – unsere Feinde vergeben und vergessen nicht. Und wir beide stehen auf deren Liste ganz oben. Ob uns das nun gefällt oder nicht. Also machen wir weiter. Allein aus Notwehr, Sophie.»

«Na ja ... jedenfalls ist es ein herrlicher Tag. Die Sonne scheint, keine Wolke zeigt sich am Himmel – wie oft gibt es das in Island? Und es ist warm, mir reicht das T-Shirt.»

Harald lächelte, sah sich um, entdeckte Olafur. Fragte, ob er dessen Wagen ausleihen dürfe. Kurz darauf raste er mit Sophie zum Supermarkt, kaufte Käse ein, Wurst, Oliven, Obst, ein paar Tomaten. Pappteller und Holzbesteck, zwei Limonaden. Weiter ging die Fahrt, hin zu einem

Wasserfall unweit der Hochebene, wo jetzt die Schafe grasten. Dort hielt er an, richtete den Platz her, bequem für ein Picknick. Stühle hatten sie nicht, aber die Steine taten es auch. So saßen sie da, redeten, plauderten, tauschten sich aus. Alles wollte Harald wissen, von ihrer ersten großen Liebe, ihrem früheren Leben als Journalistin in Berlin, von dem sie wenig erzählt hatte, und ihrem jetzigen – auch künftigen? – in Norwegen, ob sie Kinder wolle, alles.

Bis die Sonne hinter den Bergen zu versinken begann. Da stand Sophie auf und sagte: «Zeit für den Wasserfall.»

Aus zehn Metern Höhe etwa fiel er, graubraune Felswände entlang, umrankt von Farnen und grünen Gräsern. Beständig, unaufhörlich. Sie lief bekleidet ins Wasser, stellte sich unter die fallende, schäumende Gischt, fast hätte sie aufgeschrien, so kalt war es.

«Du bist verrückt, Sophie!»

«Ja! Und ich will es bleiben!»

Nachlese

Natürlich bedarf auch ein Roman der Recherche. Zwei Quellen, die mich, den Autor, wesentlich inspiriert haben, seien ausdrücklich hervorgehoben.

Zum einen der französische Kulturanthropologe, Arktis- und Grönlandforscher Jean Malaurie (geb. 1922), der im Laufe seines Lebens mehr als 30 Arktis-Expeditionen durchgeführt hat. Sein Buch «Les Derniers Rois De Thulé» (Die letzten Könige von Thule), erstmals 1955 erschienen, ist eines der maßgeblichen Werke zu Geschichte und Werdegang der Inuit in Grönland. Die literarisch verfasste Studie weist Malaurie als geistigen Weggefährten seines Landsmanns aus, des Ethnologen Claude Lévi-Strauss (1908–2009). Dessen Forschungsreisen in Brasilien zwischen 1935 und 1938 dienten Lévi-Strauss als Grundlage seiner bahnbrechenden Studie «Traurige Tropen»: Ausgangspunkt einer nicht länger allein eurozentrischen Ausrichtung innerhalb der Anthropologie.

Eine deutsche Übersetzung von Malauries Buch «Die letzten Könige von Thule» ist unter diesem Titel 1988 in der DDR erschienen, allerdings gekürzt und ohne das stilistische Niveau des Originals. Die Figur Aqqaluks wäre ohne Malauries Anregungen in der hier vorliegenden Form kaum entstanden. Die historischen Darstellungen, insbesondere die Umstände der Vertreibung der Inuit aus der Region Thule, beruhen maßgeblich auf den Beschreibungen des langjährigen UNESCO-Botschafters.

In Deutschland ist der in Mainz geborene Malaurie

weitgehend unbekannt. Seit Jahrzehnten warnt er vor den Folgen von Umweltzerstörung und Klimawandel am Beispiel der Arktis und insbesondere Grönlands. In seiner Erzählung «Lettre à un Inuit de 2022» (Brief an einen Inuit des Jahres 2022, Paris 2016) heißt es: «Möge der gleichwertige Mitmensch und Inuit des Jahres 2022 erleben, dass sich der Traum endlich erfüllt und die Polarregion das Ende ihrer Zerstörung erreicht. Sie stattdessen Heimstatt wird eines ökologischen Humanismus. Dafür braucht es euch, die Inuit, als Widerpart zum Westen. Dessen Materialismus führt unweigerlich in den Untergang.»

Eine andere wichtige Quelle der Inspiration war der isländische Spielfilm «Woman at War» (2018, Regie: Benedikt Erlingsson). Im Zentrum des Geschehens steht Halla, Chorleiterin und Klimaaktivistin, die im Kampf gegen eine umweltzerstörende Aluminiumfabrik keine roten Linien kennt. Der Film ist kein Thriller, sondern eine poetisch erzählte Liebesgeschichte mit der Natur, verwoben mit einer Adoptionsgeschichte, die bis in die Ukraine reicht und in einer angedeuteten Sintflut endet. Ohne Halla hätte Birgitta Arnósdóttir kaum gewusst, wie man sich etwa mit Hilfe eines verendeten Widders seinen Verfolgern entzieht.

Weitere Quellen (Auswahl):

Michael T. Klare: All Hell Breaking Loose. The Pentagon's Perspective On Climate Change, New York 2019

Birgit Lutz: Grenzerfahrung Grönland: Mein Expeditionsthriller, München 2014

Andri Snær Magnason: Wasser und Zeit. Eine Geschichte unserer Zukunft, Berlin 2020

Knud Rasmussen: Grönlandsagen, Berlin 1922 (unveränderter Nachdruck Paderborn 2012)

Aus dem Verlagsprogramm

MICHAEL LÜDERS

Wer den Wind sät
Was westliche Politik im Orient anrichtet

C.H.Beck

179 Seiten mit 1 Karte | Klappenbroschur
ISBN 978-3-406-81798-4

Michael Lüders beschreibt die westlichen Interventionen im Nahen und Mittleren Osten und zeigt ihre desaströsen Folgen. Sein Buch liest sich wie ein Polit-Thriller – nur leider beschreibt es die Realität.

«Analytisch klarster und medial einflussreichster Nahost-Experte Deutschlands.»
Sebastian Kiefer, Falter

«Michael Lüders hat ein kenntnisreiches, pointiertes und packendes Buch geschrieben: eines, das fehlte.»
ttt – titel, thesen, temperamente

C.H.BECK
WWW.CHBECK.DE

MICHAEL LÜDERS

NEVER SAY ANYTHING

THRILLER — C.H.BECK

376 Seiten | Klappenbroschur
ISBN 978-3-406-68892-8

Die Journalistin Sophie Schelling hatte sich auf eine ganz normale Dienstreise eingestellt. Doch manchmal ist man zur falschen Zeit am falschen Ort: Sie sieht etwas, das sie nie hätte sehen dürfen. Immer tiefer verstrickt sie sich im Netz eines übermächtigen Gegners, bis ihre Suche nach Wahrheit zu einem blutigen Kampf ums Überleben wird.

«Michael Lüders hat einen spannenden Thriller über den Drohnenkrieg und die Unterdrückung der Wahrheit geschrieben.»
Knut Cordsen, Bayerischer Rundfunk

«Sein Buch ist ein Roman, doch seine Fiktion wirkt so real, dass seinen Lesern der Atem stockt.»
Annemarie Stoltenberg, ndr.de

C.H.BECK
WWW.CHBECK.DE

MICHAEL LÜDERS
DIE SPUR DER SCHAKALE

THRILLER
C.H.BECK

394 Seiten | Klappenbroschur
ISBN 978-3-406-74857-8

Ein eiskalter Wintermorgen in Oslo. Wer hat die Leiche eines Top-Managers im größten Staatsfonds der Welt in einem Vorgarten abgelegt? Sophie Schelling und ihr Team stoßen auf ein Komplott, das bis in höchste Polizei- und Regierungskreise reicht. Eine lebensgefährliche Jagd beginnt – im Schatten des ganz großen Geldes.

«Wenn Michael Lüders einen Krimi schreibt, darf man davon ausgehen, dass er ganz geschickt Realität mit Fiktion mischt und sachliche Zusammenhänge schafft, die niemals in einem politisch korrekten Sachbuch erscheinen dürften. So gelingt es ihm in diesem fulminanten, rasend schnellen und super spannenden Krimi ein Szenario zu erschaffen, das einem den kalten Angstschweiß auf die Stirn treibt.»
Andreas Wallentin, WDR5

C.H.BECK
WWW.CHBECK.DE